Knaur.

Knaur.

Über die Autorin:

Susanne Wahl, geboren 1955 in Erlangen, studierte Ethnologie und Anthropologie. Sie lebt mit ihrem Mann und ihren zwei Kindern in Aach im Hegau in einem alten Bauernhaus mit großem Garten. Sie ist selbst begeisterte Gärtnerin, fährt ab und an nach London zur Chelsea Flower Show und hat auch schon einen botanischen Fachaufsatz über Minzen veröffentlicht – kennt sich also bestens mit duftenden Pflanzen und edlen Gewürzen aus. Von diesem Wissen wurde ihr vorliegender neuer Roman *Das Lächeln der Venus* ebenso inspiriert wie ihr erstes Werk, *Rosenduft und Koriander*.

Susanne Wahl

Das Lächeln der Venus

Roman

Knaur Taschenbuch Verlag

Besuchen Sie uns im Internet:
www.knaur.de

Originalausgabe September 2006

Ein Unternehmen der Droemerschen Verlagsanstalt
Th. Knaur Nachf. GmbH & Co. KG, München

Redaktion: Gisela Klemt, Lüra
Umschlaggestaltung: ZERO Werbeagentur, München
Umschlagabbildung: Photolibrary
Satz: Adobe InDesign im Verlag
Druck und Bindung: Clausen & Bosse, Leck
Printed in Germany
ISBN-13: 978-3-426-62852-2
ISBN-10: 3-426-62852-X

2 4 5 3 1

Kapitel 1

Ohne sich der Gefahr bewusst zu sein, krabbelte die Fliege zielsicher auf die oberste Felsspitze des Dolomitengipfels zu, über die eine geschickte Spinne ihr Netz gesponnen hatte. Wider Willen fasziniert verfolgte Sophie Lichtenberger ihren Weg ins Verderben.

Der Zugriff erfolgte so blitzschnell, dass Sophie zusammenfuhr, obwohl sie doch jeden Augenblick damit gerechnet hatte. Einige Sekunden lang zuckte die Fliege verzweifelt in der tödlichen Umklammerung. Dann trug die erfolgreiche Jägerin ihre regungslose Beute in die relative Sicherheit der rechten oberen Bildecke, wo ein silbriger Kokon von Spinnweben anzeigte, dass sie sich dort wohnlich eingerichtet hatte, und kam nicht mehr zum Vorschein.

Sophie seufzte leise und streckte die langen Beine in den verwaschenen Jeans, wobei ihre Schuhsohlen leise auf dem gebohnerten Linoleum quietschten. Wenigstens war es einigermaßen ruhig in diesem Seitenkorridor des örtlichen Arbeitsamts, das sich jetzt Arbeitsagentur nannte. Sophies Blick glitt über die Wände in freudlosem Beige, schmuddelig von den zahllosen Rücken der Wartenden, die sich dort angelehnt hatten, weil kein Stuhl mehr frei war. Ein paar gerahmte Kalenderbilder von Alpenpanoramen versuchten vergeblich, die triste Atmosphäre ein wenig aufzuhellen.

Die unbequemen Holzstühle stammten vermutlich aus derselben Dekade wie die hellen Bürotüren in Limbaholzfurnier und das olivgrüne Linoleum. Sehnsüchtig schweifte Sophies Blick zum halb geöffneten Fenster am Ende des Gangs, durch das die warme Luft eines freundlichen Maitags hereinwehte.

Eine Strähne ihrer knapp schulterlangen aschblonden Locken, in die sich nahezu unbemerkt bereits erstes Grau gemischt hatte, kitzelte sie an der Wange. Ungeduldig strich Sophie sie hinters Ohr zurück. Vielleicht sollte sie endlich einmal zu einem Friseur gehen? Zeit hatte sie ja jetzt genug.

Unwillkürlich knirschte sie mit den Zähnen. Dieser Mistkerl! Bei der Erinnerung an das scheinheilige Bedauern, das der Dekan der biologischen Fakultät – bis vor zwei Wochen ihr Chef und Mentor – geäußert hatte, ballten sich ihre kräftigen Hände mit den kurz geschnittenen Nägeln zu Fäusten. »Es tut mir ganz außerordentlich Leid, liebe Sophie, aber mein Einsatz für Sie war leider nicht von Erfolg gekrönt. Die Kommission hat sich für Wagner entschieden.«

Im ersten Moment hatte sie nicht glauben können, was er da sagte. Verdammt, es ging doch nicht um irgendeinen Antrag auf zusätzliche Mittel oder Stellen – es ging um ihr Leben! Fast zwanzig Jahre hatte sie wie besessen auf eine Botanikprofessur hingearbeitet, und sie brauchte nur noch dieses Habilitationsstipendium, das mit einer Expedition ins Amazonasgebiet verbunden war. Sie war so sicher gewesen, dass sie es bekommen würde, dass sie bereits die Anzeige entworfen hatte, mit der sie einen Untermieter für die Zeit ihrer Abwesenheit suchen wollte!

Halb betäubt hatte sie sich umgedreht und war gegangen, hatte sich in ihre kleine Wohnung verkrochen wie ein verwundetes Tier und sich zum ersten Mal in ihrem Leben sinnlos betrunken.

Es war eine Erfahrung, an die sie mit Schaudern zurückdachte. Von wegen, man würde im Rausch alles vergessen!

Statt in seligem Nichts zu versinken, hatte die Wut sie so heftig gepackt, dass sie anfing, alle zerbrechlichen Gegenstände, die ihr in die Finger gerieten, an die frisch gestrichene Wohnzimmerwand zu schmettern. Bis ihr Nachbar, der wortkarge Langhaarige mit dem Eberzahnohrring, energisch an ihre Wohnungstür geklopft und gefragt hatte, ob er »die Typen mit den Zwangsjacken« rufen müsse.

Da war die ganze Energie plötzlich in ihr zusammengefallen wie ein Soufflé und sie hatte nur noch hemmungslos geheult, ehe sie endlich unvermittelt in einen tiefen traumlosen Schlaf gesunken war.

Der nächste Morgen war der schlimmste, an den sie sich in ihrem Leben erinnern konnte. So furchtbar hatte sie sich nicht einmal damals gefühlt, als sie sich bei einer Expedition in Malaysia einen schweren Sonnenstich holte. Erst am frühen Nachmittag hatte sie sich wieder so weit im Griff, dass sie anfangen konnte, mit zitternden Knien und im Zeitlupentempo die Spuren ihres Ausbruchs zu beseitigen.

Mit einem Anflug von Bedauern versuchte sie zu entscheiden, ob man die kleine Balletttänzerin aus Meißener Porzellan, die sie zu ihrem sechzehnten Geburtstag von ihrer Patentante bekommen hatte, reparieren könnte. Doch dann warf sie sie kurz entschlossen in den Eimer mit den Resten der geschliffenen böhmischen Gläser, des venezianischen Kerzenleuchters und des Milchkrugs in Form einer sitzenden Katze von Tante Fanny. Ihr Leben war nur noch ein Trümmerhaufen – was brauchte sie da sentimentale Erinnerungsstücke!

Im Treppenhaus begegnete sie ihrem Nachbarn und wich seinem Blick aus, mit dem er sie prüfend und eine Spur misstrauisch wegen ihrer traurigen Erscheinung musterte. »Wer's nicht verträgt, sollte die Finger davon lassen«, brummte er.

»Schade drum!« Er wies mit dem Kinn auf die aus den diversen Trümmern in die Höhe ragenden Beinchen der Porzellanfigur.

»Wollen Sie sie haben?« Sophie hatte ihm bereitwillig den Eimer hingehalten. Einen Moment lang hatte sie die diffuse Erleichterung darüber durchströmt, wenigstens diese zerbrochenen Stücke aus ihrem Leben in gute Hände zu geben, sie nicht in die stinkenden Zweihundertvierzig-Liter-Container hinter dem Haus schütten zu müssen.

Aber er hatte den Kopf geschüttelt, dass der Eberzahn hin- und herschwang. »Nee, was soll ich denn damit? Beim Türken um die Ecke gibt's fast genauso schöne für 'n Appel und 'n Ei!«

Also war alles doch in einer der großen Mülltonnen gelandet.

Abends hatte natürlich Bernhard angerufen. Sophie hing an ihrem Bruder, aber in dem Moment hatte sie mit sich gekämpft, ob sie den Hörer abnehmen sollte.

»Na, Kleine, schon am Packen? Wann fährst du?«

»Gar nicht«, antwortete sie gekünstelt fröhlich.

Schweigen. Dann fragte er vorsichtig: »Was ist los?«

Sie hatte tief Luft geholt. »Ich habe die Stelle nicht bekommen.«

»Was? Aber das ist doch nicht möglich! War nicht alles längst geklärt?«

»Das habe ich auch gedacht.«

»So was Blödes! Was machst du jetzt?«

Die Frage war berechtigt und vernünftig, typisch Bernhard, und sie hatte Sophie verstohlen mit den Zähnen knirschen lassen.

»Ich weiß es nicht. Vielleicht mache ich erst mal Urlaub.«

»Und danach?«

»Keine Ahnung.« Sie war tatsächlich völlig orientierungslos, was ihre Zukunft anbetraf. Es hatte niemals einen Plan B gegeben.

»Ich könnte mich mal umhören«, hatte Bernhard vorgeschlagen. »Mit deinem Wissen über Heilpflanzen kannst du jederzeit irgendwo in der Pharmabranche anfangen. Da verdient man auch um einiges besser. Was hältst du davon?«

Als Direktor des Gesundheitsamts der ländlichen Kreisstadt, in der sie beide vor neununddreißig beziehungsweise vierundvierzig Jahren geboren worden waren, verfügte ihr Bruder über ausgezeichnete Kontakte. Sein Angebot war also kein leeres Versprechen.

»Du rätst mir ernsthaft, als Pharmavertreterin mein Leben zu fristen?«, hatte Sophie ungläubig gefragt.

»Warum nicht? Schau, ich weiß auch, dass es nicht das ist, was du dir erträumt hast. Aber, ehrlich gesagt, ich habe immer bezweifelt, dass du genug Durchsetzungskraft für eine Universitätskarriere hast. Du bist viel zu naiv …«

»Danke für die Blumen!«

»Sei nicht eingeschnappt – du weißt doch, wie ich es meine.«

Er meinte es gut, er hatte es immer gut mit ihr gemeint. Deswegen ertrug sie mit aller Geduld, die sie aufbrachte, seine fürsorglichen Ratschläge und aufmunternden Plattitüden. Allerdings war es sein letzter Tröstungsversuch, der sie jetzt hier, auf dem Stuhl vor Zimmer 126, wider alle Vernunft darauf hoffen ließ, dass sich die Tür öffnete und ein Wunder geschähe. »Wenn alle Stricke reißen, kannst du jederzeit zu uns ziehen«, hatte er angeboten. »Ina würde sich freuen, Gesellschaft zu haben, und wir haben ja Platz genug.«

Wenn Sophie etwas ganz sicher zu wissen glaubte, dann, dass ihre Schwägerin alles andere als begeistert von ihrem

Einzug wäre. Und auch sie konnte sich kaum etwas Schlimmeres ausmalen.

Sophie hing an ihrem älteren Bruder. Nach dem Tod ihrer Eltern bei einem Autounfall hatte er, selber gerade erst zweiundzwanzig Jahre alt, ohne zu zögern die Verantwortung für seine damals sechzehnjährige Schwester übernommen. Erst Jahre später war ihr bewusst geworden, welche Belastung das für ihn bedeutet haben musste. Er hatte nie ein Wort darüber verloren.

Ihm zuliebe bemühte sie sich sogar ehrlich, Ina zu mögen, aber es war schwer. Sophie hatte sich schon immer gefragt, ob Ina es absichtlich so einrichtete, dass sich Sophie neben ihrer blonden, grazilen Schönheit augenblicklich wie ein Bauerntrampel fühlte, grobschlächtig und ungelenk – die Hände zu groß, die Stimme zu laut.

Niemand hätte Sophie »dick« genannt, aber sie war kräftig gebaut, eine Frau, die zupacken konnte und der man ansah, dass sie es auch tat. Ihre klaren Gesichtszüge hätten mit ein wenig Make-up ausgesprochen attraktiv gewirkt. Das Grün ihrer Augen konnte von Meergrün, wenn sie wütend war, zu einem satten Moosgrün, das einen an verwunschene Waldseen denken ließ, changieren, und manchmal, wenn sie sich amüsierte, tanzten goldene Splitter darin.

Doch neben Ina und ihrer sorgsam kultivierten Zerbrechlichkeit kamen solche Details einfach nicht zur Geltung.

»Das ist sehr lieb von euch«, hatte sie also mit der angemessenen Portion Dankbarkeit in der Stimme erwidert, »aber so schlimm steht es noch nicht um mich.«

Ihr erster Termin bei der Agentur für Arbeit lag jetzt fast genau zwei Wochen zurück. Natürlich hatte Bernhard sie darauf hingewiesen, dass sie sich so schnell wie möglich dort melden sollte. »Damit du wenigstens sofort dein Geld bekommst!«

Noch unter dem Schock der unerwarteten Absage hatte Sophie zunächst keinen Gedanken daran verschwendet, dass sie sich um solche Formalitäten kümmern musste. Dennoch war sie brav mit ihrer alten, abgewetzten Aktentasche aus Rindsleder gleich am nächsten Tag dorthin gegangen, und sie erinnerte sich noch mit erschreckender Deutlichkeit an ihr Entsetzen, sobald sie die gläserne Türschleuse passiert hatte.

Die unübersichtliche Eingangshalle im Erdgeschoss wimmelte bereits von Menschen! Und in dem allgemeinen Durcheinander hatte sie sich am Ende der falschen Schlange angestellt.

»Wo ist Ihr Bescheid?« Die Mittfünfzigerin hinter dem Tresen aus dunklem Holz sah nicht einmal auf, während sie die letzten handschriftlichen Notizen in die Unterlagen von Sophies Vordermann eintrug, den sie gerade zur Kasse in den dritten Stock verwiesen hatte.

»Was für ein Bescheid?« Sophies Stimme hatte unsicher geklungen.

»Na, Ihr Bewilligungsbescheid. Sie wollen doch einen Vorschuss, oder?«

»Eigentlich wollte ich mich nur anmelden. Ich war noch nie hier.« Das stimmte nicht ganz. Gleich nach dem Abitur hatte Sophie einmal einen Berufsberater aufgesucht, aber sie fand nicht, dass das zählte.

Die Dame warf ihr unter dicht getuschten Wimpern einen ungnädigen Blick zu. »Dann sind Sie hier falsch. Sie müssen sich am Schalter F anstellen. Da nimmt mein Kollege die Erstanträge entgegen. Was haben Sie überhaupt gemacht?«

»Ich war an der Uni …« Sophie bezweifelte, dass eine genaue

Beschreibung ihrer Tätigkeit hier von Interesse war, und hatte richtig getippt.

»Akademiker werden vom Hochschulteam betreut. Erster Stock, Zimmer 126.«

Langsam hatte sie sich durch die Menschenmenge gekämpft und vom Treppenabsatz aus fassungslos die gewundenen Menschenschlangen betrachtet, die sich mit unterdrückter Ungeduld in Zeitlupengeschwindigkeit vorwärts bewegten. Der Geräuschpegel erinnerte sie an ein riesiges Wespennest. Die latente Aggressivität, die in dem Stimmengemurmel mitschwang, verlieh der Szenerie etwas Bedrohliches.

Im ersten Stock war es deutlich ruhiger. Die hier Wartenden schienen den Kontakt untereinander zu meiden. Obwohl auf jedem Stuhl in dem endlos scheinenden Flur jemand saß, war kein Ton außer einem gelegentlichen Hüsteln oder Rascheln beim Umblättern einer Zeitschriftenseite zu hören. Die Menschen hielten alle ein imaginäres Schild hoch: »Nicht ansprechen!«

Niemand schien vor Zimmer 126 zu warten, und nach einem fragenden Blick auf die abweisenden Mienen ringsum hatte Sophie zaghaft an die Tür geklopft.

»Ja, bitte!«

Der junge Mann hinter dem Schreibtisch erinnerte sie an ihre Studenten der Vordiplomkurse: eifrig, voller Energie und begierig auf neue Aufgaben.

»Bitte, nehmen Sie Platz!« Er wies auf den gepolsterten Stuhl ihm gegenüber. »Einen Kaffee?«

Überrascht konstatierte Sophie, dass sie ihn sympathisch fand. Er hatte ein so nettes Lächeln, dass sie unwillkürlich zurücklächelte.

»Ja, bitte, gerne.«

Mit konzentriert gerunzelter Stirn blätterte er ihre Unterlagen durch, während sie so leise wie möglich in ihrem dampfend heißen Kaffee rührte. Dann traf sie ein bekümmerter Blick aus seinen braunen Augen, die Sophie an einen Spaniel erinnerten. »Sie wissen sicher selbst, dass Sie für alles, was wir Ihnen anbieten könnten, bei weitem überqualifiziert sind, nicht wahr, Frau Dr. Lichtenberger?«

Sophie hatte stumm genickt.

»Gibt es denn irgendetwas, was man auch für andere Tätigkeiten nutzen könnte? Käme unter Umständen für Sie ein Lehramtsstudium in Frage?«

»Sie meinen, ich soll Lehrerin werden?« Das Entsetzen in ihrer Stimme entlockte ihm ein mitfühlendes Grinsen. »Schon gut – ich will es nur erwähnt haben. Haben Sie denn nicht gerne unterrichtet? In Ihren Unterlagen wird erwähnt, wie erfolgreich und beispielhaft Ihre Arbeit mit den Erstsemestern gewesen ist.«

»Das ist doch etwas anderes!«

Sophie hatte tatsächlich gerne unterrichtet. Aber in ihren Augen bestand ein riesengroßer Unterschied zwischen einem Hörsaal voller Studenten und einem überfüllten Klassenzimmer desinteressierter Teenager. Ihre Lieblingsveranstaltungen waren sowieso die Exkursionen und die Spezialkurse in den Gewächshäusern des botanischen Gartens gewesen.

»Ein Jammer, dass Sie nicht als Apothekerin arbeiten dürfen«, stellte ihr Gegenüber mit ehrlichem Bedauern fest. »Aber die sind ganz streng mit den Zulassungen. Da nutzt es Ihnen nichts, dass Sie sich vermutlich besser mit Kräutern auskennen als die meisten. Heutzutage ist eben die Chemie wichtiger.«

Ohne es zu ahnen, hast du den Nagel auf den Punkt getroffen, dachte Sophie ironisch. Die persönliche Chemie war es gewesen, die ihrem siegreichen Konkurrenten den entscheidenden Vorsprung verschafft hatte. Eine der Studentinnen hatte in aller Harmlosigkeit erzählt, dass die Tochter des Dekans und Wagner Tennispartner wären. »Und nicht nur Tennispartner …«, hatte sie mit viel sagendem Augenaufschlag hinzugefügt.

Die Sekretärin des Dekans hatte noch versucht, sie zu warnen. Aber wer nahm die gute, alte Wessenkamp schon ernst?

»Sophie«, hatte sie verschwörerisch geflüstert und sie am Hemdsärmel in die Ecke neben der blubbernden Kaffeemaschine gezogen. »Da stimmt was nicht!« Else Wessenkamp erinnerte immer an eine aufgeregte Vogelmutter und auch jetzt war die Ähnlichkeit frappierend gewesen.

Sie hatte nervös an einem Fussel auf dem Ärmel ihrer hellblauen Strickjacke gezupft. »Dieser Herr Wagner ruft in letzter Zeit ständig an und telefoniert endlos mit dem Chef. Und meistens lässt dieser sich danach mit dem Rektor verbinden. Gestern habe ich zufällig mitgehört, und als ihr Name fiel, habe ich natürlich die Ohren gespitzt.«

»Und was haben Sie gehört?«

»Das ist es ja: Plötzlich hat er mich finster angesehen und hinausgeschickt und das macht er sonst nie! Wieso sollte er auch?«

Sophie hatte den Kopf in den Nacken geworfen und sorglos gelacht. »Sie sehen Gespenster! Wahrscheinlich wollte er nur ein Privatgespräch führen.«

Was konnte denn jetzt noch schief gehen?

»Frau Dr. Lichtenberger …?« Die Stimme klang ein wenig ängstlich und als Sophie aufblickte, sah sie die braunen Augen des jungen Sachbearbeiters besorgt auf sich geheftet. »Geht es Ihnen gut?«

Ihr Lächeln war etwas verzerrt, aber er schien beruhigt und wandte sich wieder dem dünnen Papierstapel zu, der ihr bisheriges Leben dokumentierte.

»Wie flexibel sind Sie, was den Wohnort betrifft?«

Er meinte damit natürlich: *Müssen Sie auf einen Freund Rücksicht nehmen?*

»Ich lebe allein.«

Ein halb neugieriger, halb mitleidiger Blick machte Sophie bewusst, dass ihre Stimme unnötig abweisend geklungen hatte. Auf einmal fielen ihr die Fotos in den bunten Holzrahmen auf, die malerisch um die Schreibtischlampe gruppiert waren. Eines davon stand ein wenig schräg, als sei es eilig zurückgestellt worden. Auf ihm konnte sie ein strahlendes Kindergesicht erkennen, und obwohl es nur sehr selten dazu kam, dass sie sich einsam fühlte, versetzte ihr das Bild jetzt einen Stich.

Es schien so lange her zu sein, dass es kaum noch schmerzte. Sie hatte gerade mitten in ihrer Diplomarbeit gesteckt, als ständige Übelkeitsattacken und Kreislaufprobleme sie dazu zwangen, zum Arzt zu gehen. Kaum hatte sie ihre Symptome geschildert, da ging der professionell besorgte Blick in ein väterliches Lächeln über.

»Sie studieren doch Biologie, nicht wahr? Und da ist Ihnen nichts aufgefallen?«

»Was denn?«, hatte sie verständnislos zurückgefragt.

»Mein liebes Kind, Sie sind höchstwahrscheinlich schwanger. Wann war Ihre letzte Periode?«

Der Arzt hatte bereits nach dem Kalender gegriffen, während Sophie noch versuchte, die plötzliche Betäubung abzuschütteln.

»Nein, das darf nicht sein. Das geht jetzt einfach nicht!«

»Wie bitte?«

»Ich kann nicht schwanger sein. Ich habe keine Zeit dafür.«

»Vielleicht brauchen Sie einfach ein wenig Ruhe, um sich darüber klar zu werden, was Sie tun wollen. – Hier« – er reichte ihr einen Zettel über den Tisch –, »sprechen Sie mit einer der Damen dort.«

Achtlos hatte sie den Zettel mit der Adresse und Telefonnummer der Beratungsstelle in ihre Parkatasche gestopft und als Erstes Günther angerufen.

Günther war Assistent bei dem Professor für Primatenforschung und sie waren seit einem halben Jahr zusammen.

»Du bist *was?*«

Sein Entsetzen war deutlich, denn die normalerweise wohlklingende Stimme überschlug sich geradezu.

»Ich weiß, es ist blöde. Günther, was machen wir jetzt?«

Insgeheim hatte sie gehofft, er würde sich freuen. Auf dem Heimweg hatte sie sich Schritt für Schritt mit der Vorstellung, ein Kind zu haben, angefreundet, und als sie die Tür zu ihrer Fünf-Zimmer-WG aufgeschlossen hatte, war sie beinahe glücklich gewesen. Es gab genug Studentenpaare in ihrem Umkreis, die es sehr gut schafften. Natürlich war es schwierig, Kind und Studium unter einen Hut zu bringen – aber es war machbar!

In jeder Vorlesung saß mindestens eine junge Mutter mit ihrem Baby in einer Tragtasche neben sich oder in einem Tuch auf dem Rücken. Und wenn sie Übungen hatte, konnte sie Günther das Baby ins Büro bringen.

»Abtreiben natürlich.«

Seine entschiedene Reaktion riss Sophie abrupt aus ihren rosigen Träumen. »Wollen wir nicht noch mal in Ruhe darüber reden?«

»Da gibt's nichts zu reden, Sophie! Lass es wegmachen, sofort. Eine solch miese Masche hätte ich dir nie zugetraut.«

Seine ungerechtfertigte Beschuldigung hatte sie so getroffen, dass sie noch minutenlang regungslos, den Hörer in der Hand, in der kalten Diele stand, als er längst wütend aufgelegt hatte.

Abends hatte er seine Sachen aus Sophies Zimmer geholt, und der verächtliche Blick, den er ihr dabei zuwarf, hatte sie zu ihrer Zimmernachbarin flüchten lassen.

»Was ist denn los? Habt ihr euch gestritten?« Die dicke Karin mit dem langen Zopf nahm sie mütterlich in den Arm und prompt brach Sophie in Tränen aus.

»So schlimm kann es doch nicht sein. Soll ich mal mit ihm reden?«

»Ich bin schwanger, und er denkt, ich hätte es absichtlich gemacht«, brachte sie zwischen heftigen Schluchzern heraus. Karin runzelte die Stirn. »Soviel ich weiß, gehören dazu immer noch zwei! Dieser Arsch – den knöpfe ich mir vor …«

Sophie krallte sich in ihrem Ärmel fest und hielt sie energisch zurück. »Lass ihn! Ich will ihn sowieso nicht mehr sehen. Gut, dass er weg ist!«

»Das ist ja gut und schön, aber wie willst du es denn allein schaffen?«

Karins Bedenken hatten sich als begründet erwiesen. Sophie fühlte sich wochenlang miserabel. Ob es an der Schwangerschaft oder an ihrem Seelenzustand lag, ließ sich nicht beurteilen. Immerzu musste sie an Günther denken und wie schön es mit ihm gewesen war, bevor er sein hässliches Gesicht gezeigt hatte. »Und wenn du mit dem Gedanken spielst, mich blechen zu lassen, sei gewarnt!«, hatte er bösartig gezischt, als er mit seiner Sporttasche in der Tür zu Karins Zimmer stand. »Dann sorge ich dafür, dass du an der Uni keinen Fuß mehr auf den Boden bekommst. Hier nicht und auch sonst nirgendwo.«

Wieso war ihr vorher nie aufgefallen, dass sich unter seiner charmanten Oberfläche ein rücksichtsloser Egomane versteckte?

Eines Nachts war sie dann von grässlichen Schmerzen aufgewacht. Jemand schien ein Messer in ihren Unterleib gestoßen zu haben und es unaufhörlich hin und her zu drehen. Ihre Klagelaute hatten Karin alarmiert. »Was ist los, Sophie? Schlecht geträumt?«

»Es tut so schrecklich weh …«

Karin hatte die Bettdecke zurückgeschlagen, und die plötzliche Kälte ließ Sophie zittern.

»Ach, du Scheiße! Bleib ganz ruhig liegen, Sophie. Ich rufe einen Krankenwagen.«

Als ob sie sich hätte rühren können! Halb bewusstlos hatte sie nur verschwommen mitbekommen, wie sie behutsam auf eine Trage gelegt und die Treppen hinuntergetragen wurde. Im Krankenwagen war sie ohnmächtig geworden und erst gegen Morgen wieder zu sich gekommen. Karin hatte neben ihr gesessen und ihre Hand gehalten.

»Du hattest eine Fehlgeburt. Tut mir schrecklich Leid für dich, aber vielleicht ist es besser so …«

Alle hatten das gemeint, und schließlich hatte sich Sophie der allgemeinen Einschätzung angeschlossen. Sich verbissen wie nie in ihre Arbeit gestürzt und kein Wort mehr darüber verloren.

In der Anfangszeit hatte Karin noch versucht, sie dazu zu bewegen, darüber zu sprechen. »Friss es nicht in dich hinein. Das ist nicht gut für dich. Das steht in jedem Ratgeber!«

Doch mit der Zeit hatte sie es aufgegeben. Sophie hatte sich allmählich von allen früheren Bekannten abgekapselt. Was wohl aus Karin geworden war? Wie lange schon hatte sie sie aus den Augen verloren? Zehn Jahre, fünfzehn Jahre? Ob sie auch in einem ähnlichen Zimmer saß und darauf wartete, dass ihr ein netter junger Mann seufzend erklärte, sie sei eigentlich unvermittelbar?

»Frau Dr. Lichtenberger, sind Sie sicher, dass es Ihnen gut geht? Sie sehen so blass aus.« Ihr Gegenüber musterte sie geradezu ängstlich.

»Nein, nein – ich meine, ja, natürlich geht es mir gut.«

Erleichtert atmete er aus. »Dann wären wir jetzt so weit. Haben Sie noch irgendwelche Fragen?«

»Keine.«

»Gut, wir sehen uns also in zwei Wochen wieder. Alles Gute, und lassen Sie den Kopf nicht hängen: Vielleicht ergibt sich ja etwas!«

Sophie verkniff sich eine spitze Erwiderung auf diese etwas gönnerhafte Bemerkung.

In den folgenden Tagen überlegte sie immer deprimierter, wo sie, außerhalb der Universität, ihre immensen Kenntnisse einsetzen könnte. Bernhard hatte schon Recht: Es kam eigentlich nur die pharmazeutische Industrie in Frage.

Natürlich hatte sie als Erstes im Internet nach ausgeschriebenen Stellen gesucht, aber es war wie verhext: Weder in Europa noch in den USA oder Kanada gab es aktuelle Stellenausschreibungen, die auch nur im Entferntesten für sie in Frage gekommen wären!

Die tägliche Durchsicht der Zeitung hatte Sophie zudem die niederschmetternde Erkenntnis vermittelt, dass es nur sehr wenige Tätigkeiten gab, die derzeit gefragt waren.

So überlegte sie am Ende sogar, ob sie sich zunächst einmal eine lange Reise gönnen sollte. Ihr Konto wies immerhin ein erfreulich hohes Guthaben aus. Sophie hatte nicht viele Bedürfnisse, deshalb war immer ein großer Teil ihres mageren Gehalts übrig geblieben und hatte sich im Laufe der Jahre zu einem ansehnlichen Betrag summiert.

Unvermittelt wurde die Tür von Zimmer 126 aufgerissen. »Ich habe mir gleich gedacht, das es pure Zeitverschwendung ist!«, sagte ein dünner Mann in dunkelblauem Jogginganzug erbost und musterte Sophie so finster, dass sie in dem Versuch, ihm auszuweichen, unwillkürlich ihren Rücken fester gegen die Stuhllehne presste.

»Und so was wird auch noch bezahlt!« Ohne ein weiteres Wort drehte er sich um und marschierte in Richtung Treppe.

Leicht irritiert stand Sophie von ihrem Stuhl auf und betrat das Zimmer.

»Frau Dr. Lichtenberger!« Die Stimme klang geradezu triumphierend. »Ich glaube, ich hätte da etwas für Sie …«

»Tatsächlich?« Sophie hob überrascht die Brauen und sah ungläubig auf den Ausdruck, den der junge Mann ihr strahlend vor Stolz präsentierte.

»Ja, wirklich – und ich denke, es ist geradezu perfekt«, bestätigte er und wirkte so glücklich, dass Sophie neugierig den kurzen Text überflog.

Wir suchen einen Fachmann oder eine Fachfrau mit guten Heilpflanzenkenntnissen zur Restaurierung unseres alten Klostergartens. Wir sind ein gut eingeführtes Wellness-Hotel der oberen Preisklasse und legen vor allem Wert auf ein fundiertes Konzept, das sich für die zukünftige Verwendung der Pflanzen im Rahmen unserer geplanten speziellen Wellness-Angebote eignet.

»Ich bin mir nicht sicher, ob das wirklich das Richtige für mich ist«, sagte sie zweifelnd. »Das klingt mir eher danach, als ob sie einen Gartenarchitekten suchten.«

»Nein, nein!« Der junge Mann errötete leicht und fixierte den Drehbleistift, mit dem er eifrig hantierte. »Ich habe mir erlaubt, dort anzurufen und nachzufragen, weil ich sofort an Sie dachte.«

»Und …?«

»Die Besitzer möchten tatsächlich etwas Besonderes. Ein Teil der Gebäude ist noch original erhalten – ein ehemaliges Benediktinerkloster, das restauriert wurde, wo es möglich war –, und der ehemalige Kräutergarten soll sozusagen das Herzstück eines neuen Wellness-Konzepts werden. Ganz genau habe ich nicht verstanden, was sie eigentlich vorhaben, aber sie legen größten Wert auf jemanden, der sich wirklich gut auskennt mit den Wirkungen und so.«

»Das klingt gut«, gab Sophie zu. Nachdenklich starrte sie auf die Adresse in der Kopfzeile.

Benediktinerhof – schlicht und unprätentiös, keine Straßenbezeichnung.

Es wäre etwas völlig Neues nach all den Jahren im abgeschotteten Bereich der Universität. Doch sie machte sich nichts vor:

Es würde nicht einfach für sie werden. Bernhard hatte ihr seit Jahren vorgeworfen, teils im Spaß, aber mit ernstem Unterton, dass sie sich zu sehr vom normalen Leben entfernt hätte.

Es war keine Absicht gewesen, es hatte sich wie von selbst ergeben: Sophie konnte sich gar nicht mehr erinnern, anderen Umgang als mit Fachkollegen und Studenten gehabt zu haben. Worüber unterhielt man sich mit Leuten, die sich nicht die Bohne dafür interessierten, welcher Fachbereich welche Fördermittel ergattert hatte und welche verschlungenen Wege die Anträge auf Forschungsstipendien hatten nehmen müssen?

Plötzlich packte sie so etwas wie Abenteuerlust. Es könnte aufregend werden, neue Menschen kennen zu lernen, sich in einer anderen Welt zu bewegen …

Einen Kräutergarten restaurieren – wieso nicht?

Der junge Mann auf der anderen Seite des Schreibtischs hatte gespannt ihren wechselnden Gesichtsausdruck beobachtet und atmete jetzt erleichtert aus.

»Sie nehmen den Auftrag an, nicht wahr?«

Sophie nickte entschlossen.

»Es wird Ihnen sicher Spaß machen. Frau Pohlmann scheint sehr nett zu sein. Und denken Sie daran, mir Bescheid zu geben, damit ich Sie aus der Kartei nehme, ja?«, erinnerte er sie sicherheitshalber, denn Sophie verabschiedete sich so geistesabwesend von ihm, dass er insgeheim den Kopf über sie schüttelte.

Bereits am nächsten Morgen saß Sophie in ihrem klapprigen alten Mazda und hoffte, dass sie den *Benediktinerhof* auch finden würde. Sofort nachdem sie am Tag zuvor nach Hause gekommen war, hatte sie eine Spur nervös dort angerufen. Nachdem sie sich entschieden hatte, sich wegen des Auftrags vorzustellen, wäre es extrem ärgerlich gewesen, wenn ihr jemand zuvorgekommen wäre.

Nach dem zweiten Klingelton wurde der Hörer abgenommen.

»Benediktinerhof, Pohlmann. Was kann ich für Sie tun?«

Die Frauenstimme klang bestimmt, sich ihrer Autorität bewusst.

»Sophie Lichtenberger. Ich rufe wegen des Kräutergartens an …«

»Ach, dann sind Sie sicher die Spezialistin, von der der Herr bei der Arbeitsagentur so geschwärmt hat«, wurde sie unterbrochen. »Prima, dass er Sie so schnell erreicht hat. Wann könnten Sie herkommen, sich die Sache anschauen und alles besprechen?«

»Morgen?«, schlug Sophie vor.

»Das wäre wunderbar! Wissen Sie was? Wenn Sie mir Ihre E-Mail-Adresse durchgeben, schicke ich Ihnen gleich eine Wegbeschreibung. Wann werden Sie hier sein?«

Im Autoatlas waren es nicht mehr als ein paar Zentimeter gewesen, aber Sophie wusste aus Erfahrung, dass man sich enorm verschätzen konnte. Sicherheitshalber verdoppelte sie die Zeit, von der sie annahm, dass sie sie benötigen würde.

»Ich schätze ungefähr um 10 Uhr.«

Wenn sie um 6 Uhr losführe, müsste sie es auch bei mehrmaligem Verfahren in vier Stunden schaffen.

»Bis morgen dann.«

Kapitel 2

Sophies Misstrauen dem Autoatlas gegenüber erwies sich als berechtigt. Sobald sie von der Bundesstraße abgebogen war, ging es auf so schmalen Straßen weiter, dass sie mehrmals daran zweifelte, die Wegbeschreibung richtig befolgt zu haben. Ein malerischer Flecken folgte auf den anderen. »Idyllisch« war nicht übertrieben, »abgelegen« ebenfalls nicht.

Endlich sah sie auf einem gelben Ortsschild den Namen der Kleinstadt, die die Hotelbesitzerin als ihre Bahnstation bezeichnet hatte.

Wie die meisten anderen Ortschaften der Region war auch Weitershofen ursprünglich von dichtem Wald umgeben gewesen. Inzwischen war der Waldsaum bis weit zu den sanften Höhenzügen zurückgewichen, die dem Ort sein ungewöhnlich mildes Kleinklima bescherten, dessen er sich auf einer großen, handgemalten Tafel rühmte. In der grellen Morgensonne glitzerte der schmale Flusslauf wie ein silbernes Band, ehe er zwischen den Häusern verschwand.

Ein größerer Gebäudekomplex lag deutlich von den übrigen Häusern abgegrenzt am Hang links oberhalb der Stadt. Das musste das alte Kloster sein!

Der helle Putz reflektierte das Licht und verlieh dem schlichten Bauwerk mit den aus der Entfernung winzig erscheinenden Fenstern und dem niedrigen Dach eine leichte Eleganz.

Früher hatte sich in der Nähe vielleicht eine Handelsstraße befunden – heute schien es unverständlich, was die Mönche hierher verschlagen haben sollte. Sophie versuchte sich zu erinnern, welche Ziele der Orden verfolgt hatte, aber ihr fiel auf Anhieb nur der Kräuterschnaps ein. Natürlich, sie mussten gute Botaniker gewesen sein!

Es war nicht viel los in Weitershofen. Die Hauptstraße wirkte geradezu verlassen und die einzigen Passanten, zwei Frauen mit Einkaufstaschen, warfen neugierige Blicke auf das fremde Nummernschild. Sophie kniff die Augen gegen die blendende Sonne zusammen und suchte nach einem Hinweis auf die Straße zum Hotel.

Das erwies sich als wenig problematisch, denn das mannshohe Plakat am Rand des Marktplatzes mit einem lächelnden Mönch in brauner Kutte war nicht zu übersehen. *Benediktinerhof – das Hotel für Genießer.*

Ein dicker roter Pfeil zeigte in die richtige Richtung und versprach: *Nur 900 Meter!*

Der schmale Teerweg zog sich durch Streuobstwiesen den Hang hinauf und endete auf einem großen, beinahe leeren Parkplatz. Der helle Steinsplitt knirschte unter den Reifen, als Sophie den alten Mazda langsam ausrollen ließ und neben einem dunkelgrünen Mercedes zum Stehen kam.

Von außen wirkte das Hotel äußerst bescheiden und strahlte nicht viel von dem Flair aus, dessen sich der *Benediktinerhof* rühmte. Ein wenig enttäuscht ließ Sophie ihren Blick über den Frontgiebel mit den Fenstern gleiten, die durch rotbraun lackierte Läden noch zusätzlich optisch verschmälert wurden. Kein Kirchturm – seltsam: Sie hatte immer gedacht, dass zu einem Kloster auch eine Kirche gehörte!

Zu beiden Seiten der Freitreppe aus hellem Stein standen zwei so perfekt geschnittene Lorbeerbäumchen, dass Sophie der Versuchung nicht widerstehen konnte, ein Blatt zwischen Daumen und Zeigefinger zu reiben, um sich anhand des typischen Geruchs zu vergewissern, dass es sich tatsächlich um lebende Pflanzen handelte. Die Beete, die sich entlang der Hausmauer erstreckten, mussten vor einigen Wochen einen spektakulären Anblick geboten haben. Die Unmengen vertrockneter Narzissen und das grasartige Laub der Traubenhyazinthen ließen noch etwas von dem vergangenen Farbenrausch ahnen. Im Moment blühten die gefüllten späten Tulpen, die mit der rüschenartigen Fülle ihrer Blütenköpfe eher an Päonien erinnerten.

Offensichtlich war der zuständige Gärtner des *Benediktinerhofs* fest entschlossen, die Sommerbepflanzung nicht vor den Eisheiligen in den Boden zu bringen und hatte sich deswegen für eine verlängerte Tulpensaison entschieden. Angesichts der erhöhten Hanglage eine kluge Entscheidung, die Sophie voll und ganz nachvollziehen konnte.

Die Freitreppe endete vor einer schweren, zweiflügeligen Holztür mit massiven Messingknäufen. Vorsichtig zog Sophie am rechten und war überrascht, wie leicht der Türflügel aufschwang. Beinahe schwerelos und ohne einen Laut gab er den Blick in die gegen das gleißende Morgenlicht düster wirkende Eingangshalle frei.

Rechts von ihr führte eine ausgetretene dunkle Holztreppe ins Obergeschoss, geradeaus ein Gang ins Gebäudeinnere. Die Rezeption schien unbesetzt. Sollte sie rufen oder die zierliche Messingglocke benutzen, die einladend neben einem Schild »Bitte läuten« hing?

Rasche Schritte auf der Treppe ersparten ihr eine Entscheidung. Das junge Mädchen in einem langen, schwarzen Samtrock und einer schwarzen Bluse, die hauptsächlich aus Ärmeln zu bestehen schien, musterte sie überrascht.

»Guten Morgen! Möchten Sie ein Zimmer? Wenn Sie nicht

angemeldet sind, muss ich erst nachschauen, ob wir noch eins frei haben.«

»Guten Morgen! Eigentlich nicht. Frau Pohlmann wollte mit mir die Restaurierung des Klostergartens besprechen. Wo ist sie denn?« Sophie riss sich zusammen, um das junge Mädchen nicht zu auffällig anzustarren. Mit den dunkel geschminkten Lippen und dem balkendicken Lidstrich hätte es besser in einen Vampirfilm als in eine gutbürgerliche Umgebung gepasst! Ob diese dramatische Aufmachung wohl normal für sie war – oder war das Mädchen auf dem Weg zu einer Theaterprobe?

»Sind *Sie* etwa Frau Dr. Lichtenberger?«, fragte die junge Dame so ungläubig, dass Sophie lachen musste.

»Ganz recht. Und wer sind Sie?«

»Entschuldigung, ich bin Sandra. Sie können ruhig ›du‹ zu mir sagen.« Sie lächelte sie vertraulich an und fügte hinzu: »Wissen Sie, ich hatte Sie mir völlig anders vorgestellt. Sie sehen überhaupt nicht wie eine Frau Doktor aus.«

»Wie sieht denn eine Frau Doktor aus?«, konnte Sophie nicht widerstehen zu fragen.

»Na, etwas aufgemotzter. Nicht so normal.« Ihr Blick streifte über Sophies Gestalt in Jeans und karierter Bluse. »Sie erinnern mich eher an Siggi.«

»Und wer ist Siggi?«

»Tante Lilos Gärtner. Allerdings trägt der immer solche grässlichen Cordhosen.« Sie rümpfte die Nase und bewunderte selbstgefällig ihr Spiegelbild in dem großen Garderobenspiegel neben der Eingangstür.

»Wenn dein Onkel dich so sieht, gibt es Ärger!« Die ruhige, klare Altstimme gehörte zu einer weiblichen Gestalt, die jetzt langsam aus dem Korridor auftauchte, einen hoch beladenen

Wäschekorb vor sich balancierend. »Bringst du das bitte ins Bügelzimmer? Und dann zieh dich lieber wieder um.« Vorsichtig übergab sie ihre Last, ignorierte den Flunsch, mit dem ihre Nichte auf die Anweisung reagierte, und wandte sich Sophie zu.

Auch Lieselotte Pohlmann entsprach nicht unbedingt der Vorstellung, die man sich von einer Hoteliersfrau machte. Eher hätte man an eine Opernsängerin oder etwas Ähnliches gedacht. Ihre schwarzen Haare trug sie in einem schlichten Knoten zusammengesteckt und ihr ovales, perfekt geschnittenes Gesicht erlaubte keine Rückschlüsse auf ihr Alter. Die königliche Haltung ließ vermuten, dass sie in ihrer Jugend Ballett getanzt hatte. Wieso nur, um Himmels willen, hatten ihre Eltern sie Lieselotte genannt?, dachte Sophie verständnislos.

»Herzlich willkommen bei uns«, sagte Frau Pohlmann und streckte ihr die Hand entgegen. »Entschuldigen Sie, ich habe nur kurz die Wäsche hereingeholt. Ich bin Liselotte Pohlmann und das« – sie wies auf einen gedrungenen Mann, der bedächtig die Treppe heruntergestiegen kam – »ist mein Mann.«

Beinahe hätte Sophie laut herausgelacht. Neben der bühnentauglichen Erscheinung seiner Frau wirkte Hans-Dieter Pohlmann absolut unscheinbar. Er war kein Mann, nach dem man sich umdrehte oder an den man sich sofort erinnert hätte. Von mittelgroßer Statur, schienen seine Erzeuger den Ehrgeiz gehabt zu haben, bei ihm nicht die kleinste Auffälligkeit zuzulassen. Nichts an den durchaus angenehmen Gesichtszügen war in irgendeiner Weise einprägsam. Die glatten, gescheitelten Haare hatten einen Farbton, von dem Sophie eine Friseuse einmal hatte sagen hören, es sei eine »Nicht-Farbe«.

Auch die Augen waren schwer zu beschreiben. Waren sie grün, braun oder grau?

»Guten Tag.« Er streckte ihr die Hand entgegen und Sophie drückte sie überrascht. Der Mann besaß eine Stimme, die sie umhüllte wie weicher Samt. Welch eine Verschwendung, schoss Sophie durch den Kopf. Mit dieser Stimme könnte er ein Star sein, anstatt hier im tiefsten Hinterland ein Mittelklasse-Hotel zu führen! Ob er sang? Wenigstens privat oder zu seinem Vergnügen?

Als er wieder sprach, musste sie sich zwingen, auf die Worte zu hören und sich nicht einfach dem Klang zu überlassen. Sie hätte ihm stundenlang lauschen können.

»Vielleicht sollten wir als Erstes die Örtlichkeit besichtigen und uns dann fürs Geschäftliche ins Kaminzimmer setzen. Kennen Sie sich mit Klosteranlagen aus, Frau Dr. Lichtenberger?«, fragte er in seinem wunderbaren Bariton.

»Leider nur wenig«, bedauerte Sophie, »als Botanikerin habe ich mich zwar mit klösterlichen Kräutergärten, aber weniger mit der Architektur der Klöster beschäftigt.«

Sie wusste allerdings von den ausgefeilten Plänen von Klosteranlagen, die sicherstellten, dass die Mönche ihr Leben tatsächlich ohne Außenkontakte führen konnten. Von daher war ihr auch bekannt, dass der Kräutergarten – im Unterschied zu den profanen Ackeranlagen außerhalb der Klostermauern, die von Laienbrüdern bewirtschaftet wurden – die ausschließliche Domäne von in Heilkunde erfahrenen Mönchen war. Und er lag immer in einem ruhigen Bereich in unmittelbarer Nähe der Krankenquartiere.

»Ist von der ursprünglichen Anlage viel zerstört?«

»Das meiste«, erwiderte Herr Pohlmann. »Deshalb konnten wir das Kloster wunderbar für unsere Zwecke umbauen.

Allerdings haben wir versucht, so viel zu erhalten wie möglich. Wegen des Ambientes – verstehen Sie?«

»Ja, die Gäste lieben es«, bestätigte seine Frau. »Aber man muss sich ständig etwas Neues einfallen lassen, und deshalb planen wir, ganz auf Wellness umzustellen. Bäder, Packungen, Massagen – solche Sachen und dazu eine Umstellung der Küche. Natürlich können wir nicht die vollständige Menge an Kräutern und Pflanzen, die wir benötigen, hier anbauen, aber es soll wenigstens eine Art Anschauungsgarten geben, wo all die Pflanzen wachsen, die wir nutzen. Und da dies hier ein ehemaliges Kloster ist, passt doch auch Klostermedizin gut, nicht?«

»Sind Sie sich bewusst, dass ein Teil der klassischen Klostermedizin hochwirksame Gifte enthält?«, fragte Sophie halb belustigt, halb besorgt. Einige der Alkaloide waren unbedingt als gefährlich einzustufen. Und beim Studium alter Abschriften von Rezepten hatten sich ihr so manches Mal die Haare gesträubt, wenn sie sich vorgestellt hatte, dass die dort beschriebenen Tinkturen tatsächlich angewandt worden waren.

»Deshalb legen wir ja so großen Wert auf einen Fachmann, oder in Ihrem Fall besser: eine Fachfrau«, bestätigte Herr Pohlmann und war ganz offensichtlich stolz auf diese Lösung des Problems. »Sie werden uns eine schöne Mischung zusammenstellen, die völlig ungefährlich ist, aber viel hermacht, nicht wahr?«

Sophie holte tief Luft.

»Das ist doch machbar, oder?« Lieselotte Pohlmann klang ein wenig verunsichert.

»Zuerst muss ich das Gelände sehen.« War es ein ummauerter Bereich oder eher eine Art Krautacker? Bestand der Boden aus Schutt oder Gartenerde, lag er günstig oder etwa nach Norden? Es war klüger, nicht vorschnell zuzusagen.

»Natürlich. Kommen Sie!«

Herr Pohlmann ging voraus und erläuterte dabei: »Hier, in diesem Teil, lagen ursprünglich die Abtswohnung und die Gästezimmer für die feinen Leute. Im rechten Flügel haben wir beim Umbau jede Menge alte Wasserleitungen gefunden. Dort dürften das Badehaus und das Krankenquartier gewesen sein. Passenderweise ist das nun der Wellness-Bereich. Im hinteren Teil, wo die Klausur der Mönche war, sind unsere sechsundzwanzig Gästezimmer.«

»Und die Kirche? Man sieht nicht einmal mehr eine Ruine.«

»Sie wurde bei einem Brand völlig zerstört und danach hat die Bevölkerung sie als Steinbruch genutzt. Auf den Fundamenten haben wir den Küchenbereich neu hochgezogen. Wenn es Sie interessiert, gebe ich Ihnen nachher eine Broschüre. Ein pensionierter Lehrer aus dem Ort hat sich viel Mühe damit gegeben, die Geschichte des Klosters zu erforschen. Ganz interessant.«

Die kleine Gruppe ging durch den langen, düsteren Korridor, an dessen Ende Sophie überrascht stehen blieb. »Wie schön!«, entfuhr ihr beim Anblick des Innenhofs, der bei warmer Witterung offensichtlich auch zur Bewirtung genutzt wurde.

»Das ist sehr beliebt bei den Gästen«, stellte Herr Pohlmann stolz fest. »Es war Lilos Idee, weil wir anfangs nicht wussten, was wir mit diesem verfallenen Kreuzgang anfangen sollten. Da hinten sind noch ein paar originale Bögen, wo sich der ehemalige Durchgang zur Kirche befand.« Seine pummelige Hand wies auf eine Ecke des weitläufigen Vierecks, in der hinter einem Rosenbusch und einigen Korbsesseln Spitzbögen und Säulen in hellgrauem Stein zu erkennen waren.

»Der Brunnen in der Mitte ist ebenfalls ein mittelalterliches Original, wenn auch nicht von hier. Den haben wir zufällig bei einem Steinmetz gefunden – und er passt doch sehr gut, nicht?«

Das musste man zugeben. Der gesamte Innenhof war beeindruckend. Die Pohlmanns hatten in alle vier Ecken üppig wachsende Rosensträucher gepflanzt, und große Sonnenschirme aus naturfarbenem Leinen beschatteten die großzügig verteilten Tische und die hochlehnigen Stühle aus grau patiniertem Teakholz.

Der kunstvoll behauene, dreischalige Steinbrunnen in der Mitte war das Herzstück. Sophie schätzte den Durchmesser des untersten runden Beckens auf gut zwei Meter. In seiner Mitte trug eine runde Säule das zweite, deutlich kleinere Becken, in dessen Rand acht Überläufe in Form kleiner Löwenköpfe aus grünlich angelaufenem Messing eingelassen waren. Das oberste Becken wurde gekrönt von einer Muschel, aus der das Wasser wie ein lebendiger Vorhang in das mittlere Becken rann, ehe es von dort durch die Löwenköpfe in das unterste plätscherte.

Rund um den Brunnen standen hohe Terrakottatöpfe voller Madonnenlilien, die bereits dicke Knospen zeigten.

»Er erinnert mich an italienische Gärten«, sagte Sophie ein wenig wehmütig und dachte an eine besonders schöne Exkursion, die sie dorthin unternommen hatte. Damals hatte sie gerade ihre Doktorarbeit abgeschlossen und sich beinahe übermütig gefühlt. Übermütig genug jedenfalls für eine kurze Affäre mit ihrem italienischen Reiseführer. Rigoros verbannte sie die Bilder von Luigis lachendem Gesicht wieder in die Tiefen, aus denen sie aufgetaucht waren. »Hier wollen Sie aber nicht den Kräutergarten einrichten, oder?«

»Nein, wir dachten an den Teil des Geländes, in dem er ursprünglich angelegt gewesen sein soll. Jedenfalls hat das der Architekt behauptet. Von hier aus ist etwa dort« – Herr Pohlmann wies auf einen imaginären Punkt links von ihnen – »die Kirche gewesen. Und da, entgegengesetzt, nach Süden zu, das Krankenquartier und der dazugehörige Kräutergarten. Der Kreuzgang lag so ziemlich mittig und verband die verschiedenen Gebäudekomplexe miteinander. Es dauert ein bisschen, ehe man sich hier orientieren kann.«

Offensichtlich der Ansicht, damit ausreichend Auskunft gegeben zu haben, setzte er sich wieder in Bewegung und führte die anderen durch einen dunklen Flur und eine schwere Holztür hinaus ins Freie.

»So, das ist jetzt der Bereich meiner Frau. Von diesem ganzen Wellness-Kram verstehe ich nicht viel. Das überlasse ich ihr.«

Sophie trat durch die Tür und betrachtete verwirrt den verwilderten Garten, der sich dahinter ausbreitete. Zu ihrer Linken reckten sich die soliden Mauern der Gebäudeteile, in denen jetzt die Gästezimmer lagen, und schirmten das Gelände gegen Norden ab, wie sie nach einem schnellen Blick zur Sonne feststellte. Rechts von ihr musste also der Wellness-Flügel liegen. Man hatte den ursprünglichen Durchgang erweitert, und hinter einer großzügigen Glasfassade mit integrierter Tür leuchtete es türkisblau, smaragdgrün und amethystfarben.

Nach Osten und Süden zu schien ursprünglich eine hohe Steinmauer den Garten begrenzt zu haben. Vom östlichen Teil standen noch malerische Reste mit angedeuteten Spitzbögen, vor denen vielleicht die besonderen Lieblinge des Bruders Gärtner ihren Platz gehabt hatten.

Dort, wo ehedem die akkuraten Beete voller Heilkräuter gelegen haben mussten, befand sich jetzt ein chaotisches Durcheinander von Liegestühlen, einem Wassertretbecken, einem im Gras fast unsichtbaren Crocketparcours, einem Sandplatz für Beach-Volleyball und einigen Sportgeräten.

Jemand, vermutlich Siggi, hatte mit ein paar Blumenbeeten versucht, dem Ganzen ein wenig Flair zu verleihen, leider vergebens.

»Wir haben einfach ein bisschen herumprobiert«, erklärte Frau Pohlmann mit einem entschuldigenden Unterton und steckte eine lose Haarsträhne fest. »Letztes Jahr hatten wir dann die Idee mit dem Wassertretbecken, aber irgendwie funktioniert es nicht. Das kann ruhig alles weg – da müssen Sie keine Rücksicht drauf nehmen!«

Mitten im satten Grün stand gebückt eine kompakte Gestalt. Der kurze Kittel in dem strahlenden Hellblau, wie es gern von Kosmetikerinnen getragen wird, verbarg die Details der Figur, aber es war offensichtlich, dass sie nicht gerade zierlich geraten war.

»Unsere Masseurin und Bademeisterin, Frau Helga Wagner«, erklärte Frau Pohlmann lächelnd und rief dann laut: »Nun, was machen die Kaulquappen, Frau Wagner?«

Die Frau schrak hoch und wandte sich zu ihnen um. Ihr rundes Gesicht verzog sich überrascht. Dann lächelte sie und kam, Sophie neugierig musternd, näher.

»Das ist Frau Dr. Lichtenberger«, stellte Herr Pohlmann Sophie so förmlich vor, als kündigte er eine Berühmtheit an.

»Hallo!« Helga streckte ihr die Hand entgegen und lächelte erneut, etwas scheu. »Ich freue mich«, sagte sie schlicht. »Es wird sicher sehr interessant für uns alle. Ich habe mir nur gerade überlegt, wohin mit dem Laich … Man kann ihn doch nicht einfach wegschütten!« Die sanfte, leise Stimme, die so überhaupt nicht zu ihrer robusten Erscheinung passte, bebte ein wenig.

»Im Wassertretbecken haben sich letztes Jahr ein paar Frösche angesiedelt und offenbar auch für Nachwuchs gesorgt.« Herr Pohlmann schien sich nicht übermäßig für das Schicksal dieser Nachkommen zu interessieren, denn er fuhr fort: »Ich denke nicht, das wir das Ökosystem ruinieren, wenn wir diesen Schleimhaufen einfach entsorgen. Finden Sie nicht, dass Sie ein wenig übertreiben, Frau Wagner?«

Die stämmige Frau errötete, blieb aber fest. »Es überleben sowieso nur ganz wenige. Ich dachte, ich könnte sie erst einmal in einem Wassereimer bei mir halten.«

Her Pohlmann seufzte ungeduldig.

»Wenn die Kaulquappen schlüpfen, brauchen sie aber Nahrung«, mischte Sophie sich ein. »Ich denke nicht, dass es funktionieren würde, sie so lange in einem Eimer zu halten, bis sie ausgewachsen sind. Gibt es hier denn keinen Tümpel oder so etwas?«

»Gute Idee!« Herr Pohlmann nickte ihr anerkennend zu. »Lars oder Siggi können das übernehmen. Nun, was halten Sie davon?«

»Ich denke, hier war tatsächlich der ursprüngliche Kräutergarten«, erwiderte Sophie nachdenklich. »Er liegt genau richtig. Wenn dort das Krankenquartier war« – sie drehte sich um und zeigte auf die Stirnseite des Gebäudeflügels mit der Glasfront hinter ihnen –, »hatten sie hier alles in nächster Nähe.«

»Also war das hier so etwas wie eine Freiluftapotheke?«, fragte Frau Pohlmann interessiert.

»Könnte man sagen. Aber viele der üblichen Heilkräuter, wie beispielsweise Gundermann, hat man lieber in der freien Natur gesammelt, weil sie sonst alles überwuchert hätten. Es wächst ja praktisch überall. Da drüben auf der Mauerkrone auch: das mit den kleinen blauen Blüten …«, erläuterte Sophie. »Hier waren sicher nur die klassischen Klosterkräuter angepflanzt.«

Wenn man das Gelände mit einer Planierraupe oder einem entsprechend ausgestatteten Bagger abzog, konnte man vielleicht sogar noch die Bodenverfärbungen der alten Beete erkennen. Sophie begann sich zunehmend für die Aufgabe zu erwärmen. Es schien ein interessantes Projekt zu werden!

In ihrer Vorstellung entfernte sie alle gegenwärtigen Aufteilungen, ersetzte sie durch die vorgeschriebenen sechzehn Beete der mittelalterlichen Herbularien, zog die Mauern wieder hoch, die ursprünglich für das geschützte Mikroklima gesorgt hatten, das die teilweise kälteempfindlichen Pflanzen zum guten Gedeihen benötigten …

»Wie authentisch möchten Sie den Garten haben?«, wandte Sophie sich an die beiden Pohlmanns. »Wenn wir es ganz korrekt machen, müssten wir auch die Mauern dort wieder hochziehen.«

Die beiden sahen sich an und entschieden dann wie aus einem Mund: »Nein, auf keinen Fall!«

»Wir möchten nicht, dass sich die Gäste eingesperrt fühlen«, erläuterte Lieselotte Pohlmann. »Kann man nicht einfach die nötigen Pflanzen hier verteilen und fertig?«

Sophie unterdrückte ein ungeduldiges Seufzen und sagte beherrscht: »Leider ist es nicht so einfach, wie Sie sich das vorstellen. Einige der Pflanzen benötigen magere Erde. Einige brauchen viel Feuchtigkeit wie die Minze, andere wie der Salbei vertragen sie nicht. Und wenn Sie das Pflanzenspektrum erweitern möchten – die mittelalterlichen Heilpflanzen bieten nicht gerade einen spektakulären Anblick –, dann müssen wir die Standorte sehr sorgfältig festlegen.«

»Das Ganze muss mindestens dreißig Zentimeter tief ausgekoffert werden – da führt kein Weg dran vorbei«, knurrte plötzlich eine mürrische Männerstimme hinter ihrem Rücken.

»Darf ich Sie mit Siggi bekannt machen, Frau Dr. Lichtenberger?«, sagte Herr Pohlmann mit leicht genervter Stimme. »Siggi, ich dachte, du wolltest heute deine Nichte besuchen?«

»Wollten Sie die Planung tatsächlich hinter meinem Rücken machen?«, fragte der Alte so offensichtlich gekränkt, dass deutlich wurde, er war kein Freund des Projekts.

Sophie hatte sich umgedreht und stand nun Auge in Auge mit einem knorrigen, sich auf einen altmodischen Spazierstock stützenden weißhaarigen Mann. Er trug tatsächlich die von Sandra geschmähten Cordhosen in einem besonders scheußlichen Braun. Dazu ein Tweedjackett und einen Filzhut von undefinierbarer Farbe und Form.

Ungeachtet seiner krummen Haltung blitzten seine Augen Sophie ablehnend an. »Sie sollen also das können, wozu ich angeblich nicht tauge, he? Pah«, schnaufte er verächtlich.

»Aber Siggi …«, protestierte Frau Pohlmann leise. »So war es doch nicht gemeint! Und Frau Dr. Lichtenberger kann schon überhaupt nichts dafür!«

In dem Augenblick hatte Sophie eine Eingebung. Unter der so offen zur Schau gestellten Feindseligkeit spürte sie jene Verletzung, die Demütigung der Zurücksetzung, die ihr in den letzten Wochen so vertraut geworden waren.

Impulsiv streckte sie die Hand aus und legte sie auf die ledrige Klaue, die den Stock umklammert hielt.

»Nein, ich kann es zumindest nicht ohne Ihre Hilfe – das ist hier jedem völlig klar. Wollen Sie mir dabei helfen?«, fragte sie beschwörend und bemühte sich, das amüsierte Funkeln in Helga Wagners haselnussbraunen Augen und die verblüfften Mienen der Pohlmanns zu übersehen.

Siggi starrte sie überrumpelt an. Seine Augen zogen sich zu schmalen Schlitzen zusammen. Würde er stur bleiben oder einlenken? Unbewusst hielt Sophie den Atem an.

Ohne Vorwarnung brach er plötzlich in eine Art Bellen aus. Erschreckt zuckte sie zurück, um im gleichen Moment zu erkennen, dass Siggi lachte!

Der schmale Körper vor ihr zuckte und bebte, und die Augen sprühten vor Heiterkeit, als er den Spazierstock kraftvoll in den Boden stieß, ihn losließ und Sophies Hand packte. »Sie sind in Ordnung, Frau Doktor! Ich helfe Ihnen!«

Erst als Sophie erleichtert den Atem ausstieß, merkte sie, dass Pohlmanns gleichfalls beruhigt ausatmeten.

»Soll ich den Bagger für morgen bestellen? Je schneller wir das hinter uns bringen, desto besser.« Siggi schien es nun, da die Fronten geklärt waren, gar nicht mehr abwarten zu können.

»Moment, Siggi«, bremste Herr Pohlmann seinen Enthusiasmus. Und an Sophie gewandt fuhr er fort: »Sie nehmen den Auftrag also an?«

Sophie nickte.

»Das freut mich!« Lieselotte Pohlmann lächelte ihr herzlich zu. »Sie wohnen natürlich hier bei uns. Unser Koch kann es kaum erwarten, Ihnen die alten Rezepte vorzuführen, die er irgendwo im Internet aufgetrieben hat.«

»Wie lange, schätzen Sie, wird es dauern? Ich meine, Sie müssen doch sicher noch einen Plan zeichnen, dann die Bodenarbeiten und die endgültige Pflanzung …« Herr Pohlmann mühte sich redlich, jedes Drängen aus seiner Stimme zu verbannen, aber Sophie spürte seine Ungeduld und wollte ihm gerade versichern, dass sie mit höchstens zwei Wochen rechnete, als Siggi sich schon ungeniert einmischte.

»Das müsste in zwei, höchstens drei Wochen zu schaffen sein. Die Pflanzpläne sind ja vorgegeben, nicht wahr, Frau Doktor? Das Aufwändigste wird die Vorbereitung und dafür brauchen wir schweres Gerät. Was ist jetzt mit dem Bagger?«

Neben sich hörte Sophie Helga Baumeister unterdrückt kichern.

»Wenn Sie so nett wären und ihn für Anfang nächster Woche bestellen – falls es überhaupt so schnell geht. Sie haben vollkommen Recht: Als Allerserstes müssen wir die Humusschicht, die sich hier gebildet hat, entfernen. Aber ich brauche auch ein bisschen Zeit für die Vorbereitung und Planung«, sagte sie freundlich. »Montagmorgen wäre also perfekt.«

»Geht in Ordnung – zufällig weiß ich, dass Alois' Bagger momentan nicht gerade ausgelastet ist. Dann sage ich auch dem Lars Bescheid, dass er dann hier antanzt.«

»Wer ist Lars?«

»Ein Jugendlicher aus dem Ort, der hin und wieder einige Probleme hat. Er hilft zurzeit Siggi bei körperlich anstrengenden Arbeiten«, erläuterte Herr Pohlmann.

»Der Junge ist absolut in Ordnung!«, verteidigte Siggi den Abwesenden. »Man hätte ihn nicht aus dem Heim holen sollen! Da war er besser aufgehoben.«

»Schon gut, Siggi.« Herr Pohlmann war offensichtlich der Meinung, dass das Thema Lars jetzt nicht weiter erörtert werden musste. »Wir haben den Jungen doch auch gern.«

»Wollen wir jetzt hineingehen und den Rest besprechen?«,

schlug Lieselotte Pohlmann begütigend vor. »Siggi, möchten Sie mitkommen?«

»Nein, nein, ich muss den Zug um Viertel nach erwischen«, winkte er ab. Auch Helga Wagner verabschiedete sich mit dem Hinweis, eine Massage geben zu müssen, und verschwand hinter der Glastür.

Die beiden Pohlmanns und Sophie schlenderten zurück in den Innenhof und von dort in das gemütlich eingerichtete und mit einem Kamin versehene »Private Esszimmer«. Durch die teilweise erhaltenen Spitzbogenfenster sah man genau auf den von der Sonne beschienenen Brunnen.

»Nehmen Sie Platz«, forderte Herr Pohlmann Sophie auf und wies auf einen schweren, altertümlich wirkenden Refektoriumstisch, um den sich ein Sammelsurium von Stühlen der unterschiedlichsten Stilrichtungen gruppierte. »Hier essen alle, die zum Haus gehören«, erklärte Frau Pohlmann und räumte unauffällig eine aufgeschlagene Zeitschrift, zwei gebrauchte Kaffeebecher und eine leere Aufschnitt-Platte beiseite.

»Was dürfen wir Ihnen anbieten: Kaffee, Tee, einen Aperitif? Sie bleiben doch zum Essen?«

»Ich weiß nicht …« Sophie zögerte und setzte sich auf einen hochlehnigen Stuhl mit zerschlissenem Lederbezug. »Wenn ich bitte ein Mineralwasser haben könnte?«

»Aber natürlich bleiben Sie«, entschied Herr Pohlmann für sie, reichte ihr das Gewünschte und lächelte ihr ermutigend zu. »Der Koch hat heute Ihnen zu Ehren einen gefüllten Hecht vorbereitet. Er wäre sehr enttäuscht, wenn Sie nicht blieben, um sein Kunstwerk zu würdigen.«

Sophie lächelte zurück. »Danke, den würde ich wirklich sehr gerne probieren. Ich habe noch nie Hecht gegessen.« Sie trank einen größeren Schluck und sprach dann das Problem an, das ihr am meisten Kopfzerbrechen bereitete.

»Ich habe leider absolut keine Erfahrung in Geschäftsdingen. Ich nehme an, Sie erwarten einen Kostenvoranschlag oder so etwas?«

»Keine Sorge«, beruhigte Herrn Pohlmanns melodische Stimme sie. Es klang, als ob er die Überschrift eines Gedichts rezitierte, fand Sophie. »Der Herr von der Arbeitsagentur hat schon so etwas angedeutet, als meine Frau mit ihm telefonierte. Er hat vorgeschlagen, als Anhaltspunkt ihren früheren Verdienst an der Universität zu nehmen und den auf Arbeitstage umzurechnen. Das wäre ein Tagessatz von …« Er las die Summe von einem Zettel ab, den er aus seiner Brusttasche zog.

Sollte sie sich jetzt über die Bevormundung ärgern oder dem freundlichen jungen Mann mit den Spanielaugen dankbar sein, dass er daran gedacht hatte?

»Es wäre dann kein Pauschalauftrag. Die Kosten für die Bodenarbeiten, die benötigten Pflanzen und die weiteren Personalkosten zahlen wir separat. Sie machen die Planung und Aufsicht. Wären Sie damit einverstanden, Frau Dr. Lichtenberger?«

»Ja, selbstverständlich!« Die Dankbarkeit überwog. Verhandlungen über Honorare, Zuschüsse oder andere finanzielle Dinge hatte sie immer gehasst. Sie war schon ganz nervös gewesen bei dem Gedanken, mit ihren Auftraggebern über ihr Honorar verhandeln zu müssen. Von der Universität war sie nur feste Strukturen gewöhnt. Eine Stelle war so und so dotiert – da gab es keine Verhandlungsspielräume.

Glücklicherweise hatte sie am Abend zuvor in alten Unterlagen noch die Kostenvoranschläge für die Neugestaltung des alpinen Bereichs an der Universität gefunden, die sie damals hatte einholen müssen, und zwei Stunden damit verbracht, sich mit Stundensätzen, Maschinenkosten und Pauschalen auseinander zu setzen. Schließlich aber hatte sie völlig entnervt alles hingeworfen.

Herrn Pohlmanns Vorschlag ließ sie erleichtert aufatmen. Keine Rechnerei, keine Unsicherheit darüber, wie viel der Minibagger von ihrem Honorar verbrauchte oder wie teuer die Holzbohlen für die Beeteinfassungen sein mochten!

»Gut. Ich habe der Ordnung halber einen kurzen Vertrag aufgesetzt.« Seine Frau reichte ihm einen leuchtend gelben Heftordner über den Tisch. Er klappte ihn auf und las laut:

»Das Ehepaar Lieselotte und Hans-Dieter Pohlmann schließt folgende Vereinbarung mit Frau Dr. Sophie Lichtenberger: Sie wird für den geplanten Kräutergarten die Planung erstellen und die nötigen Erd- und Pflanzarbeiten überwachen.

Das Honorar wird nach Tagen berechnet und nach Fertigstellung der Anlage überwiesen.« Er sah auf. »Tagessatz wie vorhin besprochen. Möchten Sie noch etwas hinzugefügt haben?«

»Nein, das ist in Ordnung so.« Insgeheim war Sophie froh, dass Pohlmanns so unkompliziert waren. »Habe ich in meinem Zimmer hier einen Internetanschluss? Es wäre praktisch, um mit den Gärtnereien Kontakt zu halten. Natürlich ginge es zur Not auch telefonisch und mit Fax, aber ich würde Internet vorziehen.«

»Selbstverständlich!« Lieselotte Pohlmann lächelte ihr zu, während sie ihr einen aufgeschraubten Füller über den Tisch reichte. »Alle Zimmer sind damit ausgestattet. Möchten Sie es gleich sehen?«

Sophie hatte sich bereits halb erhoben, als die Tür im hinteren Bereich aufgestoßen wurde und eine junge, männliche Stimme stolz verkündete: »Ich habe es ja gleich gesagt: Dieser Hecht wird ein Gedicht! Was sagen Sie dazu, Frau Pohlmann?«

»Dass Sie ein Genie und an uns verschwendet sind«, erwiderte die Angesprochene prompt und zwinkerte Sophie zu. »Frau Dr. Lichtenberger, darf ich Ihnen unseren Kochkünstler Thomas Greuter vorstellen?«

Thomas Greuter stellte behutsam die ovale Platte mit dem Kunstwerk auf dem Tisch ab und streckte dann Sophie eine große, kräftige Hand hin. Sophie konnte nicht anders, als ihn anzustarren.

Ein lebendig gewordener David!, schoss ihr durch den Kopf, während sie die warme Hand ergriff und schüttelte.

Eine unglaubliche Fülle dunkelbrauner Locken, durch die Kochmütze nur notdürftig gebändigt, umrahmte ein Gesicht, das ihr zu schön erschien, um echt zu sein. Die Nase hätte jeden Bildhauer der Antike in Begeisterung versetzt, Sophie jedoch fand die strahlend blauen Augen und den sensiblen Mund einfach unwiderstehlich.

Noch während sie wie verzaubert dastand, verzogen sich die klassischen Züge der griechischen Statue plötzlich zu einem jungenhaften Grinsen, und Thomas Greuter sagte: »Sie sind also die Dame von der Uni. Kennen Sie sich eigentlich gut mit den komischen Bezeichnungen aus?«

»Was meinen Sie damit?«, fragte Sophie verwirrt zurück und bemühte sich, den Blick von seinem Mund zu lösen.

»Na, beispielsweise wurde hier bei diesem Fischgericht« – er wies beinahe anklagend auf den liebevoll dekorierten Hecht – »Baumöl verlangt, aber ich habe nirgends einen Hinweis darauf gefunden, was damit gemeint sein könnte.« Er runzelte die Stirn. »Ich habe dann Butterschmalz genommen, weil meiner Meinung nach irgendeine Art Fett gemeint sein musste, und es schmeckt echt sensationell – aber so ist es natürlich nicht die originale Klosterküche …«

»Aber es wirkt auch so!«, stellte Herr Pohlmann bewundernd fest. »Wie haben Sie es nur geschafft, dass der Hecht aussieht, als hätte man ihn gerade aus dem Wasser gezogen?«

Alle Blicke richteten sich auf das Kunstwerk. Der silbrig schimmernde Fisch lag auf einem Bett aus dunkelgrünen Spinatblättern und schien die Umstehenden mit seinem halb geöffneten Maul bösartig anzugrinsen. Zwischen den gefährlichen nadelspitzen Zähnen trug er eine Zitrone, in deren Schale wellenförmige Muster geritzt waren. Er wirkte so ungeheuer lebendig, dass Sophie ihn mit leichtem Grausen betrachtete. Insgeheim schwor sie sich, in kein Gewässer zu steigen, in dem solche Raubfische umherschwammen.

»Der Clou sind natürlich die falschen Augen«, löste der stolze Schöpfer das Rätsel um die geradezu unheimliche Ausstrahlung. »Die machen ihn doch ungeheuer lebensecht, nicht?«

»Ein bisschen zu lebensecht für meinen Geschmack«, sagte Frau Pohlmann schaudernd. »Und er ist wirklich gefüllt? Man sieht überhaupt nichts.«

Sophie musste ihr im Stillen beipflichten. Nie wäre sie beim Anblick dieses Fischs auf die Idee gekommen, sein Inneres könnte aus einer Füllung bestehen!

»Ja, die alten Klosterbrüder waren raffiniert!«, gab der Koch zu. »Das Rezept liest sich, als wäre es kinderleicht nachzumachen, aber ich habe ganz schön geflucht, bis ich fertig war! Die schöne Formulierung, man solle das Fleisch herausnehmen und die Gräten entfernen, hört sich einfacher an, als es ist. Haben Sie schon einmal Hecht am Stück gegessen?«, fragte er an Sophie gewandt. »Nein? Seien Sie froh. Das Fleisch von diesem Biest ist durchsetzt von einer Unmenge dünner, Y-förmiger Gräten. Ich wundere mich nicht, dass man Hecht kaum noch isst. Wer tut sich das schon freiwillig an, wenn es genug anderes gibt?«

»Und diese Gräten sind jetzt alle weg?«, forschte Herr Pohlmann misstrauisch.

Der junge Mann nickte. »Na ja, der größte Teil. Ich will nicht beschwören, dass wirklich keine mehr drin sind. Aber sie werden nicht mehr auffallen. Ich habe das Fleisch fein passiert, mit Weißbrot, Petersilie, Majoran, Rosmarin, Pfeffer, Zucker, Nelken und Salz gemischt, etwas Schmalz dazugegeben und es dann wieder eingefüllt und den Burschen zugenäht.« Zur Demonstration hob er die Schwanzflosse an und wies auf eine feine Naht auf der Unterseite des Tiers.

»Es ist direkt schade, ihn anzuschneiden«, sagte Frau Pohlmann. »Finden Sie nicht?«

»Ich habe überlegt, die Haut nur lose drüberzulegen und den Fisch wie eine Terrine in Scheiben zu schneiden, aber die Farce ist schrecklich instabil. Ohne die Haut fällt sie mir sogar im Wasserbad auseinander.«

»Ein paar Eier zum Binden?«, schlug die Hotelfachfrau nachdenklich vor.

»Habe ich auch schon gedacht. Aber im ursprünglichen Rezept tauchen keine Eier auf.«

»Woher stammt denn dieses Rezept?« , erkundigte sich Sophie interessiert.

»Aus einer Sammlung alter Klosterküchenrezepte aus dem Jahr 1856. Angeblich hat damals jemand einen alten Folianten unter den Dielenbrettern eines ehemaligen Klosters entdeckt und ihn als etwas Besonderes veröffentlicht.«

»Dann könnte das Baumöl eventuell Walnussöl sein«, überlegte sie nachdenklich. »Walnüsse wurden auch als Baumnüsse bezeichnet – im Unterschied zu Haselnüssen. Und Mandeln kannte man ja nur als fertige Ware.«

Thomas Greuter starrte sie verblüfft an. »Sie kennen sich ja wirklich mit dem Zeug aus! Da wäre ich nie drauf gekommen.«

»Zu irgendetwas müssen zwanzig Jahre Universität schließlich gut sein«, erwiderte sie leichthin, aber eine Spur Bitterkeit schimmerte durch. Mit plötzlichem Interesse betrachtete Thomas Greuter sie genauer. »So alt sehen Sie gar nicht aus«, stellte er schließlich offen fest.

»Ich werde bald neununddreißig«, sagte sie und unterdrückte eisern den unerwartet aufkeimenden Wunsch, sich zwei, drei Jahre jünger zu machen. Dabei hatte sie die Geheimnistuerei um das Alter einer Frau doch immer für albern gehalten!

»Krebs …?« Er hob fragend die Augenbrauen, offenbar unbeeindruckt von ihrem Geständnis.

»Nein, Zwilling.« In kaum einem Monat würde sie sich einen weiteren Schritt auf die magische Grenze der vierzig zubewegen. Als Kind war ihr ein solches Alter unvorstellbar alt erschienen, geradezu greisenhaft …

»Ist dieser Fisch nur zum Anschauen oder kann man ihn auch essen?«, mischte sich Herr Pohlmann ein. »Allmählich wird es Zeit fürs Mittagessen.«

»Das hört sich doch ausgesprochen gut an«, befand Bernhard abends und dachte bei sich, dass er Sophies Stimme lange nicht mehr so glucksen gehört hatte wie vorhin, als sie ihm das kulinarische Meisterwerk und seinen Schöpfer beschrieb.

»Ich denke, es wird eine interessante Zeit werden«, stimmte

Sophie ihm heiter zu. »Sie scheinen alle sehr nett zu sein. Die Masseurin hat angeboten, mir abends die verkrampften Muskeln zu lockern und der Koch hat mich nach meinen Lieblingsgerichten gefragt. Ich werde gar nicht mehr von dort wegwollen!«

Bernhard lachte leise vor sich hin, und Sophie hörte das Leder seines alten Sessels knirschen, in dem er sich offenbar bequemer zurechtsetzte. »Erzähl mir mehr von dem Mann.«

»Von wem denn?«

»Tu nicht so scheinheilig! Von diesem Koch natürlich. Er scheint dich zu beschäftigen.«

Gut, dass es noch keine Bildtelefone gibt, dachte Sophie erleichtert, während die Hitze ihren Hals hinaufkroch. Bernhard würde sofort sehen, dass mich dieser Thomas Greuter viel zu sehr beschäftigt!

»Da gibt es nicht viel zu erzählen, ich habe ihn doch selber gerade erst kennen gelernt«, wiegelte sie ab. »Er sieht jünger aus, als er ist, denn Frau Pohlmann sagte, er hätte schon zehn Jahre als Küchenchef in einem Gourmet-Restaurant gearbeitet, bevor er zu ihr kam.«

»Was hat ihn dazu bewogen, in diese gottverlassene Gegend zu gehen, wenn er so gut ist?«, fragte Bernhard mit offener Skepsis.

»So schlimm ist es dort gar nicht«, verteidigte Sophie den *Benediktinerhof.* »Zur nächsten Bahnstation ist es gerade mal ein Kilometer, und außerdem wollen die Leute, die dorthin kommen, vor allem in Ruhe entspannen …«

»Na gut, ich werde nicht weiter bohren, wenn es dir unangenehm ist.«

»Es ist mir überhaupt nicht unangenehm«, log Sophie hastig, »aber du kannst doch nicht erwarten, dass ich nach dem ersten Tag schon die kompletten Lebensgeschichten erfahren habe.«

»Nicht so aufgebracht, Kleines. Ich bin doch nur besorgt um dich.«

Ihr Bruder betrachtete alle Männer, mit denen sie zu tun hatte, als potenziell gefährlich für sie. Daran hatte sie sich mittlerweile gewöhnt. Dennoch stöhnte sie unwillig: »Musst du immer noch auf alten Geschichten herumreiten? Falls du es nicht mitbekommen haben solltest: Ich bin inzwischen alt und vernünftig.«

»Alt würde ich nicht sagen, und vernünftig – na ja«, murmelte er, um dann betont munter nachzufragen: »Und was hältst du von dem Projekt? Wird es schwierig?«

»Ach wo, überhaupt nicht. Du weißt doch, dass die alten Klostergärten alle eine sehr ähnliche Einteilung hatten. Da ist nicht viel mit künstlerischer Freiheit. Der Bereich ist noch ganz gut zu erkennen, obwohl man im 19. Jahrhundert dort einmal eine Obstwiese angelegt hat – aber seit wann interessiert dich so etwas?«

»Seit meine Schwester unter die Gartenarchitekten gegangen ist«, gab er zurück. »Ich bin absolut überzeugt, dass du das mit links hinbekommst, Sophie. Ich wünsche dir alles Gute und viel Glück.«

»Danke, aber was soll dabei schon groß passieren?«

»Man weiß nie …«

Kapitel 3

Den nächsten Tag verbrachte Sophie damit, umsichtig all jene Dinge einzupacken, von denen sie annahm, dass sie sie benötigen würde. Unter anderem auch ihre Unterlagen aus dem phyto-pharmakologischen Seminar. Helga Wagner hatte sie gebeten, ihr Material über Pflanzen mitzubringen, die sich als Badezusätze oder für kosmetische Packungen eigneten.

»Ich würde gerne damit experimentieren. Es kommt einfach besser an, wenn man keine Fertigprodukte, sondern ›Hausgerührtes‹ anbietet.«

Und Sophie hatte ihr versprochen, nach den Rezepten für die Cremes und Öle zu suchen, die sie damals spaßeshalber zubereitet hatten.

»Ich weiß aber nicht, ob Ihre Kundinnen es mögen werden«, hatte sie gewarnt. »Einige von den Salben, besonders die mit Schweineschmalz, riechen sehr gewöhnungsbedürftig!«

»Dann ersetze ich es durch eine andere Trägersubstanz. Hauptsache, ich kann sagen, es sind alte Klosterheilkräuter drin. Seit Jahrhunderten vergessen … Sie wissen schon.«

Sophie lächelte amüsiert beim Gedanken an die kleine, rundliche Person. »Und kommen Sie ruhig zu mir, wenn Sie das Gefühl haben, eine Massage würde Ihnen gut tun«, hatte sie angeboten. »Zurzeit ist es hier so ruhig, dass ich Sie immer einschieben kann.«

Natürlich hätte sich Sophie auch alle Pläne und Pflanzenlisten aus dem Internet herunterladen können, aber sie zog ihre alten Mitschriften aus dem Seminar vor. Dort hatte ihre alte Professorin für historische Botanik und Systematik – die sie hinter ihrem Rücken die »unheilige Hildegard« nannten, weil sie den Kräuterschnäpsen zugeneigter gewesen war, als sie es damals für passend hielten – mit persönlichen Bemerkungen nicht gespart.

»Vergesst das Märchen von der Gefährlichkeit der Fliegenpilze«, hatte sie beispielsweise geschnaubt, als ein Kommilitone ihn als Beispiel für tödliche Giftpflanzen nannte. »Glaubt ihr denn, die alten Berserker hätten ihrem Ruf gerecht werden können, wenn sie ständig mit dem Tode gerungen hätten? Die wirklich gefährlichen Pflanzen wachsen in den Ziergärten: An Vergiftungen durch Fingerhutblätter sind schon mehr Leute gestorben als durch die armen Pilze.«

Sophie lächelte bei der Erinnerung, als sie am Rand eines voll gekritzelten Blattes aus der Vorlesung »Gefährliche und nützliche Wildpflanzen Mitteleuropas« rot unterstrichen eine Notiz fand, neben die sie einen stilisierten Totenkopf gezeichnet hatte.

»Und lasst mir bloß die Finger von dieser Wildkräutersammelei, solange ihr nicht wirklich sicher seid, den Kälberkropf vom Schierling unterscheiden zu können!«, hatte die Warnung gelautet.

Die »unheilige Hildegard« hatte sich aber auch ausgezeichnet in der Geschichte der Kräutermedizin ausgekannt. Ihre Vorlesung über »Heil- und Gewürzkräuter im späten Mittelalter« ließ ihre Zuhörer regelmäßig halb betäubt von der Menge an Informationen zurück.

Sophie packte all die dicken Stapel Papiere in eine Extratasche. Einen Kräutergarten streng nach Walahfried Strabos Anweisungen anzulegen, die über tausend Jahre alt waren, wäre einfach. Aber sie bezweifelte, dass die Pohlmanns sich etwas so Schlichtes vorgestellt hatten. Außer den Lilien und Rosen würde sie wohl mit weiteren Symbolpflanzen wie Akelei, Schwertiris, Veilchen und Maiglöckchen für eine attraktivere Optik sorgen müssen. Gleich morgen wollte sie in die Universitätsbibliothek gehen. Wenn sie sich richtig erinnerte, gab es in der Präsenzbibliothek eine beeindruckende Sammlung alter Pflanzpläne aus der Zeit der botanischen Sammlungen.

Plötzlich wurde sie, ungeachtet der ihrem Bruder gegenüber geäußerten Zuversicht, unsicher. Sie war zweifellos imstande, einen historisch korrekten Kräutergarten zu entwerfen, aber würde sie die verschiedenen Ansprüche von Helga Wagner, Thomas Greuter und den Pohlmanns unter einen Hut bringen können?

Für einen Moment spielte sie mit dem Gedanken, im *Benediktinerhof* anzurufen und abzusagen. Du wirst dich fürchterlich blamieren, Sophie, flüsterte eine innere Stimme boshaft. Lass es lieber bleiben. Es wird schief gehen und wie stehst du dann da, besonders vor dem wunderschönen Koch mit dem traumhaften Mund?

Jetzt spinnst du aber total, Sophie! Was bildest du dir eigentlich ein? Ein Mann mit einem solchen Aussehen wird dir keinen zweiten Blick schenken. Wann hast du denn zum letzten Mal in einen Spiegel geschaut?

Im Badezimmerspiegel konnte sie sich nur undeutlich erkennen, weil die beiden Birnen seit Wochen ihren Geist aufgegeben hatten. Es hatte sie nicht gestört – bisher. Jetzt jedoch suchte sie in dem Durcheinander des Küchenschranks so lange, bis sie wenigstens *eine* passende Ersatzbirne fand, und studierte dann ihr Spiegelbild kritisch.

Woran erkannte man das Alter? Falten konnte sie nur wenige entdecken: ein haarfeines Netz um die äußeren Augenwinkel. Sonst deutete nichts auf ihre Jahre hin.

Die eine Spur zu üppigen Lippen hatten sie früher so gestört, dass sie keinen Lippenstift benutzt hatte. Aber sie hatte sich auch sonst kaum geschminkt.

Vor Bernhards letztem Geburtstag hatte Ina sie überredet, sie zu ihrer Kosmetikerin zu begleiten, und Sophie war recht angetan von dem Ergebnis gewesen, das ihre Augen geheimnisvoll hatte strahlen lassen. »Sie haben eine fantastische Haut«, hatte die Dame bewundernd festgestellt. »Welche Masken benutzen Sie?«

»Überhaupt keine«, hatte Sophie gemurmelt. »Ich bin viel draußen.«

Da sie sich vehement dagegen wehrte, ihre Lippen mit einer der glänzenden Farbschichten überziehen zu lassen, die neben ihr an der Wand aufgereiht standen, hatte die Kosmetikerin sich auf ihre Augen konzentriert. Als sie steif und verlegen aus der Kabine trat, starrte Ina sie erstaunt an. »Meine Güte«, hauchte sie ungläubig. »Es ist ein Jammer, dass du dich so gehen lässt! Du könntest richtig gut aussehen!« Ina merkte nicht einmal, wenn sie jemanden beleidigte.

Sophie hatte dann doch wenigstens die Grundierung, den Lidschatten, einen Eyeliner und Mascara mitgenommen. Allerdings war sie seitdem nicht mehr dazu gekommen, die Sachen auszuprobieren. Als sie nun den stiftförmigen Behälter für die Mascara aufschraubte, fielen schwarze Krümel ins Waschbecken. Das konnte sie vergessen!

Also beschränkte sie sich darauf, den Lidschatten auszuprobieren, und erschrak. Sie sah furchtbar aus, richtig billig! Hastig wischte sie die schimmernde Farbe wieder ab und versuchte es vorsichtiger ein zweites Mal. Dünner. Das war besser!

Als sie endlich mit dem Ergebnis zufrieden war, hatte sie beinahe zwei Stunden vor dem Spiegel gestanden und sich Grimassen geschnitten, aber sie fand, dass sie sich so ohne weiteres dem Koch des *Benediktinerhofs* würde präsentieren können.

Einen Augenblick lang spielte sie mit dem Gedanken, vor Montag noch rasch einen Friseur aufzusuchen, entschied sich aber dann dagegen. Eine neue Frisur wäre zu auffällig. Sie würde sich mit der Grundierung und dem grünen und goldbraunen Lidschatten begnügen. Dafür gestand sie sich zu, in ihre Reisetasche nicht nur strapazierfähige Hosen und praktische Hemden, sondern auch das kleine Schwarze zu packen, das sie sich damals extra für Bernhards Feier angeschafft hatte.

Der tiefe, V-förmige Ausschnitt und der körpernahe Schnitt betonten ihre weibliche Ausstrahlung, die sie normalerweise rigoros unterdrückte. Es war das einzige Mal gewesen, dass sie in Inas Augen anstelle der üblichen Herablassung so etwas wie Beunruhigung entdeckt hatte. Wahrscheinlich hatte sie schon bedauert, Sophie zu viel Hilfestellung geleistet zu haben, denn als Bernhard beide Frauen untergehakt und gescherzt hatte, dass er die beiden schönsten Damen des Abends für sich beanspruchte, war unter dem süßen Lächeln, das Ina Sophie zuwarf, eine gehörige Portion Ablehnung zu erahnen gewesen.

Wie von ihr erhofft, war der Lesesaal am Freitag fast leer. Der Bibliothekar schnaubte empört, als er ihre lange Liste in Empfang nahm, und verschwand schlurfend zwischen den raumhohen Bücherregalen.

Später stellte sie erfreut fest, dass die vergilbten Unterlagen, die der mürrische Mann ihr über den Tresen gereicht hatte, eine Menge brauchbarer Hinweise für die Gestaltung lieferten. Die privaten Pflanzensammler der Renaissance hatten sich nicht damit begnügt, nur Pflanzen um ihrer selbst willen zu halten. Erstaunlich modern in ihren Ansprüchen, hatten sie großen Wert auf eine ansprechende Optik gelegt und diese mit raffiniertem Einsatz von Zwiebelblumen und vorgezogenen Einjährigen auch erreicht.

Hatte bereits Abt Strabo Rosen, Lilien, Schwertiris, Akelei und Pfingstrosen wegen ihrer Blüten geschätzt, so hatte der Bischof von Eichstätt mit seinem berühmten »Hortus Eystettensis« zu Beginn des 17. Jahrhunderts extrem hohe Maßstäbe gesetzt. Gefüllte Gartenpfingstrosen, diverse Rosen- und Tulpensorten, ja sogar Feigenkaktus und Artischocke hatte er mithilfe eines Heers von Gärtnern kultiviert. Natürlich waren ein Klostergarten, der für den praktischen Gebrauch angelegt wurde, und ein Prunkgarten nicht dasselbe, aber Sophie würde einen Mittelweg finden. Erleichtert betrachtete sie die immer länger werdende Liste der in Frage kommenden Pflanzen.

Das Wochenende verbrachte sie damit, nach entsprechenden Angeboten im Sortiment der Spezialgärtnereien zu suchen, Versandbedingungen abzuklären und erste Pflanzskizzen zu erstellen.

In der letzten Nacht vor Projektbeginn schlief Sophie schlecht. Immer wieder schrak sie mit dem unangenehmen Gefühl hoch, verschlafen zu haben. Und als ihr alter Wecker, von dem sie sich nie hatte trennen können, weil er das letzte Geschenk ihrer Eltern gewesen war, tatsächlich pünktlich losrasselte, riss er sie aus einem quälenden Traum, in dem sie verzweifelt etwas auszugraben versuchte. Sie wusste nicht, wonach sie beinahe hysterisch mit bloßen Händen die Erde durchwühlte – sie wusste nur, dass sie es unbedingt finden musste.

Während sie so schnell wie möglich ihr Morgenprogramm absolvierte, ging sie in Gedanken ein letztes Mal alles durch. Hatte sie alles dabei, was sie benötigen würde? Sie durfte nicht vergessen, ihrem Nachbarn den Wohnungsschlüssel dazulassen, für alle Fälle. Um die laufenden Haushaltskosten musste sie keinen Gedanken verschwenden, die wurden alle automatisch abgebucht. Und Pflanzen, die gegossen werden mussten, besaß sie nicht.

Wenn man bis zu sechzehn Stunden am Tag zwischen Grünzeug verbrachte, konnte man die restliche Zeit ganz gut ohne auskommen.

Sie lag absolut im Zeitplan und ließ trotzdem vor lauter Nervosität ihren Kaffeebecher fallen. Glücklicherweise war es der kitschige mit dem sich malerisch in einem Blumentopf räkelnden Hundewelpen, den die Putzfrau ihr zum Dank für die Minzen-Ableger geschenkt hatte.

Während sie behutsam die Scherben auflas und die braune Pfütze mit Küchenpapier aufsaugte, fiel ihr auf, dass ihre Finger leicht zitterten. Sei nicht albern, ermahnte sie sich energisch. Du wolltest es doch so haben, also reiß dich zusammen!

Sie fuhr gerne so früh am Morgen, genoss die frischen Farben und den Geruch nach Gras und Kräutern, der in der ersten Sonnenwärme aus den feuchten Wiesen aufstieg. Nach dem überraschenden Kälteeinbruch am Wochenende überzog an manchen Stellen immer noch ein Hauch Reif das frische Grün und ließ Sophie fröstelnd die Heizung höher stellen.

Als sie die Haarnadelkurven zum *Benediktinerhof* hochfuhr, blendete die niedrig stehende Morgensonne sie so, dass sie um ein Haar einen Mofafahrer übersehen hätte, der gemächlich auf der Straßenmitte dahintuckerte. Erschreckt trat sie so heftig auf die Bremse, dass der Wagen stehen blieb und sie den Motor abwürgte.

»Verdammt!« Ärgerlich über sich selbst zog sie die Handbremse, um auf der abschüssigen Strecke neu zu starten. Der Mofafahrer vor ihr drehte sich um und hob einen Arm. Zuerst dachte sie, dass er ihr zuwinke, aber dann war die Geste deutlich zu erkennen: Er zeigte ihr den so genannten Stinkefinger.

Was für ein reizender Zeitgenosse!

Langsam und konzentriert fuhr sie den Rest der Strecke und stellte das Auto auf dem gleichen Platz wie bei ihrem ersten Besuch ab.

Kaum hatte sie die Fahrertür geöffnet, hörte sie bereits das typische tiefe Brummen eines starken Motors. Ärgerlich runzelte sie die Stirn. Sie hatte Siggi doch gebeten, mit dem Bagger auf sie zu warten!

»Hey, da sind Sie ja endlich!«

Aus der Eingangstür stürzte Sandra, von Kopf bis Fuß in schwarzes Denim gekleidet, auf sie zu. »Cool sehen Sie heute aus – fast wie Indiana Jones.«

»Und du, als wolltest du dich um eine Stelle als Frankensteins Sekretär bewerben! Hast du nicht noch Ferien?« Sophie stieg aus und öffnete die hintere Wagentür, um ihr Gepäck herauszuholen.

»Ich bin extra früh aufgestanden. Meinen Sie, wir finden vielleicht Skelette?«

»Wie kommst du denn darauf?« Befremdet schüttelte Sophie den Kopf. »Du hast seltsame Ideen.«

Sandra bohrte mit der Spitze ihrer schwarzen Turnschuhe ein Loch in den Kies vor sich. »Ich habe mal gelesen, man hätte früher die Babys von den Nonnen im Klostergarten vergraben.«

Sophie musste lachen. »Also wirklich! Glaubst du alles, was du so liest? Erstens sind das größtenteils Schauergeschichten und zweitens war das hier ein reines Männerkloster.«

Sie hatte noch nicht die Zeit gefunden, das Heftchen über die Geschichte des Klosters, das Herr Pohlmann ihr in die Hand gedrückt hatte, durchzulesen. Aber in der kurzen Zusammenfassung auf der letzten Seite, die sie vor dem Einschlafen überflogen hatte, war ausdrücklich von einem Männerkloster die Rede gewesen.

»Sind Sie sicher?« Sandra schien nicht ganz überzeugt.

»Wenn du mir nicht glaubst, lies es selber nach«, schlug Sophie vor. »Besonders empfehle ich das tausendseitige Standardwerk über den *Benediktinerhof* hier in der Bibliothek …«

»Hey, Sie verarschen mich ja!«, unterbrach Sandra sie kichernd. »So etwas haben wir hier gar nicht.« Gut gelaunt warf sie ihre goldbraune Mähne zurück und fuhr fort: »Außerdem denke ich nicht daran, in den Ferien irgendwelche langweiligen Sachen zu lesen. Damit piesacken sie einen in der Schule bis zum Erbrechen! Jetzt lese ich nur, was ich mag.«

»Und was ist das?«, erkundigte Sophie sich interessiert, während sie die erste Tasche schulterte.

»Stephen King, aber auch andere Sachen. Hauptsache, es ist richtig unheimlich.«

»Irgendwie wundert mich das nicht«, murmelte Sophie. »Hast du schon etwas von E. A. Poe gelesen?«

»Nee, nie gehört. Ist sie gut?«

»Er war ein Er und hieß Edgar Allen«, sagte Sophie und kam sich plötzlich uralt vor. Wenn ihr Kind gelebt hätte, wäre es jetzt etwa in Sandras Alter.

»Soll ich Ihnen helfen?«, bot das Mädchen an und griff nach der Tasche mit den Unterlagen. »Boah – ist die schwer. Was haben Sie denn da drin?«

»Papiere«, erwiderte Sophie abwesend und überlegte, ob sie wohl die Gummistiefel mit aufs Zimmer nehmen sollte.

»Kommen Sie?«, drängte Sandra. »Wir sollten uns beeilen. Siggi kann ganz schön unangenehm werden, wenn er warten muss.« Sophie unterdrückte eine harsche Bemerkung, entschied sich, die Gummistiefel mitzunehmen, und folgte Sandras wehenden Haaren.

Kaum zehn Minuten später begrüßte sie den alten Gärtner, der neben einem wahren Ungetüm von Bagger stand und, den Kopf weit in den Nacken gelegt, mit jemand Unsichtbarem oben im Führerhaus sprach.

Die riesige Baggerschaufel schwebte hoch über ihnen, mit nach unten geneigten Zähnen, als warte sie nur auf das Startsignal, um sich tief in den Boden zu bohren und ihn aufzureißen. Eine Fahrspur zeigte deutlich den Weg an, den der Bagger durch die Wiese entlang der Außenmauer genommen hatte. Siggi erwiderte Sophies Gruß etwas mürrisch und erklärte, dass er schon eine halbe Stunde auf sie wartete. Was sie denn aufgehalten hätte?

»Na, nun mach aber mal halblang, Siggi! Wir stehen hier vielleicht gerade mal fünf Minuten – länger bestimmt nicht«, mischte sich eine fröhliche Stimme über ihnen ein. Sophie schaute hoch und genau in ein liebenswürdig lächelndes, kugelrundes Gesicht unter einer Schirmmütze, auf der das Logo der lokalen Brauerei prangte. Mit einem

Finger tippte der Mann grüßend an den Schirm. »Einen schönen guten Morgen, Fräuleinchen. Können wir loslegen?«

Sophie nickte ihm zu. »Guten Morgen. Einen Moment noch …«

»Das ist kein Fräuleinchen«, murrte Siggi. »Für dich ist das immer noch Frau Dr. Lichtenberger!«

»Warum sagst du das nicht gleich? Nichts für ungut, Frau Doktor. Kann's losgehen?«

»Sofort«, versprach Sophie und schaute zu dem runden, rötlich glänzenden Gesicht über ihnen auf. »Könnten Sie als Erstes die Grasnarbe und erst dann die Fläche schön gleichmäßig etwa dreißig Zentimeter tief abtragen? Geht das?«

Der Mann nickte. »Klar, kein Problem. Als sie da unten den römischen Gutshof freigelegt haben, habe ich den Archäologen auf den Zentimeter genau vorgearbeitet.«

Er griff nach dem Schlüssel, um den schweren Motor wieder anzulassen. Sophie überblickte noch einmal besorgt die Fläche.

Die Bodenarbeiten waren der kritische Punkt ihrer Planung. Als Herr Pohlmann in letzter Minute das Problem des Abraums angesprochen hatte, war ihr die Idee mit dem Wall als Ideallösung erschienen. Angesichts der bisherigen Nutzung des Gartens hatte es gut gepasst, dass er gleich in die Streuobstwiesen überging. Ein originalgetreuer Klostergarten benötigte jedoch eine deutliche Abgrenzung gegenüber seiner Umgebung – und ein niedriger Wall, den man nach Belieben mit Rosensträuchern bepflanzen konnte, würde nicht so massiv wirken wie eine Mauer. Lieselotte Pohlmann war sofort begeistert gewesen.

»Das wäre dann auch eine Abtrennung, aber dezenter. Man

könnte sogar oben ein paar Bänke aufstellen. Das ist eine ausgezeichnete Idee!«

Das Dröhnen des Baggermotors direkt neben ihr wurde so unangenehm, dass Sophie ein paar Schritte beiseite ging.

»Rufen Sie mich, sobald Sie die Grasnarbe abgehoben haben«, bat sie Siggi. »Ich will nur schnell Pohlmanns begrüßen und dann einmal hinter den Mauerresten da drüben nachschauen, ob es auf der anderen Seite irgendwelche Kulturflüchtlinge gibt.«

»Was sind denn Kulturflüchtlinge?«, fragte Sandra kichernd. »Klingt cool.«

»Das sind Pflanzen, die es irgendwie geschafft haben, außerhalb von Gärten in freier Wildbahn zu wachsen«, erklärte Sophie geistesabwesend, in Gedanken mit der Frage beschäftigt, ob es sehr auffällig wäre, wenn sie kurz in die Küche ginge. Sie könnte ja vielleicht um einen Kaffee bitten …

»Und wie schaffen die das?« Sandra schien nicht gewillt, von ihrer Seite zu weichen. Innerlich seufzend entschied Sophie, mit dem Küchenbesuch zu warten, und sagte: »Auf ganz unterschiedliche Weise: Ihre Samen werden von Vögeln verbreitet, oder jemand wirft Pflanzenreste weg. Rund um alte Burgruinen kannst du eine Menge solcher Pflanzen finden, wenn du weißt, wonach du suchst.«

»Welche denn?«

»Zum Beispiel Goldlack, Pfingstrosen, Duftveilchen, Weinraute …«, zählte Sophie auf.

»Pfingstrosen und Veilchen würde ich erkennen, aber die anderen nicht«, gestand Sandra unbekümmert. »Darf ich nachher mitkommen und suchen helfen?«

»Natürlich. Ich will nur zuerst Bescheid geben, dass ich da bin.«

»Ich glaube, Tante Lilo und Onkel Hans sind im Büro. Ich bringe Sie schnell hin.« Mit diesen Worten zog Sandra die Pforte auf, durch die Sophie vor einigen Tagen zum ersten Mal den Klostergarten betreten hatte, und eilte ihr voraus den dunklen Gang entlang, durch den Kreuzgang und die Treppe gegenüber der Rezeption hinauf.

Hier oben schienen die privaten Räume zu liegen. Der Flur wirkte gemütlich. An den Wänden hingen alte Familienfotos in Goldrahmen, und der betagte Läufer mit dem zarten Rankenmuster hatte abgetretene Ränder, als sei er schon seit vielen Jahren in Gebrauch.

Ohne sich mit Förmlichkeiten aufzuhalten, riss Sandra eine der niedrigen Türen auf und verkündete: »Frau Dr. Lichtenberger will euch sagen, dass sie da ist!«

Sophie folgte ihr auf den Fersen. Herr Pohlmann saß an einem riesigen Schreibtisch, vor sich einen hohen Stapel Papier, und tippte Zahlen in einen Rechner ein. Sein konzentrierter Gesichtsausdruck sprach für sich.

Lieselotte Pohlmann stand am Fenster und sah hinaus. Ihr klassisches Profil wirkte emotionslos, aber als sie den Kopf drehte und den beiden entgegensah, schienen die dunklen Augen dunkler zu schimmern als sonst.

»Entschuldigung, dass ich nicht da war, um Sie zu begrüßen«, sagte sie mit ihrer klaren Stimme und kam ihnen entgegen, um Sophie herzlich die Hand zu schütteln. »Wir hatten dringende Geschäfte zu erledigen, deshalb war ich abgelenkt … Hat Sandra Ihnen alles gezeigt?«

»Ja, danke, alles in bester Ordnung«, beeilte sich Sophie zu sagen und fragte sich gleichzeitig im Stillen, ob sie sich die Traurigkeit in Lieselotte Pohlmanns Augen nur eingebildet hatte.

Hans-Dieter Pohlmann erhob sich beinahe widerwillig, als bereite es ihm Mühe, sich von seiner Tätigkeit zu lösen. »Wird es mit dem Bagger so gehen?«, erkundigte er sich, sobald er ihr die Hand gedrückt hatte. »Siggi schwört auf den Mann, aber wir können notfalls auch eine professionelle Gartenbaufirma mit ihrem Spezialgerät kommen lassen. Es wäre nur gut, wenn ich das möglichst bald erledige, weil wir noch zu einer Besprechung fahren müssen. Wir sind dann erst abends wieder da.«

»Wenn der Mann tatsächlich bei Ausgrabungen mitgearbeitet hat, ist er sicher gut. Ich denke, Siggi weiß, was er ihm zutrauen kann«, beruhigte Sophie ihn. »Momentan hebt er gerade das Gras ab. Siggi ruft mich, sobald sie damit fertig sind, aber es sieht schon prima aus.»

»Und bis dahin helfe ich ihr, Kulturflüchtlinge zu suchen, hinter der Mauer«, warf Sandra wichtigtuerisch ein. »Wisst ihr überhaupt, was das ist?«

»Nein, Spatz, aber du kannst es uns heute Abend erklären. Bist du so lieb und kümmerst dich um Frau Dr. Lichtenberger? Das Essen steht in der Kühlkammer gleich links auf der Anrichte. Unser Koch hat heute nämlich seinen freien Tag«, sagte Frau Pohlmann und wirkte dabei, als sei sie in Gedanken ganz woanders.

»Natürlich, Tante Lilo. Was habt ihr eigentlich für Besprechungen?«

»Machen Sie sich keine Gedanken um uns. Wir kommen schon zurecht. Auf geht's, Sandra!« Sophie schob das zierliche Mädchen an der Schulter vor sich her zur Tür. Das Schulterblatt und das zerbrechliche Schlüsselbein waren deutlich in ihrer Handfläche zu spüren, und Sophie war überrascht von der Stärke der Empfindung, die die einfache Berührung in ihr auslöste. Behutsam dirigierte sie die Jüngere hinaus, schloss die Tür hinter sich und sagte sanft: »Ich glaube, deine Tante und dein Onkel hatten jetzt anderes im Kopf als unsere Kulturflüchtlinge. Hast du Gummistiefel?«

»Ja, klar.«

»Dann zieh sie an – und, Sandra, würde es dir etwas ausmachen, die Frau Dr. Lichtenberger wegzulassen und Sophie zu mir zu sagen?«

Sandra strahlte sie an. »Mit Vergnügen – Sophie!«

Eine Viertelstunde später standen die beiden in Gummistiefeln hinter den Mauerresten. Konzentriert musterte Sophie den Bewuchs am Fuß der Mauer, ging in die Hocke, schob ein dickes Grasbüschel zur Seite.

»Wenn du jetzt einen weißen Overall anhättest, könnte man denken, du wärst auf Spurensuche, wie im Fernsehen«, bemerkte Sandra.

»In gewisser Hinsicht bin ich das auch. Schau mal: Hier ist ein dicker Tuff Thymian mit ungewöhnlich schmalen Blättchen. Das ist kein gewöhnlicher Sandthymian.« Sophie knipste mit dem Daumennagel einen Zweig ab, roch daran und reichte ihn dem Mädchen weiter. »Riech mal. Fällt dir etwas auf?«

»Das riecht nach dem Kümmelbrot, das Onkel Hans so gerne isst«, stellte Sandra überrascht fest. »Ist das nun Kümmel oder Thymian?«

»Kümmelthymian. Besonders reich an ätherischen Ölen. Er stammt nicht von hier, das heißt, hier haben wir unseren ersten Kulturflüchtling.«

»Was hat man früher damit gemacht?« Aus Sandras Frage sprach echtes Interesse und Sophies Antwort fiel entsprechend ausführlich aus. »Thymian wurde bei allen Magenbeschwerden eingesetzt – von Blähungen bis Durchfall. Und er ist ein ausgezeichnetes Mittel bei Husten. Außerdem war er sehr beliebt als Allheilmittel bei den so genannten Frauenleiden. Heutzutage wird er hauptsächlich als Gewürz verwendet, aber du hast als Kind sicher auch noch diesen süßen Hustensaft mit Thymianauszügen bekommen, oder?«

Sandra nickte. »Das war die einzige Medizin, die ich gerne genommen habe!«

»Meinst du, du erkennst ihn? Könntest du dann überall, wo hier eine entsprechende Pflanze wächst, solch ein Fähnchen daneben stecken?« Sophie hielt ihr eine Hand voll Anzeiger hin – hölzerne Schaschlikspieße, an die sie oben einen Streifen buntes Papier geklebt hatte. Schweigend begannen sie die Fläche abzugehen: Sandra auf der Suche nach weiteren Thymianpflanzen, Sophie hielt Ausschau nach anderem Ungewöhnlichen.

Gerade war sie in die Hocke gegangen, um einige glänzend grüne Blätter näher zu betrachten, als etwas Weiches, Warmes an ihrem Schenkel entlangstrich.

»Miau«, begrüßte eine grau getigerte Katze sie selbstbewusst und rieb auffordernd den Kopf an ihrem Knie. »Na du, wo kommst du denn her?«, erkundigte sich Sophie leise und kam der unausgesprochenen Bitte nach, die Katze unter dem Kinn zu kraulen. Offensichtlich hatte sie genau die richtige Stelle gefunden, denn das Tier schloss die Augen, legte den Kopf in den Nacken und schnurrte so laut, dass die ganze Vorderseite vibrierte.

Wie auf ein Signal tauchte plötzlich am Rande von Sophies Gesichtsfeld ein deutlich kleineres Ebenbild der Tigerkatze auf und kam vorsichtig näher, jeden Moment bereit, sich wieder in Sicherheit zu bringen.

Sobald sie nahe genug war, streckte Sophie ihre freie Hand aus und hielt sie reglos, während das Kätzchen ihre Fingerspitzen beschnupperte. Seine winzige, feuchtkalte Nase kitzelte sie auf der Haut und sie spürte den leisen Hauch seines Atems. Die Finger ihrer anderen Hand massierten in Kreisbewegungen die Kehle der größeren Katze, strichen dann langsam das Rückgrat entlang, genossen es, den lebendigen, geschmeidigen Körper unter dem samtweichen Fell zu fühlen.

»Hey – da kannst du dir was drauf einbilden, dass Tiger-Lilly sich von dir streicheln lässt!« Sandras Stimme klang halb bewundernd, halb neidisch. »Normalerweise lässt sie niemanden an sich heran. Nicht einmal meine Tante, obwohl sie ihr jeden Abend ein Schälchen Essen hinstellt.«

»Gehören die Katzen nicht zum Haushalt?«

»Wieso ›die Katzen‹?«

»Sie hat ein Junges. Vorsichtig, nicht dass du es verschreckst …«

Zu spät. Sandra hatte sich nicht beherrschen können und ihre plötzliche Annäherung ließ das kleine Kätzchen in panischer Angst flüchten. Die Mutter versteifte sich, warf einen Blick auf das Mädchen und folgte ihrem Jungen dann rasch in das undurchdringliche Gestrüpp, in dem sie offensichtlich ihr Refugium hatten.

»Oh, schade!« Enttäuscht sah Sandra den Tieren hinterher.

»Sie sind sehr scheu«, erklärte Sophie. »Je weniger man sich bewegt, desto größer sind die Chancen, dass man sie nicht in die Flucht treibt. Sie kommen sicher wieder«, fügte sie tröstend hinzu. »Sind sie schon länger hier?«

»Nein. Vor ein paar Wochen haben wir die große zum ersten Mal herumstreichen sehen, und sie war so abgemagert, dass Tante Lilo es nicht mit ansehen konnte. Ich wusste gar nicht, das sie ein Junges hat …«

»Lass ihr Zeit! Wenn sie sich daran gewöhnt hat, dass ihr niemand etwas tut, wird sie sich allmählich auch von dir anfassen lassen«, sagte Sophie aufmunternd und spürte in Gedanken immer noch dem seltsamen Gefühl hinterher, dass die vertrauliche Berührung des Geschöpfs in ihr geweckt hatte.

»Frau Doktor! Wir sind so weit«, schallte es plötzlich. Überrascht sah Sophie auf. Hier im abgeschirmten Bereich hinter der alten Mauer, in dem besonders viele Insekten umherzuschwirren schienen, war ihr gar nicht aufgefallen, dass das dröhnende Geräusch des Baggermotors verstummt war. Sie sprang auf und eilte zu den beiden Männern.

»Sieht man irgendetwas?« Als Antwort auf ihre aufgeregte Frage schüttelten Siggi und der Baggerfahrer den Kopf. »Kommen Sie hoch und schauen Sie selbst«, bot der Mann mit der Kappe ihr freundlich an und hielt ihr eine schwielige Hand hin. Geschickt schwang sie sich hinauf und musste kurz darauf zugeben, dass wirklich nichts zu erkennen war. Gleichmäßig dunkel lag die glatte Fläche der Humusschicht vor ihnen.

»Das wäre wohl auch zu viel verlangt gewesen«, murmelte Sophie, während sie vorsichtig wieder herunterkletterte. »Am besten fangen Sie jetzt am Haus an und arbeiten sich dann auf die Mauer dort hinten zu«, wies sie den Baggerführer an. »Werdet ihr heute damit fertig?«

»Na klar!« Siggi schien geradezu empört. »Wenn wir nicht auf unterirdische Felsbrocken oder andere Überraschungen stoßen, dürften wir am frühen Nachmittag alles abgezogen und dort aufgeschichtet haben.« Er wies mit dem Kopf auf die Fläche, die er mit Kreidepulver markiert hatte und auf der bereits die Grassoden lagen. »Morgen früh können wir dann die neuen Beete abstecken.«

Zufrieden kehrte Sophie wieder zu ihrer Suche zurück. Später wollte sie die Pflanzen, die sich dazu eigneten, noch umsetzen.

Tatsächlich fanden sich in der Umgebung der früheren Außenmauer noch eine größere Kolonie von Ysop, einige Horste gerade aufblühender dunkelroter Pfingstrosen und ein zwei Meter hoher Sadebaum, um dessen Stamm bereits zahlreiche Sämlinge unterschiedlichen Alters aufgegangen waren.

Um die Mittagszeit verstummte der Bagger erneut, und Siggis Stimme verkündete: »Mittagspause!« Inzwischen brannte die Sonne beinahe stechend, und Sophie wünschte sich nicht zum ersten Mal, an ihren Hut gedacht zu haben.

Eigentlich hatte sie gleich heute Nachmittag in den Ort hinuntergehen und einen Ersatz kaufen wollen, aber Sandra hatte ihr erklärt, dass montags nicht nur der Koch und die Masseurin frei hatten, sondern nachmittags auch sämtliche Geschäfte der Umgebung geschlossen blieben.

Seltsame Sitten!

»Bist du oft in den Ferien hier?«, erkundigte sich Sophie interessiert, während Sandra die Platten mit dem Bratenaufschnitt und den kalten Beilagen, die der Koch vorbereitet hatte, auf den Refektoriumstisch im privaten Esszimmer stellte. Als keine Antwort kam, sah sie erstaunt von der Schublade auf, aus der sie gerade das Besteck zusammensuchte. Das weiche Gesicht des Mädchens wirkte auf einmal seltsam hart.

»Ich lebe hier.«

Sophie wurde bewusst, dass ihre Frage nicht so harmlos gewesen war, wie sie angenommen hatte. War es besser, schnell zu einem anderen Thema überzugehen, oder sollte sie behutsam nachfragen? Das Mädchen wirkte auf einmal so verschlossen, fast unglücklich. Sie hätte es gerne getröstet, aber wäre ihr Trost überhaupt willkommen?

Verunsichert schwieg sie, und für eine Weile blieb es still. Dann blickte Sandra auf, als hätte sie sich zu einem Entschluss durchgerungen, und sagte schnell: »Meine Eltern sind geschieden. Vater lebt mit seiner neuen Familie in Hongkong und meine Mutter bei ihrem Freund in Kalifornien. Er mag mich nicht und ich ihn auch nicht, also habe ich gesagt, ich bleibe lieber bei Tante Lilo.«

Sophie nickte mitfühlend und wartete ab, ob Sandra weitersprechen würde.

»Ich war immer schon gerne bei ihr und Onkel Hans«, fuhr das Mädchen nach einer kurzen Pause fort. »Tante Lilo ist Vaters Schwester, und weil sie selber keine Kinder hat, hat sie mich immer zu sich genommen, wenn meine Eltern sich wieder einmal zerstritten hatten. Da lag es irgendwie nahe, dass ich nach der Scheidung ganz bei ihnen blieb. Und ich bin sehr glücklich hier!«, erklärte sie beinahe trotzig.

»Das denke ich mir«, sagte Sophie verständnisvoll. »Dann gehst du hier auch zur Schule?«

»Hm. Das Internat war nichts für mich. Zu viel Stress mit den Zicken.«

Sophie musste lachen. »Ist das hier besser?«

»Viel besser. Die Schule ist echt okay, auch wenn sie kein Internet hat und kein eigenes Kino.«

»Und was hast du in Zukunft vor?«

»Ich werde Romanautorin«, war die entschiedene Antwort.

»Hast du schon ein bestimmtes Genre im Auge? Lass mich raten: Gruselromane?«

»Horror«, erklärte Sandra stolz. »Das wird gut gekauft! Und

wenn ich durch meine Bestseller reich geworden bin, kaufe ich ein hübsches kleines Hotel auf den Bahamas. Das führen dann Onkel Hans und Tante Lilo, während ich schreibe. – Was machst du eigentlich so? Hast du einen Freund?«

»Nur einen Bruder«, sagte Sophie, »aber er wohnt ziemlich weit weg, deswegen sehen wir uns selten.«

»Das heißt, du hast wirklich niemanden?« Sandra hob ungläubig die schmal gezupften Augenbrauen.

»Weißt du, ich habe einfach keine Zeit dafür gehabt«, antwortete Sophie beinahe entschuldigend.

»Phh!« Sandra machte ihrem Unverständnis Luft. »Dafür hat man doch immer Zeit! Oder bist du eine Lesbe?«

Um ein Haar hätte Sophie sich bei der unverfrorenen Nachfrage an den eingelegten Zucchini verschluckt.

»Nein, ich denke nicht«, kam Sandra ihrer Antwort ernsthaft zuvor. »Du bist irgendwie nicht der Typ dafür.«

Nach dieser abschließenden Feststellung konzentrierte sie sich darauf, die Zwiebelringe aus dem Tomatensalat zu fischen.

Sophie räusperte sich, um sicherzugehen, dass ihre Stimme nicht schwanken würde, und fragte dann neugierig: »Und wonach beurteilst du das?«

Sandra zuckte die Schulter, ohne die Augen von der Salatschüssel zu heben. »Weiß nicht genau. Aber wir hatten im Internat welche, und die waren ganz anders als du.«

Plötzlich hob sie mit neu erwachtem Interesse den Kopf, fixierte Sophie und fragte streng: »Weshalb bist du eigentlich von der Uni geflogen?«

»Wie bitte? Wer behauptet das?«

»Na, wieso bist du denn nicht mehr dort?«

»Weil die Stelle, die ich hatte, befristet war und ich keine neue bekommen habe.«

Sandra zog verwirrt die Nase kraus. »Ich dachte immer, das wäre wie bei Lehrern.«

»Leider nicht! Wenn es mit einer neuen Stelle geklappt hätte …« Sophie biss die Zähne zusammen. Es war sinnlos, dem Mädchen davon vorzujammern.

»Mach dir nichts draus«, tröstete Sandra und legte zögernd eine Hand auf Sophies geballte Faust. »Vielleicht triffst du in nächster Zeit einen Millionär und ihr verliebt euch und alles wird gut!«

»Das glaubst du doch selbst nicht!«

»Nein, aber es ist eine schöne Vorstellung, oder?« Sandra grinste spitzbübisch und Sophie spürte, wie sie sich wieder entspannte.

»Ich weiß nicht, ob ein Millionär mir gefallen würde«, überlegte sie, gespielt ernsthaft auf Sandras Fantasien eingehend. »Millionäre sind immer schrecklich arrogant. Mir wären bei einem Mann andere Dinge wichtiger.«

»Welche denn?«

Sophie versuchte, ihre diffusen Vorstellungen von einem idealen Partner in Worte zu fassen – was durch das Bild des schönen Kochs erschwert wurde, das verschwommen vor ihrem inneren Auge schwebte. »Er müsste Humor haben, wir müssten zusammenpassen und er sollte ehrlich sein.«

»Mehr nicht?« Sandra schürzte verächtlich die Lippen. »Du bist ganz schön bescheiden. Da könntest du es ja fast mit Siggi versuchen!«

Geschickt wich sie der zusammengeknüllten Serviette aus, die Sophie nach ihr geworfen hatte.

»Kommst du jetzt wieder mit nach draußen?

»Nein, ich möchte meine Sachen auspacken. Vorhin habe ich nur schnell alles ins Zimmer gestellt.«

Kapitel 4

»Sophie, Sophie, komm schnell, du wirst nicht glauben, was wir gefunden haben!«

Sandra riss die Tür auf, und angesichts ihrer Aufregung verbiss sich Sophie den Hinweis auf die dreckstarrenden Stiefel, stellte stattdessen schnell die Kulturtasche ab, deren Inhalt sie gerade auf der Ablage unter dem Badezimmerspiegel verteilt hatte, und ging zur Tür, neben der ihre eigenen Gummistiefel parat standen.

»Was ist es denn?«, fragte sie, während sie der vor Ungeduld zappelnden Sandra folgte. Vermutlich ein Rosenkranz oder etwas Ähnliches, dachte sie. Das war ja fast zu erwarten gewesen.

»Eine Höhle, eine richtige Höhle«, japste das Mädchen atemlos, wurde aber nicht langsamer.

Eine Höhle? Soviel sie wusste, gab es hier in der Gegend doch keine Untergrundformation aus Fels.

Schweigend eilte sie hinter Sandra her, so schnell es die klobigen Gummistiefel zuließen.

Siggi, Alois, der Baggerführer, und eine dritte, auffallend schmale Person standen reglos auf dem Gelände und starrten auf etwas zu ihren Füßen.

Ohne die perfekt ebene Fläche eines Blickes zu würdigen, stapfte Sophie hinter Sandra auf die Gruppe zu.

»Was ist das denn für eine Höhle?«

»Keine Ahnung.« Siggi beugte sich nach vorne und versuchte, in dem Loch, das sich vor ihnen aufgetan hatte, etwas zu erkennen.

»Wir waren eigentlich fertig«, erläuterte der Baggerfahrer und wischte sich mit einem blau umrandeten Taschentuch den Schweiß vom glänzenden Gesicht. »Ich wollte nur noch schnell den dicken Felsbrocken hier wegheben, damit der Siggi nicht unnötig Arbeit damit hat. Und plötzlich ist da das Loch …«

»Vielleicht ein unterirdischer Gang?« Die Stimme klang jung und heiser vor Aufregung. Zum ersten Mal musterte Sophie die dritte Gestalt näher: ein magerer, hoch aufgeschossener Junge mit einem Pferdeschwanz und abstehenden Ohren, die jetzt vor Erregung rot leuchteten. Das musste Lars sein.

Und im selben Augenblick war Sophie klar, wer das heute Morgen auf dem Mofa gewesen war.

»Hallo, ich vermute, du bist Lars«, sagte sie und nickte ihm zu. Er errötete bis zu den Haarwurzeln, wich aber ihrem Blick nicht aus. Die haselnussbraunen Augen wurden von auffällig langen Wimpern beschattet, die Nase wirkte noch ein wenig klobig, der Mund zu feminin. Aber die Proportionen versprachen für die Zukunft ein attraktives Erwachsenengesicht.

»Tut mir Leid wegen heute Morgen«, murmelte er und streckte ihr eine erdverschmierte Hand hin.

»Vergiss es, schließlich hätte ich dich um ein Haar überfahren. Kannst du Taschenlampen besorgen?«

Mit einem zuversichtlichen Nicken verschwand der Junge hinter der Mauerecke.

»Meinst du, Lars hat Recht und es ist ein echter Geheimgang? Vielleicht sogar mit Skeletten und so?«, fragte Sandra mit wohligem Schaudern, und ihre Augen leuchteten.

»Eher ein alter Keller«, erwiderte Sophie nüchtern. »Beziehungsweise der Zugang dazu. Siehst du, da sind Stufen.«

»Na, das haben wir gleich!« Siggi ergriff die Schaufel, die an der Mauer gelehnt hatte, trat näher und begann, rund um das geheimnisvolle Loch die Erde abzutragen.

»Vorsicht, wir wissen doch nicht, wie groß das Ganze ist«, bat Sophie besorgt.

»Also, gefährlich ist das nicht«, beruhigte Alois sie, »sonst wäre ich mit dem schweren Ding schon längst eingebrochen. Schau'n Sie mal!« Er wies auf den von Siggi bereits halb freigelegten Steinkranz. Er hatte die Platte getragen, die Alois für einen Feldstein gehalten hatte. Gleich darunter begann eine Art schmaler Treppe, die in die Tiefe führte und im Dunkel verschwand.

Halbwegs beruhigt nahm Sophie die Platte in Augenschein. Sie war etwa achtzig Zentimeter breit und anderthalb Meter lang und zeigte keinerlei Auffälligkeiten. Jedenfalls konnte Sophie nichts Besonderes entdecken.

»Vielleicht ist da unten eine Gruft, es sieht doch nach einer Grabplatte aus, oder?« Sandra schien fest entschlossen, sich nicht mit einem einfachen Keller zufrieden zu geben.

»Das glaube ich nicht. Das Ganze macht einen sehr stabilen Eindruck«, stellte Siggi fest. »Wenn sich die Platte nicht verschoben hätte, hätten wir nie was davon gemerkt. Ursprünglich lag sie ja noch mal zwei Handbreit tiefer. Sie muss mit angehoben worden sein, als wir hier den Holunder herausgeholt haben.«

»Wäre es nicht besser, jemand kommen zu lassen, der sich mit so etwas auskennt?«, schlug Sophie zunehmend unsicher vor.

Drei Augenpaare musterten sie verständnislos.

»Wieso denn? Was soll denn passieren?« Siggi schüttelte den Kopf und machte unbeirrt weiter.

»Bitte, bitte, sei jetzt kein Spielverderber. Stell dir vor, wir finden da unten einen Schatz! Bist du denn gar nicht neugierig?«, fragte Sandra einschmeichelnd und sah so aufgeregt aus, dass Sophie ihre Bedenken beiseite schob. Sie war vermutlich übertrieben ängstlich.

»Leider habe ich nur eine im Spind gefunden!« Lars kam keuchend angerannt. »Dafür habe ich aber noch ein Seil mitgebracht und einen Bauhelm.« Triumphierend schwenkte er einen zerkratzten gelben Helm am Kinnriemen. »Ich gehe zuerst!«

»Langsam, Junge«, bremste Siggi ihn. »Du bist viel zu leichtsinnig. Ich gehe.«

»Ich bin die Kleinste«, meldete auch Sandra Ansprüche an.

»Bist du wirklich so scharf darauf?« Sophie zog sie ein paar Schritte von den anderen weg und flüsterte: »Dort unten dürfte es von Spinnen und ekligen Würmern nur so wimmeln.«

»Wirklich?«

»Bestimmt!«

Stumm trat Sandra einen Schritt zurück. Erleichtert, dass das Mädchen so einfach von dem Abenteuer abzuhalten gewesen war, wandte sie sich wieder Siggi und Lars zu. Der Junge stand hoch aufgerichtet vor dem Alten und erinnerte so sehr an einen aufgeplusterten Junghahn, dass Sophie ein Lächeln unterdrücken musste. »Außerdem sehe ich viel besser als du! Oder hast du deine Brille dabei?«

»Jetzt lass doch dem Jungen seinen Willen«, mischte sich Alois beschwichtigend ein. »Er hat schon Recht: Er ist nun einmal jünger als wir. Und wenn wir ihn an das Seil binden, ziehen wir ihn schon wieder heraus, wenn es nötig ist.«

Siggi gab nach, ließ es sich aber nicht nehmen, höchstpersönlich den Kinnriemen des Helms nachzuprüfen und Lars seine alte, speckige Lederjacke aufzunötigen. Während er das Seil um den schmalen Brustkorb des Jungen knüpfte, brummte er: »Ich verlass mich auf dich, Kumpel. Wenn ich sage: Komm zurück, kommst du zurück – ohne Widerrede, klar?«

»Klar!« Lars grinste frech und straffte die Schultern. »Ich verspreche dir hoch und heilig, vorsichtig zu sein, Siggi. Aber Unkraut vergeht nicht – sagst du doch immer!«

Alois und Siggi packten das Seil und sicherten Lars, während der Junge langsam, Stufe für Stufe, in der Dunkelheit verschwand. »Puh, ist das eng hier«, hörten sie seine Stimme. »Die gute Helga hätte hier Probleme!«

»Schwätz keinen Unsinn! Was ist da unten?«, fragte Siggi in barschem Tonfall.

»Ein Gang – ich glaube, ich sehe das Ende. Lasst mich mal los …«

»Kommt nicht in Frage! Lars … Lars!«

Fassungslos zog er Meter um Meter des Sicherungsseils zurück. »Verdammt, ich muss ihm nach!«

»Mach keinen Unsinn, dem Jungen geht es sicher gut!« Alois hielt Siggis Arm fest umklammert.

»Halten Sie Siggi weiter fest«, sagte Sophie. »Ich gehe ihm nach.« Und schon hastete sie die Stufen hinunter. Das Licht reichte noch gut aus, um am Fuß der Treppe einen schmalen, gemauerten Torbogen zu erkennen, gerade hoch genug, dass sie aufrecht hindurchgehen konnte.

»Lars!«, rief sie in das Dunkel dahinter. Zögernd ging sie ein paar Schritte weiter in die Schwärze, sich mit den Händen an den Wänden entlangtastend. Angestrengt horchte sie auf ein Lebenszeichen. Er wird doch nicht irgendwo hinuntergestürzt sein?, dachte sie und bemühte sich, die aufsteigende Panik zu unterdrücken.

»Alles okay!« Lars' Stimme klang gedämpft, aber munter. »Bleiben Sie, wo Sie sind. Ich hole Sie.«

Und schon wanderte ein Lichtfinger auf dem Boden vor ihr auf sie zu. »Das hier ist echt so etwas wie eine Gruft«, berichtete er. »Ganz schön groß, mit einem komischen runden Tisch. – Alles in Ordnung hier unten! Wollt ihr nachkommen?«, schrie er dann unvermittelt in einer Lautstärke, die Sophie zusammenzucken ließ.

Das spärliche Licht, das von oben zu ihnen drang, verschwand, und als Ersten hörte sie Siggi wütend schimpfen: »Was hast du dir eigentlich dabei gedacht, das Seil einfach loszubinden? Kannst du nicht ein einziges Mal tun, was man dir sagt?«

»Ich habe doch gesehen, dass es unnötig war«, wehrte Lars ab und ließ den Lichtstrahl kreisen. »Seht ihr, es ist alles fest gemauert.«

Tatsächlich machte der steile Treppenaufgang, der so niedrig war, dass die Männer nur mit eingezogenen Köpfen aufrecht stehen konnten, einen beruhigend massiven Eindruck.

»Leuchte einmal nach unten, auf den Boden«, befahl Siggi. Im Lichtkegel zeigte sich eine Art gestampfter Lehmboden und etwas Dunkles, das vor ihnen davonhuschte.

»Iiii!« Sandras spitzer Schrei schrillte unangenehm in dem engen Raum.

»Hast du etwa Angst vor Mäusen?«, fragte Lars verächtlich. »Die haben mehr Angst vor dir als umgekehrt!«

»Ich bin nur erschrocken«, erklärte Sandra. »Ich habe noch nie vor Mäusen Angst gehabt!« Sie schmiegte sich aber doch wie unabsichtlich an Sophies Seite.

Einen Moment lang erwog Sophie vorzuschlagen, den Gang nacheinander in zwei Gruppen zu erforschen. Eine einzige Taschenlampe für fünf Personen schien ihr nicht ausreichend. Aber wer wäre schon bereit gewesen, oben abzuwarten, was die anderen entdecken würden?

Also folgten sie alle dem flackernden Licht, das Lars vor sich her tanzen ließ, in einen Raum mit gemauerten Wänden und niedriger Decke. Die Deckenbalken lagen so tief, dass auch Sophie unwillkürlich den Kopf einzog.

»Wow, Wahnsinn«, hauchte Sandra.

Der Raum maß etwa vier mal vier Meter. Genau in der Mitte stand ein runder Steintisch, dessen Proportionen seltsam unausgewogen wirkten. Auf einer eher plumpen Steinsäule ruhte eine zerbrechlich erscheinende Platte. Wie ein Fremdkörper aus einer anderen Welt lag darauf der gelbe Bauhelm, den Lars offenbar bei erster Gelegenheit ausgezogen hatte.

»So habe ich mir immer Barbarossas Höhle vorgestellt«, knurrte Siggi, wider Willen beeindruckt. »Aber einen Stuhl gibt es hier anscheinend nicht.«

»Was ist denn das da? Da drüben in der Wand …« Sandra wies auf die dem Eingang gegenüberliegende Wand. »Ungefähr in der Mitte.«

Lars visierte die beschriebene Stelle mit dem Lichtstrahl an. Mitten zwischen den waagerecht gemauerten Ziegelsteinreihen erkannte man deutlich eine Art halben Strahlenkranz, ebenfalls aus Ziegelsteinen. Der an einen Fensterbogen erinnernde Halbkreis samt einem annähernd einen Meter im Quadrat messenden Bereich unmittelbar darunter war irgendwann mit einer Mischung aus Feldsteinen und Mörtel verfüllt worden.

»Sieht aus wie ein zugemauertes Fenster«, meldete Alois sich als Erster zu Wort. »Aber irgendwas stimmt damit nicht …«

»Richtig, zu was sollte auch ein Fenster unter der Erde gut

sein«, stimmte Siggi ihm zu und trat näher heran, um mit der Hand über die Steine zu fahren. Dann streckte er gebieterisch die Hand nach der Lampe aus und klopfte mit ihr behutsam gegen einen vorstehenden Stein. »Klingt hohl«, stellte er fest und wiederholte das Experiment an ein paar anderen Stellen. In einer Staubwolke rieselten Mörtelbrocken zu Boden, und ein paar kleinere Steine lösten sich.

»Dahinter scheint ein größerer Hohlraum zu sein«, diagnostizierte Alois fachmännisch.

»Ein Geheimgang?«, schlug Lars vor.

»Quatsch!« Sandra schüttelte den Kopf über so viel Naivität. »Was soll denn daran geheim sein, wenn man es sofort erkennt? Vielleicht hat man da jemanden lebendig eingemauert?« Sie schauderte. »Könnte das sein? Ich habe neulich gelesen, dass sie Nonnen, die schwanger wurden, lebendig eingemauert haben.«

»Mensch, Mädchen, deine Fantasie möchte ich nicht geschenkt haben!«, brummte Siggi angeekelt und wechselte einen sprechenden Blick mit Alois. »Halt doch mal einfach die Klappe!«

»Und wenn es nun doch ein zugemauerter unterirdischer Gang ist, der irgendwo im Hotel endet?« Lars bestand auf seiner Theorie.

»Es wäre dem Architekten oder der Baufirma doch sicher aufgefallen, wenn es dort einen zugemauerten Zugang gegeben hätte«, wandte Sophie ein.

»Und wenn sie den Zugang gar nicht erkannt haben? Wenn es zum Beispiel ein Stück Mauer wäre, das sich nur bewegt, wenn man eine versteckte Feder drückt?«

»Ich glaube nicht, dass es hier so etwas Kompliziertes gibt. Und selbst wenn: Alle Metallteile wären doch längst verrostet und würden nicht mehr funktionieren.« Sophie versuchte die überbordende Fantasie zu dämpfen.

»Ich würde trotzdem wahnsinnig gerne wissen, was dahinter ist! Können wir nicht ein Loch hineinbrechen?«, bettelte Sandra.

Der Vorschlag fiel auf fruchtbaren Boden.

»Warum nicht?« Siggi beklopfte mit den Fingerknöcheln den Putz. »Es dürfte nicht allzu schwierig sein, das bisschen bröckeligen Mörtel wegzuklopfen. Alois, hast du was Brauchbares dabei?«

Der Angesprochene nickte, drehte sich wortlos um und verschwand polternd in der Dunkelheit. »Und etwas mehr Licht wäre nicht schlecht! Lars, schau doch mal, ob du nicht doch noch etwas findest!«

Während sie auf die beiden warteten, kamen Sophie erste Zweifel an dem Vorhaben. »Sollten wir nicht besser auf Pohlmanns warten, ehe wir hier eine Mauer einreißen?«

»Nein, Sophie, das kann doch nicht dein Ernst sein!« Sandra wirkte richtig entsetzt. »Du bist genauso neugierig wie wir alle!«

»Herr im Himmel …«, nuschelte Siggi fast unhörbar und fügte dann klar und deutlich in dem beruhigenden Tonfall, den man ängstlichen Kindern und überängstlichen alten Damen gegenüber anschlägt, hinzu: »Wir reißen hier doch keine Mauer ein! Das bisschen Mörtel haben wir im Nu weggeputzt. Vermutlich ist dahinter nur eine Nische für ein Weinfass – kein Grund, jetzt nervös zu werden!«

Vermutlich hat Siggi völlig Recht, beruhigte sich Sophie. Es war nicht sehr wahrscheinlich, dass sie dahinter auf einen versteckten Kirchenschatz oder ähnlich Aufregendes stoßen würden. Sollten sie doch ihren Spaß haben!

In erstaunlich kurzer Zeit waren Alois und Lars zurück. Lars hatte einige Arbeitslampen mitgebracht und ihre Scheinwerfer erleuchteten den Raum bis in den letzten Winkel. Allerdings kümmerte sich niemand um die Winkel.

»Ich denke, wir fangen ganz vorsichtig an«, erläuterte Alois und hob einen armdicken Meißel samt Gummihammer in die Höhe. »Wir wollen ja nichts beschädigen!«

Gleich darauf begann er an einer Seite, die Meißelspitze mithilfe des Gummihammers zwischen Ziegelmauer und Mörtelmasse zu treiben.

In stummer Spannung verfolgten die übrigen vier seine Fortschritte. Der Mörtel staubte stark, schien aber nicht allzu haltbar zu sein. Es dauerte jedenfalls keine drei Minuten, ehe Alois den Hammer sinken ließ und behutsam mit dem Meißel als Hebel den ersten Stein lockerte.

»Das ist kein Rotband-Mörtel«, witzelte er, während er das Loch vergrößerte. »Hoppla …« Rasch sprang er einige Schritte zurück, als sich ein größerer Stein löste und zu Boden polterte.

»Pfui Teufel …«, keuchte Siggi hustend und spuckend. »Hör auf, ehe du uns alle erstickst!« Der Staub brannte in den Augen, aber schlimmer noch war das Gefühl, keine Luft mehr zu bekommen.

»Hier …« Sophie reichte Papiertaschentücher herum und zwinkerte heftig, um wieder klare Sicht zu bekommen.

»Das reicht«, befand Siggi entschieden und näherte sich vorsichtig dem gut fußballgroßen Loch. Kaum hatte er hineingeleuchtet, schien er zu erstarren. Dann hauchte er ehrfürchtig: »Mich laust der Affe!«

»Was ist denn da?« Lars und Sandra versuchten gleichzeitig, über Siggis Schultern hinweg einen Blick durch das Loch zu erhaschen.

»Zurück!«, herrschte Siggi sie an, und sie gehorchten automatisch. »Einer nach dem anderen. Und ihr braucht nicht so zu schubsen, es ist nur eine komische Figur da drin.«

Die »komische Figur« entpuppte sich als die etwa einen halben Meter hohe Statuette einer Frau. An einigen Stellen der grünlichen Patina glaubte Sophie noch einen Rest des Bronzeschimmers zu erkennen. Die Frau stand aufrecht, und in ihrer wie auffordernd nach vorne gestreckten Hand hielt sie so etwas wie einen vertrockneten Kranz. Ihre aufwändige Frisur, das reich gefältelte Gewand und die geschnürten Sandalen erinnerten an die antiken Statuen in den Gärten italienischer Villen.

Es handelte sich tatsächlich um eine zugemauerte Nische in der Wand. Auf dem Putz der Hinterwand zeichneten sich noch ein paar Farbreste eines schlecht erhaltenen Freskos ab. Helles Azurblau, verwaschenes Blattgrün, Pompejanischrot.

»Ich verstehe das nicht. Es sieht so ähnlich aus wie der Marienaltar in der Krypta der alten Stadtkirche. Aber wieso hat man ihn zugemauert?« Sandra wirkte verwirrt.

»Wer auch immer das sein mag – Maria ist es nicht!«, verkündete Siggi im Brustton der Überzeugung.

»Bestimmt nicht.« Sophie war sich sicher, dass die dargestellte Frauengestalt weder eine Heilige noch eine Märtyrerin zeigen sollte. Dazu war die erotische Pose samt der halb entblößten Brüste und Oberschenkel zu eindeutig. »Es sieht eher griechisch oder römisch aus. Eine Göttin vermutlich …« Sophie trat noch einmal näher und versuchte, alles auszuleuchten. Unmittelbar vor der Statue standen ein flaches Öllämpchen, aus dessen Öffnung ein Stück schwarzer Docht ragte, und eine dunkle Schale, in der unter einer dicken Staubschicht nichts mehr vom Inhalt zu erkennen war.

»Was bedeutet das alles?« Sandras Frage klang ein wenig ängstlich. Sophie hob die Schultern.

»Zumindest ist es keine Gruft! Ich tippe auf irgendetwas Römisches.«

»Und was machen wir jetzt?«

»Am besten warten wir, bis deine Tante und dein Onkel zurück sind. Ich denke, man muss irgendeine offizielle Stelle über den Fund informieren. – Nichts anfassen«, fuhr sie Lars an, der gerade versuchte, den Arm so weit wie möglich in das Loch zu strecken.

»Warum nicht? Ich will das Lämpchen doch nur genauer anschauen. Da ist was drauf …«

»Weil es für die Archäologen wichtig ist, dass alles so liegen bleibt«, erklärte sie. »Das ist wie bei der Spurensicherung im Krimi.«

»Na gut.« Widerwillig zog er den Arm zurück. »Wir könnten doch den Nägele fragen. Der kennt sich mit so etwas aus.«

»Ja, natürlich!« Siggi schlug sich mit der flachen Hand an die Stirn. »Wieso habe ich nicht gleich an den gedacht?«

»Gute Idee«, befand auch Alois. »Bei der Grabung da unten, der mit dem römischen Gutshof, war der alte Nägele ganz schön dicke mit den Archäologen. Wie ich ihn kenne, hat er sich sicher die Adressen geben lassen, damit er damit angeben kann, mit wem er alles bekannt ist.«

»Ist das derselbe Herr Nägele, der die Broschüre über die Geschichte des Klosters geschrieben hat?«

Vier Köpfe nickten bestätigend.

»Ich vermute, er wird das hier erst einmal sehen wollen, ehe er irgendjemandem Bescheid gibt«, überlegte Sophie. »Sandra, könntest du ihn anrufen und bitten herzukommen?«

»Okay, mach ich. Und dann muss ich unbedingt sofort alles aufschreiben! Es ist wichtig, das zu tun, solange die Eindrücke noch frisch sind«, erklärte sie Sophie eifrig. »Mit jeder Stunde geht Authentizität verloren!«

»Ja, natürlich, ich verstehe.« Sophie nickte. »Wenn du später berühmt bist, sind deine Erinnerungen sehr wertvoll. Soll ich dir Bescheid sagen, wenn dieser Nägele eingetroffen ist?«

Sandra zog eine ablehnende Grimasse. »Nicht nötig. Der alte Knacker hat eine ganz eklige Art. Nennt mich immer ›liebes Kind‹ und versucht dabei, mich zu betatschen. Erzähl mir lieber später, was er gesagt hat!«

Alois musste seinen Bagger zurückbringen und verabschiedete sich mit deutlichem Bedauern, kündigte aber an, am nächsten Tag nach Feierabend wieder vorbeizukommen, um zu erfahren, wie es weitergegangen war.

Kaum war sein Ungetüm von Bagger um die Hausecke verschwunden und das Dröhnen schwächer geworden, als auch schon ein Auto mit quietschenden Reifen die Serpentinen heraufjagte.

Kurz darauf watschelte eine männliche Gestalt, so rasch es die korpulente Statur und die kurzen Beine erlaubten, auf die wartende Gruppe zu.

»Wo ist es?«, japste der Mann und sah sich suchend um. »Sandra sprach von einem römischen Keller und einer zugemauerten Nische!«

»Direkt vor ihren Füßen, Herr Oberstudienrat.« Siggi grinste und zwinkerte Sophie zu. »Aber darf ich Ihnen zuerst Frau Dr. Lichtenberger vorstellen?«

Nägele warf den Kopf hoch wie ein Jagdhund, der Witterung aufgenommen hat, und musterte Sophie mit deutlichem

Missfallen. Sein Händedruck war so kurz, dass er gerade noch den Ansprüchen der Höflichkeit genügte.

»Dann bin ich ja eigentlich überflüssig«, stellte er ungnädig fest. »Wozu werde ich hier denn gebraucht?«

Sophie ging ein Licht auf. »Nein, nein, das ist ein Irrtum!«, sagte sie eilig. »Ich bin Botanikerin, keine Archäologin …«

»Liebe, junge Dame« – die Veränderung, die in Nägeles Gesicht vor sich ging, war erstaunlich – »entschuldigen Sie bitte mein Auftreten. Ich war völlig fixiert auf diese Entdeckung.« Die verkniffenen Züge glätteten sich, und der Mann strahlte vor Erleichterung. Er verbeugte sich förmlich. »Gestatten: Oberstudienrat a.D. Heinrich Nägele. Ehrenamtlicher Mitarbeiter des Landesdenkmalamts und Spezialist für die römische Kaiserzeit.« Dieses Mal schüttelte er Sophies rechte Hand so enthusiastisch, als sei es schon lange sein Wunsch gewesen, sie kennen zu lernen. Dabei huschten seine kleinen hellen Augen wie Käfer über ihren Körper.

»Nachher müssen Sie mir ganz genau erzählen, was Sie hier machen«, verkündete er gönnerhaft. »Aber jetzt wollen wir zuerst sehen, worauf ihr so zufällig gestoßen seid!«

Er tätschelte ihre Hand, bevor er sie losließ und sich umwandte. Unauffällig wischte Sophie sich die Hand am Hosenbein ab.

»Geh voran, Siggi, nun mach schon«, drängte Nägele und bückte sich schwerfällig nach einer der Taschenlampen, die Lars am Einstieg deponiert hatte.

»Einen Moment noch – Lars kommt gerade mit anständiger Beleuchtung!« Siggi winkte seinem jungen Gehilfen, der ein Kabel hinter sich herziehend auf sie zukam.

»Gute Idee, Junge«, brummte Siggi anerkennend, sobald er die Halogenleuchte in der Hand des Jungen sah.

»Dann wollen wir mal!« Lars stand bereits auf der Treppe.

»Na los, Herr Nägele.« Siggi schob ihn kurzerhand vor sich her. »Bleiben Sie dicht hinter Lars. Wir kommen nach.«

Diesmal wirkte der Raum mit dem Tisch kleiner. Vielleicht, weil die helle Handwerkerleuchte, die Lars hochhielt, alles näher zu rücken schien.

Herr Nägele blieb volle zwei Minuten stumm. Auch die anderen schwiegen. Lars, nicht imstande, ruhig zu stehen, suchte mit hoch erhobener Leuchte die Wände nach etwas Interessantem ab. Siggi wartete nachsichtig, die Hände in den Hosentaschen vergraben, dass der erstarrte Oberstudienrat wieder zu sich kam.

»Mein Gott …«, keuchte der schließlich und rang die dicklichen Hände. »Das muss, nein, das *ist* ganz bestimmt römisch. Das Mauerwerk – haargenau wie in dem Gutshof im Tal, es gibt überhaupt keinen Zweifel.«

Der Mann wirkte so aufgeregt wie ein Schuljunge. Immer wieder strich er sich über den Kopf und brachte damit die sorgsam über die rötlich glänzende Kopfhaut drapierten dünnen Strähnen in Unordnung.

»Sie sind sich absolut sicher, dass es römisch ist?«, hakte Sophie nach.

Die Schultern in der cognacfarbenen Strickjacke strafften sich, und Nägele schoss ihr einen giftigen Blick zu. »Selbstverständlich«, schnaubte er entrüstet. »Zweifeln Sie an meiner Kompetenz?«

»Die kann ich nicht beurteilen«, gab sie ehrlich zu. »Aber wenn dieser Raum tatsächlich schon so lange existiert, hätte er doch von den Klosterbrüdern entdeckt werden müssen!«

Herr Nägele blies herablassend die Luft durch die Nase. »Es gibt sicher eine plausible Erklärung dafür. Dieses Mauerwerk, der gestampfte Lehmboden – alles zweifelsfrei. Auch dieser Bogen da, bis auf …« Er ging näher heran, begutachtete die unordentliche Füllung und runzelte die Stirn.

»Das sieht allerdings seltsam aus. Absolut untypisch. Als hätte es jemand in aller Eile und ohne handwerkliche Kenntnisse zumauern wollen. Wer hat das Loch hineingeschlagen?«

»Das waren wir«, gestand Sophie. »Um sicherzugehen, dass kein Geheimgang oder sogar eine Geheimgruft dahinter versteckt sind.«

Der Oberstudienrat presste die wulstigen Lippen zusammen und schüttelte tadelnd den Kopf, schwieg aber. Dann bedeutete er Lars, mit der Lampe neben ihn zu treten und ihm zu leuchten.

»Ein Hausheiligtum«, hauchte er andächtig. »Und komplett erhalten …«

Ungeduldig riss er dem Jungen die Lampe aus der Hand und leuchtete selbst hinein. »Eine Terra-Sigillata-Öllampe, eine Opferschale, Wandfresko …«, murmelte er vor sich hin. »Wahnsinn!«

»Um welche Göttin, glauben Sie, handelt es sich bei der Statue?« Sophie konnte nicht widerstehen, ihn ein wenig auf die Probe zu stellen.

»Venus«, erwiderte er ohne Zögern. »Eine ganz typische Venusdarstellung der späten Kaiserzeit. Außerdem ist die Öllampe mit – hm – eindeutigen Szenen versehen.«

»Ist sie wertvoll?« Lars kam näher.

»Wertvoll?« Nägele zuckte zusammen. »Und ob! Amerikanische Sammler würden ein Vermögen dafür ausgeben, sie in die Finger zu bekommen!«

»Und was machen die dann mit ihr?«, erkundigte sich Lars interessiert.

»Sie landet in irgendeinem feuersicheren Tresorraum.«

»Das verstehe ich nicht!« Der Junge schüttelte verwirrt den Kopf. »Wieso gibt man einen Haufen Geld für etwas aus, das man dann verstecken muss?«

»Um es zu besitzen«, brummte Siggi. »Kleine Kinder sammeln Steine und Muscheln, Millionäre Kunstgegenstände. – Was ist mit diesem Tisch, Herr Oberstudienrat?«

Heinrich Nägele wandte seine Aufmerksamkeit jetzt dem Steintisch zu, und Sophie trat zu dem Guckloch, um einen neugierigen Blick auf die »eindeutigen Szenen« zu werfen.

Der Herr Oberstudienrat muss sich gut mit dergleichen auskennen, dachte sie. Sichtbar waren nur eine menschliche Figur, die von zwei Beinen umschlungen gehalten wurde, sowie das Ende eines Tisches oder einer Bank. Mehr nicht. Enttäuscht ließ sie ihre Lampe sinken und schloss sich den anderen wieder an.

Herr Nägele hatte gerade einen Kurzvortrag über die römische Kaiserzeit beendet und fuhr nun liebevoll die Kannelüren am Fuß der Tischsäule entlang. »Saubere Arbeit«, würdigte er sie bewundernd. »Das dürfte Importware aus Griechenland sein. Teures Stück. Fühlen Sie mal, wie fein die Platte hier geschliffen ist!« Er trat ein Stück zur Seite und Sophie fuhr mit der Handfläche über die Platte. Sie schien tatsächlich absolut glatt zu sein, bis auf eine kleine Vertiefung in der Mitte.

»Was ist das?« Sie zeichnete mit dem Zeigefinger die Delle nach. »Da ist eine Kuhle, etwa so groß wie ein Kuchenteller.«

»Tatsächlich – sehr ungewöhnlich!« Herr Nägele schien fasziniert. »Es könnte sich um einen Opfertisch handeln, aber ich bin mir nicht sicher.«

»Ein Opfertisch?« Sophie zog schnell ihre Hand zurück, als seine dicklichen Finger ihre berührten. »Wofür?«

»Vermutlich Trankopfer oder Duftstoffe. Vielleicht können sie im Labor noch irgendwelche Reste analysieren. Ich werde sofort Herrn Dr. Roth benachrichtigen«, kündigte er dann an. »Aber bis er kommt, muss das hier natürlich gesichert werden. Am besten hält jemand Wache!«

»Also ich nicht, ich brauche meinen Schlaf«, verwahrte sich Siggi. »Wenn es so lange unentdeckt geblieben ist, wird es auf eine weitere Nacht nicht ankommen.«

Nachdenklich wanderten Herrn Nägeles Schweinsäuglein zu Lars hinüber. »Ich bin mir nicht sicher, ob wir es wagen können ...«, sagte er nachdenklich.

Lars errötete und presste die Lippen zusammen. Siggi legte ihm beruhigend einen Arm um die Schultern. »Für den Jungen lege ich meine Hand ins Feuer«, sagte er ruhig, aber die Augen unter den gesträubten Brauen funkelten angriffslustig. »Sie wollen doch wohl nicht andeuten, dass Lars hier nachts etwas stehlen würde, oder?«

»Ich sage nur: Der Apfel fällt nicht weit vom Stamm!«

Die schmale Gestalt verkrampfte sich, wurde blass und Siggis Hand griff fester zu.

»Er hat es nicht gestohlen, er hat es sich nur wegen mir ausgeliehen!«, brach es aus Lars hervor und Sophie sah seine Augen verdächtig schimmern.

»Stehlen heißt für mich immer noch Stehlen«, beharrte der Oberstudienrat und kniff den Mund zu einer dünnen Linie zusammen.

»Ruhig, Junge!«, befahl Siggi, und die Knöchel an seiner wettergegerbten Hand traten wie helle Flecken hervor. Als er dem Oberstudienrat in die Augen sah, trat der erschreckt einige Schritte zurück, bis er an den runden Tisch stieß. Auch Sophie war überrascht von dem Ausmaß der Wut und Verachtung in Siggis verzerrten Gesichtszügen.

»Sie sollten sich in Grund und Boden schämen, dem Jungen die Jugendsünde seines Vaters vorzuwerfen«, zischte er. »Lars hat sich nie das Geringste zuschulden kommen lassen!«

»Wer sich hier schämen muss, ist ja wohl eine müßige Frage ...« Oberstudienrat Nägele bemühte sich krampfhaft um eine würdevolle Haltung, was nicht so einfach war, da er hinter sich den Tisch und vor sich den vor Zorn zitternden Siggi stehen hatte.

»Worum geht es hier eigentlich?«, fragte eine angenehme und dennoch Autorität ausstrahlende Stimme. Die beiden Pohlmanns traten aus dem Gang in den niedrigen Raum und sahen sich staunend um. »Sandra hat uns erzählt, dass ihr auf einen Keller gestoßen seid und wir ihn uns sofort ansehen müssen«, sagte Frau Pohlmann und sah sich ungläubig um. »Grüß Gott, Herr Nägele. Was halten Sie denn hiervon?«

Der Angesprochene streckte die gut gepolsterte Brust hinaus und erklärte dann mit gewichtiger Stimme: »Es dürfte sich um ein unterirdisches Heiligtum handeln. Aber ich möchte dem Fachmann vom Landesdenkmalamt nicht vorgreifen.«

Frau Pohlmann hob eine Braue. »Haben Sie schon mit ihm gesprochen?«

»Nein, noch nicht. Ich beabsichtige, Herrn Dr. Roth anzurufen, sobald ich zu Hause bin.«

»Dann sollten Sie das möglichst bald tun«, empfahl Herr Pohlmann, »sonst erreichen Sie ihn heute nicht mehr.«

»Wie spät ist es denn?« Nägele zog eine golden glänzende Großvateruhr aus seiner Westentasche, klappte sie auf und fuhr zusammen. »Sie haben Recht, ich muss mich sputen!« Eine angedeutete Verneigung, ein kurzes »Danke«, als Herr Pohlmann ihm seine Lampe reichte, und der Lichtkegel verschwand im Dunkel.

»Was war das gerade für eine Auseinandersetzung?«, fragte Hans-Dieter Pohlmann, nachdem die Schritte verklungen waren.

»Ach, nichts Besonderes«, sagten Siggi und Lars wie aus einem Mund und warfen Sophie beredte Blicke zu.

»So?« Der Zweifel war in Herrn Pohlmanns Stimme nicht zu überhören, aber er beschloss offenbar, die Sache auf sich beruhen zu lassen. »Was halten Sie von all dem hier?«, wandte er sich an Sophie.

»Ich denke, Herr Nägele hat Recht«, sagte sie nachdenklich. »Von Mauerwerk habe ich keine Ahnung, aber diese kleine Kultstätte« – sie zeigte auf die ehemals zugemauerte Nische – »macht tatsächlich einen antiken Eindruck. Schauen Sie selbst!«

»Ich komme mir vor wie in einem Film«, stellte Lieselotte Pohlmann fest. »Als ob wir gleich die Grabkammer öffnen würden …«

»Ich fürchte, das wirst du den Fachleuten überlassen müssen, meine Liebe! Und unseren Klostergarten können wir erst einmal vergessen!« Die schöne Stimme vibrierte vor Ärger. »Weiß der Teufel, wie lange die hier alles blockieren werden!«

»Meinst du wirklich?« Erschreckt durch diese neue Erwägung sah sich Lieselotte Pohlmann in dem niedrigen Raum um. »Das wäre ausgesprochen ärgerlich!«

Beim gemeinsamen Abendessen mit Pohlmanns bot Sophie an, so lange als zahlender Gast zu bleiben, bis man anfangen konnte, den Garten anzulegen. Die Entdeckung hatte sie neugierig gemacht. Sie wollte unbedingt miterleben, wie es mit der kleinen Statue und dem unterirdischen Raum weiterging. Überrascht stellte sie fest, dass die Aussicht auf einige Tage des Nichtstuns, in unmittelbarer Nähe des jungen Kochs mit den blauen Augen, ihr durchaus zusagte.

»Kommt nicht in Frage!« Herr Pohlmann war richtiggehend entrüstet. »Selbstverständlich sind Sie unser Gast.«

»Aber doch nicht für die ganze Zeit«, protestierte Sophie. »So etwas kann Wochen dauern!«

»Das hoffe ich nicht«, sagte Frau Pohlmann optimistisch. »Ich habe mit dem Bürgermeister telefoniert und er hat mir versichert, dass die Ämter sich im Allgemeinen sehr darum bemühten, solche Dinge so rasch wie möglich abzuwickeln. Es ist schließlich in ihrem Interesse, dass sie informiert werden und die Leute nicht schnell und unauffällig alles beseitigen.«

»Wann kommen diese Archäologen denn wohl?«, fragte Sandra ungeduldig.

»Keine Ahnung.« Herr Pohlmann zuckte mit den Schultern. »Sobald sie können, vermutlich.«

Draußen fuhr ein Wagen vor.

»Das wird Thomas sein!«, Sandra sprang auf und stürzte zur Tür.

»Sandra genießt das Ereignis in vollen Zügen«, stellte ihr Onkel amüsiert fest und lehnte sich abwartend zurück. »Ich wette, sie wird darauf bestehen, ihm alles sofort vorzuführen.«

»Begleitest du sie?« Frau Pohlmann klang eine Spur besorgt.

»Ich würde es mir sehr gerne noch einmal ansehen«, erklärte Sophie, legte ihre Serviette auf den Tisch und schob den

Stuhl zurück, ehe Herr Pohlmann reagieren konnte. »Bleiben Sie ruhig sitzen!«

»Danke!« Er lächelte ihr zu und unterdrückte ein Gähnen. Plötzlich fielen ihr die Linien um seinen Mund und zwischen den Augenbrauen auf. Er wirkte ausgesprochen erschöpft.

»Ach, was ich Sie noch fragen wollte …« Sophie zögerte. Würde es sehr aufdringlich wirken, wenn sie sich nach Lars erkundigte?

»Ja?«, ermutigte Herr Pohlmann sie. »Geht es um diese Andeutung über Lars' Vater, die Herr Nägele von sich gegeben hat?«

Sophie nickte.

»Eine unnötig tragische Geschichte«, sagte er bedächtig, während er mit seinem Weinglas spielte. »Sein Vater war noch sehr jung, als er heiraten musste. Aber er vergötterte seine kleine Familie. Was man auch immer über ihn sagen kann, er liebte seine Frau und seinen Sohn über alles.«

»Ist er tot?«

Herr Pohlmann nickte. »Seit fast vier Jahren. Zu Lars' Geburtstag wollte er ihn mit einem Autoausflug überraschen, aber er besaß kein Auto …«

»Und da hat er eins gestohlen?«

»Ja, einen Porsche. Lars hat anschließend immer wieder beteuert, sein Vater hätte ihn sich nur ausgeliehen. Na, glücklicherweise hatte er den Jungen wenigstens schon wieder nach Hause gebracht, als er verunglückte.«

»Wie schrecklich für Lars!«, entfuhr es Sophie.

»Ja, und wie ich bereits sagte: unnötig tragisch. Die Stelle, an der er gegen die Felswand fuhr, war ganz in der Nähe der Garage, in der der Wagen abgestellt war. Also stimmt es vermutlich, dass er ihn zurückbringen wollte. Zufällig aber war der

Besitzer früher nach Hause gekommen und hatte bereits eine Ringfahndung nach seinem Auto ausgelöst. Die Polizei entdeckte ihn und während der Verfolgungsjagd passierte es ...«

»Und wie kamen Lars und seine Mutter damit zurecht?«

»Schlecht«, sagte Frau Pohlmann düster. »Die junge Frau ist damals völlig zusammengebrochen. Lars kam in ein Heim. Vor einem Jahr hat sie wieder geheiratet und seit kurzem lebt er wieder bei ihr. Aber er versteht sich nicht besonders mit seinem Stiefvater.«

»Ich möchte den sehen, der sich mit diesem Kerl versteht!« Herrn Pohlmanns Stimme troff vor Verachtung. »Ein bigotter Gewaltmensch!«

»... ist wirklich und tatsächlich so eine Art unterirdischer Tempel!« Sandras sich vor Aufregung überschlagende Stimme klang Sophie vom Ende des Flurs entgegen, noch bevor die beiden Gestalten um die Ecke bogen. Überrascht hielten sie mitten im Schritt inne.

»Ich dachte, ich begleite euch«, sagte Sophie gelassener, als sie sich fühlte. »Ich würde es gerne noch einmal sehen.«

Sie schluckte nervös beim Anblick der hoch gewachsenen Gestalt, deren schlanke Silhouette sich wie ein Scherenschnitt vor dem Lichtschein aus dem hinteren Flur abhob.

»Guten Abend«, begrüßte Thomas Greuter sie höflich. Sein Händedruck war genau richtig: angenehm fest und warm, Vertrauen einflößend. »Ich wollte gerade fragen, ob es in Ordnung ist, dass Sandra mir diesen seltsamen Keller zeigt. Ist es wirklich sicher?«

»Ich denke schon«, sagte Sophie. »Das Mauerwerk macht einen ausgesprochen stabilen Eindruck – schließlich hat es den schweren Bagger ausgehalten, ohne in sich zusammenzubrechen. Und dieser Herr Oberlehrer hat uns versichert, dass römische Keller in Italien vor allem wegen ihrer guten Konstruktion als Weinkeller sehr beliebt seien.«

»Du hast doch nicht etwa Angst?«, fragte Sandra provozierend.

»Nein, überhaupt nicht«, sagte Thomas eine winzige Spur lauter als nötig. »Ich finde nur, man sollte vorsichtig sein. Wenn da nun eine versteckte Falltür eingebaut ist? Oder die Treppe einstürzt?«

»Sollte es dort unten so etwas wie eine Falltür geben, hätten Lars oder Herr Nägele sie bestimmt entdeckt«, beruhigte Sophie ihn.

»Und wegen der Treppe können Sie ganz beruhigt sein: Sie ist nicht aus Holz, sondern aus massivem Stein.«

Während Sandra vorauseilte, schob Sophie beiläufig ihren Arm unter seinen und sagte fröhlich: »Es ist erstaunlich, wie weit verbreitet die Abneigung gegen enge, dunkle Räume ist. Oder gegen Aufzüge – ich persönlich hasse Aufzüge!«

Der warme Körper neben ihr zuckte leicht zusammen. »Sie haben es bemerkt, nicht wahr?«, fragte er. »Jetzt halten Sie mich sicher für einen jämmerlichen Waschlappen!«

»Bestimmt nicht«, versicherte Sophie ihm und drückte seinen Oberarm ein wenig. Sie waren inzwischen in dem dunklen Garten angekommen. »Es ist sogar ausgesprochen vernünftig, bei einer solchen Unternehmung vorsichtig zu sein. Wir müssen Sandra auch nicht bis unten begleiten. Wir können genauso gut oben auf sie warten.«

»Kommt nicht in Frage! Sie freut sich doch so, mich damit zu beeindrucken.«

»Sie würde sicher nicht darauf bestehen, wenn sie wüsste, dass Sie unter Klaustrophobie leiden.«

Er seufzte tief auf. »So schlimm ist es nicht. Es ist mehr eine tief sitzende – wie haben Sie das vorhin genannt – ›Abneigung gegen enge dunkle Räume‹.«

»Wo bleibt ihr denn?« Sandra kam vor Aufregung hüpfend zu ihnen zurück. »Ich habe schon alles vorbereitet. Wir können gleich runter.«

Mit diesen Worten hielt sie ihnen die bereits angeschalteten Stablampen hin. Die hellgelben Lichtkreise tanzten auf der aufgerissenen Erde und verwischten die Konturen, bis auf das dunkle Loch, das geradewegs ins Erdinnere zu führen schien.

»Puh …« Thomas Greuter schüttelte sich. »Kein Wunder, dass du davon so begeistert bist! Das sieht ja richtig unheimlich aus.«

»Irre, nicht?« Sandra schien völlig unbeeindruckt von der düsteren Atmosphäre. »Mann, werden die Augen machen, wenn ich das in der Schule erzähle!«

»Ich gehe als Erste«, sagte Sophie ruhig und nahm ihr eine der Lampen aus der Hand. Der Lichtkreis wurde zur Lichtspur, die die ersten Treppenstufen ausleuchtete. »Es ist alles erstaunlich gut erhalten – trotzdem sollten wir uns langsam und vorsichtig bewegen!«

Zielsicher ging sie auf die Treppe zu und begann hinunterzusteigen. Am Fuß der Treppe wartete sie, bis die beiden anderen aufgeschlossen hatten. Sophie hielt ihre Leuchte bewusst so, dass sie ein möglichst großes Areal erhellte und die Wände auf Distanz hielt, aber Thomas Greuter schien seine Klaustrophobie gut im Griff zu haben.

Kurz darauf stand er in stummem Staunen und ließ den Raum auf sich wirken. Dann ging er ein paar Schritte auf den Tisch zu und fuhr andächtig mit den Fingerspitzen darüber.

»Wie lange der hier wohl schon steht?«

»Herr Nägele glaubt, dass er aus der späten Kaiserzeit stammt. Viertes bis fünftes nachchristliches Jahrhundert«, sagte Sophie und fühlte wieder die Gereiztheit, die der aufgeblasene Herr Oberstudienrat a.D. mit seinem Vortrag in ihr geweckt hatte.

Fasziniert tastete Thomas Greuter mit dem Zeigefinger über die fein geschliffene Oberfläche. »Und schon so wunderbar gearbeitet …«

»Das Schönste ist eigentlich die Statue dort hinter der Öffnung.« Sophie zeigte mit dem Strahl ihrer Lampe auf die zugemauerte Nische.

Neugierig trat Thomas Greuter näher an das Guckloch heran und betrachtete die Figur so ausgiebig, als wollte er sie sich einprägen.

»Wer soll das sein? Sie sieht irgendwie komisch aus, als ob sie lächelt – aber wenn man genau hinschaut, lächelt sie nicht mehr. Sehen Sie selbst!«

Sophie folgte der Aufforderung, näherte ihr Gesicht dem Loch und schaute angestrengt hindurch. In dem unruhigen Licht schien sich der kleine Mund der Statue tatsächlich zu einem Lächeln zu verziehen.

»Das dürfte an den Lichtverhältnissen liegen«, vermutete Sophie. »Ich habe es mir eben auch eingebildet. Nägele hält sie für eine Venus. Ich bin gespannt, was die Fachleute dazu sagen werden.«

»Venus – war das nicht die Göttin der Liebe?«

»Nicht nur. Sie war auch die Göttin des Frühlings und der Gärten. Es gibt einige Pflanzen, die nach ihr benannt wurden, wie beispielsweise der Venusschuh, eine wunderschöne Orchidee, oder die Venus-Fliegenfalle, die weniger schön, dafür aber interessant ist.«

»Vielleicht war sie ja die Schutzgöttin dieses Gartens, und hier hat man zu ihr gebetet?« Offenbar wurde Sandras Vorstellungskraft von der neuen Interpretationsmöglichkeit beflügelt. Theatralisch sank sie vor der Nische auf die Knie, hob beide Arme und rief: » O Venus, Göttin des Gartens, lass den Salat ordentlich sprießen und die Tomaten schnell rot werden!«

»Also, erstens bin ich mir gar nicht sicher, ob sie sich ohne anständiges Opfer angesprochen fühlt, und zweitens kann die Arme mit Tomaten nichts anfangen«, sagte Sophie trocken.

»Natürlich kennt sie Tomaten, die sind doch aus Italien!«

Thomas Greuter hinter ihr verdrehte die Augen. »Ich sage nur: Kolumbus …«

»Wie blöd von mir, daran habe ich gar nicht gedacht.« Peinlich berührt sprang Sandra auf. »Aber mir gefällt sowieso die Vorstellung besser, dass das hier ein geheimer Kultplatz war.«

»Bitte nicht schon wieder Skelette!«, stöhnte Sophie. »Kannst du nicht einmal an etwas anderes als bleiche Knochen denken?«

»Aber das tue ich doch gerade!«, widersprach das Mädchen gekränkt. »Ich habe eher an Fruchtbarkeitsrituale oder so etwas gedacht.«

»Als Nächstes wirst du behaupten, hier hätten Orgien stattgefunden!«

»Warum nicht?«

»Ich würde vorschlagen, diese Fragen den Archäologen zu überlassen«, mischte Thomas Greuter sich begütigend ein. »Es ist ein bisschen spät, um sich jetzt noch mit Orgien zu beschäftigen. Ich jedenfalls bin ziemlich müde.«

Kapitel 5

Der nächste Morgen versprach erneut einen Maitag, wie man ihn sich immer wünscht und viel zu selten bekommt. Sophie summte leise vor sich hin, während sie gemächlich nach draußen schlenderte.

Es war ihr ganz lieb gewesen, dass sie den Frühstückstisch schon verlassen vorgefunden hatte. So konnte sie ohne Ablenkung noch einmal den gestrigen Abend an sich vorüberziehen lassen.

Er war nicht ganz so verlaufen, wie sie es sich ausgemalt hatte. Dabei fügte sich zunächst alles recht gut: Die Schläge der Kirchturmuhr erinnerten Sandra daran, dass eine ihrer Lieblingssendungen begann, und sie wünschte ihnen daraufhin eilig eine gute Nacht.

»Wollen wir uns noch ein bisschen auf die Mauer setzen?«, hatte Sophie Thomas vorgeschlagen und war sich dabei richtig kühn vorgekommen. »Es ist so eine herrliche Nacht.«

Ein paar Minuten lang hatten sie in stummem Einvernehmen auf der Mauerkrone nebeneinander gesessen.

Der an diesem Abend ungewöhnlich große Vollmond schien inzwischen genau auf den ehemaligen Klostergarten, aber in dem milchig-schwachen Licht verschwammen die Konturen zu einem surrealistischen Schattenbild. Die Mauerreste schimmerten an den Stellen, an denen sie nicht von Flechten überzogen waren, unwirklich hell, während die im Schatten liegenden Bereiche undurchdringlich und abweisend wirkten.

Auf dem flachen Stück nackter Erde, das der Bagger hinterlassen hatte, zog das tiefschwarze Loch den Blick des Betrachters geradezu magnetisch an.

»Es ist ein seltsames Gefühl, zu denken, dass dieser Raum die ganze Zeit unter unseren Füßen lag«, sagte Thomas nachdenklich. »Komisch, dass den Mönchen früher nichts aufgefallen ist! Der Garten lag doch genau über diesem Keller. Warum haben sie ihn nicht als Abstellkammer für Gartengeräte oder so etwas genutzt?«

»Es macht eher den Eindruck, als hätten sie, oder jemand anders, ihn absichtlich verschlossen«, erklärte Sophie. »Wenn dieser Holunder nicht zufällig genau auf der Steinplatte gewachsen wäre, hätten wir auch jetzt nichts bemerkt. Die Platte selbst lag so tief, dass sie nicht gestört hätte.«

»Wie lange wird es nun dauern, bis Sie den Kräutergarten anlegen können?«, fragte Thomas, ohne weiter darauf einzugehen. »Ich hatte die neuen Kräuter eigentlich schon für das Pfingstmenü eingeplant.«

Offensichtlich ist der Koch nur mäßig an der aufregenden Entdeckung interessiert, dachte Sophie amüsiert. »Länger als eine Woche werden die Archäologen hoffentlich nicht brauchen«, tröstete sie ihn. »Dann können wir die Beete abstecken und pflanzen. – Ich rechne immer noch damit, dass in spätestens zwei Wochen alles fertig ist.«

»Hoffentlich haben Sie Recht«, sagte er skeptisch und unterdrückte mühsam ein Gähnen. »Ich bin unglaublich müde – bitte entschuldigen Sie mich, Frau Dr. Lichtenberger. Ich muss ins Bett.«

Und damit hatte er sich erhoben, sich ein wenig gestreckt und sich dann mit einer leichten Verbeugung in ihre Richtung verabschiedet.

Na, großartig, Sophie! So viel zu deinen Plänen. Wenn er an

dir interessiert wäre, hätte er sich doch wohl nicht einfach ins Bett verzogen!, dachte sie.

Frustriert hatte sie noch für eine Weile auf dem Mäuerchen gesessen. Das kam davon, wenn man absolut keine Erfahrung mit Männern hatte. Vielleicht sollte sie Sandra vorsichtig aushorchen, ob Thomas schwul war? Oder lag es an ihr? War sie für Männer unattraktiv?

Ihr Bruder hatte einmal halb im Scherz behauptet, sie trüge ein nur für Männer sichtbares Schild auf der Stirn: »Nicht interessiert«. Immerhin hatte es ihr gute Dienste geleistet, all die Unternehmungslustigen abzuschrecken, die annahmen, sie müsste ihnen in die Arme fallen wie eine reife Pflaume. Aber nun hatte sie nicht die geringste Ahnung, wie sie die Leuchtschrift auf dem Schild wieder ausschalten sollte …

Im Grundstudium hatte sie selbstverständlich auch Lehrveranstaltungen in Zoologie belegen müssen, und aus dem Kurs »Partnerwahl bei Wirbeltieren« war ihr noch im Gedächtnis, dass Tiere dem anderen Geschlecht ihr Interesse signalisierten. Das Signal wurde aufgefangen und zog entsprechende Reaktionen nach sich. Aber was im Tierreich so einfach funktionierte, schien beim Menschen ungleich komplizierter.

Resignierend war Sophie schließlich von der Mauer gerutscht und hatte sich ebenfalls auf den Weg in ihr Zimmer gemacht.

Jetzt wollte sie noch rasch einen letzten Blick auf die Details der Blumendarstellungen im Fresko werfen, ehe die Archäologen sich dort unten breit machten. Vielleicht konnte sie trotz des schlechten Erhaltungszustands einige davon identifizieren.

Den Blick auf den Trampelpfad gerichtet, den sie bei ihrer Nachtexkursion hinterlassen hatten, fiel ihr die fremde Fußspur erst auf, als sie kurz vor dem Loch darauf stieß.

Sie führte vom Waldrand geradewegs auf die Treppe zu – und sie wies nur in eine Richtung. Sophie fühlte, wie ihr Herzschlag sich beschleunigte. Hatte der alte Nägele nicht davon gesprochen, dass man den wertvollen Fund eigentlich bewachen müsste?

Offenbar war es ein Fehler gewesen, dass sie ihn nicht ernst genommen hatten. Dort unten war jemand, so viel war sicher. Ein Klopfen und Hämmern deutete zudem darauf hin, dass sich jemand an dem Durchbruch zur Nische zu schaffen machte. Hektisch sah sie sich um, suchte nach Siggis stämmiger Gestalt oder wenigstens nach Lars' schmaler Silhouette. Niemand zu sehen!

Alles wirkte wie ausgestorben.

Sollte sie zurücklaufen und die Polizei rufen? Doch wenn sie sich jetzt entfernte, konnte der Kerl unter Umständen mit der Statuette entkommen. Die Vorstellung, dass sich eine finstere Gestalt, die Antiquität unter ihrem Ledermantel verborgen, unbehelligt davonmachen würde, weckte ihre Wut und ließ sie alle Bedenken zur Seite schieben.

Kurz entschlossen ergriff sie die schwerste der Stablampen, die noch vom Abend zuvor neben dem Eingang lagen, und machte sich bereit, so leise wie möglich hinunterzusteigen. Eine Art Jagdfieber hatte von ihr Besitz ergriffen. Mit heftig klopfendem Herzen, aber ohne Zögern setzte sie behutsam einen Fuß vor den anderen, schlich die Stufen hinunter und den Gang entlang.

Der Lichtschein, der aus der Tiefe zu ihr drang, und die nunmehr schabenden Geräusche bestätigten, dass dort tatsächlich jemand beschäftigt war. Vermutlich versucht er gerade, die Mörtelmauer einzureißen, um an die Venus heranzukommen, dachte Sophie wütend.

Vorsichtig tastete sie sich näher.

Sobald sie volle Sicht auf den Dieb hatte, hielt sie kurz inne. Er war ziemlich groß, wie er da unmittelbar vor der Mauer stand und prüfend etwas zwischen den Fingern rieb. Hatte er etwa bereits zugegriffen?

Nervös biss sie sich auf die Unterlippe. Sie musste ihn unbedingt beim ersten Anlauf überwältigen. Eine zweite Chance würde sie wohl nicht bekommen.

Den Griff der Lampe fester umklammernd, versuchte sie, die Entfernung abzuschätzen. Wie viele Schritte würde sie brauchen?

Gerade machte er Anstalten, sich zu bücken, um etwas am Fuß der Mauer genauer in Augenschein zu nehmen. Sophie ergriff die Gelegenheit.

Mit einem instinktiven, wilden Schrei stürzte sie vorwärts, den Arm hoch erhoben, um ihre Behelfskeule auf seinen Schädel zu schmettern. Sie hoffte nur, dass die Lampe ausreichen würde, um ihn bewusstlos zu schlagen, damit sie Zeit hätte, Hilfe zu holen.

Er bewegte sich so schnell, dass das Nächste, was sie realisierte, sein erbostes, ungläubiges Gesicht dicht über ihrem war. Sie lag auf dem Rücken, hilflos wie eine Schildkröte, und rang, zwischen dem harten Ziegelboden und seinem kaum weniger nachgiebigen Körper eingeklemmt, verzweifelt um Luft.

»Was sollte das werden? Ein Mordversuch?«

Er war wütend, schien aber auch verwirrt. Unter grimmig gesträubten Brauen musterten seine zusammengekniffenen

Augen Sophie irritiert. Mit einer Hand hielt er immer noch ihr Handgelenk umklammert, obwohl sie die Lampe beim Aufprall hatte fallen lassen. Mit der anderen packte er ihren freien Arm und machte ihn bewegungsunfähig, indem er sich darauf abstützte. Aus den Augenwinkeln sah sie ihre Behelfswaffe in einiger Entfernung liegen. Zu weit, um sie zu erreichen. Aber eine Taschenlampe, auch wenn sie ziemlich groß war, half ihr jetzt sowieso nicht mehr weiter.

»Ich weiß zwar nicht, was Sie gegen mich haben, aber um jemandem den Schädel zu spalten, ist so etwas« – er deutete mit dem Kinn auf die Stablampe – »ganz und gar ungeeignet. Ich empfehle für den nächsten Versuch eine Streitaxt oder ein Kurzschwert.«

»Ich wollte Sie nicht umbringen«, presste Sophie atemlos zwischen den Zähnen hervor. »Obwohl es nicht schade um Typen wie Sie wäre …«

»Typen wie mich?« Er hob die Brauen. »Ich glaube nicht, dass wir uns kennen. Haben Sie etwas gegen Männer im Allgemeinen? Oder habe ich irgendetwas dazu beigetragen, diesen ausgesprochen melodramatischen Überfall zu provozieren?«

Allmählich drang seine Körperwärme bis auf Sophies Haut durch und vergrößerte ihr Unbehagen über ihre würdelose Lage. Sein kräftiger Oberschenkel, den er über ihr Bein geworfen hatte, um sie daran zu hindern, ihr Knie wirksam einzusetzen, wirkte eindeutig beunruhigend auf ihren Seelenzustand.

»Mieser, schäbiger, kleiner Dieb!«, zischte Sophie und verstärkte nochmals ihre verzweifelten Versuche, wenigstens eine Hand frei zu bekommen, um ihm das Gesicht zerkratzen zu können.

In wachsender Panik musste sie sich eingestehen, dass sie so gut wie keine Chance gegen ihn hatte, und diese Erkenntnis ließ sie ihre letzten Kraftreserven mobilisieren.

»Was haben Sie eben gesagt?«

Etwas wie Amüsement dämmerte in seinen Augen und verstärkte sich, bis sich die Lachfältchen in seinen Augenwinkeln zu einem sichtbaren, feinen Netz verbanden. Unvermutet brach er in schallendes Gelächter aus, ließ ihre Handgelenke los und rollte von ihr herunter. Jetzt hätte sie die Gelegenheit gehabt, um die sie so gekämpft hatte, aber sie zögerte.

Er lag da neben ihr auf dem Rücken und wieherte geradezu vor Lachen, und das passte einfach nicht zu der Rolle, die sie ihm zugedacht hatte.

Er hätte aufspringen müssen und verschwinden – nicht sich neben ihr in Lachkrämpfen winden!

Verunsichert richtete sie sich auf und betastete sicherheitshalber ihren Hinterkopf. Keine Beule. Ihre Handgelenke schmerzten, aber sonst schien nichts in Mitleidenschaft gezogen.

»Mein Gott, Max! Was ist denn hier los?«

Mit Gerätschaften beladen erschienen zwei Gestalten im Gang und wussten offensichtlich nicht recht, was sie von der Szenerie halten sollten. Die größere von ihnen verschwand beinahe unter Kabeln und technischem Gerät, dessen Zweck Sophie völlig rätselhaft war. Die kleinere Gestalt stellte scheppernd einen Eimer ab, aus dem ein Sammelsurium von kurzen und längeren Handgriffen ragte. In der freien Hand trug der Mann ein Notizbuch und einen Reisstrohbesen. Den lehnte er jetzt an die Wand und trat zögernd näher, offensichtlich unsicher, welches Verhalten im Augenblick angemessen war.

Der mit »Max« Angesprochene setzte sich, immer noch leise glucksend, auf und sagte: »Gute Frage, Rudi: Das wüsste ich auch gerne!«

Im nächsten Moment sprang er geschmeidig auf die Füße, streckte Sophie eine Hand hin, um ihr aufzuhelfen, und fragte spöttisch: »Sind Sie eigentlich immer so spontan? Es wäre ziemlich peinlich geworden, wenn Sie hätten erklären müssen, aus welchem Grund Sie den zuständigen Archäologen niedergeschlagen haben.«

Sophies Gesicht begann zu brennen und sie war dankbar dafür, dass man bei dieser Beleuchtung nur wenig davon bemerkte.

»Darf ich vorstellen: mein Grabungsleiter, Herr Rudi Bäumle, und unsere studentische Hilfskraft, Herr Scherf. Ich bin Max Roth – und wer sind Sie?«

Drei Augenpaare musterten sie aufmerksam.

»Das war ein durchaus verständlicher Irrtum«, verteidigte sich Sophie und fuhr in ärgerlichem Ton fort: »Ich konnte ja nicht ahnen, dass die Herren Archäologen sich wie Diebe hereinschleichen würden! Also dachte ich natürlich, jemand wollte die Statue stehlen.«

»Und da hätten Sie, um mich davon abzuhalten, diese Lampe auf meinem armen Schädel zertrümmert?« Max Roth fuhr sich ungläubig durch die stoppeligen Haare und tätschelte liebevoll seinen Hinterkopf.

»Was hätte ich sonst tun sollen?«, fragte Sophie unwirsch zurück. »Warten, bis jemand mir zu Hilfe kommt?«

»Eine wahre Amazone!« Er hob spöttisch die Brauen. »Soll ich Sie Penthesilea nennen oder verraten Sie uns Ihren richtigen Namen?«

»Sophie Lichtenberger, ich wohne im Hotel.« Sie war nicht

bereit, mehr als unbedingt nötig über sich preiszugeben. Wenn sie es geschickt anstellte, konnte sie es vielleicht einrichten, ihm nicht mehr zu begegnen.

»Sophie Lichtenberger, hm.« Er wiegte abschätzend den Kopf und sagte dann: »Viel zu brav. Penthesilea passt besser zu ihnen. Sind Sie als Gast hier?« Er schien zu den Hartnäckigen zu gehören.

»Ja – nein, nicht direkt. Was geht Sie das überhaupt an?«

»Wenn man bedenkt, wie wir uns kennen gelernt haben, müssen Sie schon ein wenig Verständnis für meine Neugierde aufbringen«, bemerkte er. »Ich treffe so selten mit Amazonen zusammen. Sind Sie nun als Gast hier oder nicht?«

»Solange die Ausgrabung dauert, bin ich hier Gast. Danach habe ich den Auftrag, da oben« – sie nickte in Richtung Decke – »einen Kräutergarten anzulegen.«

»Eine Gartenarchitektin also«, stellte er fest und seine Augen glitzerten.

»Nein.« Sophie schüttelte den Kopf und schaute unauffällig zur Seite, weil sie wissen wollte, ob der kräftige Herr Bäumle immer noch den Ausgang blockierte. Sein Interesse an ihrer Person schien schlagartig erloschen zu sein, als allen klar geworden war, dass es sich bei dem Zwischenfall um ein bloßes Missverständnis gehandelt hatte.

Nun war er bereits damit beschäftigt, dem Studenten die Handhabung einer weißen Maske zu erläutern. Zu ihren Füßen lagen zwei weiße Overalls, und Sophie wollte gerade nach dem Sinn und Zweck dieser Maskierung fragen, als Max Roth so fürsorglich wie bestimmend ihren Oberarm ergriff und sie vor sich her in den Gang schob.

»Aber Sie richten hier den Garten ein? Interessant, das müssen Sie mir unbedingt genauer erklären. Beeilen Sie sich, hier wird es gleich entsetzlich stauben. Das möchten Sie nicht miterleben, glauben Sie mir!«

»Moment, Chef«, meldete sich Bäumle zu Wort und schaute von dem Schlauch auf, der zu einem Monster von Staubsauger zu gehören schien. »Kann das Zeug dann weg oder soll es noch einmal gesiebt werden?«

»Das gleiche Prozedere wie immer, Rudi – gib den Sack später einfach den Erstsemestern.«

»Und was ist mit Fotografieren?«

»Schon geschehen!« Max Roth zog einen Speicherchip aus der Hosentasche. »Ich bin vorhin auch schon mit dem Detektor drüber. Unten rechts könnte so etwas wie ein Eisennagel mit verbacken sein. Nichts Interessantes.«

»Na gut, dann nehmen wir das alles weg. Sollen wir den Boden vor dem Putzen noch einmal abgehen?«

Max schüttelte ablehnend den Kopf. »Unnötige Feinheit! Nachdem hier ganze Heerscharen durchgetrampelt sind, ist nichts Brauchbares mehr zu erwarten. Sagt mir Bescheid, wenn ihr die Fläche sauber habt. Und vergesst die ganzen Spinnweben da hinten in der Ecke nicht! Ich schau mir derweil oben die Verhältnisse an.«

Während die Gesichter der beiden Männer hinter den weißen Staubmasken verschwanden, schob Max Sophie vor sich her und die Treppe hinauf.

»Diese Putzerei ist unangenehm, aber leider nötig«, sagte er in leichtem Plauderton. »Ich bin nur froh, dass ich keine Anzeichen für Schimmelpilze erkennen konnte. Haben Sie nicht an den Fluch von Tutenchamun gedacht, bevor Sie alle sich derart ungestüm dort hinuntergestürzt haben?«

Vor Schreck verfehlte Sophie die nächste Stufe, stolperte und konnte sich nur im letzten Moment noch mit den Händen abstützen. Kräftige Arme zogen sie wieder hoch und sie spürte für einen kurzen Moment Max' harten Brustkorb in ihrem Rücken, ehe er ihr einen sanften Schubs gab.

»Daran haben Sie keinen Gedanken verschwendet, was? Ihr Glück, dass es da unten so wenig organisches Material gab.«

Der Gedanke an ihre Nachlässigkeit, ja Verantwortungslosigkeit ließ Sophie kleinlaut schweigen. Sie, vor allem sie als Biologin, hätte daran denken müssen, dass ein seit so langer Zeit verschlossener Raum vor Schimmelpilzsporen geradezu wimmeln konnte.

»Sie hätten zumindest ein, zwei Tage auslüften lassen müssen, bevor Sie da reintrampeln. Na, es ist ja nichts passiert, also lassen Sie den Kopf nicht hängen, Penthesilea! Zeigen Sie mir lieber so genau wie möglich, wie die Platte hier lag.«

»Es wäre besser, wenn Siggi es Ihnen zeigen würde. Er war dabei, ich nicht. Ich kann ihn suchen«, bot Sophie an, froh über die Ausrede.

»Nicht nötig, er wird sicher früher oder später hier auftauchen.« Max betrachtete sie ungeniert. Wenn er so unhöflich starrt, kann ich es auch tun, dachte Sophie und hob trotzig das Kinn.

Was sie sah, hätte ihr zu einem anderen Zeitpunkt und zu einer anderen Gelegenheit durchaus zugesagt.

Sie musste tatsächlich zu ihm aufsehen – obwohl er die leicht gebeugte Haltung jener schlaksigen Menschen hatte, denen ihre Größe unangenehm ist. Eher sehnig als muskulös, strahlte er Zähigkeit und Beharrlichkeit aus.

Schön war er nicht – die an sich wohlgeformte, nur ein wenig zu große Nase dominierte ein Gesicht, das auch bei Tageslicht stark an einen Faun erinnerte. Gewölbte hohe

Brauen verliehen den momentan gegen das Sonnenlicht zusammengekniffenen Augen einen spöttischen Ausdruck.

Seine Haare trug er so kurz geschnitten, dass ihre Farbe nicht eindeutig zu bestimmen war. Sophie tippte auf dunkelblond. In der hellen Frühlingssonne schimmerte es golden auf den schmalen Wangen und dem gebieterischen Kinn. Offensichtlich hatte er sich heute Morgen nicht mit solchen Kleinigkeiten wie Rasieren aufgehalten.

Vermutlich hat er beim Anziehen das Erstbeste gegriffen, das ihm in die Finger fiel, dachte Sophie und überlegte, ob man im morgendlichen Halbdunkel wirklich nicht bemerkte, dass ein leuchtend orangefarbenes T-Shirt mit der handtellergroßen Abbildung eines Hanfblatts zu einem rot-weiß-karierten Holzfällerhemd und schwarzen Cordhosen mit Lederflicken auf den Knien eine auffällig farbenprächtige Kombination ergab. Bei einer Treibjagd musste er jedenfalls nicht befürchten, angeschossen zu werden!

Dieser letzte Gedanke ließ sie lächeln.

»Wenn Sie lächeln, funkelt es in Ihren Augen, als ob man eine Flasche Danziger Goldwasser schütteln würde«, stellte er fest. »Woran haben Sie gerade gedacht?«

»Dass Sie sich gut bei einer Treibjagd machen würden!«, platzte sie heraus.

Etwas betreten sah er an sich hinunter. »So schlimm?« In der Sprunghaftigkeit, die ihr bereits an ihm aufgefallen war, wechselte er dann das Thema. »Wie kamen Sie eigentlich darauf, hier die Fläche plan abziehen zu lassen?«, fragte er interessiert.

»Ich hatte die leise Hoffnung, dass sich im Boden vielleicht noch die alte Beetaufteilung abzeichnen würde«, erklärte Sophie und hob resigniert die Schultern. »Leider war nichts mehr zu erkennen, aber die Humusschicht musste sowieso weg. Kräuter mögen keinen fetten Boden.«

»Jetzt müssen Sie mir doch einmal genau erklären, was Sie hier machen«, bat er. »Sie strahlen solch eine unglaubliche Kompetenz gewöhnlichen Sterblichen wie mir gegenüber aus, dass ich zu dem Schluss gelangt bin, Sie müssen für irgendetwas eine Kapazität sein. Aber wofür?«

»Ich habe über ›Phytopharmakologie des westeuropäischen Mittelalters‹ promoviert.«

Seine Reaktion überraschte sie. Sie hatte eigentlich eher mit weiteren Spötteleien gerechnet.

»Bei wem?«, fragte er unerwartet scharf.

»Bei Baumeister«, gab sie kurz angebunden Auskunft. Der Name würde ihm sowieso nichts sagen. Es war mehr als unwahrscheinlich, dass er sich in der Welt der botanischen Fakultäten auskannte.

Doch er nickte mit dem Kopf wie ein Mensch, bei dem sich unvermittelt verschiedene Informationsbruchstücke zu einem Ganzen zusammenfügen.

»Ach, herrje: die unglückselige Assistentin, die auf dem Altar der Familieninteressen geopfert wurde«, murmelte er mehr zu sich selbst.

»Wie bitte?« Sophie zwinkerte heftig mit den Augenlidern, weil ihr das Gesagte so unwahrscheinlich vorkam, dass sie sicher war, sich verhört zu haben. Es war ganz unmöglich, dass dieser Mann etwas von der Geschichte wusste!

Er warf ihr unter gesenkten Lidern einen zerknirschten Blick zu, in dem sie Mitleid und so etwas wie Bedauern zu erkennen glaubte.

»Tut mir Leid«, entschuldigte er sich betreten. »Ich habe wieder laut gedacht. Bitte, kratzen Sie mir jetzt nicht gleich die Augen aus, Penthesilea, aber ich kenne jemanden, der mir davon erzählt hat. Deswegen kam mir Ihr Name gleich so bekannt vor, aber ich habe länger gebraucht, bis ich es zusammengebracht habe …«

Alles in Sophie verkrampfte sich. Was war schlimmer: der Schmerz, dass jemand ohne Vorwarnung die frische Wunde berührt hatte, oder die Demütigung, dass wildfremde Menschen sie bemitleidet, vielleicht sogar in einem herablassend überlegenen Ton über sie gesprochen hatten?

Die arme Lichtenberger hat ja keine Ahnung, was sich da zusammenbraut. Pech für sie – aber gegen Wagner hat sie keine Chance. Ist doch klar, dass Baumeister dafür sorgt, dass alles in der Familie bleibt.

»Na, dann wissen Sie ja Bescheid«, brachte sie zwischen schmalen Lippen heraus und sah an ihm vorbei auf die Mauerreste, ohne sie wahrzunehmen. Sie würde ihm keinesfalls die Genugtuung geben, vor ihm ihren Gefühlen freien Lauf zu lassen.

Auch er starrte angestrengt auf einen Punkt in der Ferne und fragte dann in dem betont beiläufigen Ton dessen, der gerade in ein Fettnäpfchen getreten ist: »Und was genau haben Sie hier nun vor?«

Sophie atmete aus und versuchte ihre innere Erstarrung zu lösen. Max Roth war an dem Desaster vollkommen unschuldig. Wie lange würde es wohl noch dauern, bis sie nicht mehr innerlich zusammenzuckte, sobald sie daran erinnert wurde?

Sie war ihm dankbar, dass er nicht darauf bestand, das Thema weiter zu verfolgen, sie nicht bemitleidete oder neugierig nach Einzelheiten ausfragte. Äußerlich vollkommen gelassen erwiderte sie: »Pohlmanns möchten eine Art mittelalterlicher Klostergarten – mit ungefährlichen Pflanzen. Ich werde also, sobald Sie hier fertig sind, in Anlehnung an die Pläne der St. Gallener Klosteranlage vorgehen und ihn möglichst authentisch anlegen. Der Abraum« – sie wies auf den niedrigen Wall hinter ihnen – »wird später mit Rosen bepflanzt und so eine natürliche Begrenzung bilden.«

Max Roth nickte zustimmend. »Ich verstehe: Sie versuchen eine Symbiose zwischen Authentizität und modernen Vorstellungen.«

Sophie war überrascht von seinem intuitiven Verständnis ihres Problems.

»Warum hat mir niemand Bescheid gesagt?« Die vorwurfsvolle Mädchenstimme drang quer über die planierte Fläche. Beide wandten den Kopf und sahen Sandra entgegen, die leichtfüßig in Sophies Fußspuren auf sie zulief. »Wenn ich nicht zufällig aus dem Fenster geschaut hätte, hätte ich überhaupt nicht gemerkt, dass es losgeht!«

Max Roth beiläufig zunickend, fuhr sie fort: »Ich habe extra an der Rezeption gewartet, weil ich dachte, dort kommen sie bestimmt vorbei – aber kein Mensch hat sich da blicken lassen!«

»Das ist, fürchte ich, meine Schuld!«, gestand Max zerknirscht.

»Ihre?« Sandras Kopf fuhr herum, und sie musterte ihn mit so offensichtlichem Erstaunen, dass sich Sophie ein Lachen verkneifen musste. Man konnte dem Mädchen beim besten Willen keinen Vorwurf machen. Auch sie hatte sich von seinem wenig seriös wirkenden äußeren Aufzug täuschen lassen.

»Sandra«, sagte sie rasch, ehe diese weiterreden konnte, »das ist Dr. Max Roth, der Archäologe, von dem Herr Nägele gesprochen hat.«

»*Sie?*« Die offensichtliche Enttäuschung war direkt komisch. Der Mann hob in einer Geste des Bedauerns beide Hände. »Ich fürchte ja. Und ich bin mir meiner momentanen Unzulänglichkeit vollkommen bewusst. Frau Dr. Lichtenberger hat mich vorhin bereits unmissverständlich darauf hingewiesen – nachdem sie mich um ein Haar ins Jenseits befördert hätte.«

Verwirrt zog Sandra ihre kleine Nase kraus. »Das ist doch Quatsch! Sophie tut niemandem etwas. Sie machen sich über mich lustig – oder?« Hilfe suchend wandte sie sich an die Ältere.

»Leider habe ich tatsächlich versucht, ihn bewusstlos zu schlagen«, gab Sophie zu. »Ich hielt ihn für einen Dieb und wollte ihn unschädlich machen.«

»Und ich war nicht dabei!« Sandras Gesicht verzog sich zu einer Grimasse des Bedauerns. »Zu zweit hätten wir es sicher geschafft!«

»Da bin ich aber froh, dass ihr nicht zu zweit wart!«, warf Roth trocken ein. »*Eine* Furie war mehr als genug für mich.« Er blinzelte Sophie viel sagend zu, und sie errötete bei dem Gedanken daran, wie sie beide dort unten auf dem Lehmboden gelegen hatten. Sie glaubte immer noch, seinen harten Körper auf sich zu spüren, den Geruch seines Hemdes zu riechen.

»Hat es ordentlich geblutet?« Sandras Stimme quietschte leicht vor Aufregung.

»Was denn?«

»Na, Ihr Kopf«, sagte Sandra ungeduldig wegen seiner Begriffsstutzigkeit und reckte den Hals, um seinen Hinterkopf in Augenschein nehmen zu können.

Einen Augenblick lang stand er absolut regungslos da, dann

warf er den Kopf in den Nacken und lachte schallend. »Du bist ein kleines, blutrünstiges Monster«, stieß er schließlich hervor und wischte sich die Augenwinkel. »Nein, ich wurde glücklicherweise nicht verletzt. Ich konnte sie rechtzeitig überwältigen.«

»Ihr habt richtig gekämpft?«

»Na ja, in der Ilias hätte man uns vermutlich keinen Vers gewidmet«, schränkte er ein, »aber es war ein ganz ordentlicher Ringkampf. Für eine Revanche stehe ich jederzeit zur Verfügung, Penthesilea ...«

Sophie hatte bereits den Mund geöffnet, um ihm mitzuteilen, was sie von seiner Taktlosigkeit hielt, als eine Stimme aus dem unterirdischen Gang rief: »Kommst du mal, Max?«

Sofort veränderten sich seine Gesichtszüge. Alles Heitere war in Sekundenbruchteilen verschwunden und an seine Stelle trat eine konzentrierte Wachsamkeit.

Fasziniert hatte Sophie diesen Wandel verfolgt. Der Mann war wie ein Chamäleon: in einem Augenblick ein lockerer Spaßvogel, im nächsten ein ernsthafter Wissenschaftler. Ein Janus mit zwei Gesichtern. Oder waren es noch mehr? Es müsste interessant sein, sie eines nach dem anderen zu entdecken.

»Die Unterwelt ruft«, sagte er hastig und war schon halb verschwunden. »Man sieht sich ...«

Nachdenklich sah Sophie den breiten Schultern in dem fürchterlichen Hemd hinterher.

»Meinst du, sie haben jetzt doch Skelette gefunden?« Sandras Stimme klang so hoffnungsvoll, dass Sophie beinahe bedauernd den Kopf schüttelte. »Das ist sehr unwahrscheinlich. Außerdem, wenn ich mich recht erinnere, haben die Römer ihre Toten verbrannt. Und Dr. Roth schien sich ziemlich sicher, dass Nägele Recht hat und der Keller nicht verändert wurde.«

Gemeinsam gingen sie zum Haus zurück. Sophie hatte Helga Wagner versprochen, gegen 11 Uhr die Rezepte vorbeizubringen, und Sandra schien finster entschlossen, nicht von ihrer Seite zu weichen.

»Wieso nennt er dich eigentlich ›Penthesilea‹? Das ist ein komischer Name.«

»So hieß der Sage nach die Königin der Amazonen.«

Sandra riss die Augen auf. »Wow, von denen haben wir in der Schule mal gesprochen. Sie haben alle Söhne ertränkt und sich die rechte Brust abgebrannt, um besser mit dem Bogen schießen zu können. Stimmt's?«

»Ich vermute, da wurde ordentlich übertrieben«, sagte Sophie trocken.

»Wieso nennt er dich so?« Sandra schien das Thema nicht aufgeben zu wollen.

»Er will mich wohl damit aufziehen, dass ich ihn angegriffen habe.«

»Das war ganz schön mutig von dir!«

Sophie schüttelte den Kopf. »Nein, es war ausgesprochen dumm und leichtsinnig. Wenn er tatsächlich ein Krimineller gewesen wäre …« Sie sprach nicht weiter, aber die diversen Möglichkeiten standen unangenehm vor ihrem inneren Auge.

»Ist Frau Wagner hier schon lange Masseurin?«, fragte sie stattdessen, um sich und Sandra von dem Thema Max Roth abzulenken.

»Ein, zwei Jahre, glaube ich«, gab Sandra mäßig interessiert Auskunft. »Jedenfalls war sie schon da, als ich kam. Tom kam dann kurz nach mir. Das war übrigens ein Riesenglück, dass er zufällig hier wegen Arbeit nachfragte: Unser alter Koch war gerade zwei Tage davor verschwunden und es war ein ganz schönes Chaos!«

»Da waren dein Onkel und deine Tante sicher froh! Herr Greuter scheint doch sehr tüchtig zu sein. Und seit wann lebst du hier?«, fragte Sophie interessiert. Ihrer Einschätzung nach erinnerte sich das Mädchen bestimmt am ehesten an Daten, die mit ihm selbst zu tun hatten.

»Seit den letzten Sommerferien.«

Thomas Greuter ist demnach seit etwa einem halben Jahr im *Benediktinerhof*, dachte Sophie.

Inzwischen waren sie vor Sophies Zimmertür angekommen.

»Darf ich mit reinkommen?«

Sophie zögerte kurz und wunderte sich gleichzeitig über ihr Widerstreben. In ihre Wohnung hatte sie so gut wie nie jemanden eingeladen. Wenn sie sich in ihre eigenen vier Wände zurückzog, wollte sie keine fremde Anwesenheit spüren – nichts, was ihre Entspannung stören konnte.

Dies ist ein Hotelzimmer, ermahnte sie sich. Es gibt kaum etwas von dir preis und selbst wenn, Sandra ist doch noch ein Kind.

Sie öffnete die Tür und hielt sie in stummer Einladung auf. Es war ein hübsches, helles Hotelzimmer, in dem man sich wohl fühlen sollte und es auch tat.

Vor den Fenstern hingen zartblaue, schlichte Organzagardinen mit Margeritenstreublümchen, die im leichten Wind, der durch die halb geöffneten Fensterflügel strich, leise hin und her schwangen. Das breite Kastenbett aus Kiefernholz befand sich in einer separaten Nische und konnte mit einem festen Vorhang, auf dem sich das Gardinenmuster wiederholte, vom übrigen Raum abgetrennt werden.

Eine gemütlich wirkende Sitzgruppe, gleichfalls aus Kiefernholz und mit einem festen, bunt geblümten Baumwollstoff überzogen, stand auf dem beigefarbenen Wollteppich wie auf einer Insel. Gleich rechts neben der Tür schmiegte sich ein Sekretär dezent und unauffällig an die weiß getünchte Wand.

Neben ihm verbarg ein schmaler Hochschrank auf Rollen erfolgreich die moderne Technik. Sophie hatte am Abend zuvor staunend festgestellt, dass hier auf engstem Raum nicht nur Fernseher, Telefon und Minibar, sondern auch ein schneller Internetzugang installiert war.

Ein geräumiger Kleiderschrank auf der linken Seite vervollständigte das Mobiliar. Sophie hatte ihn allerdings noch nicht fertig eingeräumt und die Türen standen offen.

»Es ist direkt schade, dass hier alles voller fremder Gäste ist«, sagte Sandra nachdenklich und inspizierte ungeniert die Kleidungsstücke, die Sophie bereits verstaut hatte.

»Ein Hotel ist aber dafür gemacht, dass es voller Gäste ist.«

»Ich weiß.« Das Mädchen zog eine kleine Grimasse. »Nur gerade jetzt finde ich es blöd. Tante Lilo hat schon gesagt, dass ich ihr helfen muss, weil die Hedwig noch krank ist, und ich wäre viel lieber deine Assistentin oder würde bei der Ausgrabung dabei sein!«

Sophie lachte und zog den dunkelblauen Hefter mit den Mitschriften aus den Vorlesungen der unheiligen Hildegard heraus.

»Dafür bleibt sicher noch genug Zeit übrig«, sagte sie tröstend und blätterte nach den Rezepten, die für Helga Wagners Zwecke geeignet waren. »Ich hatte mich schon gefragt, ob deine Tante alles allein macht.«

»Du machst Witze!« Und Sandra zählte an den Fingern ab:

»Also, da wären zuerst Hedwig und ihre Schwägerin, die kommen jeden Vormittag für die Zimmer. Dann kommt mittags und abends der Harry zum Bedienen – wenn viel los ist, hilft Onkel Hans ihm. Und Frau Weber: Die arbeitet bei Tom in der Küche. Ursprünglich sollte Lars das machen, aber Tom sagt, er erschlägt ihn, wenn er ihn noch ein einziges Mal dabei erwischt, dass er einen Fuß in den Küchenbereich setzt.«

»Warum denn?«

»Ach, er hat draußen eine tote Fledermaus gefunden und wollte sie in der Mikrowelle aufwärmen, weil er meinte, sie wäre nur halb erfroren. Das war vielleicht eine Schweinerei!«

Sandra beendete die Inspektion, indem sie mit deutlichem Missfallen die Schranktür zufallen ließ. »Schade, dass du nur so langweilige Klamotten hast!«

»Wieso findest du das schade?«, fragte Sophie scheinheilig und war ganz froh, ihre Sachen nicht gegen eine entschlossene Fünfzehnjährige verteidigen zu müssen.

»Na, weil ich mir sonst ein paar hätte ausleihen können! Aber du hast ja überhaupt nichts Gescheites …«

Ob Thomas Greuter das auch so sehen würde? Leicht nervös überlegte Sophie, wie seine Reaktion auf ihr schwarzes Etuikleid ausfallen mochte. Vielleicht hätte sie doch lieber noch einmal einkaufen gehen sollen?

Der Spiegel neben der Tür zeigte eine eher burschikose Person in Jeans und grünem Polohemd unter einer praktischen Khaki-Weste, die sie besonders wegen der zahlreichen Taschen schätzte. Bernhard hatte immer behauptet, ihre Tascheninhalte könnten es mit jeder Schuljungen-Hosentasche aufnehmen. Das widerspenstige Haar hatte Sophie achtlos hinter ihre Ohren gestrichen, es umgab ihren Kopf wie eine goldbraune Aureole.

Immer noch besser als dieser Max Roth, erinnerte sie sich und grinste bei dem Gedanken an dessen farbenfrohe Erscheinung.

Die Wellness-Abteilung des Hotels war nicht nur luxuriös, sondern auch ausgesprochen geschmackvoll eingerichtet. Sophie bedauerte, das von Säulen und üppigen Kübelpflanzen umrahmte Schwimmbecken nicht näher in Augenschein nehmen zu können, aber Sandra hatte entschieden, sie durch den äußeren Verbindungsgang zu führen. »Helga kann es nämlich nicht leiden, wenn Leute mit Straßenschuhen da hineingehen«, sagte sie und wies auf die mediterran anmutende Szenerie hinter der Glasscheibe. »Schau, da hinten ist der Durchgang zu den Dampfräumen.«

Heute Abend, wenn die Hotelgäste zu Tisch gegangen waren, würde sie sich hier ein Stündchen gönnen, nahm sich Sophie im Stillen vor und freute sich bereits auf das wohlige Gefühl, bis zum Kinn in den dampfenden Whirlpool an der hinteren Schmalseite einzutauchen. Was für ein Glück, dass sie in letzter Sekunde noch daran gedacht hatte, ihren Badeanzug einzupacken!

Sandra führte sie zielstrebig an dem verlockenden Panorama vorbei, durch eine schmale Tür mit der Aufschrift »Zutritt nur für Personal« und durch einen halbdunklen, von raumhohen Wandschränken gesäumten Gang.

»Frau Wagner – sind Sie da?«

»Hier«, klang es gedämpft aus einem Nebenraum. »Komme sofort.«

Und dann tauchte auch schon das runde Gesicht mit dem grau melierten Haarschopf in der Tür auf. Sophie die Hand entgegenstreckend sagte sie: »Guten Morgen, Frau Dr.

Lichtenberger. Morgen, Sandra. Ich habe unten beim Bäcker gehört, dass hier gestern ein römisches Heiligtum entdeckt worden ist. Stimmt das?«

»Ja!« Sophie nickte. »Die Archäologen sind schon dabei, es zu untersuchen.«

»Toll! Wie ist denn das passiert?«

»Als gestern der Boden für den neuen Kräutergarten abgehoben wurde, hat der Bagger den Zugang zu einem unterirdischen Kellerraum freigelegt«, erzählte Sophie.

»Ja, aber ein ziemlich komischer Typ lässt da jetzt keinen mehr hinunter. Wahrscheinlich hat er Angst, dass jemand die Goldstatue klaut«, vermutete Sandra. »Wirklich schade, dass Sie gestern nicht da waren! Sophie und ich haben Tom den Keller noch am Abend gezeigt, aber jetzt darf da niemand mehr rein.«

»Eine Goldstatue? Wie bei einem ägyptischen Grab?« Helga Wagner schien beeindruckt.

»Es ist eine Venusstatue und sie ist keinesfalls aus Gold«, stellte Sophie richtig und warf Sandra einen mahnenden Blick zu. »Wenn man zu sehr übertreibt, wird jede Geschichte unglaubwürdig. Als zukünftige Schriftstellerin solltest du das beachten, Sandra.«

»Na ja, so wäre es aber viel aufregender«, verteidigte sich das Mädchen und schürzte leicht gekränkt die Lippen.

»Es ist doch so schon aufregend genug!«, fand Frau Wagner. »Ob die Archäologen wohl etwas dagegen hätten, wenn ich trotzdem mal ganz kurz hineinschaue?«

»Ich würde noch ein wenig warten. Momentan sind sie gerade damit beschäftigt, sauber zu machen. Und das staubt grässlich.«

»Eigentlich sind wir hier, weil Sophie dir die Kräuterrezepte bringen wollte«, erklärte Sandra und verzog im selben Augenblick das Gesicht. »Was stinkt da drin eigentlich so widerlich? Sind das etwa die Kaulquappen?«

»Nein, nein. Die hat Lars schon vorhin zum Waldweiher gebracht.« Die Masseurin warf einen besorgten Blick über ihre Schulter. »Das ist der Brennnesselaufguss, er soll gut für Haut und Haare sein. Also habe ich Siggi um Brennnesseln gebeten und sie genau nach diesem Rezept aus dem Buch zubereitet – aber dieser Gestank …!«

»Es riecht wirklich nicht gerade angenehm«, bestätigte Sophie. »Wäre es nicht einfacher, im Fachhandel fertige Pflanzenextrakte zu bestellen?«

»Einfacher natürlich – aber ich wollte doch etwas Eigenes herstellen! Es ist mir ganz schön peinlich, dass es nichts geworden ist.« Helga Wagner wurde offenbar von Gewissensbissen geplagt. »Siggi hat so lange gebraucht, um die nötige Menge zu sammeln! Die sind zurzeit ja noch nicht hoch …«

»Erzähl es ihm einfach nicht«, riet Sandra mitfühlend.

»Vielleicht hast du Recht. Wollen wir in mein Büro gehen?«

Sie führte sie in einen winzigen Raum, der weniger von den zwei schmalen Fenstern als von diversen geschickt montierten Halogenstrahlern erhellt wurde.

»Nehmen Sie doch bitte Platz! Darf ich Ihnen einen Lindenblütentee anbieten? Ich habe eben erst einen frisch aufgegossen.«

»Sehr gerne«, erwiderte Sophie, ließ sich vorsichtig auf einen der wackeligen Holzstühle sinken und legte ihre Mappe auf die Tischplatte vor sich.

Während Helga Wagner drei Teegläser aus einem in die Mauer eingelassenen Wandschrank holte, sah Sophie sich um. Die ehemalige Mönchszelle bot weder viel Platz noch Komfort, aber die Bewohnerin hatte das Beste daraus gemacht.

Die einschüchternden Steinwände waren mit Aquarellen von allen möglichen Blüten und Blättern übersät. Bewundernd dachte Sophie, dass der Künstler nicht nur eine ausgezeichnete Pflanzenkenntnis, sondern auch großes Geschick im Umgang mit Farbe und Pinsel gehabt hatte.

Der runde, zerkratzte Holztisch mit seinen geschwungenen Beinen war zierlich genug, um drei Stühlen Platz zu lassen. Unter den Fenstern gab es noch eine Art Miniküche samt Spüle und ein hohes Regal, in dem Bücher und Ordner wild durcheinander standen.

»Legst du schon mal die Untersetzer auf, Sandra?«, bat Helga Wagner. »Du weißt ja, wo sie sind.«

Kurz darauf stellte sie vor jede ein Glas auf die altmodischen, gehäkelten Untersetzer, die Sandra aus der Tischschublade geholt hatte.

»Danke, dass Sie daran gedacht haben«, sagte Frau Wagner dann und streckte die Hand nach dem Hefter aus. »Darf ich sie mir kopieren?«

»Natürlich! Ich habe die Inhaltsstoffe, die bedenklich sind, rot angestrichen. Beispielsweise Weinraute …«

»Weinraute kann doch nicht gefährlich sein! Meine Großmutter hat davon immer jede Menge in ihren Herzwein getan«, wandte Helga Wagner ein und schüttelte ungläubig den Kopf.

»Ich würde sie nicht unterschätzen«, sagte Sophie trocken und schob einen Ärmel hoch. »Sehen Sie hier die braunen Stellen? Die sind von letztem Jahr, als ich leichtsinnigerweise ohne Armschutz in unseren Beständen gejätet habe.«

»Tut es weh?« Fasziniert berührte Sandra die nur noch schwach ausgeprägten Pigmentflecken.

»Jetzt nicht mehr – aber es war ziemlich unangenehm. Ein paar Wochen lang hat es unglaublich gejuckt, die Haut war krebsrot, und hier und da hatte ich richtige Brandblasen.«

»Ich hätte nicht gedacht, dass es in Deutschland so gefährliches Zeug gibt!«, staunte Sandra. »Gibt es noch mehr davon?«

»Aber sicher.« Sophie stand auf und schlüpfte, während sie an die Wand voller Pflanzendarstellungen trat, unbewusst wieder in die Rolle der Dozentin. »Hier, der Seidelbast, wurde früher gerne von Bettlern benutzt, um Mitleid erregende Geschwüre zu erzeugen. Der Saft der reifen Beeren ist so stark ätzend, dass er schwere Hautreizungen verursachen kann. Natürlich auch versehentlich!«

»Er sieht überhaupt nicht danach aus!«

Sophie lächelte und sagte: »Man kann nicht nach dem Aussehen gehen. Diese hübschen blauen Blüten« – sie zeigte mit dem Finger auf die tief dunkelblauen, in ihrer Schönheit harmlos wirkenden Blütenstiele auf einem Bild in der obersten Reihe – »lassen auch nicht vermuten, dass das die giftigste Pflanze Europas ist.«

»Wirklich?« Sandra schien skeptisch. »Sie sieht aus wie Rittersporn und der ist ganz sicher harmlos. Tante Lilo hat einen Entspannungs-Tee, wo welcher drin ist.«

»Das ist kein Rittersporn. Es ist Eisenhut und sein Gift ist fünfzigmal stärker als Zyankali. Weil es auch über die Haut aufgenommen wird, hat man es schon in der Antike als Mordmittel benutzt, indem man dem Opfer die pulverisierte Wurzel ins Bett streute.«

»Und das hat gewirkt?«

»So gut, dass der Anbau verboten wurde.«

»Wahnsinn!«, befand Sandra und studierte mit neu erwachtem Interesse die Bilderwand. »Pflanzen sind wohl doch nicht so langweilig, wie ich immer dachte. Das da, mit den gelben Blüten, kommt mir irgendwie bekannt vor.«

»Das ist Schöllkraut, heute gilt es als ein typisches Unkraut. Aber früher war es hoch angesehen. Die Alchimisten glaubten, dass sie mit dem rötlich-gelben Milchsaft, der sofort austritt, wenn man nur ein Blatt abknickt, Gold herstellen könnte. Mit diesem auffälligen Pflanzensaft haben wir noch in meiner Schulzeit Warzen bestrichen, damit sie abfielen.«

»Und hat es funktioniert?«

»Recht gut sogar. Aber es ist nicht ungefährlich. Wenn davon etwas ins Auge gelangt, kann es zu einer starken Entzündung kommen. Probier es also lieber nicht aus«, riet Sophie und überlegte, ob sie dem Mädchen von ihrer ersten Bekanntschaft mit dem Aronstab erzählen sollte. Der war auf einem der Bilder sowohl in Blüte als auch mit seinen typischen roten Beeren so naturgetreu dargestellt, dass sie ihn geradezu in seinem Wasserglas auf dem Pult stehen sah.

Es war in ihrem ersten Semester gewesen und dem damaligen Professor eilte der Ruf eines Mannes mit seltsamem Humor voraus. Trotzdem waren sie alle so vertrauensselig, ein kleines Blattstück der von ihm mit gespielter Harmlosigkeit angebotenen Pflanze zu kauen. »Man erkennt sie sofort, sobald man ein winziges Stück von ihr probiert«, hatte er angekündigt.

Seine Vorhersage hatte sich auf so ungeahnte wie unangenehme Art und Weise bestätigt. Sophie schauderte immer noch bei dem bloßen Gedanken an die Nadelspitzen, die ihre Zunge für Stunden gespickt hatten! Im ersten Augenblick hatte sie nur einen leicht säuerlichen Geschmack verspürt, der an Sauerampfer erinnerte, aber dann!

Die quälenden Stunden, bis die Oxalsäurekristalle sich endlich aufgelöst hatten, würde sie nie vergessen.

»Das hatte ich mir irgendwie alles einfacher vorgestellt! Wo, um Himmels willen, soll ich denn Biberfett herbekommen?«, seufzte Helga Wagner hinter ihnen.

»Ich denke, ein anderes Fett tut es auch«, sagte Sophie begütigend und wandte sich von der Bildersammlung ab. Vielleicht war es besser, Sandra nicht auf dumme Gedanken zu bringen. »Es war früher so ähnlich wie heute: je exklusiver die Zutaten, desto besser«, tröstete sie die skeptisch dreinschauende Frau. »Schweineschmalz bekommt man in jeder Fleischerei und es ist prima geeignet, um ätherische Öle auszulösen.«

»Ich weiß nicht – Schweineschmalz erinnert mich immer an eine Schlachtplatte!« Helga rümpfte die Nase. »Keine besonders ansprechende Assoziation bei Kosmetika …«

Sophie musste lachen. »Ja, aber es hat den Vorteil, dass sich eine Salbe auf Schmalzbasis im Kühlschrank auch ohne Konservierung erstaunlich lange hält. Wenn Sie hauptsächlich Massage- oder Badeöle brauchen, können Sie natürlich genauso gut Salatöl nehmen.«

»Tom hat gerade eine ganze Palette Olivenöl bestellt«, warf Sandra ein, die jetzt Interesse an dem Thema entwickelte. »Er gibt sicher etwas davon ab. Soll ich ihn gleich fragen?« Und schon war sie halb aus der Tür.

»Das kann ich doch auch selber tun!«, rief Helga Wagner ihr kopfschüttelnd nach und wechselte einen amüsierten Blick mit Sophie. »Übrigens: Mein Angebot steht. Wenn Sie Lust auf eine Massage haben, kommen Sie einfach vorbei.«

»Danke, bisher habe ich ja noch keine Gelegenheit gehabt, meine Muskeln zu beanspruchen! Aber ich komme gerne darauf zurück«, sagte Sophie und war in Gedanken bei dem kleinen Foto in dem Goldrahmen, das fast versteckt hinter den Blumentöpfen auf dem schmalen Fensterbrett stand.

Die Frau auf dem Foto war zweifellos die junge Helga Wagner. Obwohl sie sich ziemlich verändert hatte – die handfeste, eher unauffällige Person vor ihr hatte wenig mit der fast kindlich wirkenden Frau auf dem Bild gemeinsam –, waren die Gesichtszüge unverkennbar.

Aber wer war der Junge mit der Schultüte neben ihr?

»Sag mal, weißt du zufällig, ob Frau Wagner Familie hat?«, fragte sie Sandra so beiläufig wie möglich, als sie den gleichen Weg zurückgingen.

Sandra zuckte uninteressiert die Schulter. »Keine Ahnung.« Und lachend fuhr sie mit der typischen Gefühllosigkeit von Halbwüchsigen fort: »Ich glaube, sie hat überhaupt keine Verwandten. Irgendwann vor Weihnachten hat Tante Lilo sie mal gefragt, ob sie wegführe oder jemand sie besuchen käme, und da hat sie gesagt, sie würde mit ihrer Nachbarin feiern, weil die auch allein ist.«

Kapitel 6

Beim Mittagessen wäre es ohne Sandras unaufhörliches Geplapper ungemütlich ruhig gewesen. Die Masseurin hatte sich mit dem Hinweis auf die stinkende Brühe, die sie schleunigst zu entsorgen gedachte, entschuldigt.

Frau Pohlmann ging zwar bereitwillig und liebevoll auf ihre Nichte ein, wirkte jedoch etwas geistesabwesend, und auch ihr Mann schien mit seinen Gedanken ganz woanders zu sein.

Sophie entschied, dass es eine ungünstige Zeit wäre, um nach dem seltsamen Foto zu fragen. Vielleicht war der Junge darauf ja ein Nachbarskind gewesen.

Überhaupt verflüchtigte sich ihre Neugier rasch angesichts der Frage, die sich unvermittelt wieder in den Vordergrund ihrer Gedanken drängte: Wie konnte sie es anstellen, Thomas Greuter für sich zu interessieren?

Vielleicht wäre es am unverfänglichsten, sich als Ratgeberin in Würzfragen anzubieten?

Die ganze Sache war seltsam, das gab Sophie sich selbst gegenüber ehrlich zu. Bisher war sie doch vollkommen zufrieden mit sich allein gewesen! Was, zum Teufel, war in sie gefahren, dass sie jetzt hier am Tisch saß und überlegte, wie sie einen Mann verführen sollte?

Gut, er war unglaublich attraktiv. Und ihre letzte Affäre war schon endlos lange her. Bis jetzt hatte ihr das allerdings kaum zu schaffen gemacht.

Dass sie auf einmal mit Herzklopfen auf die Nähe eines Mannes reagierte, verunsicherte sie. Aber gleichzeitig war es ein sehr aufregendes Gefühl. So jung und unternehmungslustig hatte sie sich seit Ewigkeiten nicht mehr gefühlt!

»Sie hatten doch ein paar Fragen zu alten Rezeptzutaten«, wandte sie sich kurz entschlossen an den jungen Mann ihr gegenüber und unterbrach damit rücksichtslos Sandras Monolog zum Thema »Überlegungen und Theorien zu Riten und Opferhandlungen in einem Venusheiligtum«.

Der Angesprochene schrak zusammen und sah fragend auf.

»Wenn es Ihnen passt, könnten wir uns heute Nachmittag kurz zusammensetzen«, schlug Sophie vor. »Ich kann draußen nicht weiterarbeiten, solange die Archäologen die Fläche nicht freigegeben haben.« Dr. Max Roth hatte zwar nichts Dementsprechendes gesagt, aber Sophie fand, dass es überzeugend klang. Wenn jemand nachfragen sollte, konnte sie immer noch behaupten, etwas falsch verstanden zu haben.

»Jaa …«, kam es zögernd von den schön geschwungenen Lippen.

»Das wäre doch eine wunderbare Gelegenheit für Sie, Thomas«, sagte Frau Pohlmann ermutigend. »Wie nett von Ihnen, dass Sie daran gedacht haben, Frau Dr. Lichtenberger!«

»Ich muss aber noch die Farce für den gefüllten Wels vorbereiten«, wandte der Koch ein und verzog leicht verdrossen die Mundwinkel. Allzu begierig schien er auf die botanische Unterrichtsstunde nicht zu sein.

»Das können Sie doch sicher vorher erledigen«, entschied Herr Pohlmann freundlich, aber unmissverständlich und erhob sich. »Ich bin dann im Büro.«

Ohne einen Blick zurück verließ er den Raum, und wenn Sophie nicht gerade zufällig in Frau Pohlmanns Richtung geblickt hätte, wäre ihr der seltsame Ausdruck, der wie ein

Schatten über ihr Gesicht glitt, gar nicht aufgefallen. Im nächsten Augenblick sah sie gelassen aus wie immer.

»Wenn Sophie sich in der Küche verkriecht, werde ich den Archäologen helfen«, verkündete Sandra und strich selbstzufrieden die Ärmelaufschläge des neuen, schwarzen Samtjacketts glatt.

»Zieh dich aber vorher um«, sagte ihre Tante automatisch, während sie begann, das Geschirr auf den Servierwagen zu stellen.

Das Oberteil war vielleicht doch nicht die richtige Wahl gewesen! Jedenfalls hatte Sophie nicht beabsichtigt, dass der junge Koch bei ihrem Anblick heftig errötete und sichtlich um Fassung kämpfen musste.

Auf dem großen Arbeitstisch hatte er bereits eine Reihe nagelneuer Blumentöpfe voller Kräuter aufgebaut, daneben lagen dicke Stapel Papier, ein aufgeschlagenes Notizbuch und einige Stifte.

Nun, das war jetzt nicht mehr zu ändern.

Als sei es das Selbstverständlichste auf der Welt, dass sie ein T-Shirt trug, dessen Nähte bis zum Äußersten strapaziert wurden, legte Sophie ihre Mappe auf den Tisch und schaute sich neugierig um. Blitzender Edelstahl überall, dazwischen fleckenlos saubere Flächen aus hellem Kunststoff. »Es erinnert mich eher an ein Labor«, stellte sie fest. »Mit einer Küche habe ich immer eine behaglichere Atmosphäre verbunden.«

Thomas Greuter lächelte verlegen und reichte ihr einen schneeweißen, brettsteif gestärkten Kochkittel. »In einer Hotelküche wäre Gemütlichkeit fehl am Platz. Sauberkeit und klar strukturierte Arbeitsabläufe sind hier das A und O.«

Während Sophie den Kittel überstreifte, hielt sie unwillkürlich Ausschau nach der Mikrowelle, in der die unglückliche Fledermaus explodiert war. Das musste hier wirklich ein Super-GAU gewesen sein!

Ganz bewusst ließ sie den Kittel vorne offen stehen. Wozu hätte sie sich sonst in dieses unbequeme T-Shirt gezwängt? Entschlossen, die Distanz zwischen ihnen so rasch wie möglich zu überwinden, holte sie tief Luft und sagte schnell: »Wollen wir nicht ›du‹ sagen?«

Im ersten Augenblick wirkte der junge Mann überrumpelt, fasste sich aber schnell. »Sehr gerne – Sophie … Meine Freunde nennen mich Tom.«

»Also, Tom, wie kann ich dir helfen?«, fragte Sophie, bemüht, ihre Stimme lässig klingen zu lassen.

»Ich hätte gerne Ihre – deine Meinung zu einigen der Ingredienzen. Ob sie wirklich nötig sind, wodurch man sie notfalls ersetzen könnte – solche Sachen. Zum Beispiel dies hier …«

Er ging zu einem riesigen Kühlschrank und holte eine dicke Glasflasche heraus, aus der er vorsichtig etwas in ein Glas goss und ihr reichte.

Behutsam nahm Sophie das Glas entgegen. Es enthielt eine grünliche, intensiv nach Pfefferminze duftende Flüssigkeit, in der einige Eiskugeln schwammen. »Es nennt sich *Minzenwasser*. Auf dem Markt habe ich keine Poleiminze bekommen, da hab ich stattdessen die normale genommen. Aber sonst ist alles nach dem Originalrezept«, stellte er mit leisem Stolz fest.

Misstrauisch beäugte Sophie die harmlos erscheinende Flüssigkeit. »Was ist da sonst noch drin?«

»Schnaps, Wasser, ein bisschen Zuckerlösung – und vierzig Blätter Minze. Wieso?«

»Poleiminze ist ziemlich giftig.«

Er erschrak. »Das habe ich nicht gewusst. Ich bin in den Rezepten ziemlich oft auf diese Poleiminze gestoßen. Man hat sie früher sogar zur Trinkwasserdesinfektion auf den Ostindienrouten eingesetzt!«

»Das stimmt – und sie hilft auch tatsächlich ausgezeichnet bei Blähungen und Koliken, aber gleichzeitig schädigt sie Leber und Lunge.«

Sophie nahm einen kräftigen Schluck von dem Kräuterschnaps. Zu kräftig, man sollte ihn wohl besser nippen, stellte sie gleich darauf fest und versuchte, einen Hustenanfall zu unterdrücken.

»Ist er zu stark?« Besorgt eilte Tom zur Spüle und füllte dort ein Glas. »Schnell, trink etwas Wasser nach«, riet er und hielt es ihr hin.

»Danke«, keuchte Sophie und trank in gierigen Schlucken. »Ich denke, diese Mischung war eigentlich nicht dafür gedacht, pur getrunken zu werden«, sagte sie schließlich. »Könnte ich wohl einen ganz normalen Tee haben, schwarz, ohne alles?«

»Natürlich. Dieser komische Archäologe wollte übrigens auch welchen.«

»Dann hast du ihn schon kennen gelernt?«, fragte Sophie rasch. Was mochte Thomas Greuter von Max Roth halten? Die beiden Männer waren so unterschiedlich, dass sie sich nicht vorstellen konnte, dass sie auch nur ein einziges gemeinsames Gesprächsthema finden würden.

»Diesen Dr. Roth? Flüchtig – als ich ihm die Lunchpakete nach draußen brachte und er nach dem Tee fragte. Scheint ganz in Ordnung zu sein.«

Sophie nahm die Einschätzung schweigend hin.

»Womit wollen wir anfangen?«, fragte sie und griff nach

dem obersten Papier von seinem Stapel. »Das klingt interessant: ›Ein hirschenes Wildpret aus Karpfen oder Hecht. Gebrauche dazu Fisch, der nicht zu mager ist. Lege sein Fleisch in Wein, vermischt mit Hühnerblut‹ … Hm, ich weiß nicht so recht – hast du das schon einmal ausprobiert?«

»Stört dich das Blut? Das gehört bei mehr Rezepten dazu, als du glaubst. Nein, ich habe es noch nicht probiert, aber ich denke, es ist einfach nachzukochen. Schwieriger sind solche Angaben!« Er zeigte auf einen rot angestrichenen Abschnitt. »Hier: ›… und schneid darein gute Kräuter, Rosmarin und sonst etwas anderes, und würze es ab mit allerlei Würze und menge es flugs durcheinander …‹. Das ist ziemlich allgemein und nicht sehr hilfreich! Was könnten da für Gewürze gemeint sein?«

»Es klingt so, als ob vorausgesetzt würde, dass es sich um allgemein übliche Zutaten handelt«, überlegte Sophie laut. »Dabei muss man berücksichtigen, dass meist zwischen Heil- und Gewürzpflanzen nicht deutlich unterschieden wurde. Mal sehen … ich hatte doch eine Liste mit den gebräuchlichsten Küchenpflanzen des Mittelalters …«, murmelte sie vor sich hin und blätterte in ihren Unterlagen. »Ah, hier ist sie: Petersilie, als Kraut und auch als Wurzel, stand in unseren Breiten wohl immer schon an erster Stelle. Außerdem Majoran, Meerrettich – da hat man übrigens, wie bei Pastinaken, auch die Blätter genutzt –, Rosmarin wird ja extra erwähnt, Sauerampfer, Weinraute, Pimpinelle oder Bibernell, Ysop, Kümmel, Beifuß, Eberraute … Hilft dir das irgendwie weiter?«

»Nicht sehr«, seufzte Thomas Greuter und fuhr sich ratlos mit beiden Händen durch die braunen Locken, bis sie zu Berge standen. »Ich werde wohl nicht darum herumkommen, es auszuprobieren. Rosmarin und Meerrettich kann man nicht gleichzeitig verwenden und auch Petersilie hat einen starken Eigengeschmack. Ein paar der Kräuter kenne ich überhaupt nicht. Wie sehen Pastinaken denn aus?«

»Wie große Petersilie, aber sie werden kaum noch angebaut. Mann muss sie schon selbst sammeln. In ein paar Tagen spätestens kann ich dir alles zeigen«, vertröstete Sophie ihn. »Ich habe alle brauchbaren Küchenkräuter für einen speziellen Küchenteil im Garten eingeplant. Fürs Erste lass sehen, was du da hast, vielleicht können wir damit auch etwas anfangen.« Sie wandte sich den Blumentöpfen zu.

»Ich habe von jeder Sorte einen genommen«, erläuterte der Koch seine Auswahl. »Auch damit ich einen Eindruck davon bekomme, wie das frische Aroma ist.«

»Petersilie, Dill, Mitcham-Minze, Apfel-Minze, Ingwer-Minze, eine Salbei-Auslese mit besonders großen Blättern, Majoran, Borretsch, Basilikum, Zitronenthymian und französischer Estragon – nicht schlecht für den Anfang!« Sophie beugte sich vor und stellte vier Töpfe beiseite. »Die können wir nicht verwenden. Das Basilikum ist viel zu kälteempfindlich, als dass es sich hier damals durchgesetzt hätte. Der Zitronenthymian ebenfalls und diese beiden Minzen gab es noch gar nicht. Die sind erst im 17. Jahrhundert in England entstanden, und es brauchte seine Zeit, bis sie auf das Festland gelangten. Und bei diesem französischen Estragon« – sie schob ein Töpfchen ein wenig aus der Reihe – »ist man sich auch nicht ganz sicher, aber lassen wir ihn mal stehen.«

»Viel ist ja nicht übrig geblieben«, stellte der Koch etwas enttäuscht fest. »Und du hast gerade die besten Kräuter aussortiert.«

»Du musst dich ja nicht sklavisch an die Zutatenliste halten! Lass uns doch einfach eins nach dem anderen durchgehen.«

»Dann sitzen wir morgen früh noch hier«, protestierte er. »Ich habe eine bessere Idee: Ich lese dir die Rezepte vor, die ich als Erstes ausprobieren will, und du sagst, was deiner Meinung nach hineingehört.«

»Aber ich verstehe nichts vom Kochen …«

»Macht nichts. An die genauen Mengen muss ich mich sowieso herantasten.«

»Das hört sich richtig spannend an«, neckte Sophie ihn.

»Es ist tatsächlich spannend. Ich denke, wenn man ein Gemälde restauriert, ist es so ähnlich. Nur ist es bei etwas Essbarem noch viel komplizierter, weil man keinen Vergleich hat, was am Ende herauskommen soll.«

»So habe ich das noch nie gesehen«, gab Sophie zu. »Aber andererseits ist es doch viel leichter, weil kein Mensch heute weiß, wie es tatsächlich geschmeckt hat. Du kannst also deiner Vorstellung folgen.«

»Nicht nur.« Tom grinste übermütig. »Die meisten Gäste wären vermutlich empört, wenn man ihnen derart überwürzte Gerichte auftischen würde! Du wirst gleich selber hören, wie großzügig unsere Vorfahren mit Pfeffer, Ingwer, Muskat, Nelken und Safran umgegangen sind. Manches liest sich wie eine Seite aus einem Buch über Weihnachtsbäckerei!«

»Und dazu auch noch Kräuter?« Sophie schauderte es. »Gibt das nicht ein grässliches Durcheinander?«

»Meine ersten Versuche hat nicht einmal die Katze gefressen, die hier nachts herumstreunt.« Tom warf ihr einen unsicheren Blick von der Seite zu. »Aber sag ehrlich, an dem Hecht war doch nichts auszusetzen, oder?«

»Er war ein Gedicht!«, bestätigte Sophie im Brustton der Überzeugung.

»Ja, da habe ich ganz allmählich ein Gefühl für bekommen«, attestierte er sich selbst mit nicht geringem Stolz. »Also, hör zu …«

»Ich kann kein einziges Mal mehr ›salze es rechtmäßig‹ oder ›würze es gut‹ hören!«, klagte Sophie nach über einer Stunde erschöpft und legte den Kopf auf die Arme. »Bitte, lass uns den Rest auf später verschieben, ja?«

Besorgt legte Tom ihr eine Hand auf die Schulter. »Hast du Kopfschmerzen? Soll ich dir ein Aspirin holen?«

»Tut mir Leid, wenn ich ungelegen komme, aber ich fürchte, ich kann nicht warten, bis Sie damit fertig sind!«

Die spöttische Stimme wirkte ernüchternd wie ein Schwall kalten Wassers. Sophie schoss hoch – eine angriffslustige Kobra.

»Sie!«, fauchte sie so abwehrend, dass Thomas Greuter sie erstaunt von der Seite musterte. »Können Sie nicht anklopfen? Und was wollen Sie andeuten mit ›bis Sie fertig sind‹?«, äffte sie ihn erbost nach.

Max Roth sprang in übertriebenem Schreck ein paar Schritte zurück und grinste dabei so unverschämt, dass Sophie ihm am liebsten den nächsten Blumentopf an den Kopf geworfen hätte.

»Tut mir Leid, Penthesilea, ich bin untröstlich, dass ich in Ihr Stelldichein geplatzt bin! Wie ungeschickt von mir. Aber an einer Hotelküche anzuklopfen ist nicht unbedingt üblich«, entschuldigte er sich mit seidenweicher Stimme, »oder ist mir da ein grundlegender Wechsel in den Gebräuchen entgangen?«

»Es ist kein Stelldichein!«

Seine Augenbrauen hoben sich. »Ach nein?« Der Zweifel in

seiner Stimme war geradezu beleidigend. »Dann haben Sie sicher gemeinsam alte Autoren studiert«, vermutete Max höflich und mit einem viel sagenden Blick auf das Durcheinander von einzelnen Seiten.

»Sophie hat mir bei der Einschätzung von alten Küchenkräutern geholfen«, erklärte Thomas Greuter, offensichtlich verwirrt durch den Wortwechsel. »Was kann ich für Sie tun?«

Roth stellte drei Plastikbehälter auf den Tisch. »Das hätte natürlich auch warten können – ich wollte sie nur gleich zurückbringen. Übrigens vielen Dank, es war alles ganz ausgezeichnet.« Der Koch nahm das Kompliment mit einem angedeuteten Nicken zur Kenntnis und behielt seine höflich abwartende Miene bei.

»Also, warum ich in Wahrheit hier so ungünstig hereingeplatzt bin, ist Folgendes: Ich bräuchte eine ganze Menge Mehl.«

»Mehl?« Sophie und Tom starrten ihn völlig perplex an.

»Ja, ganz gewöhnliches Mehl, möglichst fein gemahlen«, bestätigte er mit leicht ungeduldigem Unterton. Er schien es nicht gewohnt zu sein, dass man seine Wünsche in Frage stellte. »Das haben Sie doch da, oder?«

»Ja – ja, natürlich. Wofür brauchen Sie es denn?«

»Das erkläre ich Ihnen später«, sagte Max geheimnisvoll. »Ein Eimer voll wäre nicht schlecht, aber notfalls reicht auch weniger.«

»Einen Augenblick, bitte.« Der Koch verschwand in einem Nebenraum. Dass Max Roth sie intensiv und überaus interessiert musterte, stachelte Sophies Wut auf den ungebetenen Gast noch weiter an. Unbewusst verschränkte sie die Arme vor der Brust und hob kampflustig das Kinn. Wenn er es wagen sollte, eine dumme Bemerkung zu machen …!

»Diese Seite an Ihnen hat mich echt überrascht«, stellte er im Plauderton fest und schlenderte wieder näher zum Tisch, um neugierig die dort ausgebreiteten Unterlagen in Augenschein zu nehmen. »Ich hätte nicht gedacht, dass Sie den armen Jungen so schnell zur Strecke bringen.« Drei Sekunden lang dachte Sophie, sie müsse sich verhört haben. Was erlaubte er sich!

»Der ›arme Junge‹ ist beinahe so alt wie ich!«, zischte sie und ärgerte sich im gleichen Augenblick darüber, dass ihre Erwiderung mehr nach einer Verteidigung als nach einer vernichtenden Replik klang.

»Nur beinahe?« Die ausdrucksstarken Brauen hoben sich zu wahren Spitzbögen. »Wie unsportlich!«

Sprachlos vor Zorn starrte sie auf seinen ihr zugewandten Rücken und fragte sich, ob er sie absichtlich provozieren wollte. Hätte ich heute Morgen Erfolg gehabt, dann trüge er jetzt einen dicken weißen Verband um seinen arroganten Kopf und würde sicher nicht in spottlustiger Stimmung sein, dachte sie mit leisem Bedauern.

»Ein unvoreingenommener Beobachter muss hier den Eindruck bekommen, Sie wollten den armen, unschuldigen Jungen in die Geheimnisse der Giftmischerei einführen« sagte er, wobei er ›armen‹ besonders betonte. »Hier beispielsweise steht: ›wird leicht verwechselt mit Petersilie, führt zu Atemlähmung und Tod innerhalb weniger Stunden‹«, zitierte er laut und wies mit dem ausgestreckten Zeigefinger auf die Textstelle. »Oder hier: ›war Bestandteil der meisten Hexensalben‹. Ich muss zugeben, dass es mich irritiert, solches Material in einer Küche zu finden.«

Er drehte sich um, den aufgeschlagenen Hefter in der Hand, und hielt ihn ihr hin, als präsentierte er ihr ein Beweismittel der Anklage. Sophie verschränkte die Arme und warf ihm einen feindseligen Blick zu. »Wie Thomas vorhin schon sagte, haben wir versucht, die Kräuter zu identifizieren, die in den alten Rezepten erwähnt werden«, stellte sie mit leicht verächtlichem Unterton klar. »Wenn Sie die geringste Ahnung von Gewürzpflanzen hätten, wüssten Sie, dass sehr viele davon gleichzeitig zu medizinischen Zwecken eingesetzt wurden und dass dazu selbstverständlich auch Giftpflanzen zählten.«

»Wie beruhigend! Ich hatte schon befürchtet, heute Abend sehr vorsichtig sein zu müssen.«

»Reicht das?« Einen Blecheimer hochhaltend, dessen Aufdruck verriet, dass in ihm ursprünglich saure Gurken aufbewahrt worden waren, tauchte der Koch wieder auf. »Sie können gerne noch mehr bekommen …«

»Danke, das müsste für meine Zwecke genügen.« Max Roth nahm den Behälter entgegen. »Also, dann bis später …«. Geräuschlos fiel die schwere Tür hinter ihm ins Schloss.

»Bis später? Essen die Archäologen etwa auch im privaten Speisezimmer?«, stöhnte Sophie ungläubig. Das konnte ja heiter werden!

Der Koch nickte. »Frau Pohlmann meinte, die nächsten Tage könnte es wegen Hedwigs Krankheit abends etwas eng werden, und dann hättet ihr doch wenigstens Unterhaltung, wenn sie beim Bedienen einspringen muss.«

Wenn die Menschen nur nicht so fürsorglich wären! Auch Thomas Greuter sammelte zuvorkommend ihre Papiere ein und hielt sie ihr auffordernd hin, obwohl sie noch gar nicht die Absicht gehabt hatte, das Terrain zu räumen.

»Ich bin dir wirklich sehr dankbar für deine Hilfe, aber es ist höchste Eisenbahn, mit den Vorbereitungen für den Abend anzufangen«, murmelte er entschuldigend.

»Gib mir Bescheid, wenn du Zeit hast, den Rest durchzusehen«, sagte Sophie leichthin und kochte innerlich immer noch vor Wut über die Störung. Wenn dieser verdammte Max Roth nicht hereingeplatzt wäre, als Thomas gerade seine Scheu vor ihr zu verlieren schien, würde sie sich jetzt vielleicht schon in seine Arme schmiegen und mit ihren Fingern diesen wunderbaren Körper erforschen.

Er nickte stumm, offensichtlich ungeduldig, sie loszuwerden.

Immer noch wütend stürmte Sophie in ihr Zimmer, warf ihre Unterlagen mit einem lauten »Scheiße!« auf das Sofa und riss sich ohne Rücksicht auf die Nähte das unbequem enge Oberteil vom Körper.

Wieder in einem gewohnt weiten T-Shirt schlenderte sie missmutig hinaus. Bei dem Kellereinstieg hatten sich nicht nur die drei Archäologen, sondern auch noch Siggi, Lars und Alois versammelt. Beim Anblick von Max Roth fühlte Sophie erneut Ärger in sich aufsteigen. Er stand nahezu unbewegt zwischen den anderen und fixierte sie so aufmerksam wie ein Forscher sein Forschungsobjekt.

»Natürlich lag die Steinplatte so herum«, blaffte Siggi gerade mit zornig gesträubten Brauen. »Erzähl keinen Unsinn, Alois!«

Sophie schob beide Hände in die Hosentaschen und trat näher, Max Roths Blick bewusst ausweichend. Die Gruppe umstand die Steinplatte, mit der der Einstieg ursprünglich abgedeckt gewesen war, und konnte sich offensichtlich nicht über die genaue Lage einigen.

Alois' leicht gerötetes Gesicht und Lars' Feixen zeigten deutlich an, dass Siggi dabei war, sich durchzusetzen.

»Vielleicht sollten wir die endgültige Entscheidung der

Dame überlassen«, schlug das Faunsgesicht spöttisch vor und wies auf die Platte. »Also, ich hoffe, Sie sind sich der Wichtigkeit Ihrer Aussage bewusst: Wie lag diese verflixte Steinplatte? So oder so?« Er bückte sich und hob das schwere Stück anscheinend mühelos an, um ihr die Rückseite zu präsentieren.

»Die glattere Seite war unten«, entschied Sophie ohne zu zögern und hockte sich neben ihn. »Hier – sehen Sie die Faserwurzelreste? Der Holunder hat versucht, mit seinen Wurzeln um die Platte herumzugelangen. Man kann immer noch ganz gut erkennen, woher sie kamen.«

»Interessant, ich war zu demselben Schluss gekommen, aber wegen der noch erkennbaren Bearbeitungsspuren auf der Unterseite. Die Oberseite ist deutlich stärker verwittert.« Er ließ die Platte wieder in ihre Ausgangslage sinken.

»Wenn das eigentlich alles klar war, wieso mussten wir uns dann hier zum Affen machen?« Siggi schien erbost, dass nicht sein Wort, sondern Indizien den Ausschlag gegeben hatten.

»Es ist immer besser, mehrere Meinungen zu hören«, sagte der Archäologe freundlich. »Bei Entdeckungen dieser Art ist es unvermeidlich, dass es zu Befundstörungen kommt, aber ich versuche immer, wenn irgend möglich den Originalzustand zu eruieren. Es könnte wichtig sein –«

»Dann sind das gar keine Inschriften?«, unterbrach Lars ihn deutlich enttäuscht. »Sandra hatte gemeint, es wäre vielleicht eine Art Zauber in den Stein geritzt worden. Um Neugierige fern zu halten oder so.«

Max Roth schüttelte den Kopf. »Leider nein. Weißt du, die Römer waren ein ziemlich prosaisches Volk. Flüche und Zaubersprüche gegen Grabräuber waren nicht ihr Stil. Auch ihr Verhältnis zu ihren Göttern war eher ein ›Gibst du mir, geb ich dir‹. Wenn einem Gott – oder auch einer Göttin – geopfert wurde, erwarteten sie schon eine Gegenleistung.«

»Und wenn keine kam?«

Max Roth verzog ironisch das Gesicht. »Dann hat man's so hingebogen. Du musst dir das in etwa wie die heutigen Horoskope vorstellen. Wenn sie gut formuliert sind, passt immer etwas.«

Bäumle und sein Adlatus hatten sich unauffällig wieder in die Unterwelt verzogen. Sobald Max Roth Anstalten machte, ihnen zu folgen, räusperte sich Siggi, warf Sophie einen auffordernden Blick zu, und als sie nicht reagierte, sagte er mürrisch: »Und was jetzt? Wann können wir hier weitermachen? Heute haben wir vorne die Begonien gesetzt und ein bisschen geräumt – aber wenn wir hier fertig werden wollen, ehe es Sommer ist, sollten wir endlich anfangen!«

»Lassen Sie sich durch uns nicht stören«, erwiderte Max Roth fröhlich. »Ignorieren Sie uns einfach und pflanzen Sie hier oben Ihre Zauberkräuter!« Ein strahlendes Lächeln – und er war im Erdinneren verschwunden.

»Leichter gesagt als getan«, murrte Siggi und kickte einen Kieselstein weg. »Wie soll man etwas Vernünftiges hinkriegen, wenn ständig irgendwelche Verrückte hier herumspringen und die Chefin nie da ist?«

Sophie verstand den Tadel, und eine Hitzewelle stieg ihr in die Wangen. »Morgen fangen wir mit dem Abmessen an«, sagte sie hastig. »Heute hatte ich anderes zu tun.«

»Pffh«, schnaubte der Alte.

»Und außerdem war ja nicht klar, ob die Archäologen –«

»Lars!«, schallte es vom Haus her, und als sich alle umdrehten, sahen sie Helga Wagner energisch winken.

»Was will Frau Wagner denn jetzt?« Siggi gab dem Jungen einen aufmunternden Stoß. »Mach schon. Damen soll man nicht warten lassen!« Er wandte sich wieder Sophie zu und musterte sie unter skeptisch zusammengezogenen Brauen. »Also, Frau Doktor, dann bis morgen. Lars und ich pflegen um halb acht anzufangen.«

Mit immer noch leicht erhitztem Gesicht schaute Sophie ihnen hinterher. Siggi hatte ihr klar zu verstehen gegeben, dass er sie als Chefin nicht überzeugend fand, und zu ihrem eigenen Ärger musste sie ihm Recht geben. Der Wunsch, dem irritierenden Max Roth aus dem Weg zu gehen, und ihr Interesse an dem bildschönen Koch hatten sie heute deutlich mehr beschäftigt als der Garten, den sie hier anlegen sollte.

Morgen würde sie sich voll darauf konzentrieren! Wenn sie mit dem Einmessen frühzeitig fertig wurden, konnte sie sogar schon erste Pflanzen holen. Die Spezialgärtnerei für Pfingstrosen und Schwertlilien lag in bequem erreichbarer Entfernung von Weitershofen, und es war doch immer besser, die Pflanzen »lebend« zu sehen. Sie misstraute Katalogabbildungen, und sogar auf Fotos konnte man sich nicht verlassen. Gerne wurden Farben geschönt oder geschickt zusätzliche Blüten hinzugesteckt, um eine größere Blütenfülle vorzutäuschen.

Auch die Rosen wollte sie persönlich auswählen. Zwar waren die Containerpflanzen, die man ganzjährig setzen konnte, im Allgemeinen von guter Qualität, aber welcher kaufmännisch erfolgreiche Gärtnereibesitzer würde schon der Versuchung widerstehen, zum Versand die weniger prächtigen Exemplare auszusuchen?

Man konnte es ihnen nicht vorwerfen, denn es ging selten

ohne Transportschäden ab. Da gab man die schönsten Pflanzen doch lieber den Kunden, die sie schonend nach Hause beförderten.

Ihr alter, schwarzer Badeanzug, den Sophie beim Auspacken neben den hoteleigenen Bademantel gehängt hatte, erinnerte sie daran, dass sie die Gelegenheit nutzen wollte, in Ruhe ein paar Runden zu schwimmen. Nach ihrem langen Arbeitstag würden die Archäologen sicher ziemlich hungrig sein und sofort zum Essen gehen. Sie konnte also zwei Fliegen mit einer Klappe schlagen, wenn sie die Essenszeit nutzte, um die Schwimmhalle für sich allein zu haben, und erst später aß, wenn die anderen – vor allem Max Roth! – schon fertig waren.

Mit einem hässlichen Geräusch riss der rechte Träger. So ein Mist! Bestürzt schielte Sophie auf die losen Fadenenden am Ausschnitt und den baumelnden, schmalen Stoffstreifen.

Schon vor ihrer Italienreise hatte sie sich vorgenommen, einen neuen Badeanzug zu kaufen, hatte aber keinen gefunden, der ihr zusagte.

Gut, dass niemand sie in diesem hier gesehen hatte! So schnell wie möglich musste sie sich einen neuen besorgen – einen richtig schicken, einen mit diesen hochgezogenen Beinausschnitten, die die Beine optisch verlängerten.

Ärgerlich betrachtete sie das Malheur näher.

Es war halb so schlimm: Wenn sie eine Sicherheitsnadel fand, konnte sie den Träger einfach damit feststecken. Wo, zum Teufel, war das praktische Nähset, das sie für alle Fälle eingesteckt hatte?

Sie fand es in dem für Dokumente vorgesehenen Seitenfach ihrer großen Reisetasche. Natürlich war es noch unberührt.

Sophie nähte nie auch nur einen Knopf an. Zwischen den zahllosen bunten Fädchen, Ersatzdruckknöpfen und Nähnadeln befand sich auch ein Päckchen Sicherheitsnadeln.

Als Belastungstest zog Sophie kurz darauf ein paar Mal kräftig an ihrer provisorischen Instandsetzung und ging dann rasch hinüber in Helga Wagners Reich.

Ihre Badeschlappen klatschten leise und rhythmisch auf den Fliesen, als sie zu einem der Liegestühle ging, um Badetuch und Frotteemantel dort abzulegen.

Die Masseurin hatte, nachdem die letzten Gäste den Wellness-Bereich verlassen hatten, bis auf die Leuchtröhren im Gang alle Lampen ausgeschaltet. Sophie seufzte genießerisch auf. Das einzige Geräusch war das leise Summen der Umwälzanlage. Bis hierher drang kein Laut aus dem belebteren Teil des Hotels. Fast konnte man sich wie in einer unterirdischen Grotte fühlen – mit den Spiegelungen der Wasserfläche auf Wänden und Decke, die den Raum in ein unwirkliches, bläuliches Licht tauchten.

Vorsichtig, weil sie kaum etwas sah, kletterte Sophie die Einstiegsleiter zur Wasserfläche hinunter und stockte, weil das Wasser kälter war als erwartet. Mit dieser eher sportlichen Aktivitäten angemessenen Temperatur hatte sie nicht gerechnet.

»Eine schaumgeborene Venus … – ach, nein, Penthesilea. Das hätte ich mir denken können, dass Sie keine Gelegenheit zur körperlichen Ertüchtigung ungenutzt lassen!«

In ihrer äußerst ungünstigen Position blieb Sophie nichts anderes übrig, als den Kopf in den Nacken zu legen und Max Roth wütend anzublitzen.

Dummerweise konnte sie auch nicht vorgeben, ihre Runden bereits beendet zu haben, denn ihr Badeanzug war oberhalb der Taille noch trocken.

Selbst in der offensichtlich geliehenen Badehose war Max kein abstoßender Anblick, musste sie ihm zugestehen. Zwar schlotterten die Bermudashorts gefährlich um seine schmalen Hüften, aber der sehnige Körper wirkte durchtrainiert und agil bis in die Fingerspitzen.

»Wenn Sie fertig damit sind, mich mit Ihren Goldaugen zu durchbohren, könnten wir vielleicht ein wenig um die Wette schwimmen?«, schlug er freundlich vor. »Oder trauen Sie Ihrem extravaganten Modell nicht?« Er nickte in Richtung ihres provisorisch geflickten rechten Trägers.

Sophie hielt die Luft an und ließ sich, eisern ein Schaudern unterdrückend, rücklings ins Wasser fallen, wobei sie absichtlich heftig spritzte. Ohne einen weiteren Blick begann sie mit kräftig ausholenden Armbewegungen zur entgegengesetzten Beckenseite zu schwimmen.

Doch bereits nach wenigen Sekunden spürte sie die Wellenbewegungen neben sich, mit denen Max souverän an ihr vorbeizog. Wie unabsichtlich schlugen seine Beine eine Spur heftiger, und eine kleine Welle schwappte ihr genau ins Gesicht.

Am Beckenrand erwartete er sie bereits. »Was ist mit einem kleinen Wettschwimmen?«

»Wenn es Ihnen nichts ausmacht – ich wollte mich hier entspannen!«, fauchte Sophie und spuckte aus. »Können Sie Ihre kindischen Spielchen nicht mit jemand anderem spielen?«

Wütend stieß sie sich ab und versuchte, ihren Rhythmus zu finden.

»Angst vor dem Verlieren?«, fragte er provozierend, und seine Arme bewegten sich so regelmäßig wie Mühlräder, während er auf dem Rücken neben ihr herschwamm.

»So scharf aufs Gewinnen, dass jeder Gegner recht ist?«, gab sie atemlos zurück. Es war offensichtlich, dass sie keine Herausforderung für ihn war. Seit Jahren schwamm sie nur noch sporadisch, und sie fühlte bereits nach diesen zwei Bahnen, wie ihre Muskeln gegen die ungewohnte Tätigkeit protestierten.

»Und wenn ich Ihnen ein halbes Becken Vorsprung gebe?«

»Seien Sie nicht albern!« Erschöpft legte Sophie ihre Arme auf den Rand und versuchte, ruhig und tief zu atmen. »Sie sind doch zehnmal besser in Form als ich. Wahrscheinlich schwimmen Sie sogar in einem Verein oder so etwas!«

»Stimmt«, gab er zu und strahlte sie mit blitzenden Zähnen an. »Als ich jünger und ehrgeiziger war, mit der Hoffnung, einmal auf dem berühmten Treppchen zu stehen – aber jetzt trainiere ich nur noch die B-Jugend.«

»Dann sollten wir uns das Becken besser aufteilen«, schlug Sophie vor. »Ich schwimme hier und Sie können den Teil drüben haben. Dann können Sie auch so viel spritzen, wie Sie wollen, ohne dass Sie auf mich Rücksicht nehmen müssen.«

Eine hochgezogene Augenbraue signalisierte, dass er den Seitenhieb verstanden hatte.

»Na schön, ich weiß, wann ich mich geschlagen geben muss! Bis später, Penthesilea …«

Noch ehe sich Sophie vom Rand gelöst hatte, war er bereits wie ein Fisch unter Wasser davongeschnellt, und erst nach zwei Dritteln der Strecke tauchte der nasse Kopf wieder auf. Fest entschlossen, sich nicht bei ihrem ursprünglichen Vorhaben stören zu lassen, zwang sie sich, mehrere Bahnen in einer Geschwindigkeit zu schwimmen, die sie als zügig bezeichnet hätte. Aber der Genuss hielt sich in Grenzen. Es war nicht gerade motivierend, ständig Max Roth an sich vorüberkraulen zu sehen.

Sobald der Zeitpunkt gekommen war, an dem sie glaubte, das Becken ohne Gesichtsverlust verlassen zu können, kletterte sie erleichtert aus dem Wasser und flüchtete sich in den Schutz des voluminösen Bademantels.

»Schon fertig?« Kraftvoll katapultierte sich der schlanke Körper aus dem Wasser, und schon saß Max auf dem Rand, baumelte mit den Beinen und grinste herausfordernd. »Ich hätte nicht gedacht, dass Sie so schnell aufgeben.«

Die Doppeldeutigkeit seiner Bemerkung ließ Sophie misstrauisch in seine Richtung blicken. Bezog er sich auf ihr eher mäßiges Durchhaltevermögen in sportlicher Hinsicht oder hatte er erkannt, dass sie die unerwünschte Zweisamkeit so rasch wie möglich beenden wollte?

Seine Unschuldsmiene täuschte nicht darüber hinweg, dass das Funkeln in seinen Augen alles andere als unschuldig war.

»Ich habe Sandra versprochen, mit ihr zu Abend zu essen«, log Sophie, drehte ihm ostentativ den Rücken zu und ging.

Tatsächlich saß Sandra mit erwartungsvoller Miene am Tisch des privaten Speisezimmers und schien auf jemanden zu warten. »Hallo, Sandra. Tut mir Leid, ich wusste nicht, dass du mir Gesellschaft leisten wolltest«, sagte Sophie und setzte sich.

»Wollte ich gar nicht«, gab das Mädchen mehr ehrlich als höflich zurück. »Ich wollte diesen Archäologen abpassen!«

»Aha, deswegen so schick!« Sophie nickte verständnisvoll und griff nach dem Kartoffelsalat. »Du hast dich ja ganz schön in Schale geworfen!«

Das Mädchen trug ausnahmsweise nicht Schwarz, sondern hatte sich sichtlich Mühe gegeben, ihrer Erscheinung einen antiken Anstrich zu verleihen. Ihre widerspenstigen, dunkelblonden Locken hatte sie mithilfe eines roten Satinbands in eine Art Aufsteckfrisur gezwungen, die entfernt an römische Darstellungen erinnerte. Dazu trug sie ein Oberteil, das Sophie spontan an ein Nachthemd denken ließ. Allerdings an keines, das für eine Fünfzehnjährige passend gewesen wäre.

»Gefällt es dir?« Erfreut zupfte sie an einem der duftigen Organzavolants, die dafür vorgesehen waren, einen Busen – so vorhanden – zu verhüllen. »Ich habe es Tante Lilo geklaut«, gestand sie mit einer Spur schlechten Gewissens. »Was sollte ich sonst machen? Möchtest du von den Würstchen oder lieber ein Schnitzel? Die sind unter der Warmhaltehaube dort drüben.«

»Ein Schnitzel, bitte.« Sandra stand auf und ging zur Anrichte, um ihr das Gewünschte zu holen. Interessiert betrachtete Sophie das frivole Kleidungsstück, das sie dabei unabsichtlich zur Schau stellte. Lieselotte Pohlmann musste phänomenal darin aussehen!

»Das Oberteil sieht ziemlich teuer aus. Du solltest vorsichtig damit sein.«

Sandra schnitt ihr eine Grimasse: »Ich will ja keine Spaghetti Bolognese darin essen! Meinst du, es wird diesem Archäologen gefallen?«

»Was soll ›diesem Archäologen‹ gefallen?« Die unverkennbare Stimme dicht hinter ihr ließ Sophie nervös zusammenzucken.

»Müssen Sie sich unbedingt so anschleichen?«, fuhr sie ihn vorwurfsvoll an. »Ein rücksichtsvoller Mensch würde die Tür so öffnen, dass man ihn kommen hört.«

»Ich bin aber kein rücksichtsvoller Mensch«, sagte er heiter und setzte sich an den letzten noch unbenutzten Platz, Sophie schräg gegenüber. »Hmm, das sieht gut aus!«, stellte er nach einem kurzen Blick auf die halb volle Schüssel Kartoffelsalat fest. »Gibt es auch noch von diesen äußerst appetitlich aussehenden Fleischstücken, oder ist Penthesilea mir da zuvorgekommen?«

»Es sind noch reichlich Schnitzel da, wenn Sie die meinen«, sagte Sandra unsicher und hob die glänzende Warmhaltehaube an. »Soll ich Ihnen davon auflegen?«

»Lieber nicht, du könntest dich schmutzig machen.« Er lächelte sie freundlich an und ging selber zur Anrichte. »Lass mich raten: Du warst bei einem Kostümverleih, und dort haben sie dir dieses Oberteil als original römisch angedreht, stimmt's?«

Glücklicherweise sah Sandra fragend zu Sophie hinüber, und die nickte so nachdrücklich, dass das Mädchen automatisch ebenfalls bestätigend nickte. Max Roth musste wirklich nicht so genau über Frau Pohlmanns Privatgarderobe Bescheid wissen, fand Sophie.

»Gib es zurück«, riet er. »Wozu hast du es überhaupt ausgeliehen?«

Da dies die Frage war, die Sophie im Augenblick seines Eintretens hatte stellen wollen, sah auch sie neugierig auf und wartete auf Sandras Erklärung.

Sandra errötete erst einmal bis unter die Haarwurzeln, biss sich auf die Unterlippe und sagte dann leise: »Ich wollte Sie fragen, ob Sie nicht einmal so eine Art Venuszeremonie, oder wie man das nennt, nachmachen können.«

Schadenfroh registrierte Sophie, dass ihr Gegenüber sich an seinem Kartoffelsalat verschluckte.

»Ich würde zu gerne wissen, wie man sich dabei gefühlt hat!«, setzte Sandra erklärend hinzu. Sie klopfte ihm unaufgefordert den Rücken, bis er abwehrend beide Hände hob und hustend sagte: »Danke, danke, das reicht! Ich fürchte, dafür bin ich nicht der Richtige. Weißt du, ich bin Spezialist für Architektur und Bodenstrukturen. Das ist etwas völlig anderes. Du bräuchtest einen Religionswissenschaftler oder so etwas Ähnliches. Die wissen mehr über solche Sachen.«

»Aber es muss doch nicht echt sein«, beharrte Sandra beinahe flehend. »Ich dachte nur, ehe die Venus hier wegkommt, so als eine Art Verabschiedung …«

»Eine Abschiedsvorstellung!« Max hustete noch einmal und brach dann in schallendes Gelächter aus. »Du hast wirklich verrückte Ideen, aber ich gebe zu: Es hat was!«

Sandras Miene erhellte sich. »Dann machen Sie es?«

»Bedaure, als Mann bin ich die falsche Besetzung.« Er grinste spitzbübisch. »Aber ich finde, Frau Dr. Lichtenberger ist die perfekte Venuspriesterin! Ich sehe sie schon in einem solchen Kostüm vor meinem inneren Auge …«

Sophie warf ihm einen mörderischen Blick zu.

»O ja, bitte, Sophie!«

»Es gibt sicher andere, die genauso gut dafür geeignet wären.«

»Wen denn? Die anderen sind doch alle viel zu alt!«, lehnte Sandra kategorisch ab.

»Ich fürchte wirklich, Sie kommen als Einzige in Frage, Penthesilea!«

Kapitel 7

Da die Pflege der Anlage Siggis Angelegenheit sein würde, wollte Sophie seine Meinung zu ihren Pflanzplänen einholen, bevor sie darangingen, die Beete einzumessen.

Auf dem kleinen Tisch, den Siggi bereitgestellt hatte, breitete sie die Papiere aus.

»Das ist ein Plan des berühmten Hortulus von Strabo aus dem 9. Jahrhundert«, erläuterte sie die grobe Zeichnung eines Quadrats, in dessen Innerem sich zwei Reihen von je vier Beeten befanden. »Ich habe versucht, mich im Großen und Ganzen an diese Einteilung zu halten und gleichzeitig die jeweiligen Ansprüche der Pflanzen an Boden und Wärme zu berücksichtigen – wobei ich allerdings die vier Ecken für dekorative Pflanzen wie Pfingstrosen, Iris, Akelei und Lilien reservieren wollte.«

Sie legte ihre eigene Planskizze obenauf und fuhr mit einem Bleistift die Linien nach.

»Die Randbeete unterteilen wir noch einmal in je vier Abteilungen auf jeder Seite. An die Nordmauer kommen die besonders wärmeliebenden Vertreter, also Melone und Flaschenkürbis, als Vorpflanzung Schwertiris und Eberraute.«

»Eberraute kenne ich noch aus meiner Jugend«, schmunzelte der alte Gärtner. »Der war bei den Bäuerinnen sehr beliebt als Anstecksträußchen, um den Stallgeruch zu überdecken. Hat nicht viel genutzt«, fügte er trocken hinzu. »Aber dass wir hier Melonen ernten – das glaube ich nicht!«

»Warten Sie ab, Siggi! Die Gärtnerei hat mir versichert, dass diese neue Züchtung extrem schnellwüchsig ist. Bei ausreichender Außentemperatur und guter Bodendurchfeuchtung soll man vier Wochen nach der Blüte schon ernten können. Schließlich ist es den Mönchen doch auch gelungen, sie zu ziehen …«

»Na schön, lassen wir uns überraschen! Allerdings brauchen wir schleunigst ein Rankgitter – ich kümmere mich darum. Beim Flaschenkürbis sehe ich kein Problem, der wächst wie von selbst. Und was soll dort ins Beet, vor den Gästetrakt?«

»Andorn, direkt an den Weg, weil er nur etwa halb so hoch wird wie die anderen drei. Wermut, Frauenminze und Muskatellersalbei werden ungefähr einen Meter hoch.«

»Was sind das für Pflanzen?« Lars war unbemerkt neben sie getreten und reckte jetzt seinen Hals, um ebenfalls den Plan einsehen zu können.

»Mittelalterliche Heilpflanzen, hier« – Sophie griff nach einem Stapel kolorierter Stahlstiche und schob sie ihm hin – »das da ist Wermut, das der Andorn, und Frauenminze und Muskatellersalbei hat man schon immer gerne zusammen gepflanzt, deswegen sind sie auch zusammen abgebildet.«

»Und wofür waren die Pflanzen gut?« Anscheinend interessierte sich der Junge wirklich dafür. Sophie warf einen raschen Blick zu Siggi hinüber, aber der nickte nur ermutigend und lehnte sich gemächlich zurück.

»Wermut enthält ziemlich viel Bitterstoffe, die man als Tee oder Aufguss gegen alle möglichen Verdauungsbeschwerden, Fieber, Kopfschmerzen und Schwindelanfälle einsetzte. Andorn war ein beliebtes Wundheilkraut. Frauenminze, auch Marienblatt genannt, wurde als Tee bei Erkältungen, Magenkrämpfen und auch zur Erleichterung der Geburt genutzt, und Muskatellersalbei war äußerst beliebt als Tee und als

Badezusatz. Er riecht wirklich ganz speziell – du wirst es ja selber feststellen können. Wer ihn einmal gerochen hat, wird ihn immer wiedererkennen.«

»Und die hier drüben?« Ein nicht sehr sauberer Zeigefinger wies auf das von Sophie oberflächlich skizzierte Rosenbeet am Fuß des Walls, an dessen Rand sie »Odermennig, Heilziest, Rainfarn« gekritzelt hatte.

»Odermennig und Heilziest sind wiederum hauptsächlich Wundheilkräuter. Rainfarn war ein ziemlich gefährliches, aber wirksames Wurmmittel.«

»Wieso gefährlich?«

»Die richtige Dosierung ist äußerst schwierig, und wenn man sich verschätzte, starb eher der Patient als der Wurm«, sagte Sophie trocken.

Lars schluckte. »Dann waren die Kräuter gefährlicher als die Krankheit, die man hatte?«

»Kann man nicht unbedingt so sagen. In den Händen eines wirklich kundigen und gut geschulten Mönches waren die Heilkräuter eine wirksame Medizin. Nicht vergleichbar mit unseren heutigen Medikamenten natürlich, aber durchaus nicht zu verachten.«

»Wie hoch werden die drei Pflanzen?« Siggi tippte ungeduldig mit erdigen Fingerspitzen auf die drei Namen. »Überwuchern sie mir in den Anfangsjahren die Rosen?«

»Etwa einen Meter. Aber nur mit Blüten. Und man kann sie problemlos zurückschneiden.«

»Wir werden trotzdem besser gebührenden Abstand halten«, brummte er vor sich hin. »Das sollen doch alles Strauchrosen werden, oder?«

Sophie nickte. Sie hatte unter den in Frage kommenden Alba-, Gallica- und Damaszenerrosen einige Sorten ausgesucht, die ihrer Meinung nach gut hierher passten. »Wenn Sie mit in die Rosenschule fahren, könnten Sie die Sträucher in ihrer natürlichen Größe sehen«, schlug sie dem alten Gärtner vor.

»Hm.« Er schien nicht abgeneigt.

»Ein solcher Ausflug könnte mich direkt auch reizen!«

Gleichzeitig fuhren drei Köpfe herum. Max Roth nickte lässig, die Hände in den Hosentaschen. »Morgen allerseits. Lassen Sie sich nicht stören. Darf ich auch mal …?« Und schon stand er dicht neben Sophie und schaute interessiert auf den ausgebreiteten Plan. »Rosa semiplena, Rosa suaveolens, Rosa semperflorens, Trigintipetala, Complicata, Conditorium, Rosa officinalis – sehr ordentlich, Penthesilea!«, sagte er lobend. »Klingt alles recht alt.«

»Als ob Sie etwas davon verstünden!«

Siggi und Lars wechselten einen unbehaglichen Blick. Max hob nur leicht amüsiert eine Braue.

Wieso ließ sie sich bloß immer von ihm provozieren?

»Ich habe mit Absicht lauter alte Sorten gewählt, die die klassischen Rosenfarben repräsentieren: weiß, rosa, weinrot.« Sie zwang sich, Max Roth direkt ins Gesicht zu blicken. »Einige davon kannten bereits die Römer, das ist sicher. Leider weiß man nicht genau, welche. Die alten Quellen beschreiben oft nicht sehr genau.«

»Ich bin sicher, Sie haben sich hervorragend vorbereitet«, sagte er mit schiefem Grinsen und schlenderte auf den Abstieg zur Unterwelt zu. »Bis heute Abend!«

Sophie unterdrückte einen erleichterten Seufzer und wandte sich erneut dem Plan zu. »Und hier, vor Frau Wagners Reich, kommen die Minzen hin … In die vier Beete dort links sollen Salbei, Liebstöckel, Fenchel und Sellerie – was halten Sie von dem dunkelroten Fenchel, Siggi?« Sie zog einen Katalog mit Farbbildern hervor und wies auf das entsprechende Foto.

»Gibt einen schönen Kontrast zum grauen Salbei«, murmelte er. »Liebstöckel und Sellerie sind ziemlich ähnlich. Langweiliges Zeug. Stattdessen sollten wir lieber die blaue Weinraute ›Jackman's Blue‹ nehmen!«

»Vom Optischen her wäre das unschlagbar«, gab Sophie ihm Recht, »aber ich möchte nicht riskieren, dass jemand sich Hautausschläge und Verbrennungen holt. Deswegen habe ich die Weinraute lieber ganz weggelassen, obwohl sie in jedem Klostergarten stand.«

»Und wäre es nicht besser, wenigstens hier bei den Mittelbeeten« – Siggi fuhr mit einem schwieligen Zeigefinger über den entsprechenden Teil des Plans – »dies mittelalterliche Zeug beiseite zu lassen und anständige Gewürzkräuter zu setzen? Wir können den Fenchel und den Sellerie ja zur Pfefferminze pflanzen, wenn Sie sie unbedingt dabei haben wollen, Frau Doktor. Aber hier hätte ich lieber Thymian, Oregano, Bohnenkraut, Ysop, Borretsch, Dill, Estragon, Majoran und Petersilie. Das wäre für die Küche auch etwas näher …«

Sophie überlegte kurz. Wohin kämen dann Katzenminze, Kerbel und Rettich? Ihr ursprünglicher Plan hatte vorgesehen, mit Blumenzwiebeln und rasch wachsenden Einjährigen die nötigen Farbtupfer zwischen die anderen Pflanzen zu setzen und die Küchenkräuter oben auf den Wall zu pflanzen.

Aber eigentlich zerstörte der Eingang zum Venuskeller die Konzeption eines Klostergartens sowieso. Wenn er einigermaßen in der Mitte läge, hätte man ihn integrieren können. Stattdessen befand er sich genau zwischen den mittleren Beeten des nördlichen Innenteils. Vielleicht war Siggis radikaler

Vorschlag das Ei des Kolumbus: die Außenbereiche formal – der Innenteil modernisiert. Ob der Eingang in der endgültigen Version ebenerdig verschlossen oder mit einer Art Pavillon akzentuiert werden würde, musste sie noch mit Pohlmanns besprechen, aber die Idee des alten Gärtners gefiel ihr.

»Gut, machen wir es so«, entschied sie kurz entschlossen und lächelte Siggi zu. »Die Konzeption im Mittelteil ist sowieso gestört – da können wir ruhig auch noch zwei Schritte weiter gehen«, sagte sie, strich im Geist den Rettich ganz von ihrer Liste und setzte Katzenminze und Kerbel zu den übrigen Kräutern.

Lars, der die ganze Zeit auf einem Stängel herumgekaut hatte, gähnte herzhaft und trat leicht gegen den Stapel sauber entrindeter Holzpfähle, die neben ihm auf ihren Einsatz warteten. Mochte sich Siggi auch nicht so recht für das Projekt begeistern, so erlaubte seine Professionalität es ihm nicht, nachlässig zu arbeiten.

Neben den Pfählen lagen zwei Gummihammer, wie auch Fliesenleger sie gerne benutzen, ein Spankorb mit mehreren Spulen festen, rot-weiß geringelten Garns sowie ein stark abgenutztes Gärtnermaßband.

»Brauchen Sie sonst noch was?«, fragte Lars, schlang fröstelnd die Arme um den Oberkörper und hauchte deutlich sichtbare, kleine Wolken vor sich. So früh am Morgen war es noch immer empfindlich kalt.

»Ich denke, ihr habt an alles gedacht«, erwiderte Sophie, in Gedanken bereits bei den kommenden Arbeitsschritten.

Zuerst musste der Mittelpunkt ausgemessen werden. Sie begannen damit an der Nordmauer. Siggi ergriff das eine Ende seines Meterbands, stellte sich breitbeinig an den Anfang der Mauer, und Lars marschierte mit dem Meterband bis ans Ende, wo er lauthals »dreizehn dreiundvierzig« verkündete. Sophie interpolierte auf 6,72 Meter und schlug mit ein paar kräftigen Schlägen einen der Pfähle an dem Messpunkt ein.

»Einen schönen guten Morgen allerseits!«, rief in dem Moment Rudi Bäumle, gefolgt von dem schüchternen Studenten, und winkte ihnen fröhlich zu.

Lars, Siggi und Sophie grüßten zurück und beobachteten, wie die beiden im Erdboden verschwanden. Der Einstieg war inzwischen durch eine Art Baustellenband gesichert, und das im leisen Wind flatternde giftgelbe Plastik stach einem geradezu schmerzhaft ins Auge.

»Hoffentlich hauen die bald wieder ab«, knurrte Siggi missmutig.

Insgeheim stimmte Sophie ihm aus vollem Herzen zu. Laut sagte sie: »Soviel ich weiß, sind sie heute den letzten Tag da.«

Sandras Idee, der sie, gerührt von deren inständigen Bitten, endlich nachgegeben hatte, behielt sie für sich. In Sandras Alter hatte sie selbst auch kurzzeitig einen ähnlichen Hang zur Mystik verspürt. »Aber nicht in Verkleidung«, hatte sie sich ausbedungen. »Von mir aus zitiere ich ein paar Zeilen und hänge der Statue einen Blütenkranz um – aber mehr nicht, ist das klar?«

»Wie schade«, war es zutiefst enttäuscht von Max gekommen. »Und ich hatte mich so darauf gefreut, Sie in einer ähnlichen Kostümierung bewundern zu dürfen!«

Nachdem sie die jeweiligen Seitenmittelpunkte markiert hatten, zogen sie erst die Schnüre für den Mittelpunkt der gesamten Anlage und davon ausgehend die für die Wege. Mit Rücksicht auf Besuchergruppen hatte Sophie sie lieber ein wenig zu breit geplant als zu schmal. Jetzt standen sie zu dritt beieinander und betrachteten kritisch das Schnurgerüst.

Die klassische Einteilung des Klostergartens mit dem breiten umlaufenden Randstreifen, der später in sechzehn etwa gleich große Bereiche unterteilt werden würde, und die Hauptwegeachse waren schon klar zu erkennen.

»Sieht gut aus«, befand Lars. »Ich hoffe nur, dass die Archäologen uns nicht hier durchlatschen!«

»Können sie nicht, weil wir jetzt die Seiten mit Holzbohlen einfassen«, brummte Siggi. »Fang schon mal an, sie herzuschaffen. Sie liegen hinter der Hausecke. Und vergiss die Pflöcke dazu nicht!«

Überrascht sah Sophie den Alten an und runzelte die Stirn. Mit den imprägnierten Tannenholzbrettern, die sie im hiesigen Sägewerk bestellt hatte, hatte sie erst im Laufe des heutigen Tages gerechnet. »Wann sind die denn gekommen?«

»Gestern.«

»Und warum haben Sie mir nicht Bescheid gesagt? Ich hätte die Lieferung gerne selbst entgegengenommen«, sagte sie, ärgerlich darüber, dass Siggi sie so offensichtlich überging.

»Sie waren ja nicht da, Frau Doktor«, sagte er, ohne sie anzusehen. »Keine Angst, sie sind in Ordnung. August liefert nur gute Ware.«

Sophie biss sich auf die Unterlippe. Das Letzte, was sie jetzt brauchte, waren Kompetenzstreitigkeiten. Schließlich war sie auf die Mitarbeit des eigensinnigen alten Mannes angewiesen. »Wie lange werdet ihr dafür brauchen?«, fragte sie so sachlich, als hätte die unterschwellige Auseinandersetzung nicht stattgefunden.

»Wenn wir gleich anfangen und nicht gestört werden« – er warf einen viel sagenden Blick in Richtung Venuskeller –, »dann würde ich sagen: bis zum Abend.«

»Dann könnten wir morgen die inneren Beete ausmessen und einfassen«, sagte Sophie zufrieden. »Hat der Mann vom Sägewerk irgendetwas über das gehäckselte Holz gesagt, das er liefern wollte?«

Als sie mit dem Sägewerksbesitzer verhandelt hatte, war ihr neben den Aufschüttungen der Nadelholzrinde, die später säckeweise als Mulch verkauft werden würde, ein heller Haufen aufgefallen. Auf ihre Nachfrage hatte der Mann erklärt, es sei gehäckseltes Laubbaumholz, von Ästen und anderen unbrauchbaren Stammteilen. Normalerweise bliebe es im Wald, aber dies hier sei versehentlich mit abgefahren worden.

Im Gegensatz zu dem gebräuchlichen braunen Rindenmulch, der mit der Zeit unansehnlich schmierig aussah, erinnerte dieser von der Optik her eher an Kalksteinsplitt. Kleinformatig, hart, hell – kurz, genau das Richtige, um die Wege im Klostergarten damit zu bedecken.

Sophies Frage nach dem Preis verwirrte den Geschäftsmann zunächst. Doch dann nannte er ihr eine akzeptable Summe – schließlich war es für ihn eine unwiderstehliche Möglichkeit, ein Entsorgungsprodukt Gewinn bringend zu verkaufen.

Man einigte sich darauf, dass die vorhandene Menge geliefert werden und er sich außerdem um schnellstmöglichen Nachschub bemühen würde, damit ausreichend von dem ungewöhnlichen Material zur Verfügung stand.

Der Erdboden hier oben am Hang war zum Glück nicht lehmig. Sophie hatte kurz überlegt, auf einen Belag ganz zu verzichten, aber bei längeren Regenperioden würde es angenehmer sein, sich zwischen den Beeten auf dem elastischen, sauberen Häckselholz zu bewegen.

Während Siggi und Lars sich daranmachten, die Außenbeete nach der gleichen uralten Methode, wie sie schon früher die gärtnerisch tätigen Mönche angewandt hatten, sauber einzufassen, holte sich Sophie mehrere Eimer und eine Pflanzkelle und verschwand hinter der Mauer, um die Kulturflüchtlinge einzusammeln.

Außer sporadischen, unverständlichen Wortfetzen drang kein menschlicher Laut zu diesem ruhigen Fleckchen, und die Stille ließ die Vogelstimmen und das Summen der Bienen und Hummeln, die eifrig jede noch so winzige Blüte umschwärmten, lauter erscheinen als gewöhnlich.

Als sich Sophie zum ersten Thymiantuff bückte, stand die Maisonne bereits hoch am wolkenlosen Himmel und brannte, noch angenehm, auf Sophies Schultern und Rücken. Bald würde es richtig heiß werden, dachte sie und bewegte die Schultern, um möglichst viel von der Wärme, die den Stoff ihrer Khakiweste durchdrang, auf der Haut zu spüren.

Sorgfältig darauf bedacht, die Pflanzen mit reichlich Erde an den Wurzeln auszuheben, stach sie die Pflanzkelle tief in den Boden und hob den Wurzelballen behutsam heraus.

Thymian versamt sich leicht, aber die feinen Haarwurzeln, die geschickt in jede noch so schmale Spalte kriechen, reagieren empfindlich auf Störungen ihrer Umgebung.

Eine leichte Berührung, fast ein Hauch, ließ Sophie zur Seite blicken – genau in die ernsten grüngoldenen Katzenaugen, die ihren so ähnlich waren.

»Hallo, wie geht es euch?«, murmelte sie leise und legte sehr langsam, um das scheue Tier nicht zu erschrecken, ihr Werkzeug hin.

»Miau«, antwortete Tiger-Lilly und wie auf ein Kommando tauchte am Rand von Sophies Gesichtsfeld ihr kleines Pendant auf. Unter den wachsamen Augen seiner Mutter kam es näher und schnupperte neugierig an Sophies erdigen Stiefeln. »Wollt ihr mir Gesellschaft leisten?« Sophie kraulte mit einem Zeigefinger Tiger-Lillys auffordernd hochgereckte Kehle und streckte die Fingerspitzen der anderen Hand aus, um der kleinen Katze Gelegenheit zu geben, sie ausgiebig zu beschnuppern. Zutraulich begann sie schließlich, daran zu knabbern. »Autsch«, murmelte Sophie und zog die Hand zurück, weil die nadelspitzen Zähnchen schmerzhaft zubissen.

»Schluss!«, sagte sie dann energisch und zwang sich, ihre Finger aus dem seidenweichen Fell zu lösen. »Es ist sehr lieb von euch, dass ihr mich besucht, aber ich muss jetzt weiterarbeiten!«

Als hätte sie Sophies Worte verstanden, ging Tiger-Lilly zu einem kleinen Busch und ließ sich dort auf die Seite fallen. Sie gähnte so herzhaft, dass man ihren rosafarbenen Rachen mit den kräftigen Fangzähnen bewundern konnte, und schloss die Augen zu schmalen Schlitzen. Das Junge rollte sich zwischen ihren ausgestreckten Beinen zu einer Kugel zusammen und schlief beinahe sofort ein.

Die unaufdringliche und vielleicht deswegen beruhigende Gegenwart der beiden Katzen hatte eine wohltuende Wirkung auf Sophie. Hier und da vergewisserte sie sich mit einem schnellen Blick, dass die beiden immer noch reglos unter den Zweigen lagen, während sie so leise wie möglich die von Sandra mit Fähnchen gekennzeichneten Pflanzen ausgrub. Das Mädchen hatte überraschend sorgfältig gearbeitet, musste Sophie zugeben. Die Eimer füllten sich zusehends, und sie hatte gerade beschlossen, sie an einen schattigeren Ort zu bringen, als eine bekannte männliche Stimme hinter ihr sagte: »Ich hatte mich schon gewundert, wohin Sie verschwunden sind, Penthesilea. Schön ist es hier – so still und friedlich!«

Sophie schoss ihm einen warnenden Blick zu und wies auf die beiden Katzen, aber er nickte nur, schlenderte gemächlich auf die beiden zu und bemerkte: »Wir sind alte Freunde. Nicht wahr, meine Schöne?«

Unvernünftiger Ärger stieg in Sophie auf, als Tiger-Lilly geradezu begeistert auf seine Liebkosungen reagierte. Sie rollte sich sogar auf den Rücken und ließ wohlig schnurrend zu, dass er ihren Bauch kraulte.

»Haben Sie noch einen anderen Grund, hier aufzutauchen – außer die Katze zu streicheln?«, fragte Sophie mürrisch.

»Aber natürlich.« Er richtete sich wieder auf. »Ich bin sozusagen die Suchmannschaft, die nach Ihnen ausgeschickt wurde. Man vermisste Sie bei Tisch.«

Erschreckt zog Sophie den Gartenhandschuh aus, den sie übergestreift hatte, ehe sie ein paar der Pflanzen aus einem zwar noch jungen, aber bereits sehr stacheligen Brombeerdickicht holte. Tatsächlich: Es war bereits nach ein Uhr. Versunken in ihre Tätigkeit, hatte sie völlig das Zeitgefühl verloren.

»Ich komme sofort, ich wasche mir nur schnell die Hände«, sagte sie hastig und rannte beinahe in ihr Zimmer.

Ausgerechnet heute waren alle anwesend! Um den großen Tisch saßen Herr und Frau Pohlmann, Sandra, Helga Wagner und die Archäologen. Peinlich berührt, weil sich die sieben Augenpaare beim Eintritt auf sie richteten, entschuldigte Sophie ihre Verspätung mit einer defekten Armbanduhr.

»Aber das macht doch nichts. Dr. Roth hat Sie ja schnell

gefunden«, beruhigte Frau Pohlmann sie mütterlich und reichte ihr einen gefüllten Teller. »Wissen Sie schon über heute Abend Bescheid?«

Überrascht sah Sophie auf. »Wieso? Was ist denn für heute Abend geplant?«, fragte sie und dachte an die Venus-Anrufung, zu der sie sich gestern hatte überreden lassen. Vielleicht hatte sie Glück und es blieb angesichts anderer Pläne keine Zeit mehr dafür. Inzwischen beschlich sie bei dem Gedanken daran ein ungutes Gefühl. Vielleicht hätte sie sich entschiedener weigern sollen?

»Sandra und Dr. Roth haben uns vorgeschlagen, den Fund der Venusstatue mit einer kleinen Feier zu begehen, ehe er sie morgen mitnimmt«, erklärte Herr Pohlmann. »Wir waren sofort von der Idee begeistert.«

»Ja, bisher haben wir die Entdeckung noch gar nicht angemessen gefeiert«, ergänzte seine Frau, ohne ihn anzusehen. »Wir haben auch den Bürgermeister und Herrn Nägele dazu eingeladen. Und natürlich Siggi, Alois und Lars.«

»Thomas hat versprochen, uns was Römisches zu kochen!« Sandra strahlte. »Und Frau Wagner wird einen Blumenkranz flechten. Sie ist unheimlich geschickt in so etwas.«

Sophie stocherte lustlos in ihrem Essen. Als sie sich hatte breitschlagen lassen, der kleinen Statue ein symbolisches Opfer zu bringen, war sie davon ausgegangen, mit Sandra und Max Roth allein zu sein. Dass sie jetzt im Mittelpunkt einer ganzen Gesellschaft stehen würde, passte ihr überhaupt nicht. Unschlüssig sah sie auf, aber der herausfordernde Blick in den goldenen Augen ihr gegenüber ließ sie beinahe trotzig sagen: »Wie schön! Ich freue mich schon richtig darauf.«

Im weiteren Verlauf des Essens wurde klar, dass die beiden Mitarbeiter von Max Roth schon im Laufe des Nachmittags mit den übrigen Fundstücken nach Freiburg zurückfahren würden.

»Und ich will in die Spezialgärtnerei, nach alten Iris- und Päoniensorten suchen«, sagte Sophie. »Möchtest du vielleicht mitkommen, Sandra?«

Das Mädchen lehnte entschieden ab, aber Frau Pohlmann fragte fast scheu: »Würde es Ihnen etwas ausmachen, wenn ich mitkäme?«

Lieselotte Pohlmann war eine schweigsame Beifahrerin. Mehr als einmal fragte sich Sophie, was die Frau bewogen haben mochte, sich ihr anzuschließen. Aber auch sie war nicht gerade gesprächig.

Und so beschränkte die Unterhaltung sich auf gelegentliche Kommentare zu topographischen Besonderheiten der Gegend oder auf kurze Anweisungen wie: »An der nächsten Abzweigung müssen Sie links fahren.«

Nicht einmal eine halbe Stunde benötigten sie, ehe Sophie ihr altes Auto auf einen kleinen Parkplatz unter einen blühenden Fliederbusch lenkte.

»Das duftet ja herrlich«, stellte Frau Pohlmann fest, sobald sie die Autotür öffnete. »Können Sie so etwas nicht auch noch irgendwo unterbringen?«

»Vielleicht wäre es besser, wenn Sie darüber mit Siggi sprächen«, schlug Sophie diplomatisch vor. »Flieder kann recht arbeitsintensiv werden!« Sie wies auf die unzähligen Schösslinge, die um den Hauptstamm geradezu ein Dickicht gebildet hatten. »Die müssten alle ständig abgeschnitten werden.«

Wie in dieser Zeit des Jahres zu erwarten, waren alle Angestellten der Gärtnerei vollauf beschäftigt, und die beiden

Frauen wurden freundlich gebeten, sich in aller Ruhe umzuschauen. »Sagen Sie einfach Bescheid, wenn Sie sich entschieden haben.«

Hinter dem baufälligen Verkaufsraum lagen die Felder in voller Blüte. »Wie wunderschön«, hauchte Lieselotte Pohlmann andächtig. Sophie gab ihr aus vollem Herzen Recht.

Das Gelände stieg sachte an, sodass man einen guten Überblick über die langen Reihen üppiger Blütenköpfe hatte. Von strahlendem Weiß über pudriges Rosa und kräftiges Pink bis hin zu geheimnisvollem Burgunderrot waren sämtliche Schattierungen vertreten.

»Und das sind alles Pfingstrosen?«, fragte Lieselotte Pohlmann ungläubig. »Ich hätte nicht gedacht, dass es so viele verschiedene gibt!«

»Echt europäische, auf die wir uns eigentlich beschränken müssten, gibt es tatsächlich nicht viele.« Sophie deutete auf ein schmales Beet am Rand, etwas abgetrennt von den anderen. »Die dort, in Weiß und kräftigem Weinrot, sind unsere einheimischen Bauernpfingstrosen. Sie blühen etwa zwei Wochen früher als die anderen, duften aber nicht. Diese hier« – ihre Handbewegung umfasste die Hauptbeete vor ihnen – »sind Züchtungen aus den chinesischen Pfingstrosen. Viele von den gefüllten Sorten duften. Es gibt einige, die einen stärkeren Duft haben als Rosen!«

Fasziniert beugte sich Frau Pohlmann über jeden einigermaßen erreichbaren Blütenkopf. »Diese hier riecht besonders gut«, stellte sie fest und zeigte auf ein Exemplar in kräftigem Rosa, dessen seidige Blütenblätter leicht ausgefranst wirkten. »Sie duftet wie Rosenöl. Die möchte ich!«

Gut, wenn Frau Pohlmann die Auswahl übernimmt, bin ich von der Bürde der Entscheidung befreit, dachte Sophie zufrieden. »Können Sie ein Namensschild entdecken?«, fragte sie, während sie bereits ihren Notizblock und einen Bleistift aus der Umhängetasche holte.

»Sie hat einen französischen Namen. Einen Moment – Modeste Guerin.«

Während der folgenden Stunde entschied sich Lieselotte Pohlmann für eine ganze Anzahl der imposanten Pflanzen und hätte vermutlich kein Ende gefunden, wenn Sophie sie nicht daran erinnert hätte, dass sie auch noch bei den Schwertiris vorbeischauen wollten.

»Es fällt mir schwer, mich hier loszureißen«, gab die Ältere eine Spur wehmütig zu. »Es ist einfach faszinierend: nicht nur dieser Duft – auch die Konsistenz der Blütenblätter. Sie fühlen sich an wie kühle Seide, so glatt und sinnlich …«

Spontan fiel Sophie das Negligé ein, das Sandra ihrer Tante ohne deren Wissen entwendet und damit einiges über sie preisgegeben hatte. Die klassische Schönheit musste in dem hauchzarten Kleidungsstück umwerfend aussehen!

»Wenn wir uns dort oben auf die Bank setzen, könnte ich meine Notizen noch einmal überprüfen«, schlug Sophie vor und ging auf die Bank unter einem bereits abgeblühten Kirschbaum zu. In stillem Einvernehmen ließen sich die beiden nieder und überblickten noch einmal das Farbenmeer.

»Es ist so schön hier«, sagte Lieselotte Pohlmann schließlich. »Schade, dass wir nicht einfach hier sitzen bleiben können!«

Erstaunt sah Sophie sie von der Seite an. Ihre Stimme klang müde und resigniert. Das war nicht die Stimme der resoluten Hoteliersfrau, die alle Probleme bewältigte und die Sophie um ihre Souveränität beneidet hatte.

»Wissen Sie, wieso ich die Idee mit dem Garten hatte?«,

fuhr sie fort und ihre Hände zerpflückten ein Wegerichblatt. »Ich hoffte, wir würden uns mal wieder gemeinsam für ein neues Projekt begeistern können!« Es war klar, dass sie von ihrem Mann sprach. »Manchmal habe ich das Gefühl, wir funktionieren nur noch. Wenn wir allein sind, sprechen wir nur über die Reinigung, die Fleischlieferung oder irgendwelche Buchungen.«

»Ihrem Mann liegt der *Benediktinerhof* eben sehr am Herzen«, murmelte Sophie hilflos. Sie war es nicht gewohnt, dass Menschen ihr ihr Herz ausschütteten.

Lieselotte Pohlmann lachte rau auf. »Ja, das kann man so sagen! Wissen Sie, dass ich das Hotel manchmal direkt hasse? Tag und Nacht dreht sich alles nur um die Gäste und darum, dass der Betrieb nur ja reibungslos läuft. Es gibt Tage, da komme ich mir vor wie ein Roboter. Ich interessiere keinen Menschen – Hauptsache, ich funktioniere!«

»Vielleicht wäre es gut, wenn Sie einmal Urlaub machten. Heraus aus dem täglichen Trott, neue Eindrücke gewinnen«, schlug Sophie vor.

»Das würde ich gerne. Aber aus irgendwelchen Gründen klappt es nie …« Entschlossen richtete sich Lieselotte Pohlmann kerzengerade auf und sagte gefasst: »Danke, dass Sie mir so geduldig zugehört haben. Es ist nicht meine Angewohnheit, die Menschen mit meiner Gefühlslage zu belästigen. Lassen Sie uns zu den Iris gehen!«

Frau Pohlmann kam nicht wieder darauf zu sprechen. Stattdessen unterhielt sie Sophie mit Anekdoten aus dem Hotelbetrieb.

Auch die Prachtiris standen in voller Blüte, und ihre hoch aufragenden Blütenstiele waren zu den eher kompakt wachsenden Päonien eine perfekte Ergänzung. Nach einer Weile gesellte sich ein erfahrener Gärtner zu ihnen, und dankbar akzeptierte Sophie sein Angebot, ihnen die alterprobten Sorten zu zeigen, die nicht alle paar Jahre geteilt werden mussten. »Siggi zuliebe«, bemerkte Sophie und die beiden Frauen zwinkerten sich wissend zu.

Als sie schließlich zum *Benediktinerhof* zurückfuhren, quoll der Wagen beinahe über.

»Ich bin schon sehr gespannt auf den heutigen Abend«, gestand Lieselotte Pohlmann und rückte Modeste Guerin, die im Fußraum vor ihr stand, ein wenig zurecht. »Es war sehr nett von Dr. Roth, dass er sich bereit erklärt hat, extra länger zu bleiben, um uns einen Eindruck von den Ritualen zu vermitteln, die im Keller stattgefunden haben sollen.«

»Das ist wohl mehr Sandras Überredungskunst zuzuschreiben«, bemerkte Sophie trocken, ihr Auto vorsichtig aus der engen Einfahrt lenkend.

»Trotzdem war es nett«, beharrte Frau Pohlmann. »Ich kann mir nicht vorstellen, dass eine solche Veranstaltung für ihn sehr amüsant ist.«

Kapitel 8

Als Sophie um zehn Minuten nach acht das Kaminzimmer betrat, deutete allerdings alles darauf hin, dass er sich ausgezeichnet amüsierte. Bereits vor der Tür hörte sie aus dem Stimmengemurmel sein schallendes Lachen heraus und runzelte die Stirn. Er lachte so ungezwungen, dass er sich ganz sicher nicht im Geringsten langweilte!

An der der Tür gegenüberliegenden Wand war ein opulentes Büfett aufgebaut, das problemlos mehr als die anwesenden plaudernden Gäste gesättigt hätte. Rechts und links standen Gläsertabletts und diverse Flaschen bereit.

Soweit Sophie es von ihrem Platz an der Tür überblicken konnte, waren bis auf Sandra und Tom alle angekündigten Abendgäste bereits da.

Die beiden ihr unbekannten Personen mussten also der Bürgermeister und seine Frau sein.

Der jovial wirkende Glatzkopf im anthrazitfarbenen Zweireiher mit Fliege sprach gerade eifrig auf Max Roth ein, wobei er jedem Satz mehr Gewicht zu verleihen versuchte, indem er sein – glücklicherweise schon geleertes – Weinglas ruckartig in dessen Richtung bewegte. Die unübersehbare Röte, die sich über Hals und Gesicht ausbreitete, ließ nichts Gutes für seinen Blutdruck vermuten.

Unwillkürlich blieben Sophies Augen an Max Roth hängen. Er trug einfache Jeans, aber er hatte es tatsächlich geschafft, sich ein steif gestärktes kragenloses Leinenhemd zu besorgen, und das blendende Weiß stach auffällig gegen die gedämpften Farben seiner Umgebung ab.

Zwischen ihrem Mann und einem unerwartet zurückhaltenden Nägele stand die farblos wirkende Frau des Bürgermeisters und drehte unaufhörlich ihr noch zur Hälfte gefülltes Glas mit Orangensaft in den Händen. Sie war einen halben Kopf größer als ihr Mann und verfügte dennoch offenbar nicht über einen Bruchteil seines Selbstbewusstseins.

Einen Augenblick lang spielte Sophie mit dem Gedanken, unauffällig wieder zu verschwinden und das schwarze Etuikleid gegen ein Paar Jeans und eine Bluse zu tauschen, aber dann straffte sie die Schultern und hob den Kopf, Inas königliche Haltung imitierend.

Sie hatte sich nicht solche Mühe gegeben, um nun in letzter Sekunde zu kneifen! Fast eine Stunde hatte sie an ihrem Make-up gearbeitet. Und sie war recht zufrieden mit sich gewesen, als sie einen letzten Blick in den Spiegel geworfen hatte.

Sie trug die Mondsteinkette von ihrer Großmutter sowie die passenden Ohrringe, die Bernhard ihr zu ihrem dreißigsten Geburtstag hatte anfertigen lassen. Sie schimmerten auf ihrer zart gebräunten Haut hell wie zu Glastropfen erstarrtes Mondlicht.

Sophie wünschte nur, sie hätte sich rechtzeitig daran erinnert, wie unwohl sie sich damals bei Bernhards Geburtstagsfeier auf den hohen Absätzen gefühlt hatte. Dann hätte sie jetzt ein Paar bequemere Schuhe an! Immer wieder hatte sie sich vorgenommen, nach Schuhen mit etwas niedrigeren Absätzen Ausschau zu halten, und immer wieder hatte sie diese Aufgabe als nicht dringlich verschoben.

Das hatte sie jetzt davon! Sie würde sehr aufpassen müssen, sich nicht die Knöchel zu verstauchen.

Die »Außenmannschaft« stand in einer Gruppe im hinteren

Bereich des Raums. Der alte Siggi hatte die Bitte, sich nicht extra umzuziehen, absolut wörtlich genommen: Er sah aus, als sei er direkt von der Gartenarbeit hier hereinspaziert. Immerhin hatte er sich die Mühe gemacht, seine Stiefel gegen ein Paar ausgetretene Schnürschuhe zu tauschen.

Das Weizenbierglas in seiner Hand war bereits halb leer. Gerade nahm er wieder einen herzhaften Schluck und wischte sich ungeniert mit dem Handrücken über die Lippen.

Lars hatte sich dem Anlass gemäß ein frisch gebügeltes Hemd angezogen, und die straff zurückgebundenen Haare signalisierten die lobenswerte Absicht, sauber und ordentlich zu erscheinen. Er schien Sophie ein wenig blass, aber sie schob es auf die Aufregung. Sein Glas mit Cola-Weizen schien vor allem dazu zu dienen, sich daran festzuhalten.

Alois hatte es sich nicht nehmen lassen, im Anzug zu erscheinen. Seinem einzigen, vermutete Sophie angesichts des unmodernen Schnitts. Wie um diesen Mangel an Schick auszugleichen, trug er dazu eine Krawatte mit einem Bildnis der Akropolis in Neonfarben.

Direkt vor dem Büfett unterhielten sich Frau Pohlmann, die ein schlichtes hellblaues Strickkleid trug, und ihr Mann mit Helga Wagner und einer älteren Dame, die Sophie zuerst nicht aufgefallen war, weil sie so klein war, dass die anderen sie verdeckten.

»Guten Abend«, begrüßte sie ihre Gastgeber. Frau Pohlmann lächelte ihr vertraulich zu und sagte: »Stellen Sie sich vor, die Dame ist eine alte Lehrerin von Frau Wagner! Da habe ich es mir natürlich nicht nehmen lassen, sie zu unserem gemeinsamen Abend dazuzubitten. Darf ich vorstellen: Frau Oberstudienrätin von Hertenstein – Frau Dr. Sophie Lichtenberger.«

»Sie sind Botanikerin, habe ich gehört.« Die alte Dame sprach mit strenger Stimme. Trotz ihrer Körpergröße, die Sophie auf knapp über 1,50 Meter schätzte, hatten ihre Schüler gewiss vor ihr gezittert!

»Ja«, erwiderte sie einsilbig und wartete auf die Fortsetzung des Verhörs.

»Und Sie richten hier einen Klostergarten ein.«

»Nicht allein«, protestierte Sophie und warf einen Blick in Siggis Richtung.

»Natürlich nicht.« Frau von Hertenstein schüttelte ungeduldig den Kopf mit dem festgezurrten Haarknoten, ohne sich aus dem Konzept bringen zu lassen.

»Darf ich fragen, was Sie von den Lehren der heiligen Hildegard halten?« Es klang wie eine Prüfungsfrage.

Sophie zögerte.

»Das ist ein recht schwieriges Thema«, sagte sie schließlich diplomatisch. »Sie war als Kind ihrer Zeit zwar sehr stark den antiken Theorien der vier Elemente und dem System der Körpersäfte verhaftet, aber in diesem Rahmen hat sie aufgrund eigener Beobachtungen und Erfahrungen oft eine erstaunlich sinnvolle Auswahl getroffen. Wobei ich allerdings vor manchen ihrer Kuren dringend warnen würde!«

»Und die Visionen in der Kosmos-Schrift?« Die Oberstudienrätin war an den praktischen Anwendungen sichtlich uninteressiert.

»Die kenne ich nicht«, gab Sophie zu, innerlich erleichtert, das Minenfeld der Hildegard-Medizin so rasch wieder verlassen zu können. »Ich bin Botanikerin, keine Theologin.«

»Frau von Hertensteins Passion ist mittelalterliches Latein«, mischte sich Helga Wagner erklärend ein und warf Sophie einen Verständnis heischenden Blick zu. »Deswegen ist sie auch hier. Sie glaubte, hier im Kirchenarchiv noch alte Abschriften zu finden.«

»Ja, das war wohl ein Druckfehler in diesem letzten Rundbrief! Sie haben die Postleitzahlen verwechselt und das falsche Weitershofen angegeben. Aber dafür habe ich die gute Helga wiedergefunden. Hätten Sie gedacht, dass sie eine meiner besten Schülerinnen war?«

Helga Wagner errötete und murmelte etwas Unverständliches.

»Unsinn, meine Liebe! Sie hätten problemlos eine Universitätskarriere angehen können.« Die alte Dame ließ sich nicht beirren. »Wussten Sie übrigens, dass die heilige Hildegard ihre Idealvorstellung ewiger Weisheit und grüner Kraft personifizierte? Und zwar in der Gestalt der Sophia.«

So etwas wie Humor blitzte in den wässrig blauen Augen auf. »Hildegard sah sie als verführerische Frauengestalt, in üppiges Grün gekleidet.«

»Interessantes Bild!« Max Roths Stimme hinter Sophie troff vor anzüglichem Spott.

»Welche Veränderung, Penthesilea, lassen Sie sich einmal anschauen!« Er musterte sie von Kopf bis Fuß. Dann schüttelte er den Kopf. »Nein, es funktioniert nicht! Als personifizierte Weisheit kann ich sie mir partout nicht vorstellen, auch wenn das üppige Grün sehr anregend sein könnte!«

»Vielleicht liegt das nur an Ihrer Vorstellungskraft?«, gab Sophie spitz zurück.

»An der ist nichts auszusetzen, aber Wunder kann sie nicht vollbringen.«

»Sie haben ein ausgesprochen loses Mundwerk, junger Mann«, wies die Oberstudienrätin ihn streng zurecht.

»Entschuldigung.« Seine Wangen färbten sich eine Spur

dunkler, während er sich höflich verbeugte. »Gestatten: Max Roth, Archäologe im Dienste des Landesdenkmalamts.«

»So, so. Von Hertenstein.« Sie hielt ihm mit gnädiger Herablassung ihre Fingerspitzen hin und musterte ihn scharf. »Sie sind also derjenige, der für den Mummenschanz heute Abend verantwortlich ist?«

Sein ausdrucksvolles Gesicht verzog sich zu einer Grimasse übertriebener Zerknirschung. »Die kleine Einlage findet also nicht Ihren Beifall? Haben Sie schon Sandra kennen gelernt? Das liebe Kind kann überaus überzeugend sein. Sie hat sogar Penthesilea dazu gebracht, nachher die Hauptrolle zu übernehmen.«

Dünne, helle Brauen hoben sich. Die alte Dame sagte schmallippig: »Nun, ich lasse mich gerne positiv überraschen.«

Frau Pohlmann berührte Sophie leicht am Oberarm und reichte ihr ein gefülltes Glas. »Herr Bürgermeister Lohenberger ist überaus gespannt darauf, Sie kennen zu lernen«, sagte sie leise. »Er und seine Frau sind übrigens begeisterte Anhänger der Klostermedizin …«

Ein Seufzen unterdrückend nickte Sophie und folgte ihr schicksalsergeben quer durch den Raum.

Bernhard hatte einmal halb lachend, halb ärgerlich gesagt, dass er nach Möglichkeit verschwieg, Arzt zu sein. »Alle möglichen Typen lauern dir dann auf, ziehen dich in eine Ecke und fragen dich nach deiner Meinung zu ihren Wehwehchen aus. Eine absolute Unverschämtheit, aber sie scheinen zu denken, als Arzt müsste ich mich jederzeit dafür interessieren!«

Sophie hatte das Glück, sehr viel seltener auf Mitglieder der Spezies »Kräuterbegeisterte« zu treffen als ihr Bruder auf mehr oder weniger Kranke. Aber auch ihre Plagegeister schienen davon überzeugt zu sein, dass es Sophies Pflicht und Schuldigkeit war, ihnen jederzeit Rede und Antwort zu stehen.

Und tatsächlich, kaum hatte sie erleichtert ihre Hand aus dem leicht verschwitzten Griff des Bürgermeisters gezogen, die schwielige Hand seiner Frau gedrückt und Nägele drei Finger gereicht, da platzte der Bürgermeister auch schon damit heraus: »Herr Pohlmann hat mir vorhin erzählt, dass Sie hier einen Kräutergarten mit Klosterpflanzen anlegen werden, und wir interessieren uns natürlich sehr dafür. Vermutlich werden Sie vor allem Heilpflanzen anbauen, oder?«

Sophie schüttelte entschieden den Kopf. »Nein! Es soll ein Garten werden, in dem auch der dekorative Aspekt nicht zu kurz kommt. Bereits Strabo legte großen Wert auf die wohltuende Wirkung von Lilie, Rose und Schwertiris. Der Duft, die attraktiven Blüten … Sogar im St. Gallener Klosterplan, dem ältesten erhaltenen Plan, sind Rosen und Lilien vorgesehen.«

»Irgendwie ironisch, dass die frommen Herrschaften ausgerechnet jene Blumen so geschätzt haben, die in der antiken Welt der Venus zugeordnet waren«, warf eine spöttische Stimme ein. Musste dieser grässliche Mensch sie so offensichtlich verfolgen?

»Wenn man bedenkt, dass die beiden Pflanzen damals die mit Abstand spektakulärsten waren, ist es eher logisch«, sagte Sophie herablassend. »So viel Auswahl hatte man hier in Mitteleuropa schließlich nicht.«

»Dann wird es gar kein Heilkräutergarten?« Bürgermeister Lohenberger hatte sich unauffällig ein zweites Glas geholt und stellte sich nun so dicht neben Sophie, dass sie unbewusst in die andere Richtung auswich. Leider stand dort Max Roth und wich keinen Zentimeter.

»Nein«, sagte Sophie und machte sich so schmal wie möglich. »Ich orientiere mich nur an den Plänen von St. Gallen und dem Hortulus. Höchstwahrscheinlich hat aber jeder weitere Garten sehr ähnlich ausgesehen.«

»Kennst du ein römisches Kastell, kennst du alle!« Max Roth nickte bestätigend und zog einen Mundwinkel hoch. »Ah, da kommt der Meisterkoch!«

Die Ablenkung funktionierte. Alle Köpfe wandten sich der Tür zu, durch die Thomas Greuter und Sandra eben riesige Platten balancierten.

»Gibt es hier vielleicht einen Löffel?« Frau Lohenberger sah sich suchend um.

»Sicher. Ich hole Ihnen einen«, erbot sich Roth, und Sophie spürte ihn wie unabsichtlich an ihrem Rücken entlangstreifen.

»Wissen Sie, ich bin es einfach gewohnt, vor dem Essen meine vierundzwanzig Tropfen zu nehmen«, sagte die unscheinbare Frau entschuldigend und stellte ihr Glas Orangensaft ab.

»Welche denn?« Eigentlich war es Sophie völlig gleichgültig. Die unüberschaubare Menge angeblich heilsamer Mittelchen aller Art – von bei Vollmond gesammeltem Blütentau bis hin zu Halbedelsteinen mit einem Wirkungsspektrum, das jedes pharmazeutische Mittel in den Bereich der Mittelmäßigkeit verbannte – enthielt ihrer Meinung nach nur wenig Sinnvolles. Und tatsächlich erklärte Frau Lohenberger so geheimnisvoll, als verrate sie die Rezeptur eines Wundermittels: » Es ist eine ganz spezielle Wurzelmischung, die meine Freundin extra für mich zubereitet – und sie wirkt Wunder!«

Sophies Neugierde erwachte. »Darf ich einmal daran riechen?« Sie streckte die Hand nach dem unscheinbaren braunen Fläschchen aus, das ihr bereitwillig überlassen wurde.

Ein Geruch, der augenblicklich Erinnerungen an ihre Großmutter weckte, ließ Sophie schmunzeln. Baldriantinktur!

»Es schmeckt ziemlich bitter«, gestand die Frau und verzog das Gesicht.

Natürlich, vermutlich enthielt die Tinktur außer dem als Auszugsmittel dienenden hochprozentigen Alkohol auch noch reichlich Bitterstoffe.

»Ist Ihre Freundin Apothekerin?«

»Nein, sie hat einen kleinen Versandhandel für Kräutermedizin. Vielleicht haben Sie ja schon einmal von ihr gehört?«, fragte Frau Lohenberger schüchtern und nannte einen Namen, der Sophie vollkommen unbekannt war.

»Leider nicht. Aber dafür kenne ich jemanden, der Minzenwasser herstellt«, sagte Sophie nachdenklich und verfolgte Tom mit den Augen. Er war gerade damit beschäftigt, die Platten neu zu arrangieren. Sehnsüchtig glitten ihre Augen über das körpernah geschnittene Poloshirt, die engen Jeans, die widerspenstigen dunklen Locken.

»Minzenwasser? Das klingt ziemlich langweilig. Hier ist Ihr Löffel …« Max Roth überreichte Frau Lohenberger feierlich einen silbernen Teelöffel.

»Es ist überhaupt nicht langweilig! Haben Sie es jemals probiert?«, fuhr Sophie auf und funkelte ihn erbost an.

»He, he – bitte nicht beißen!« Max Roth wich erschreckt einen Schritt zurück und hob abwehrend die Hände. Dann glitt ein maliziöses Lächeln über seine Züge. »Oh, alles klar: Ihr netter, junger Mann ist der Urheber dieser kulinarischen Erfindung! Wie konnte diese unverzeihliche Taktlosigkeit nur über meine Lippen kommen? Ich bitte demütigst um Entschuldigung, Penthesilea!«

Zwar verbeugte er sich in theatralischer Übertreibung, aber das boshafte Funkeln in seinen Augen war selbst für Frau Lohenberger nicht zu übersehen. Mit vor Verblüffung offen stehendem Mund starrte sie ihn an, während ihr Fläschchen munter weiterträufelte.

»Vorsicht!«

Seine Warnung kam zu spät. Bräunliche Flüssigkeit tropfte zu Boden und hinterließ hässliche Flecken auf dem hellen Ahornholz. »Ich fürchte, dass es jetzt bedeutend mehr als vierundzwanzig Tropfen sind«, bemerkte Max in einem Ton, als sei er es gewohnt, dass ältere Damen in seiner Gegenwart ihre Medizin verschütteten, und entwand ihr sanft die dunkelbraune Glasflasche.

Hektische Röte begann sich auf ihren Wangen auszubreiten. »Oh, wie schrecklich peinlich! Es tut mir furchtbar Leid …«, stammelte sie verlegen und warf einen ängstlich fragenden Blick in die Runde, ob ihr Missgeschick allgemeine Aufmerksamkeit erregt hatte.

»Nehmen Sie lieber Ihre Abendportion, ehe Sie noch mehr verschütten«, riet Max Roth und bückte sich, um mit einem Papiertaschentuch, das er aus der Gesäßtasche gezogen hatte, die dunklen Flecken auf dem Boden aufzuwischen.

»Geben Sie mir den Verschluss«, sagte er dann, sich aufrichtend, schraubte die Flasche mit entschieden zu großem Kraftaufwand zu und reichte sie ihr.

»Danke, vielen Dank, Sie sind sehr freundlich!« Langsam verblasste die Röte.

»Das war doch selbstverständlich«, versicherte er. Ehe er weitersprechen konnte, hatte Herr Pohlmann mit einem Messer an sein Glas geschlagen.

»Ich möchte Sie noch einmal herzlich willkommen heißen und Ihnen für Ihr Interesse und Ihre Mitarbeit danken. Unser ursprüngliches Projekt hat sich ja, wie allgemein bekannt, in eine Richtung entwickelt, die uns alle überrascht hat.« Er drehte sich ein wenig in Max Roths Richtung. »Dr. Roth hat sich freundlicherweise bereit erklärt, länger zu bleiben und uns später, sobald wir alle satt sind, eine letzte – ganz private – Audienz bei unserer Venus zu ermöglichen. Aber jetzt darf ich Sie bitten, sich an diesem von der Göttin Venus inspirierten Büfett zu bedienen. Herr Greuter hat sich wieder einmal selbst übertroffen.«

Alle Blicke wandten sich dem Büffet zu. Auf einer Platte im Zentrum bewachten zwei riesige feuerrote Hummer eine Ansammlung von Riesengarnelenschwänzen.

Offenbar hatte der Koch sich darin erinnert, dass die griechische Göttin Aphrodite, der die römische Venus weitgehend entsprach, den Wellen des Mittelmeers entstiegen war, und sich davon inspirieren lassen.

Geräucherter Zackenbarsch und Dorade, Thunfischcarpaccio, frittierte Sardellen und gegrillter Tintenfisch ließen an ein mediterranes Festmahl denken. Zwischen den großen Platten standen zahllose kleine Schälchen mit Delikatessen wie Hühnerlebersalat mit Spinatblättern, gebackene Auberginen, mariniertes Gemüse, Venusmuschelsalat, eine Ziegenfrischkäseterrine mit getrockneten Tomaten und daneben knusprige Bruschetti, die kräftig nach Knoblauch dufteten.

Die Gesellschaft würdigte Ansprache und Küchenleistung mit kräftigem Applaus, woraufhin der junge Mann prompt zutiefst errötete und bescheiden erklärte: »Typisch römisch ist es natürlich nicht. Die Rezepte, die ich fand, klangen scheußlich: Flamingozungen, Muränenleber und solche Sachen. So etwas war sowieso nicht zu bekommen.«

»Was für ein Glück! Sonst hätte er es am Ende noch zu kochen versucht«, flüsterte Roth hörbar der Bürgermeistersgattin zu, die verlegen zu kichern begann. Sophies finsteres Gesicht ignorierend, bot er der biederen Frau galant den Arm. »Da ich davon ausgehe, dass Penthesilea mir einen Korb gibt – darf ich Sie zum Büfett begleiten?«

Sophie blieb stehen und beobachtete die anderen, die sich vor dem reichhaltigen Angebot drängten. Sie hätte sich denken können, dass Roth derartige Situationen gewöhnt war. Geschickt legte er Frau Lohenberger und sich auf, und ehe man es sich versah, saßen die beiden schon einträchtig an einem der kleinen Tische und unterhielten sich angeregt. Vermutlich gibt er mit seinen Grabungen an, dachte Sophie verächtlich, und diese Frau bewundert ihn natürlich nach Kräften!

Sandra hatte wohl beschlossen, dem Ereignis Rechnung zu tragen, und sah in ihrem knöchellangen Kleid völlig verändert aus. Vielleicht liegt es daran, dass sie ihre Haare hochgesteckt hatte, überlegte Sophie, dass sie so viel erwachsener aussieht.

Der helle, zart gemusterte Stoff des Kleides umspielte ihre schmale Silhouette und betonte ihre anmutigen Bewegungen. Zwar besaß sie nicht die perfekte Schönheit ihrer Tante, aber die Vitalität, die sie ausstrahlte, hatte etwas ungemein Anziehendes. Mit koboldartigem Grinsen versuchte sie gerade Lars dazu zu überreden, von dem Salat aus winzigen rosafarbenen Kraken zu probieren. Im Augenblick weigerte sich der Junge jedoch noch entschieden.

Helga Wagner hatte ihre alte Lehrerin mit Herrn Oberstudienrat Nägele bekannt gemacht, und die beiden pensionierten Lehrkräfte steckten bereits mitten in einem Disput, der vermuten ließ, dass hier zwei ausgeprägte Charaktere aufeinander getroffen waren.

Herr Bürgermeister Lohenberger häufte sich gerade, von Frau Pohlmann ermuntert, seinen Teller voll.

»Keinen Appetit?« Herr Pohlmann war unbemerkt neben Sophie getreten.

»Doch, doch«, sagte sie hastig und stellte ihr Weinglas ab. »Ich wollte nur abwarten, bis der größte Andrang vorüber ist.« Hoffentlich hatte er nicht bemerkt, dass sie den jungen Koch mit den Augen verschlang!

Er stand neben seinem Werk, den schönen Kopf leicht geneigt, und erklärte Helga Wagner gerade ausführlich, wie er die Frischkäseterrine zubereitet hatte.

Sophie hatte ungeduldig auf die Gelegenheit gewartet, ihn endlich allein ansprechen zu können. Leider war ihr immer noch keine geschickte Frage eingefallen, mit der sie ihn in eine angeregte Unterhaltung verwickeln konnte. Die Masche mit den Kräutern würde schließlich nicht ein weiteres Mal funktionieren!

»Kommen Sie, mir scheint, der größte Ansturm hat sich verflüchtigt«, sagte Herr Pohlmann aufmunternd und ging ihr voraus.

»Thomas, würdest du Frau Dr. Lichtenberger einen Überblick über das Angebot geben?«, bat er und wandte sich gleich darauf der Masseurin zu, um nach dem Stand der Bestellung neuer Saunatücher zu fragen.

»Wie lange hast du gebraucht, um das alles so toll hinzubekommen?«, war das Erstbeste, das Sophie zu fragen einfiel.

»Sie würden – Entschuldigung, du würdest dich wundern, wie rasch so etwas geht«, sagte er und lächelte mit bescheidenem Stolz. »Darf ich dir auflegen?«

Der Teller füllte sich zusehends, und Sophie fühlte sich bemüßigt, Thomas zu bremsen. »Stopp, ich muss mich doch nachher noch vom Fleck rühren können!«

»Ach, ja, stimmt: die Performance! Sandra hat etwas von

Beschwörung gesagt. Also, ganz wohl ist mir nicht bei dem Gedanken«, gestand er und setzte sich ihr gegenüber an einen freien Tisch. »Wenn das nun funktioniert?«

»Keine Angst, es ist keine Geisterbeschwörung geplant«, beruhigte Sophie ihn belustigt. »Zuerst wird Dr. Roth eine kurze Einführung zu unserem Venusheiligtum geben. Zumindest, was er darüber weiß.«

»So, wie du es sagst, glaubst du nicht, dass er viel weiß«, stellte Thomas Greuter fest.

»Nun, er ist sicher besser als Nägele«, gestand Sophie ihm anstandshalber zu. »Aber er hat selber zugegeben, kein Fachmann für römische Zeremonien zu sein.«

»Warum dann das Ganze?«

»Sandra wollte unbedingt eine Anrufung nachstellen. Nichts Aufregendes. Ich werde der Statue einen kleinen Blütenkranz überstreifen, wir werden ein paar Blüten verstreuen und um ihren Schutz für den Garten bitten. Alles ganz harmlos.«

Thomas Greuter verzog das Gesicht. »Schon komisch, eine Liebesgöttin darum zu bitten, dass ein Klostergarten gedeiht, findest du nicht?«

Sophie zuckte mit der Schulter und schob sich mit Todesverachtung ein zart rosafarbenes Krakenbaby in den Mund. Es war nicht so schrecklich, wie sie es sich vorgestellt hatte, aber sie schluckte es lieber schnell hinunter, ehe sie zu intensiv über die acht winzigen Fangarme nachdachte.

»Realistischer wäre es natürlich, Siggi zu bitten«, sagte sie, und ein wenig damenhaftes Grinsen glitt über ihr Gesicht, als ihr Blick unwillkürlich zu der stämmigen Gestalt in den schmuddeligen Cordhosen hinüberschweifte. »Aber er wäre nicht halb so dekorativ! Der gute Siggi hat übrigens recht vehement dafür gesorgt, dass den Küchenkräutern ungewöhnlich viel Platz eingeräumt wird – der gesamte innere Bereich«, fuhr sie trocken fort. »Du wirst also in Zukunft aus dem Vollen schöpfen können.«

»Meinst du, ich müsste mich dafür bei ihm bedanken?«, fragte Tom. Sophie lachte auf. »Nein, ich denke eher, er wollte mich ein Stück zurückweichen sehen!«

»Das verstehe ich nicht!« Die glatte Stirn des hübschen Gesichts krauste sich verwirrt.

»Es war mehr bildlich gesprochen«, erläuterte Sophie. Sie fand, dass sie sich nun lange genug über Siggi und Kräuter unterhalten hatten, und wechselte entschlossen das Thema. »Ist es für dich nicht sehr einsam hier draußen?«

Verblüfft sah Tom von seinem Tunfischcarpaccio auf. »Wenn man solche Arbeitszeiten hat, ist man für Mädchen uninteressant. Das war schon in der Ausbildung so. Unser Chef sagte immer, Köche und Mönche hätten einiges gemeinsam!«

Und damit stürzte er sich in eine langatmige Beschreibung seiner Zeit als Lehrling in einem Vier-Sterne-Hotel. Sophie lauschte den Erzählungen mit mäßigem Interesse, aber zufrieden, dass er ihre Gegenwart nicht mehr als beunruhigend zu empfinden schien. Mehr als die Unterhaltung mit ihm genoss sie sowieso die räumliche Nähe, die ihr erlaubte, hier und da wie versehentlich seinen auf dem Tisch aufgestützten Unterarm zu berühren.

»Ich denke, es ist Zeit, die anderen machen sich schon zum Aufbruch fertig«, sagte er plötzlich und so unerwartet, dass Sophie erst reagierte, als er sich erhob und begann, die Teller einzusammeln.

Max Roth mit der Gattin des Bürgermeisters am Arm führte die Prozession an. Ihnen folgte der rundliche Herr Lohenberger mit Frau Pohlmann. Herr Nägele hatte, ganz Kavalier der alten Schule, Frau von Hertenstein den Arm geboten. Alois und Siggi hatten sich nur ungern von ihren halb vollen Gläsern getrennt und schlurften recht lustlos vor Helga Wagner und Lars her.

»Sie kommen doch mit?« Herr Pohlmanns Frage an Thomas Greuter hatte eindeutig auffordernden Charakter, und der Koch nickte zögernd. »Du hast doch nicht immer noch Angst?«, fragte Sandra leise, aber unüberhörbar provozierend, und die Herausforderung wirkte.

»Natürlich nicht«, gab er mit einem Seitenblick auf seinen Chef unwirsch zurück und ging hastig den anderen nach.

»Hier, das sind die Blüten«, informierte Sandra Sophie und hob ein geflochtenes Körbchen in die Höhe. »Die haben wir sogar umsonst bekommen, weil sie bereits abgefallen waren. Und das ist der Kranz.« In der anderen Hand hielt sie eine Art Schale, in der ein wunderschöner, aus Heckenrosen und Apfelblüten geflochtener Kranz lag.

»Helga hat extra Heckenrosen beim Blumenladen bestellt«, erklärte Sandra stolz. »Die Apfelzweige habe ich am Nachmittag hinter dem Hotel geschnitten. Siggi meinte, der Bauer würde nichts dagegen haben.«

»Dann sollten wir uns beeilen, dass wir die anderen einholen«, sagte Sophie und griff nach dem Wollschal, den Frau Pohlmann ihr fürsorglich bereitgelegt hatte.

Trotz der Arbeit mit den Einfassungen hatten Siggi und Lars es sich nicht nehmen lassen, breite Holzbretter auszulegen, damit die Gäste sauberen Fußes vom Haus bis zu dem Erdloch gelangen konnten. Und sie hatten sogar daran gedacht, diesen Weg mit geschickt verteilten Arbeitslampen zu erleuchten.

Verbissen balancierte Sophie auf ihren hohen Absätzen hinter Sandra über den schmalen Steg.

»Hier – Vorsicht, lassen Sie sich helfen …« Max Roth, der wie ein Wächter zur Unterwelt neben dem Abgang bereitstand, drückte ihr eine Taschenlampe in die Hand und streckte eine Hand aus, um ihr die ersten Treppenstufen hinunterzuhelfen.

»Danke, es geht schon.« Sie ignorierte sein Angebot, stützte sich mit beiden Händen an den Seitenwänden ab und tastete sich nach unten, den Schatten vor ihr folgend.

Das unterirdische Gewölbe wirkte plötzlich unbekannt, bis ihr klar wurde, dass die helle Beleuchtung es verfremdete. Dadurch und durch die Anzahl der Menschen, die sich hier unten aneinander drängten, wirkte es auf einmal klein und schäbig. Keine Spur mehr von der geheimnisvollen Atmosphäre, die Sophie beim ersten Mal so gefangen genommen hatte.

Ein wenig enttäuscht hielt sie sich am Rand der Gruppe, den Rücken an die Mauer gelehnt, als suchte sie durch den Kontakt mit den Steinen den ursprünglichen Zauber wieder zum Leben zu erwecken.

»Ist das nicht wahnsinnig aufregend?«, flüsterte Frau Lohenberger so laut, dass alle es hören konnten. »Ich kann nur nicht verstehen, dass man es nicht schon früher gefunden hat!«

»Das ist tatsächlich schwer vorstellbar«, gab Max Roths klangvolle Stimme ihr Recht, »aber es ist so. Sehen Sie, meine Damen und Herren, die Platte, mit der der Zugang verschlossen war, lag so tief, dass sie bei jeder Kultivierung dieses Stücks Land um etwa eine Hand breit verfehlt wurde. Ganze fünfzehn Zentimeter waren entscheidend dafür, dass dieser Kultraum bis gestern unentdeckt blieb.« Seine Stimme sank um eine Oktave, als er fortfuhr. »Wenn der Holunderbusch nicht ausgerechnet genau über der Platte gewachsen wäre, wenn nicht zufällig diese Fläche mit dem Bagger abgezogen worden wäre, und wenn nicht zufällig Alois Siggi etwas Arbeit hätte abnehmen wollen – dann stünden wir jetzt nicht hier.«

Es ist wirklich seltsam, dachte Sophie mit leisem Schauder, wie viele »Wenns« dazu nötig gewesen waren, dass sie jetzt hier stand und seiner Stimme lauschte, die einen ganz eigenen Zauber zu entwickeln schien. Nicht wie Herrn Pohlmanns Stimme, die einem wertvollen Instrument ähnelte, das Worte zu Musik umformte. Eher glich sie der Stimme eines Hypnotiseurs, deren Suggestionskraft sie sich nicht entziehen konnte. Auch die anderen schienen fasziniert zu sein. Sie formten unwillkürlich einen Halbkreis vor der Nische, die inzwischen vollkommen freigelegt worden war.

Mit leisem Bedauern schaute Sophie auf die nunmehr offen sichtbare kleine Statue. Stolz und unnahbar stand sie da, gleichgültig gegenüber den bewundernden Blicken. Und für einen Augenblick war Sophie sich so sicher, dass ein verstohlenes Lächeln über die Züge der Venus glitt, dass sie unwillkürlich zurücklächelte.

Max Roth leuchtete jetzt mit seiner Handlampe die Nische so aus, dass man deutlich die Farbspuren erkennen konnte.

»Hier dürfte es sich mit ziemlicher Sicherheit um ein so genanntes Hausheiligtum gehandelt haben«, erläuterte er. »In römischer Zeit war es ein Ausdruck besonderer Frömmigkeit – ähnlich wie die Hauskapellen später in christlicher Zeit. Herrn Nägeles erste Einschätzung kann ich nur bestätigen: Es handelt sich zweifelsfrei um eine Venusfigur. Ursprünglich eine italische Göttin des Frühlings und der Gärten, verschmolz sie dann mit der griechischen Aphrodite zu der bis heute bekannten Liebesgöttin. Ihre Kennzeichen waren der

Sperling, die Taube, die Myrte sowie Apfel und Rose – wobei es sich nicht etwa um einen Apfel nach heutigem Verständnis handelt, sondern um eine Quitte.«

»Wieso denn das?«, fragte Frau Lohenberger verblüfft. »Hat man damals keine richtigen Äpfel gekannt?«

»Doch«, erwiderte Max schmunzelnd, »aber Quitten galten als etwas Höherwertiges, vor allem wegen ihres Duftes. Auch die goldenen Äpfel der Hesperiden, die Herkules stehlen musste, und der Apfel, der beim Urteil des Paris so eine unheilvolle Rolle spielte, dürften in Wahrheit Quitten gewesen sein.«

»Quitten galten auch im Mittelalter als eine ganz besondere Leckerei«, warf Frau von Hertenstein ein.

»Vielleicht, weil sie so mühsam zu verarbeiten sind?«, mutmaßte Helga Wagner.

»Gar nicht, man muss sie nur vorher im Dampfkochtopf dämpfen!«, widersprach Thomas Greuter ihr.

»Wie dem auch sei«, unterbrach Max Roth den aufkeimenden Disput über die beste Verarbeitungsmethode, »der vertrocknete Kranz, den sie in der erhobenen Hand hielt, könnte also aus Thymian und Rosen bestanden haben, der üblichen Opfergabe.«

Er lächelte Sandra zu. »Rosen und Apfelblüten wären eine ungewöhnliche Variante gewesen, aber nicht unmöglich.«

»Und wer hat das Heiligtum nun zugemauert?«, wollte Nägele wissen. »Die Mönche kommen ja offenbar nicht dafür in Frage …«

»Höchstwahrscheinlich haben die ursprünglichen Bewohner der Villa rustica das getan, bevor sie flohen. Ob vor einem Alemannenüberfall oder etwas anderem – keine Ahnung, das verraten die Steine nicht. Sicher ist nur, dass die Arbeit in aller Hast ausgeführt wurde.«

»Aber ist der Zugang an sich nicht sehr ungewöhnlich? Es muss ja schon immer nicht frei zugänglich gewesen sein.« Einige Köpfe nickten zustimmend, als Frau von Hertenstein das fragte.

»Ungewöhnlich ja, jedoch nicht einzigartig«, erklärte der Archäologe geduldig. »Solche oder ähnliche Heiligtümer in Kellerräumen sind gar nicht so selten. Ursprünglich dürfte genau über unseren Köpfen das Wohnhaus gestanden haben. Im Laufe der Zeit wurde das Gebäude vermutlich als Steinbruch benutzt, bis die Mönche die Fundamentreste in ihren Neubau miteinbezogen. Römische Fundamente wurden sehr gerne ›recycelt‹.«

»Dann gibt es vielleicht Tausende Keller wie hier, nur weiß man noch nichts von ihnen?«, fragte Sandra fasziniert.

»Dass es Tausende sind, wage ich zu bezweifeln, aber einige dürfte es schon noch geben«, bestätigte Max. »Wenn Sie dann keine Fragen mehr haben, würde ich Lars bitten, die elektrischen Lichter zu löschen, damit wir eine einigermaßen authentische Atmosphäre hinbekommen. Bitte bleiben Sie einfach da stehen, wo Sie sich gerade befinden.«

Auf einen Schlag wurde es stockfinster. Jemand keuchte erschreckt auf. Ein Feuerzeug klickte. Dann glomm ein Lichtfunke auf, wuchs und wurde zu einer warmen Flamme, die nicht ausreichte, den ganzen Raum zu beleuchten, sondern gerade eben den Bereich vor der Nische notdürftig erhellte.

Roth stellte die Öllampe neben die Statue, die in dem flackernden Licht geheimnisvoll und irgendwie fremd erschien. Der ganze Raum wirkte verändert. Wie eine Landschaft, die bei Sonnenschein eine ganz andere zu sein scheint als bei Regen oder gar Nebel, so hatte der leere Keller sich auf einmal in eine unterirdische Schatzhöhle verwandelt.

»Eine solche Öllampe«, raunte Max mit geheimnisvoll gesenkter Stimme, »hat vermutlich hier unten gebrannt, wenn sich der Haushalt – oder vielleicht nur der weibliche Teil – hier unten versammelte.«

Niemand der wie versteinert Dastehenden rührte sich, und er fuhr fort: »Niemand kann genau sagen, was hier vor sich ging, denn es hat sich nicht um ein offizielles Heiligtum gehandelt.«

»Junger Mann, wollen Sie damit mehr oder weniger verblümt behaupten, es hätten hier womöglich auch Orgien stattgefunden?« Die strenge Stimme war zweifelsfrei Frau von Hertenstein zuzuordnen.

Roths Mundwinkel zuckte, aber er erwiderte gefasst: »Keineswegs! Daran hatte ich im Moment nicht gedacht, obwohl es sicherlich im Bereich des Möglichen liegt. Nein, ich meinte die Anrufungen und Opfergaben. Wir haben Reste von Blumenkränzen gefunden und minimale Reste diverser Substanzen, die Wein oder Öl gewesen sein können. Aber welche Hoffnungen oder Ängste die Leute bewegt haben, die hier um göttliche Hilfe baten, werden wir leider nie erfahren.«

»Und auch nicht, ob es geholfen hat«, warf Sophie nüchtern ein. »Können Sie zu der Statue an sich schon etwas sagen?«

»Ja, das würde mich auch interessieren«, mischte sich Herr Oberstudienrat Nägele gewichtig ein.

Max Roth hob entschuldigend beide Hände. »Da muss ich Sie um Geduld bitten! Bevor sie gründlich gereinigt wurde, möchte ich mich nicht näher dazu äußern. Aber so viel ist klar: Sie ist ein ungewöhnlich fein gearbeitetes Kunstwerk!« Er trat näher und fuhr mit den Fingerspitzen leicht die grünlich oxidierten Falten des Gewandes nach. »Als ich ihr das erste Mal direkt gegenüberstand, schien sie mir geradezu unheimlich …«

»Eine Liebesgöttin ist doch nicht unheimlich!« Sandra schüttelte verständnislos den Kopf. »Sie sieht doch richtig nett aus.«

»Ich mag sie nicht«, sagte plötzlich der junge Koch entschieden. »Sie hat etwas Hinterhältiges im Gesicht. Als ob sie sich über uns lustig macht!«

»Unsinn, das ist das appollinische Lächeln, das der Künstler nachzuahmen versucht hat!«, behauptete Nägele.

»Unter dieser dunklen Schicht ist nicht viel zu erkennen«, versuchte Frau Pohlmann zu vermitteln. »Vielleicht sieht jeder das, was er zu sehen erwartet?«

Max Roth verneigte sich anerkennend in ihre Richtung. »Eine interessante Vermutung. Tatsächlich hat der Künstler die Gesichtszüge so modelliert, dass man bei flackerndem Licht und aus dem richtigen Blickwinkel heraus ein Lächeln sieht – oder auch nicht. Es ist ein überaus flüchtiger Eindruck, der durch eine Art Schattenspiel erzeugt wird.«

»Wenn wir deswegen hier im Dunkeln herumstehen, will ich es auch einmal sehen!« Siggi schob sich nach vorne und baute sich vor der kleinen Venus auf. »Tatsächlich«, brummte er. »Die Dame scheint zu lächeln.«

Auch die anderen wollten sie lächeln sehen, und in dem allgemeinen Gedränge spürte Sophie plötzlich Roth neben sich. »Ich weiß, dass Sie am liebsten verschwinden würden, aber verderben Sie dem Mädchen bitte nicht den Spaß!«, bat er so leise, dass nur sie ihn hören konnte. »Sie hat mich den ganzen Nachmittag mit Fragen gelöchert, weil sie sich in den Kopf gesetzt hat, dass die Zeremonie wichtig ist.«

»Ich hatte nicht vor, mich um meinen Part zu drücken«, flüsterte Sophie zurück, erbost über seinen Verdacht, und nahm sich im Stillen vor, Sandra morgen zu fragen, wieso sie diese alberne Zeremonie für so wichtig hielt.

»Dann werde ich mich jetzt als Zeremonienmeister betätigen«, sagte er ungerührt und trat in den Lichtkreis der Öllampe.

Lateinische Verse murmelnd, die Sophie als Teile der *Äneis* wiedererkannte, die sie im Lateinunterricht hatte übersetzen müssen, stellte er sich vor der Nische in Positur. Mit unfreiwilliger Bewunderung gestand Sophie ihm zu, dass er es ohne jegliche Verkleidung fertig brachte, die Würde eines Hohepriesters auszustrahlen.

Er rezitierte so lange, bis völlige Ruhe eingetreten war, und wechselte dann wieder in allen Anwesenden verständliches Deutsch.

»O Venus, Göttin der Liebe und der Liebenden, erhöre uns: Gewähre uns deine Gunst und deine Unterstützung. Nimm unsere Opfer gnädig an und erfülle unsere Bitten!«

Einige Schritte zurücktretend, nickte er Sandra und Sophie auffordernd zu, und die beiden traten vor. Sophie zögernd, fast widerwillig, Sandra geradezu zitternd vor Eifer.

Zuerst ihr Kranz oder Sandras Blüten? Unsicher sah Sophie hinüber zu Max Roth.

Er sagte salbungsvoll: »Gütige Göttin, nimm als Zeichen unserer Ehrerbietung den Kranz aus Rosen und Apfelblüten …«

Sophie stand nun genau Auge in Auge mit der kleinen Figur und streckte eine Hand aus, um den Kranz aus der Schale zu nehmen, die Sandra ihr präsentierte, und über den auffordernd hingehaltenen Arm zu streifen, als sie plötzlich innehielt. Ich glaube ja nicht, dass du irgendetwas bewirken kannst, aber wenn doch, dann könnte ich deine Hilfe gut gebrauchen, schoss ihr durch den Kopf, und gleich darauf hätte sie fast über sich selbst gelacht. Jetzt sprach sie schon zu einer antiken Bronzefigur, als könnte die sie verstehen!

»Häng ihn ihr über den Arm!« Sandra stieß sie leicht in die Seite.

»Dieser Kranz, den dir die Jungfrau Sophia darbringt, möge deinen Sinn erheitern, freundlich auf uns zu blicken«, deklamierte Roth, während Sophie behutsam, um den zerbrechlich zart wirkenden Arm nicht zu beschädigen, die Opfergabe darüberschob.

Die Statue schien unverändert, aber als Sophie zurücktrat, um Sandra Platz zu machen, glaubte sie für einen Moment ein herablassendes, fast schon zynisches Lächeln über die unbewegten Züge huschen zu sehen.

Mit theatralisch übertriebenen Bewegungen begann das Mädchen die Blüten aus dem Korb um die Füße der Figur zu verstreuen. Es summte dabei eine getragene Melodie, die Sophie nach erster Verwirrung als *Über sieben Brücken musst du gehn* identifizierte. Ohne nachzudenken wechselte sie einen amüsierten Blick mit Max Roth, der ihr kurz zublinzelte, ansonsten aber seine unbewegte Miene beibehielt.

Sobald Sandra den Korb geleert hatte, verkündete er: »Die Göttin hat unser Opfer gnädig angenommen. Lasst uns nun alle zum Haus zurückgehen!«

Für eine Weile blieb es noch still. Dann schaltete jemand, vermutlich Siggi, das elektrische Licht ein, und in der plötzlichen Helligkeit mussten alle heftig blinzeln.

»Das war sehr beeindruckend, vielen Dank!«

»Echt krass!«

»Sehr ungewöhnlich, aber es besaß einen gewissen Charme!«

Langsam, wie nach einer Theatervorstellung, schob sich die Gruppe Richtung Treppe. Plötzlich fühlte Sophie, dass sie beobachtet wurde. Sie wandte sich zur Seite, wo Thomas Greuter immer noch an die Wand gelehnt stand. Das schöne

Gesicht des jungen Kochs trug einen Ausdruck höchsten Erstaunens, während er sie anstarrte, als sähe er sie zum ersten Mal.

Unwillkürlich sah sie an sich hinunter und fuhr sich übers Haar, um sicherzugehen, dass nicht etwa eine geplatzte Naht oder eine wirre Frisur seinen Blick fesselte.

Er lächelte sie an, und zwar auf eine Art, dass Sophie nicht sicher war, ihren Augen trauen zu können. Aber es lag zweifellos Interesse in seinem Lächeln, großes Interesse!

Ihr Herz begann heftiger zu schlagen. Sollte sie sofort zu ihm hinübergehen oder würde er das als zu aggressiv empfinden und erneut zurückschrecken?

»Ich denke, wir können jetzt alle etwas Warmes vertragen«, sagte Herr Pohlmann, der als höflicher Gastgeber den anderen den Vortritt gelassen hatte, und griff nach der Hand seiner Frau. »Du fühlst dich ja ganz eisig an, Lilo! Kommen Sie, Herr Greuter, zaubern Sie uns etwas zum Aufwärmen!«

Die drei verschwanden im engen Gang, und ehe sie es sich versah, war Sophie allein mit Max Roth. Die Schritte und fröhlichen Stimmen der anderen verklangen allmählich.

Max griff gerade nach dem Eimer Mehl, der unauffällig im Hintergrund gestanden hatte.

Was hatte er damit vor?

Etwas strich an ihren Beinen vorbei, und noch während Sophie erschreckt beiseite sprang, erkannte sie Tiger-Lilly, die ohne das geringste Zögern an ihr vorbei auf Max Roth zuging und sich an seine Waden schmiegte. Er bückte sich, streichelte sie und gab ihr dann einen leichten Stoß.

»So, mein Mädchen, geh beiseite, sonst musst du gleich fürchterlich niesen.« Mit diesen Worten gab er dem Tier einen erneuten Schubs, griff mit der Hand in den Eimer und begann, das Mehl über den Boden zu verteilen. Die Katze schnupperte neugierig, versuchte, etwas davon mit den Pfoten zu fangen, und nieste tatsächlich heftig, als ein Teil der Mehlwolke ihr ins Gesicht stäubte.

»Habe ich dich nicht gewarnt?« Max stellte den Eimer ab, hob die Katze hoch und trug sie zur Treppe.

»Hier, nehmen Sie sie mit hinaus«, bat er und versuchte Sophie den widerstrebenden Körper in die Arme zu legen.

Sophie wich spontan zwei Schritte zurück und hob abwehrend die Hände. »Ich glaube nicht, dass Tiger-Lilly damit einverstanden wäre«, sagte sie und betrachtete das sich windende Tier misstrauisch. »Es wäre besser, sie mit irgendetwas zu locken. Haben Sie nichts Geeignetes?«

Er lachte. »Dachten Sie an so etwas wie eine Maus? Leider nein. Sie kratzt nicht, keine Angst. – Autsch!«

Irgendein Geräusch, das niemand außer ihr gehört hatte, ließ die Katze mit einem Riesensatz aus Roths Armen springen und in langen Sätzen die Treppe hinaufjagen.

»So, sie kratzt nicht, ja?« Sophie empfand leise Schadenfreude, bis sie die Blutflecken auf seinem Ärmel sah. »Sind Sie gegen Tetanus geimpft?«, fragte sie besorgt und wies auf die dünnen, roten Streifen, die sich deutlich im weißen Stoff abzeichneten.

»Natürlich«, erwiderte er ruhig und betrachtete mit schiefem Gesicht den zerrissenen Hemdsärmel. »Schade – ich hatte gerade angefangen, mich daran zu gewöhnen.« Er tat das Hemd mit einem Achselzucken ab und nahm ungerührt seine Tätigkeit von zuvor wieder auf.

»Soll ich Ihnen helfen?«, bot Sophie unsicher an. »Es tut doch sicher weh. Was soll das eigentlich werden? Eine Falle gegen Diebe?«

Ein spöttischer Blick traf sie. »Für wie dämlich halten Sie mich eigentlich? Ich brauche es als Anzeiger für Luftströmungen. Natürlich gibt es auch tolle Geräte dafür, aber die müsste ich erst anfordern. Das Mehl hier ist eine ebenso einfache wie effektive Methode, um Luftströmungen aufzuzeigen.«

»Luftströmungen?«

»Also, Sandra hätte sofort geschaltet!«, sagte er ungeduldig. »Falls hinter diesen Mauern noch weitere unterirdische Räume wären, müsste sich – immer vorausgesetzt, der Mörtel ist so luftdurchlässig, wie ich annehme – nach einer gewissen Zeit ein Strömungsmuster bilden.«

»Und wenn nicht?«

»Dann ist dieser Raum entweder der Einzige oder die anderen sind so gut abgedichtet, dass keine Luftbewegung stattfindet. Aber ich habe alle Wände abgeklopft und sie scheinen massiv zu sein. Ich will nur sichergehen.«

Während er sprach, hatte er mit gleichmäßigen Bewegungen das Mehl ausgestreut. Die dünne Schicht aus weißem Staub bildete jede Unebenheit des Bodens ab und ließ den Raum im Ganzen heller erscheinen.

»Es tut mir fast Leid, dass wir sie gefunden haben«, entfuhr es Sophie. »Hier passt alles zusammen. Ich kann sie mir gar nicht in einer Museumsvitrine vorstellen! Warum kann man sie nicht einfach hier lassen?«

»Fragen Sie das im Ernst? Wer hat denn sofort an Diebstahl gedacht? Und es war nicht einmal weit hergeholt! Sobald sich solche Funde herumsprechen, sind sie begehrte Ware.«

»Ich weiß. Aber es ist trotzdem schade.«

Er nickte. »Ich verstehe Sie besser, als Sie denken. Wenn es irgendwie ginge, würden wir auch alles so belassen, aber leider besteht unsere Arbeit zum allergrößten Teil aus dem Sicherstellen von Befunden, die kurz vor der Zerstörung stehen. Bei jedem Parkhausbau, eigentlich jeder Baumaßnahme in innerstädtischen Bereichen, wird eine Unmenge archäologisches Material vernichtet, und das Einzige, was wir tun können, ist, es zu dokumentieren.«

Er klang müde, und Sophie dachte bei sich, dass ein Archäologendasein vielleicht doch nicht so aufregend war, wie Sandra es sich ausgemalt hatte.

»So gesehen, ist dies hier eine angenehme Ausnahme«, fuhr er etwas munterer fort. »Pohlmanns haben sich noch nicht entschieden, ob sie den Raum sichern und zugänglich machen oder kontrolliert auffüllen lassen wollen. Jedenfalls wird er nicht zerstört, und falls sie sich entschließen, ihn offen zu lassen, stellen wir hier Repliken hin, die ein Laie nicht vom Original unterscheiden kann.«

Erst jetzt fiel Sophie auf, dass der runde Steintisch fehlte.

»Ja, den haben wir sofort gesichert«, bestätigte Max Roth. »Wir vermuten, dass sich in der Vertiefung einiges angesammelt hat, was sich zu untersuchen lohnt. Ich wollte also unnötige DNA-Spuren vermeiden.« Er schmunzelte. »Und wenn man noch so oft darum bittet, dass nichts berührt wird …«

»Wäre es nicht besser gewesen, auch die Statue gleich in Sicherheit zu bringen – wo immer das sein mag?«

»Nicht nötig! Ich mache das lieber in aller Ruhe morgen früh. Vermutlich ist das da Ihrer Aufmerksamkeit entgangen«, er wies auf eine Stelle über Sophies Kopf. »Bäumle ist ein Genie in Sachen technischer Spielereien und hat eine Art Alarmanlage entworfen, die uns schon ein paar Mal gute Dienste geleistet hat. Sobald hier etwas vorbeikommt, das größer ist als meine getigerte Freundin, geht sie los.«

»Aber bis Sie hier sind, ist ein Dieb längst über alle Berge.«

»Da kennen Sie mich aber schlecht!«

»Schön.« Sophie hob abwehrend beide Hände. »Ich sehe, Sie haben alles bedacht.«

Schweigend gingen sie zum Haus zurück. Der Speisesaal hatte sich merklich geleert. Lohenbergers, Siggi und Alois hatten sich bereits verabschiedet. Sandra und Lars trugen unter Frau Pohlmanns wachsamen Augen das schmutzige Geschirr in die Küche. Thomas Greuter war nicht zu sehen. Vermutlich waren er und Herr Pohlmann in der Küche mit den angekündigten warmen Getränken beschäftigt.

Frau von Hertenstein und Herr Nägele schienen in eine angeregte Unterhaltung vertieft, und Helga Wagner stand unschlüssig zwischen ihnen und dem Büfett.

»Du lieber Himmel! Was ist Ihnen denn zugestoßen, Dr. Roth?«, verlangte Frau Pohlmann zu wissen. »Wo haben Sie sich verletzt?«

»Es sind doch nur Kratzer«, wehrte Max Roth ab. »Tiger-Lilly hat mich versehentlich erwischt.«

»Soll ich Ihnen die Wunden auswaschen?«, erbot sich Helga Wagner besorgt. »Ich habe ein sehr gutes Desinfektionsmittel. Nicht, dass sie sich entzünden …«

»Mit so etwas kann man nicht vorsichtig genug sein!«, stimmte Frau Pohlmann ihr zu.

»Schon gut, schon gut.« Max Roth ergab sich in sein Schicksal. »Versprechen Sie mir, dass es nicht zu stark brennt?«

Kapitel 9

Sophie lächelte und schmiegte sich erwartungsvoll an die warme, feste Männerbrust. Auf der linken Seite konnte sie deutlich Thomas' Herz unter ihrer Wange schlagen fühlen.

Die Gesellschaft hatte sich recht bald endgültig aufgelöst. Nur die beiden Ältesten waren so vertieft in ihre Diskussion über gewisse grammatikalische Eigenheiten, mit denen die Übersetzer von Kirchenlatein konfrontiert wurden, dass es schwer gewesen war, sie zu trennen.

Sophie hatte sich erboten, beim Versorgen der Essensreste behilflich zu sein. Wenn sie sich nicht geirrt hatte, war es eine gute Gelegenheit, sich ohne unliebsame Beobachter näher zu kommen. Und tatsächlich: Gerade hatte sie die letzten Reste der gegrillten Auberginen mit Frischhaltefolie überzogen, da fühlte sie zwei warme, große Hände auf ihren Schultern, die langsam und geschickt begannen, ihr Genick zu massieren. Bei der unerwarteten Berührung verkrampfte sie sich für einen Augenblick, aber dann entspannte sie sich und genoss das angenehme Gefühl seiner Finger auf ihrer Haut.

»Gut so?«, raunte er so dicht an ihrem Ohr, dass sie seinen Atem über ihre Wange streichen spürte.

So erfreut Sophie über die verblüffende Änderung seines Verhaltens war, schien es ihr gleichzeitig auch irgendwie unerklärlich. Sie konnte einfach nicht nachvollziehen, warum er auf einmal wie ausgewechselt wirkte! Unvermittelt tauchte das lächelnde Gesicht der kleinen Göttin vor ihrem inneren Auge auf.

»Ja …«, seufzte sie und schob das Bild beiseite.

Er lachte leise und zufrieden und knetete schweigend weiter. So lange, bis sie anfing, wie eine satte Katze zu schnurren und sich ihm entgegenzurecken. Mit geschlossenen Augen blieb sie reglos, als er seine Hände zu ihrer Taille gleiten ließ und mit den Lippen federleichte Küsse auf jeden freien Quadratzentimeter Haut hauchte. Erstaunt stellte Sophie fest, dass sie unterhalb der Ohren und am Haaransatz im Genick unglaublich empfindliche Stellen besaß.

Seine Hände strichen über ihre Flanken, zupften verspielt am Kleidersaum.

Als er schließlich einen breiten Streifen Haut freigelegt hatte, zog Sophie scharf den Atem ein. Ihr Körper war es nicht gewöhnt, von fremden Händen berührt zu werden, und reagierte entsprechend heftig auf den neuen Reiz.

In ihrem Unterbauch zog sich alles zusammen, bis es beinahe schmerzte, und ihre Brustwarzen begannen zu prickeln. Die Augen immer noch fest geschlossen, ließ sie es zu, dass er sie behutsam umdrehte und an sich drückte. Sehnsüchtig hob sie ihm ihr Gesicht entgegen. Sie öffnete die Lippen, wollte ihn schmecken – und er reagierte ohne Zögern auf die stumme Einladung.

Sein Mund senkte sich so heftig auf ihren, dass sich seine Zähne schmerzhaft in ihre Unterlippe gruben, aber sie wich keinen Millimeter zurück. Ließ stattdessen ihre Zunge so tief wie möglich in seine Mundhöhle wandern, zog sich zurück, lockte seine, ihr zu folgen. Eng aneinander geschmiegt und auf den Tanz ihrer Zungen konzentriert, gab Sophie dem Drang nach, Tom ebenfalls zu berühren. Ihre Hände fuhren über seinen Rücken, wanderten hinunter zu seinen kleinen Hinterbacken, die sich so fantastisch in ihre Handflächen schmiegten …

Ungeduldig, wie sie war, erschien die kurze Strecke zu ihrem Zimmer ihr endlos.

»Hilfst du mir mit dem Reißverschluss?«, bat sie und drehte ihm den Rücken zu, sobald er die Zimmertür geräuschlos ins Schloss gezogen hatte. Das Flattern in ihrem Bauch wurde stärker, während er ungeschickt daran nestelte.

»Irgendetwas klemmt«, flüsterte er heiser und lachte auf, als der Reißverschluss schließlich nachgab und der Zipper mit einem leisen »ratsch« hinunterglitt.

Sophie trat einen Schritt von ihm weg, streifte das Kleid ab und warf es nachlässig auf den nächsten Sessel. Ein wenig ängstlich drehte sie sich um. Würde ihm gefallen, was er sah?

Sie trug die dunkelgrünen Spitzendessous, die sie sich vor drei Jahren in einem Anfall von Frivolität gekauft hatte, aber plötzlich war sie sich nicht mehr sicher, ob es wirklich das Richtige war. Das Bild im Spiegel der Schranktür zeigte eine Fremde, und sie versuchte, diese neue Sophie mit den Augen eines Unbeteiligten einzuschätzen.

Der BH aus zarter Spitze ließ der Fantasie wenig Raum, und auch der Tanga betonte mehr ihre Beine und die üppigen Hinterbacken, als dass er etwas verhüllt hätte. Im gedämpften Licht der Stehlampe fiel es nicht auf, dass die Haut an den Oberschenkeln nicht mehr ganz so straff wie früher, der Bauch nicht mehr ganz so flach und der Busen nicht mehr ganz so fest war.

Dennoch wandte sie sich rasch ab und umfasste ihren Oberkörper mit den Armen, während Tom aus seiner Hose stieg. Obwohl es in ihrem Zimmer nicht kalt war, fühlte sie, wie sich auf ihren Oberarmen Gänsehaut ausbreitete.

»Frierst du?«, fragte er. »Komm, ich wärme dich!« Und dann umschlangen sie feste Arme, und ein heißer Körper schmiegte sich an ihre Rückseite. Mit einem leisen Aufseufzen drehte sie sich in der Umarmung um und presste sich fest an ihn.

»Schau mich an«, bat er, und sobald sie den Kopf hob, war sein Mund auf ihrem, zwang ihn in einen wilden Kuss, den sie gierig erwiderte.

Ihr Körper zitterte vor Ungeduld. Sie war es, die ihn zum Bett zerrte. Er fiel auf sie, nahm ihr fast den Atem. Fiebrig glitten ihre Hände über seinen Rücken, die glatten Schultern, erkundeten die schmalen Hüften, die festen Hinterbacken.

Sein kleiner Kinnbart kitzelte ein wenig, als er den Kopf senkte und geradezu andächtig ihre Brüste mit Küssen bedeckte. Sophie vergrub ihre Finger in seinem dichten Haar, genoss die seidige Textur.

Seine Lippen, seine Zunge schienen auf ihrer kühlen Haut zu brennen. Und als er leicht in ihre linke Brustwarze biss, warf sie den Kopf hin und her, weil das wunderbare Gefühl, das sich in ihrem Körper ausbreitete, fast unerträglich intensiv wurde.

Sie wollte mehr. Italien, die letzte Liebesnacht mit dem samtäugigen Reiseführer, war so lange her, dass sie fast vergessen hatte, wie wunderbar es sich anfühlte. Seitdem hatte sie sich in einer Erstarrung befunden, einer Art Winterschlaf, in der alle erotischen Wünsche rigoros unterdrückt worden waren.

Erst mit dem plötzlichen, geradezu traumatischen Ende der täglichen Routine war ihr Hunger nach Leben unerwartet kraftvoll wieder durchgebrochen. Und ganz am Rande ihres kritischen Bewusstseins beunruhigte es sie, dass dieser Hunger etwas Verzweifeltes hatte, etwas ungezügelt Gieriges. Aber im nächsten Moment schob sich Thomas zwischen ihre Schenkel, und Sophie wischte alle unklaren Bedenken beiseite.

»Liebst du mich?«

Die Frage drang durch den wohligen Nebel wie ein kalter Windstoß, verwirrte sie so sehr, dass sie die Augen aufschlug. Sein Gesicht unmittelbar über ihrem war verzerrt, einzelne Schweißtropfen hatten sich auf Stirn und Schläfen gebildet und sammelten sich vereinzelt an den Brauen.

»Liebst du mich?«

Sophie zögerte. Seit Günther hatte sie diese Worte nicht mehr gehört – und niemand hatte sie seither von ihr zu hören verlangt.

»Liebst du mich?« Seine Hände krallten sich schmerzhaft in ihre Hüften, aber er rührte sich nicht, wartete.

»Ja – ja, ich liebe dich!« Sophie schloss die Augen und drängte sich unbeherrscht an ihn. Sie wollte ihn in sich spüren, sich von ihm mitreißen, ihre angestaute Lust endlich explodieren lassen.

Langsam schob er sich in sie, begann zu stoßen, und sie überließ sich dem sinnlichen Rhythmus, konzentrierte sich auf ihren pulsierenden Unterleib. Als sie schließlich kam, schrie sie leise auf, erschauerte und zog seinen Kopf zu sich herunter, um ihn leidenschaftlich zu küssen.

Er erwiderte den Kuss wild, um gleich darauf mit beinahe verzweifelter Intensität in sie zu stoßen, als wollte er bis in ihr Innerstes vordringen. Bereits nach wenigen Stößen bäumte er sich triumphierend auf und sackte über ihr zusammen.

Sophie schlang die Arme um den schweißnassen Oberkörper und hauchte kleine, leichte Küsse auf Toms Hals. Er seufzte wohlig auf und rollte sich dann zögernd von ihr herunter. Sollte sie ihn jetzt fragen, wieso er in den ersten Tagen so unzugänglich gewesen war? Während sie nach passenden Worten suchte, spielten ihre Finger zärtlich mit seiner Hand, die ihre Schulter umklammerte.

»Was hast du eigentlich so lange mit diesem Kerl draußen zu schaffen gehabt?«

Sie brauchte ein paar Sekunden, um die Frage richtig einordnen zu können. Dann lächelte sie. Thomas war schon eifersüchtig? Wie süß!

»Nichts. Ich hatte nur mitbekommen, dass die Katze ihn gekratzt hat, und gefragt, ob er Hilfe bräuchte«, sagte sie lächelnd. »Weißt du übrigens, was er mit deinem Mehl macht?«

»Das ist mir egal«, knurrte er und presste Sophie besitzergreifend an sich. »Ich mag es nicht, wenn du mit diesem aufgeblasenen Typen zusammen bist!«

»Er ist doch an mir überhaupt nicht interessiert«, beschwichtigte sie ihn. »Wann musst du morgen aufstehen?«

»Nicht allzu früh.« Er gähnte herzhaft.

In dieser Nacht wachte Sophie häufiger als gewohnt auf. Vielleicht war es der Vollmond, vielleicht die ungewohnte Gegenwart eines anderen Menschen – so nahe, dass sie jedes Mal aufschreckte, sobald er sich neben ihr bewegte.

Von einer warmen Hand geweckt zu werden, die sich zielstrebig zwischen ihre Schenkel schob, war eine überraschend angenehme Erfahrung. Wohlig reckte sie sich ihr entgegen, rieb ihr Hinterteil an Thomas' Bauch. Die Finger wanderten weiter vor, öffneten sie, und dann drang er langsam in sie ein.

»Es ist verrückt – ich bekomme einfach nicht genug von dir«, flüsterte er ihr ins Ohr und sein heißer Atem strich ihr über Schläfe und Wange. »Am liebsten würde ich dich festbinden, damit du hier auf mich warten musst!«

Er ließ sich Zeit, trieb sie immer wieder bis an den Rand

ihres Orgasmus, bis sie ihre Finger in seine Pobacken grub und ihn anschrie, sie kommen zu lassen. Mit einem selbstzufriedenen Lächeln verschwand er anschließend im Bad.

Sobald nach einem letzten, flüchtigen Kuss die Zimmertür hinter ihm zugefallen war, warf Sophie die Bettdecke zurück und wankte ein wenig steifbeinig in ihr Badezimmer. Dort lag das weiße *Benediktinerhof*-Duschhandtuch zusammengeknüllt neben dem Waschbecken. Irritiert hob sie es auf. Feucht!

Damit muss ich unbedingt noch umzugehen lernen, dachte sie und erschrak ein wenig, als sie im Spiegel ihre ärgerlich gerunzelte Stirn sah. Vielleicht reagierte sie zu empfindlich auf fremde Eingriffe in ihre Privatsphäre. Aber es störte sie einfach, dass sie jetzt gezwungen war, sich nach dem Duschen mit dem kleinen Handtuch zu behelfen.

Sei nicht so kleinlich! Nach dieser Nacht ist ein nasses Duschtuch doch wirklich nicht der Rede wert, oder?, rief sie sich zur Ordnung.

Sorgfältig musterte sich Sophie im Badezimmerspiegel.

Sah man ihr etwas an?

Ihre Lippen schienen ein wenig geschwollen, aber sonst war nichts festzustellen. Weder schwarze Schatten unter den Augen noch ein verträumter Schlafzimmerblick.

Und die wunden Stellen zwischen ihren Schenkeln erinnerten sie zwar bei jeder Bewegung an die vergangene Nacht, aber sie waren schließlich unsichtbar …

Sophie beschloss, ausgiebig zu duschen und danach in aller Ruhe zu frühstücken. Vielleicht würde sie auch wieder ein wenig schwimmen gehen? An diese Art Leben konnte sie sich direkt gewöhnen …

Fröhlich vor sich hin summend, drehte sie sich unter dem

heißen Wasserstrahl, als ihr plötzlich ein Gedanke durch den Kopf schoss, der sie erstarren ließ. Sie war wirklich zu dämlich!

Weder Thomas noch sie hatten auch nur eine Sekunde an Verhütung gedacht. Sophie fühlte sich zwar einigermaßen sicher, denn ihre Periode stand unmittelbar bevor, aber sie machte sich trotzdem Vorwürfe.

In Italien hatte sie ein Päckchen Kondome dabeigehabt – für alle Fälle. Aber hier hatte sie sich so gedankenlos benommen wie ein Teenager. Blinde Panik stieg in ihr auf. Wie lange hatte sie Zeit, sich diese »Pille für alle Fälle« verschreiben zu lassen? Zwei Tage, drei Tage?

Sie wusste es einfach nicht. Sollte sie das Risiko eingehen, einfach abzuwarten?

Und wenn du es im Grunde doch willst?, fragte eine leise Stimme in ihrem Inneren. Wie oft hast du es bedauert, dass dein Kind nicht geboren wurde?

Nein! Sie schüttelte so heftig den Kopf, dass die Wassertropfen aus ihrem Haar wie ein Regenschauer gegen die Duschabtrennung spritzten.

Vielleicht später. Sie war sich ja noch nicht einmal über ihre Gefühle für Thomas Greuter im Klaren. Gut, sie hatte »Ich liebe dich« gesagt, aber bei Tageslicht bedauerte sie ihre vorschnellen Worte.

Er war ihr sympathisch, sie fand ihn sehr attraktiv, nett, er zog sie sexuell an – aber Liebe?

Sophie hatte zu lange allein gelebt, um sich mühelos auf eine Zweierbeziehung einlassen zu können, wie das nasse Duschtuch ihr eben vor Augen geführt hatte. Sie würde Thomas bitten, ihr Zeit zu lassen, nahm sie sich vor.

Zeit, um sich richtig kennen zu lernen.

Zeit, um Vertrauen zueinander zu fassen.

Zeit, um sich wirklich sicher zu sein.

Um keinen Preis wollte Sophie noch einmal diese Gefühle durchleben, die sie damals nach Günthers schockierender Reaktion in ein schwarzes Loch gestürzt hatten.

Als Erstes würde sie mit ihrer Frauenärztin telefonieren und dann weitersehen. Einigermaßen beruhigt, beendete Sophie ihre Morgentoilette, suchte ihr Adressbuch heraus und griff nach dem Telefon.

Nach dem kurzen Gespräch atmete sie erleichtert aus. Ihre Gedanken von vorhin schienen ihr jetzt selber übertrieben hysterisch. Ihre Ärztin würde das nötige Rezept an die hiesige Apotheke faxen, sobald Sophie die Adresse und Nummer in Erfahrung gebracht hätte, und zudem dort telefonisch alles abklären. Noch heute Vormittag konnte sie dann das Medikament abholen.

Leise vor sich hin trällernd, hängte sie das schwarze Kleid in den Schrank und schlüpfte in ihre bequemsten Jeans.

Auf dem Weg ins Esszimmer knurrte ihr Magen laut und deutlich. Der Raum war menschenleer, offenbar war sie die Letzte. Es traf sich gut, dass ihre Vorgänger nicht viel Appetit auf Rührei gehabt zu haben schienen. Sophie liebte Rührei zum Frühstück.

Gut gelaunt häufte sie sich eine große Portion auf den Teller und achtete nicht weiter auf die sich hastig durch den Flur nähernden Schritte. Als die Tür unvermittelt aufgerissen wurde, blickte sie hoch, aber jeder launige Kommentar über die morgendliche Eile erstarb auf ihren Lippen, als sie eine völlig aufgelöste Sandra vor sich stehen sah.

»Hast du Tante Lilo gesehen? Oder Onkel Hans?«

Besorgt musterte Sophie das Mädchen. Die aufgerissenen

Augen im kalkweißen Gesicht schimmerten verdächtig, und die Unterlippe zitterte.

»Was ist denn passiert?«, fragte sie so ruhig wie möglich und legte ihre Gabel hin.

»Tiger-Lilly …« Das Mädchen schluchzte heftig auf und wischte sich mit dem Handrücken über die Augen. »Sie ist tot und es sieht ganz schrecklich aus. Dr. Roth meint, sie ist vergiftet worden!«

Sophie wurde schlecht. Sie schluckte.

»Wo habt ihr sie gefunden?«, fragte sie heiser.

»Im römischen Keller. Dr. Roth wollte schauen, was sein Mehl macht.«

Wilde Vermutungen durchzuckten Sophies Gehirn. Hatte die Katze vielleicht von den Blumen, die sie gestern dort verteilt hatten, gefressen und war daran gestorben? Sie hatte nicht näher hingeschaut, aber in der Floristik wurden schließlich eine Menge giftiger Gewächse verwendet.

»Ich komme mit dir!« Entschlossen eilte Sophie hinter dem Mädchen her.

Oben am Eingang zur Treppe standen bereits ein beunruhigt dreinschauender Siggi und ein immer noch auffallend blasser Lars.

»Ist Dr. Roth unten?« Ohne eine Antwort abzuwarten, stieg Sophie die steile Treppe hinunter und betrat den unterirdischen Raum. Die Szenerie hatte etwas Unwirkliches.

Max Roth hockte unbeweglich im hinteren Teil und starrte auf etwas unmittelbar vor sich. Er musste Sophie kommen gehört haben, aber er wandte nicht einmal den Kopf, hob nur die Hand und warnte sehr leise: »Vorsicht, machen Sie ja keinen Lärm!«

»Sandra sagte, sie wäre tot …« Sophie war verwirrt. Eine

tote Katze konnte man nicht mehr erschrecken. Lebte sie etwa noch? Hoffnungsvoll näherte sie sich so geräuschlos wie möglich und spähte über seine Schulter.

Nein, es bestand kein Zweifel daran, dass Sandra sie richtig informiert hatte. Das Tier lag schrecklich verkrümmt auf dem Boden, in seiner unmittelbaren Umgebung waren die Anzeichen seines Todeskampfes im Mehl festgehalten. Grünlicher Schaum war aus Nase und Maul gequollen, und die bereits getrocknete Kruste überzog die Lefzen bis aufs Brustfell. Die goldgrüne Iris war zu einem so schmalen Ring erweitert, dass die Augen wie stumpfe, schwarze Löcher wirkten.

Aber was Sophie am meisten erschütterte, war das Junge, das verzweifelt versuchte, Milch aus den kalten Zitzen zu saugen.

Mit seinen winzigen Vorderpfoten trat es beharrlich gegen das Bauchfell und versuchte, die tote Mutter durch lautes Schnurren auf sich aufmerksam zu machen.

»Komm, Kleines …«, murmelte Roth mitfühlend, griff mit seiner großen Hand, in der es beinahe verschwand, zu, und schob es unter sein Hemd.

»Es braucht schleunigst etwas zu essen!« Er richtete sich schwerfällig auf und sah Sophie fragend an. »Haben Sie eine Ahnung, wie man ein solches Tierchen ernährt?«

Sophie schüttelte stumm den Kopf und konnte den Blick nicht von Tiger-Lillys verkrampftem Körper lösen.

»Kommen Sie.« Roth schob sich zwischen sie und die Katze und drängte Sophie behutsam Richtung Treppe. »Sie können nichts mehr für sie tun.«

Oben hatte sich inzwischen auch Frau Pohlmann eingefunden. Zu Sophies Erleichterung war Sandra nicht mehr da.

Offenbar hatte ihre Tante es für besser gehalten, sie ins Haus zurückzuschicken.

»Ist sie tatsächlich an einer Vergiftung gestorben?« Frau Pohlmann sah besorgt aus.

Max Roth nickte. »Es deutet alles darauf hin.«

»Kann es etwas von dort unten gewesen sein?«

»Nein, es liegt alles noch unberührt.«

»Das verstehe ich nicht.« Frau Pohlmann schüttelte heftig den Kopf. »Wir benutzen keine Giftköder, sondern Fallen, und es gibt sonst niemanden, der einen Grund hätte, hier welche auszulegen.«

»Was ist mit der kleinen Katze? Geht es ihr gut?«, fragte Lars besorgt.

»Sie ist hungrig, aber sonst scheint alles in Ordnung zu sein«, erwiderte Roth. Behutsam legte er das Tierchen in Lars' Hände. »Nimm sie unter dein Hemd, wie ich es eben gemacht habe«, sagte er und begann schon, ihm die obersten Knöpfe zu öffnen.

»Nein!«, protestierte Lars in panischem Schrecken, wich zurück und hätte um ein Haar die kleine Katze fallen gelassen.

»Schon gut, ich konnte ja nicht wissen, dass du kitzlig bist ...« Roth zog mit einer schnellen Bewegung die Knopfleiste wieder glatt und trat zurück. »Versuch, sie irgendwie warm zu halten.« Dabei streifte er den Jungen mit einem seltsamen Blick, ehe er sich wieder Frau Pohlmann zuwandte.

»Ich glaube nicht, dass sie an einem der üblichen Giftköder gestorben ist«, sagte er ruhig zu ihr. »Ich hatte eher den Eindruck, dass sie giftige Pflanzen gefressen hat.«

»Wenn es nichts von da unten war, wüsste ich nicht, welche. Hier gibt es keine giftigen Pflanzen«, mischte sich Siggi ein.

»Sind Sie ganz sicher?« Irgendwo in Sophies Unterbewusstsein formte sich blitzartig ein schrecklicher Verdacht. Erbrechen, Lähmungen – sie hatte die Hinterbeine offenbar nicht mehr bewegen können. Ihre Versuche, sich mit den Vorderbeinen vorwärtszuschleppen, waren an den Spuren im Mehl deutlich zu erkennen gewesen. Es gab in Mitteleuropa nur eine einzige Pflanze, die solche Symptome erzeugte: Conium maculatum, der berüchtigte Gefleckte Schierling.

Irgendwo hier in der Nähe musste es ein Vorkommen dieser extrem giftigen Pflanze geben! Allerdings war es mehr als unwahrscheinlich, dass Tiger-Lilly freiwillig davon gefressen hatte. Jemand musste sie in einem Köder versteckt haben und zudem imstande gewesen sein, Schierling zu erkennen. Das war gar nicht so einfach und erforderte einige Kenntnisse.

Sophie musste die Sache noch einmal ruhig durchdenken, denn die sich aufdrängenden Schlussfolgerungen verursachten bei ihr einen heftigen Schwindelanfall. Sie ballte die Fäuste und atmete tief durch. Mit großer Anstrengung schob sie das Thema »Schierling« beiseite und wandte ihre Aufmerksamkeit der Frage zu, die im Moment alle bewegte: Wie konnte Tiger-Lillys Junges ernährt werden?

»In meiner Jugend haben wir solche armen Würmer mit Ziegenmilch gefüttert. Das funktioniert ganz gut«, erinnerte sich Siggi. »Es ist nur ziemlich mühsam!«

»Und wo bekommen wir Ziegenmilch her?« Lars strich mit dem Zeigefinger zärtlich über das seidige Fell. »Sollen wir dich ›Wuschel‹ nennen?«, wisperte er dem schnurrenden Fellbündel zu.

Siggi räusperte sich heftig. »Die Milch ist kein Problem«, verkündete er dann. »Mein Nachbar hat eine Ziege, die gerade säugt.«

»Das ist ja wunderbar!« Frau Pohlmann lächelte erleichtert.

»Bleibt nur die Frage zu klären: Wer wird sich um Wuschel kümmern, bis er alt genug ist, um allein zurechtzukommen?«

Alle Augen richteten sich auf Lars. Aber der schüttelte bedauernd den Kopf. »Ich kann nicht. Es wäre zu gefährlich …« Er presste die Lippen zusammen.

Niemand sprach. Dann nickte Frau Pohlmann und sagte in bemüht neutralem Tonfall: »Ja, nicht jeder mag Katzen. Aber hier könnte es ebenfalls gefährlich werden. Wir wissen doch nicht, ob noch mehr Giftköder herumliegen!«

»Solange das Tierchen nur Milch bekommt, sehe ich kein Risiko«, beruhigte Max Roth sie. »Lassen sie es doch hier in seiner gewohnten Umgebung. Ich bin sicher, Sandra wäre begeistert, sich um das Kätzchen kümmern zu dürfen!«

Sein Vorschlag stieß auf allgemeine Zustimmung. Frau Pohlmann und Lars machten sich einträchtig auf, die Milch und geeignete Saugfläschchen zu besorgen und Sandra von ihrer neuen Aufgabe in Kenntnis zu setzen.

»Es wird dem Mädel gut tun«, knurrte Siggi. »Höchste Zeit, dass sie sich mit was anderem beschäftigt als immer bloß mit diesem Gruselzeug!«

»Ja, sie ist schon ein wenig fixiert darauf«, gab Sophie ihm Recht. »Was ist eigentlich mit Lars los? Er wirkte so seltsam …«

»Das wundert mich nicht«, knurrte Max Roth erbittert und wandte sich ihnen zu. Die unterdrückte Wut in seinem Gesicht explodierte, als er Siggi mit beiden Händen am Hemdkragen packte und fauchte: »Haben Sie mit Absicht weggesehen?«

Das Unverständnis in Siggis fassungslosem Gesicht, die Reglosigkeit, mit der er wie im Schock verharrte, schienen ihn wieder zur Besinnung zu bringen. Er seufzte auf, ließ den alten Mann los und wischte sich mit dem Unterarm über die Stirn. »Entschuldigung, ich habe mich nicht im Griff. Aber es hat mich unwahrscheinlich wütend gemacht …«

»Was denn?« Sophie fühlte, wie sich ein unangenehmer Klumpen in ihrem Bauch zusammenballte.

Roth holte tief Luft. »Als ich sein Hemd aufknöpfte, habe ich mehrere Blutergüsse gesehen. Jemand hat ihn ganz fürchterlich verprügelt, aber dieser Jemand hat zugleich gut darauf geachtet, dass man es nicht sieht. Ich wollte den Jungen nicht in Verlegenheit bringen, indem ich ihn vor allen Leuten ausfragte … Halten Sie ihn fest!« Automatisch befolgte Sophie den Befehl und griff nach Siggis Arm. Siggi zitterte unkontrolliert, und als sie den Kopf zu ihm umwandte, sah sie, dass der alte Mann unter der dunkel gebräunten Haut leichenblass geworden war. Er schwankte so stark, als würde er jeden Augenblick zusammenbrechen.

Max Roth legte den Arm um ihn und führte ihn langsam zu der Bank, die Bäumle und der Student für ihre Vesperpausen neben den Kellerabgang gestellt hatten.

»Ich hätte nie gedacht, dass es so schlimm ist!«, beteuerte Siggi mit unsicherer Stimme. »Lars hat einmal gesagt, sobald er genug Geld für ein Ticket nach Australien beisammen hat, will er abhauen, aber das habe ich nicht ernst genommen. Das sagen sie doch alle in dem Alter, das gehört einfach dazu!«

»Hat er nie darüber gesprochen, dass sein Stiefvater ihn verprügelt?«, fragte Sophie leise.

Siggi schüttelte den Kopf. »Nein, ein paar Mal hat er mich gefragt, ob er bei mir schlafen könnte. Aber wenn ich ihn dann fragte, ob er zu Hause Ärger hätte, hat er nur geantwortet, es wäre nicht so schlimm. Hätte er mir die Wahrheit gesagt, hätte ich ihn selbstverständlich ganz bei mir wohnen lassen!«

»Er hat sich geniert.« Max Roth ballte die Fäuste. »Er wollte nicht, dass alle darüber Bescheid wissen.«

»Wahrscheinlich«, stimmte Siggi ihm unglücklich zu. »Der Junge ist verflixt eigensinnig. Versucht immer, alles allein zu schaffen …«

Es war offensichtlich, dass sich der alte Mann heftige Vorwürfe machte. Bedrückt starrte er auf seine Schuhspitzen. Dann straffte er sich, hob entschlossen den Kopf und sah Roth offen ins Gesicht. »Ich werde Lars zu mir nehmen.«

»Wird das so einfach gehen?«, wandte Sophie besorgt ein. »Er ist noch nicht volljährig.«

»Wenn ich ihnen damit drohe, es allen zu erzählen, werden sie klein beigeben«, sagte Siggi verächtlich. »Da geht er nicht wieder hin!«

Roth nickte in stillem Einverständnis. »Und lassen Sie die Verletzungen bei einem Arzt dokumentieren, damit ihr etwas in der Hand habt. Vergessen Sie es nicht!«

Siggi nickte und stand auf. Als er auf das Haus zuging, war sein Schritt wieder fest und entschlossen. Roth sah ihm bekümmert nach. »Es tut mir Leid, dass ich so rabiat war, aber ich dachte wirklich …«

»Da tun Sie Siggi Unrecht«, verteidigte Sophie ihn. »Er verteidigt Lars wie eine Löwenmutter ihr Junges …« Sie stockte, weil ihr spontan das Bild von Tiger-Lilly und ihrem hungrigen Jungen vor Augen stand.

»Stimmt.« Roth atmete so heftig aus, dass es wie ein Seufzer klang. »Wo kann ich sie wohl begraben?« Suchend blickte er sich um. Offensichtlich kam ihm nicht in den Sinn, sie einfach im Wald zu verscharren. Diese Einstellung war Sophie sympathisch. Es machte ihn menschlicher, weicher.

»Wie wäre es mit der Stelle an der Mauer, wo sie am liebsten lag?«, schlug sie vor. »Ich werde dort Iris pflanzen, die wurzeln nicht tief.«

Sie ging los, um eine von Siggis Schaufeln holen, während Max verschwand und nach einiger Zeit mit dem steifen Körper in den Händen wieder oben an der Treppe erschien. Gemeinsam gingen sie zu der Stelle, die Sophie beschrieben hatte, und Max Roth legte das tote Tier dort nieder.

Kraftvoll und gleichmäßig begann er zu graben. Schließlich hielt er inne und wischte sich ein paar Schweißtropfen von der Schläfe. »Das müsste reichen. Oder?« Fragend sah er zu ihr hinüber. Sophie nickte zustimmend.

In ein paar Jahren würden nicht mehr als ein paar zierliche Knochen übrig sein. Betrübt dachte sie an das vor Vitalität strotzende Geschöpf, das sich vor kurzem noch so wunderbar angefühlt hatte. Jetzt zögerte sie, den Körper zu berühren, als ob der Tod an sich ansteckend wäre.

Max Roth schien weniger gehemmt zu sein. Gerade als er die erste Schaufel Erde in die niedrige Grube zurückschütten wollte, hielt Sophie ihn am Ärmel fest. »Warten Sie noch einen Moment«, bat sie und lief zu der Obstwiese hinter der Mauer, wo ihr gestern besonders große Sauerampferblätter aufgefallen waren. Es war ihr vollkommen bewusst, dass ein toter Körper keinerlei Empfindungen mehr besaß, aber dennoch war ihr der Gedanke unangenehm, die Erde direkt auf die weit geöffneten, toten Augen prallen zu sehen.

Mit nicht zu deutendem Gesichtsausdruck sah Max ihr entgegen, als sie mit einer Hand voll Blätter zurückkam und die Katzenleiche damit bedeckte. Kommentarlos begann er anschließend das provisorische Grab zuzuschaufeln.

»Ich bin wirklich gespannt darauf zu erfahren, woran sie gestorben ist«, sagte er nach einer Weile nachdenklich. Sophie versuchte, die unterschiedlichen Erinnerungsbruchstücke des Vormittags zu ordnen. Er war ungewöhnlich lange unten gewesen, als er die tote Tiger-Lilly geholt hatte.

»Haben Sie Proben von dem Schaum genommen?«, fragte sie schließlich.

»Ja.«

»Dann lassen Sie das Labor bei der Suche mit Coniin anfangen.«

Sein Kopf fuhr herum, und er sah ihr so eindringlich ins Gesicht, dass sie unwillkürlich den Blick senkte.

»Sie haben einen konkreten Verdacht, nicht wahr?«

»Sagt Ihnen der ›Schierling‹ etwas?«

»Natürlich, Sokrates ist mit dem Schierlingsbecher hingerichtet worden. Sie glauben, es war dasselbe Gift?« Er kniff die Augen zu schmalen Schlitzen zusammen. »Wenn ich mich richtig erinnere, wird man bei vollem Bewusstsein langsam von den Füßen her gelähmt, bis man erstickt. Wenn ich diesen verdammten Giftmischer in die Finger bekomme ...! Haben Sie eine Ahnung, wo er das Zeug herhaben könnte?«

Also war auch Roth der Ansicht, dass es dem Tier absichtlich verabreicht worden war.

Sophie schüttelte bedauernd den Kopf. »Leider nein. Aber ganz sicher nicht gekauft! Schierling ist verbreiteter, als man denkt. Er fällt nur nicht auf wie der Fliegenpilz, weil er zahllosen anderen Doldenblütlern zum Verwechseln ähnlich sieht. Es ist sogar wahrscheinlich, dass er sich hier um den ehemaligen Klosterbereich ausgebreitet hat, er wächst gerne auf Ödland – ihn zu sammeln ist sicher kein Problem, ich kann mir nur nicht vorstellen, wer so etwas tun könnte!«

»Ich auch nicht«, bestätigte Max. »Aber man erlebt manchmal unangenehme Überraschungen.«

Sie gingen schweigend zum Kellerabgang zurück, wo der Industriestaubsauger noch bereitstand, um das Mehl zu entfernen.

Sophie dachte an die stummen Spuren und schauderte.

»Ich werde fahren, sobald alles verpackt ist«, sagte Max düster. »Behalten Sie unseren Verdacht lieber für sich, bis ich sicher bin.«

»Sollten wir nicht wenigstens Pohlmanns und Siggi einweihen?«

»Besser nicht. Siggi hat jetzt genug am Hals und Pohlmanns wirken auch ziemlich überlastet«, entschied er. »Ich melde mich, sobald ich mehr weiß, einverstanden?«

Zögernd streckte er ihr die Hand hin. »Wie lange sind Sie noch hier mit Ihrem Klostergarten beschäftigt?«

»Nicht mehr als eine Woche.« Sie ergriff die Hand. Sie fühlte sich irgendwie tröstlich an, verlässlich.

»Machen Sie's gut, Penthesilea!« Er schien noch etwas sagen zu wollen, aber stattdessen nickte er ihr brüsk zu, zog seine Hand rasch zurück und stieg, ohne sich noch einmal umzudrehen, mit dem schweren Gerät unter dem Arm hinunter.

Ein Blick auf ihre Armbanduhr zeigte Sophie, dass sie sich beeilen musste, wenn sie es noch vor der Mittagspause zur Apotheke nach Weitershofen schaffen wollte, um die Sache mit ihrer Gynäkologin und dem Rezept zu klären. Vor der verlassenen Rezeption lief sie Frau von Hertenstein und Helga Wagner in die Arme.

»Können Sie uns vielleicht sagen, was heute Vormittag hier los ist?«, fragte die Masseurin verärgert. »Frau von Hertenstein wollte ihren Aufenthalt verlängern, aber ich kann Frau Pohlmann nirgends finden!«

»Sie ist sicher noch unterwegs, die Ziegenmilch und Fläschchen zu besorgen«, erklärte Sophie, in Gedanken bereits unten im Ort.

»Sind Sie sicher, dass es Ihnen gut geht, junge Frau?« Frau von Hertensteins besorgter Tonfall und der Ausdruck völliger Verständnislosigkeit im Gesicht der Masseurin machten Sophie bewusst, dass ihre Antwort in den Ohren der beiden Frauen höchst seltsam geklungen haben musste.

»Tut mir Leid, ich habe nicht daran gedacht, dass Sie noch gar nicht Bescheid wissen«, entschuldigte sie sich hastig. »In der Nacht ist die Katze gestorben, und Sandra soll ihr Junges mit Ziegenmilch durchbringen.«

»Wie schrecklich!« Helga Wagner wurde blass. »Wie ist denn das passiert? Ist sie überfahren worden?«

»Nein, nein, sie hat irgendetwas Giftiges gefressen«, erklärte Sophie vage.

»Normalerweise sind frei lebende Katzen intelligent genug, giftige Pflanzen zu meiden!« Frau von Hertenstein schürzte nachdenklich die schmalen Lippen und fixierte Sophie aus zusammengekniffenen Augen, bis diese unbehaglich dem Blick auswich. Aber die alte Dame schwieg.

Helga Wagner dagegen machte aus ihrer ehrlichen Erschütterung kein Hehl. »Sie hatte sich gerade so schön erholt!«, sagte sie und schüttelte traurig den Kopf. »Siggi sagte vorgestern im Spaß, jetzt könnte sie allmählich anfangen, sich ihr Essen selbst zu verdienen und Mäuse zu jagen. Sie wird doch keine vergiftete Maus gefressen haben? Wo haben Sie sie denn gefunden?«

Erleichtert über die Wendung des Gesprächs gab Sophie ausführlich Auskunft. »Im Venuskeller. Anscheinend hat sie sich dort einen ruhigen Platz zum Sterben gesucht.« Aber noch während sie die Worte aussprach, kamen ihr Zweifel. Es war unwahrscheinlich, dass sich das Tier über seinen Zustand im Klaren gewesen war. Jedenfalls nicht, bevor die Lähmung seine Bewegungsfähigkeit stark eingeschränkt hatte.

Vielleicht hatte Tiger-Lilly sich einfach an einem Ort verkriechen wollen, an dem sie sich sicher fühlte.

»Höre ich da etwas von einem ersten Todesfall?« Die drei Frauen drehten sich überrascht um. Der junge Mann, der die neugierige Frage gestellt hatte, lächelte sie strahlend an. »Darf ich mich vorstellen: Bert Koppermann vom *Weitershofener Anzeiger*. Ich komme wegen dieser Höhle. Aber habe ich gerade richtig gehört: Es hat schon ein Unglück gegeben?«

Sophie musterte den Journalisten ablehnend, während sie bemerkte: »Wenn Sie an den Fluch des Tutenchamun oder so etwas denken – vergessen Sie's! Wir haben nur über eine Katze gesprochen.«

»Ach, wer weiß, was noch kommt!« Er zwinkerte ihr ungeniert zu. »Vielleicht ist das erst der Anfang?«

»Meinen Sie das im Ernst?« Sophie glaubte sich verhört zu haben, aber das empörte Schnauben der alten Studienrätin zeigte an, dass er diese Ungeheuerlichkeit tatsächlich ausgesprochen hatte.

»Übersteigerter Blödsinn! Oder, wie man in Ihren Kreisen wohl sagen würde: bullshit!«, wies sie ihn zurecht. »Wenn Sie solch einen Mist schreiben, garantiere ich Ihnen juristische Probleme.«

»Aber ich will doch nur die Wahrheit schreiben!« Der junge Mann machte tatsächlich den Eindruck, als hätte man ihn in seiner Berufsehre gekränkt. »Helfen Sie mir und erzählen Sie mir, was wirklich los war!«

»Ich muss mich verabschieden, ich habe noch einige Besorgungen zu erledigen«, sagte Sophie rasch und flüchtete Richtung Haustür.

Beim gemeinsamen Mittagessen mit Pohlmanns, Sandra und Helga Wagner dauerte es einige Zeit, bis Sophie sich darüber klar wurde, wieso Lieselotte Pohlmann ihr so verändert vorkam. Sie sah doch aus wie immer: derselbe strenge Haarknoten, die gewohnte gepflegte Erscheinung. Aber in den dunklen Augen funkelte etwas wie Übermut, der dezent geschminkte Mund wirkte voller, und das Lächeln, mit dem sie Sophie begrüßte, war so strahlend, dass Frau Pohlmann gut zehn Jahre jünger wirkte.

Als sie das Esszimmer betrat, kauerten Sandra und die Masseurin gerade vor dem Körbchen, in dem Wuschel eifrig damit beschäftigt war, seine Schwanzspitze zu erhaschen.

Die ungewöhnliche Blässe und die gedrückte Stimmung des Mädchens waren vermutlich Nachwirkungen des morgendlichen Schocks. Sie tat Sophie Leid, aber vielleicht war es gar nicht so schlecht gewesen, dass sie dem Tod einmal außerhalb ihrer Fantasiewelt begegnet war!

»Wie kommst du denn mit dem Füttern klar?«, fragte Sophie mitfühlend.

»Es geht super!« Augenblicklich erhellte sich das schmale Gesicht wieder und das Mädchen fügte voller Stolz hinzu: »Tante Lilo meint, wir können es bald mit Fertigfutter versuchen.« Sandra betrachtete das Kätzchen, das sich zu einer winzigen Fellkugel eingerollt hatte und zufrieden schnurrend eingeschlafen war, mit liebevoller Besorgnis. »Er scheint seine Mama gar nicht zu vermissen!«

»Er hat sicher nicht verstanden, was passiert ist«, vermutete Sophie. »Er ist doch noch ein Baby …«

»Tiere haben es gut«, seufzte Helga Wagner. »Wie viel einfacher wäre das Leben, wenn wir Menschen auch mit einem warmen Platz zum Schlafen und mit ausreichend Nahrung zufrieden wären!«

»Es tut mir nur so Leid um Tiger-Lilly«, sagte Frau Pohlmann. »Gerade schien sie sich an uns zu gewöhnen!« Ihr Mann legte tröstend den Arm um ihre Schultern und zog sie an sich. Die beiden wechselten ein kurzes, vertrautes Lächeln, und sie schmiegte sich an ihn.

»Sei nicht traurig«, murmelte er liebevoll, »sie war eine verwilderte Katze und früher oder später wäre sie einem Jäger vor die Flinte gelaufen oder vielleicht sogar in einer Falle verendet. So konnten wir wenigstens Wuschel retten.«

»Du hast ja Recht, aber es war so ein Schock …« Ihr Mann strich ihr ein letztes Mal sanft über den Rücken und ging dann zu seinem Platz.

»Setzen wir uns. Ich möchte alle bitten, über diese Angelegenheit nicht mit Außenstehenden zu sprechen«, sagte er mit seiner gewohnten Gelassenheit.

Sophie und Helga Wagner starrten ihn überrascht an. Dann dämmerte es Sophie. Natürlich, eine solche Geschichte war ja praktisch nicht aufzuklären. Den wildesten Spekulationen war folglich Tor und Tür geöffnet. Dieser Koppermann hatte ja vorhin eine Kostprobe dessen geboten, was die Presse daraus machen würde.

»Es wäre nicht gut, wenn publik würde, dass auf unserem Gelände eine vergiftete Katze gefunden wurde«, erläuterte er. »Im günstigsten Fall müssten wir mit mehr oder minder geistreichen Bemerkungen über die Qualität unserer Küche rechnen. Aber es könnte auch schlimmer kommen.«

Die Masseurin und Sophie wechselten einen kurzen Blick.

»Ich fürchte, ein Reporter hat bereits etwas davon gehört«, sagte Helga Wagner. »Er überraschte uns heute Vormittag, als wir auf Sie warteten, Frau Pohlmann. Frau von Hertenstein und ich hatten selber gerade erst von Frau Dr. Lichtenberger erfahren, dass die arme Katze vergiftet worden ist.«

»Sobald er merkte, dass von uns nicht mehr zu erfahren war, hat er sich verabschiedet und gesagt, er würde nachmittags wiederkommen und mit den Besitzern sprechen«, berichtete Helga Wagner und grinste in der Erinnerung daran. »Frau von Hertenstein hat ihm ganz schön die Leviten gelesen!«

»Ich werde mich um ihn kümmern«, sagte Herr Pohlmann und warf seiner Frau einen beruhigenden Blick zu. »Mach dir keine unnötigen Sorgen im Voraus, Lilo!«

Sie lächelte ihn an und wandte sich dann Sophie zu. »Ein zweites Problem: Siggi hat wegen Lars mit uns gesprochen, und wir haben ihm natürlich freie Hand gegeben, was seine Arbeitszeit in den nächsten Tagen anbelangt. Die Sache mit dem Jungen hat jetzt absoluten Vorrang …«

»Was ist denn mit Lars?«, warf die Masseurin, plötzlich blass geworden, ein. »Ist er krank?«

»Nein.« Herr Pohlmann runzelte die Stirn, suchte angestrengt nach den richtigen Worten. »Das ist ebenfalls eine üble Überraschung von heute Morgen: Lars wird von seinem Stiefvater verprügelt, Dr. Roth hat zufällig die Blutergüsse entdeckt. Siggi will jetzt die Vormundschaft für den Jungen beantragen und ihn zu sich nehmen.«

»Es macht mich ganz krank, daran zu denken, was der arme Junge unter unseren Augen mitgemacht hat!«, sagte Frau Pohlmann empört.

»Wird Siggi es schaffen?«, erkundigte sich Sophie besorgt.

»Ich gehe davon aus. Lohenberger hat zugesichert, auf dem

Vormundschaftsgericht Himmel und Hölle in Bewegung zu setzen.« Herr Pohlmann seufzte und schüttelte ungläubig den Kopf. »Es ist schwer zu verstehen, wie ein Mensch so tief sinken kann! Siggi meinte, dass Lars dem Mann seinen Verdienst nicht geben wollte, sei nur ein Vorwand gewesen.«

Frau Wagner ballte ihre Hände zu Fäusten. »Dieses brutale Schwein! Ich habe ihn mal gesehen: Der Kerl ist gut dreimal so schwer wie Lars!«

»Siggi ist felsenfest entschlossen, den Jungen zu sich zu nehmen – zumindest bis zu seiner Volljährigkeit. Die Mutter ist ja offensichtlich nicht imstande, ihn zu schützen.«

»Warum hat er nie etwas davon gesagt?«, flüsterte Helga Wagner, immer noch leichenblass, vor sich hin. »Er hat nie darüber gesprochen, wie es bei ihm zu Hause zugeht.«

»Dr. Roth meint, er hätte sich dafür geschämt«, sagte Sophie leise.

Der Kopf der Masseurin schoss hoch. »Wenn sich hier irgendjemand schämen muss, ist es ja wohl seine Mutter! Wie kann sie so etwas nur zulassen?«

Hilflos zog Sophie die Schultern hoch. Darauf gab es nichts zu sagen.

Frau Pohlmann erhob sich und begann, den Tisch abzuräumen. »Es tut mir Leid, aber heute ist es ein wenig hektisch«, sagte sie entschuldigend. »Sollen wir nach einer Aushilfe für die Gartenarbeit suchen? Das war es, was mein Mann Sie vorhin fragen wollte.«

»Nein, bitte nicht«, wehrte Sophie hastig ab. »Ich schaffe das schon irgendwie.«

»Plan aber nicht mich mit ein!« Sandra sah sie erschreckt an. »Montag geht die Schule wieder los, und ich habe noch keinen Strich für die Hausarbeit gemacht.«

Sophie lächelte ihr beruhigend zu. »Keine Bange, deine Hilfe hatte ich wirklich nicht eingeplant!«

Es würde etwas eng werden mit dem Pflanzen. Die Päonien und die Iris mussten schleunigst eingepflanzt werden, und bald dürfte schon die nächste Lieferung kommen. Die Klosterkräuter waren für heute oder morgen avisiert. Und auch bei den Rosen hatte sie sich angesichts der Umstände doch für eine telefonische Bestellung entschieden. Sie war angenehm überrascht gewesen, als man ihr versicherte, alle gewünschten Sorten seien lieferbar und würden sofort in den Versand gehen.

»Wenn es Ihnen recht ist, könnte ich einspringen«, erbot sich Helga Wagner. »Ich mag Gartenarbeit und zurzeit habe ich nicht viele Massagetermine.«

»Gerne«, nahm Sophie das Angebot dankbar an. »Um vier Uhr? Vorher habe ich noch etwas zu erledigen.«

Thomas hatte bis vier Uhr Zeit. Zwei, drei Stunden am Nachmittag – mehr konnte er nicht erübrigen, hatte er ihr morgens erklärt. »Aber wir haben ja die Nächte und meinen freien Montag«, hatte er hinzugefügt und spielerisch an ihrem Ohrläppchen geknabbert.

Sophie war ein wenig nervös, wenn sie an ihn dachte. Vorhin, als sie auf dem Weg zum Esszimmer gewesen war, hatte er ihr zugerufen: »Hol mich in der Küche ab. Nach dem Mittagessen!«

Bis Montag würden sie sich also immer nur kurz treffen. Bedauerte sie das wirklich oder war es ihr nicht eigentlich ganz recht?

Es war eine fantastische Nacht gewesen. Immer noch erschauerte sie bei dem Gedanken an die wilde Leidenschaft, die sie nie in ihm vermutet hätte. Bei einem Wesen, dessen makellose Schönheit eher an ein Kunstwerk erinnerte, erwartete sie solche heftigen Emotionen einfach nicht.

Fast ängstigte sie sein Verhalten sogar. Thomas schien ihr geradezu besessen, nicht er selbst, fremd – jedenfalls nicht derselbe Thomas Greuter, den sie in den ersten Tagen kennen gelernt hatte. Und deshalb fühlte sie sich zutiefst verunsichert. All ihre Wünsche und Vorstellungen waren in den Tagen zuvor auf die Eroberung an sich gerichtet gewesen. Je unerreichbarer er ihr vorgekommen war, desto erstrebenswerter war er ihr erschienen.

Nun, da diese Hürde genommen oder besser gesagt so überraschend in sich zusammengefallen war, stand sie da wie ein Kind, das die sehnlichst gewünschte Puppe bekommen hat und nun nicht so recht weiß, was es damit anfangen soll.

Gerne hätte sie jetzt mit jemandem darüber gesprochen. Aber sie hatte keine Freundinnen, denen sie sich anvertrauen konnte.

Andererseits: War sie nicht viel zu lange allzu kontrolliert und erschreckend vernünftig gewesen? Sollte sie sich jetzt nicht einfach mal treiben lassen?

Rigoros schob sie alle Bedenken beiseite und machte sich mit unruhig klopfendem Herzen auf in die Küche.

Kapitel 10

Thomas sah ihr mit breitem Lächeln entgegen. »Na, was hat meine schöne Venuspriesterin heute Vormittag gemacht? Siggi zur Verzweiflung getrieben?«

Seine übermütige Stimmung wirkte auf Sophie so unpassend, dass sie unwillkürlich die Stirn runzelte.

»Was ist denn los? Habe ich richtig getippt und du hast Ärger?« Er stellte den Satz Edelstahlschüsseln in das Regal über seinem Kopf und breitete die Arme aus. »Komm, lass dich trösten!«

»Hast du noch nicht von Tiger-Lilly gehört?«, fragte sie zurück. Angesichts des für sie so dramatischen Ereignisses schien es ihr unvorstellbar, dass jemand im Hotel noch nichts davon mitbekommen haben sollte.

»Was ist denn los?« Völlig verwirrt sah er sie an.

»Die Katze. Sie ist tot«, stieß Sophie hervor und warf sich so schwungvoll in seine Arme, dass er beinahe das Gleichgewicht verlor.

»Ach, die Tigerkatze, die sich immer hier herumtrieb? Wieso denn das? Sie war doch noch nicht alt! Ist sie überfahren worden?«

Stumm schüttelte Sophie den Kopf. Das war immer das Erste, woran jeder dachte!

»Sie hat etwas Giftiges gefressen.«

Sophie konnte spüren, wie Toms Atem aussetzte und sein Körper erstarrte. »Was sagst du da?«, flüsterte er schließlich.

Erstaunt sah sie auf. Er war ja richtig erschüttert! Hatte sie sich getäuscht und er hatte zu dem Tier eine engere Beziehung gehabt als angenommen?

»Das ist wirklich schrecklich«, krächzte Thomas endlich heiser. »Das arme Tier!« Er räusperte sich, drehte sich um und griff nach einer kleinen, bauchigen Flasche. Geistesabwesend goss er einen großzügigen Schluck in das Wasserglas, das er vorhin abgestellt hatte, und schüttete die scharf riechende Flüssigkeit hinunter. Dann erst schien er sich wieder an Sophie zu erinnern. »Du auch einen?«

»Mir ist nicht danach«, lehnte sie ab. »Hast du die Katze gut gekannt?«, forschte sie dann nach, weil ihr sein Verhalten erklärungsbedürftig vorkam.

»Sie ließ sich von mir nicht anfassen – wenn du das meinst. Aber sie kam immer nachsehen, ob ich Reste für sie hingelegt hatte. Frau Pohlmann und ich haben sie aufgepäppelt.«

Sophie kämpfte noch mit sich, ob sie ihm nicht doch von dem Verdacht erzählen sollte, als er die Schultern straffte und erzwungen fröhlich sagte: »Was hältst du davon, wenn wir nach Weitershofen fahren? Es wird uns ablenken, und ich muss hier einfach für eine Weile heraus, sonst werde ich noch wahnsinnig!«

Er seufzte übertrieben auf und imitierte einige der Gäste: »Haben Sie vielleicht auch ganz schlichte Kartoffeln, ohne Salz? – Den Salat ohne alles, ich habe mein eigenes Walnussöl dabei. – Ein Omelett mit Erbsen, bitte, ich vertrage kein Schweinefleisch.«

»Ja, ein Koch hat es wirklich schwer«, bedauerte Sophie ihn. »Okay, lass uns fahren, wenn es dir gut tut. Ich war zwar gerade erst da, aber ich brauche sowieso noch einen Hut.«

Während der kurzen Autofahrt erwähnte sie Tiger-Lilly nicht mehr, sondern erzählte ihm, wie Lars' Verletzungen entdeckt worden waren und was Siggi nun beabsichtigte. »Deswegen hat er so komisch reagiert, als ich ihn damals beinahe geschlagen hätte«, sagte er nachdenklich. »Ich habe mir nichts dabei gedacht. Dachte, es wäre der Schock, weil er diese Fledermaus in seiner Dämlichkeit atomisiert hat.« Er pfiff leise durch die Zähne und wechselte dann abrupt das Thema.

»Ich kann nur noch an dich denken, seit ich dich gestern Abend da unten im Lichtschein gesehen habe«, gestand er fast verschämt. »Du sahst aus wie eine Göttin – wunderschön! In dem Moment war mir auf einmal klar, was ich vorher einfach nicht kapiert habe: Du bist die Frau, auf die ich immer gewartet habe. Am liebsten würde ich mich keinen Augenblick mehr von dir trennen!« Sophie warf ihm einen raschen Seitenblick zu. Irritiert registrierte sie seine verkrampfte Haltung und den starren Blick, mit dem er sie musterte. »Soll ich nach einer passenden Wohnung für uns suchen oder möchtest du das lieber selber tun?«, fragte er.

Vor Überraschung verriss Sophie beinahe das Lenkrad und konnte gerade noch verhindern, einen Lastwagen zu streifen, der ihnen entgegenkam. So willkommen ihr seine unerwartete Leidenschaft gewesen war, das ging ihr nun aber doch viel zu schnell.

»Findest du das nicht ein bisschen übereilt?«, fragte sie vorsichtig und hielt Ausschau nach einem geeigneten Parkplatz.

Er runzelte die Stirn. »Nein, wieso?«

»Ich finde, wir sollten uns mit solchen Dingen Zeit lassen«, beharrte Sophie. »Wir kennen uns doch noch kaum!«

»Das lässt sich ändern! Was willst du von mir wissen?« Selbstsicher lehnte er sich im Beifahrersitz zurück und lächelte sie auffordernd an. »Na, frag schon!«

»Eigentlich war ich nicht auf eine Befragung eingestellt«,

lächelte Sophie und fuhr geschickt in eine enge Parklücke. »Aber ich komme gerne auf das Angebot zurück.«

Das tat sie, sobald alle Einkäufe erledigt und sie beide gemütlich vor dem einzigen Eissalon des Ortes in der Sonne saßen.

»Hast du eigentlich Familie?«, fragte sie neugierig und sammelte mit dem Löffel die Krokantkrumen von der Sahnehaube ihres Eisbechers.

»Nein, alle tot oder abgehauen.«

Ernüchtert sah sie auf. »Alle?«

Er nickte. »Meine Eltern sind verschwunden, als ich drei war. Haben mich bei meinen Großeltern abgesetzt – und weg waren sie. Haben sich auch nie wieder gemeldet.«

»Waren deine Großeltern nett?«

»Sie waren in Ordnung, aber schon ziemlich alt. Deshalb musste ich immer mithelfen. Vor allem in der Küche …« Er verzog den Mund zu einem unfrohen, schiefen Lächeln. »Es war also direkt Schicksal, dass ich Koch wurde.«

»Ich dachte, du liebst deinen Beruf?«

»Man gewöhnt sich daran«, sagte er und inspizierte kritisch die eingelegten Kirschen, die unten in seinem Schwarzwald-Becher auftauchten.

»Leben deine Großeltern noch?«

»Schon lange nicht mehr. Opa starb, noch bevor ich mit der Schule fertig war, und Oma zwei Jahre später. Und du?«

»Ich habe nur noch einen Bruder und eine Schwägerin«, gab Sophie bereitwillig Auskunft. »Mein Bruder hat mich aufgezogen, nachdem unsere Eltern bei einem Autounfall umkamen, und er hat seine Aufgabe sehr ernst genommen!« Sophie zog unwillkürlich eine kleine Grimasse. »Der gute Bernhard meint immer noch, er müsste mich beschützen.«

»Dafür bin ich jetzt da«, sagte Thomas Greuter leise und

umfasste fest ihre Hand mit dem Eislöffel. Sophie sah auf, unsicher, wie sie reagieren sollte. Seine Stimme hatte so schrecklich feierlich geklungen!

»Ich kann ganz gut selbst auf mich aufpassen«, versicherte sie ihm mit einem leichten Auflachen, das dem Ganzen den unpassenden Ernst nehmen sollte.

»Natürlich«, stimmte er ihr zu, aber er klang eher so, als würde er ein Kind beruhigen.

Helga Wagner erwartete Sophie bereits. In den sorgfältig gebügelten Arbeitshosen, der Hemdbluse mit dem auffälligen Blumenmuster und den fleckenlosen, nagelneuen Gartenhandschuhen wirkte sie wie der perfekte Gegensatz zu Siggis Erscheinung.

»Ich habe schon mal alles Nötige zusammengesucht«, sagte sie und wies auf die Schaufeln und Grabhölzer, die sie in die Schubkarre gelegt hatte. Auch die Zinkgießkanne stand gefüllt bereit.

»Es ist sehr lieb von Ihnen, dass Sie sich angeboten haben zu helfen«, sagte Sophie und lächelte sie an. »Haben Sie etwas Neues von Lars und Siggi gehört?«

»Ja, Siggi ist vorhin kurz vorbeigekommen, um mich zu fragen, ob ich in Zukunft Lars' Wäsche waschen würde.« Sie lachte rau auf. »Es war das erste Mal, dass er zugegeben hat, Hilfe zu brauchen. Dabei kümmere ich mich um die Wäsche des Jungen, seit ich bemerkt habe, dass es seine Mutter einen Dreck schert, wie er herumläuft! Ich habe die Gelegenheit genutzt und Siggi gesagt, er soll mir seine auch gleich bringen. Stört mich schon länger, dass er einer Vogelscheuche Konkurrenz macht!«

Sophie grinste bei der passenden Beschreibung. Hatte sie es

sich nur eingebildet, oder klang da tatsächlich so etwas wie Zuneigung durch? Bahnte sich etwa auch zwischen Helga und dem knurrigen Siggi etwas an?

»Sie mögen den Jungen«, sagte sie, und es war mehr eine Feststellung als eine Frage.

Helga Baumeister zupfte an ihren Handschuhen. »Er erinnert mich an meinen Sohn«, flüsterte sie fast unhörbar und wandte sich sofort der Schubkarre zu, in der sie geschäftig die Gerätschaften hin und her schob. Sophie wartete einige Sekunden, aber der steife Rücken der Frau signalisierte, dass sie das Thema nicht weiter verfolgen wollte. Vielleicht würde sie ja später noch einmal darauf zurückkommen.

»Am besten fangen wir mit der Ecke da hinten an«, sagte Sophie. So neugierig sie auf die Herkunft des Fotos in ihrem Büro war: Sie wollte die Frau nicht bedrängen.

Gemeinsam begannen sie, die von Frau Pohlmann ausgewählten Pfingstrosen an ihre zukünftigen Standorte zu verteilen.

Andächtig vergrub die Masseurin ihre Nase in einem üppigen, kräftig rosafarbenen Blütenball. »Die riecht umwerfend«, stellte sie fest. Sophie sah auf und lächelte. Schon Frau Pohlmann war von der Modeste Guerin hingerissen gewesen.

Es war eine schweißtreibende Arbeit, die zahlreichen Pflanzlöcher auszuheben, die Pflanzen einzusetzen und sorgfältig anzugießen.

»Sie sind sicher überrascht gewesen, Ihre alte Lehrerin so unverhofft wiederzutreffen«, sagte Sophie im Plauderton und schob eine verschwitzte Locke hinters Ohr zurück. »Manchmal gibt es wirklich Zufälle im Leben …«

»Ja, im ersten Moment habe ich geglaubt, einen Geist zu sehen.« Ein Schatten glitt über Frau Wagners Züge. »Das ist mir früher manchmal so gegangen.« Sie riss sich zusammen, sah Sophie an und fuhr amüsiert fort: »Frau von Hertenstein ist ganz begeistert von unserem kleinen Dickerchen. Also, das hätte ich ihr nun wahrhaftig nicht zugetraut!«

Ungläubig starrte Sophie sie an. »Sie meinen doch nicht etwa …«

»Doch, genau den meine ich!« Helga Wagners Mund verzog sich leicht verächtlich. »Und er ist doch tatsächlich heute Vormittag mit einem Rosenstrauß angekommen. Können Sie sich das vorstellen? In dem Alter …« Sie schüttelte halb missbilligend, halb nachsichtig den Kopf. »Irgendwie ist es ja rührend.«

Die Probleme, welche Iris am besten wohin passte, verdrängten sowohl die ältlichen Turteltauben als auch das Geheimnis um Helga Wagners Familie aus Sophies Bewusstsein. Sie war jetzt vollständig darauf konzentriert, zu entscheiden, wo die zartfarbigen Blüten der Iris in Himmelblau, Zartgelb und hellem Violett am besten zur Geltung kämen.

Aber schließlich waren alle Päonien und Iris verteilt, und Helga Wagner stellte befriedigt fest: »Gut sieht es aus! Jetzt haben wir uns aber eine Pause verdient. Trinken Sie noch einen Tee mit mir?«

Eigentlich sehnte Sophie sich eher nach einer ausgiebigen, heißen Dusche. Aber sie nickte und streckte die Schultern. Ihr Rücken schmerzte von der ungewohnten körperlichen Arbeit.

Helga Wagner ging ihr voraus, ohne sich einmal umzublicken.

In ihrem Büro griff sie ohne Zögern nach dem Foto, stellte es vor Sophie hin und sagte atemlos: »Das ist Andreas.«

Anschließend drehte sie sich abrupt um und begann nervös an der Spüle zu hantieren.

Ratlos starrte Sophie auf das Bild des sechsjährigen Jungen. Was war geschehen? War er tot? Sollte sie nachfragen oder lieber warten, was Helga Wagner ihr anvertrauen wollte? Am liebsten wäre sie einfach unter einem Vorwand gegangen, aber die Frau tat ihr Leid. Offenbar trug sie schwer an dieser Geschichte. Also blieb Sophie, setzte sich an den wackligen Holztisch und wartete.

»Eigentlich hatte ich studieren wollen«, begann die Masseurin endlich mit dumpfer Stimme und stellte die Teegläser auf den Tisch. »Aber ich verliebte mich kurz vor dem Abitur in den Sohn des Schulhausmeisters. Ein bildhübscher Junge. Alle Mädchen waren hinter ihm her. Für ihn ließ ich meinen Studienplatz sausen, hing mit ihm herum und wurde prompt schwanger.« Sie lachte freudlos auf. »Ich war glücklich – oder besser, glaubte es zu sein, als wir heirateten und in eine kleine Wohnung bei seinen Eltern zogen. Dann kam Andreas …«

Sie nahm zwei Teelöffel aus der Schublade, goss das heiße Wasser in die Kanne und verschränkte dann die Arme, als versuche sie, sich vor etwas zu schützen.

»Mein Mann fing an, sich herumzutreiben. Je mehr Vorwürfe ich ihm machte, desto schlimmer wurde es. Seine Eltern gaben mir die Schuld. Nach einiger Zeit hielt ich es nicht mehr aus und begann heimlich zu trinken.«

Erneut stockte sie. Dann seufzte sie tief auf und goss den Tee ein. »Milch, Zucker? Nein? Es ging lange gut. Zu lange für Andreas. Erst als ich betrunken die Treppe hinunterfiel, kam man dahinter.«

»Und dann?« Sophie konnte sich nicht zurückhalten zu fragen, als die Pause sich dehnte.

»Dann kam ich in den Entzug.« Helga Wagner hob in stiller Resignation die Schultern. »Einmal, zweimal. Ich habe es erst beim dritten Mal geschafft, aber da war es zu spät.«

»Wieso?«

»Mein Sohn wollte nichts mehr von mir wissen.« Sie lächelte traurig. »Mein Mann hatte sich scheiden lassen, und die Stiefmutter machte ihre Sache gut. Zumindest besser als ich. Das muss ich ihr lassen. Als ich vor ein paar Jahren versuchte, mit ihm in Kontakt zu kommen, war sein einziger Kommentar, dass ich verschwinden und nie wieder in seinem Leben auftauchen sollte.«

Schockiert zog Sophie die Luft ein.

»Also hielt ich mich daran.« Helga Wagner wischte sich unauffällig über die Augen. »Ich habe es seitdem nie wieder versucht.« Gedankenverloren starrte sie in ihren Tee, den sie noch nicht angerührt hatte. »Manchmal rede ich mir ein, Lars könnte mein Sohn sein«, sagte sie, ohne den Blick zu heben.

Beide Frauen schwiegen. Die eine, weil sie in die Vergangenheit blickte, die andere, weil sie nicht wusste, was sie sagen sollte.

»Helga …« Siggis laute, barsche Stimme riss sie aus ihrer Erstarrung. Die beiden Frauen tauschten ein verständnisvolles Lächeln, als sich energische Schritte näherten und der alte Gärtner, einen altmodischen Flechtkorb vor sich her tragend, hereinstapfte. »Schöne Bluse, die du da anhast! Wie ein Blumenstrauß.«

Im nächsten Augenblick sah er Sophie. Eine leise Röte überzog sein wettergegerbtes Gesicht. »Hallo, Frau Doktor«, begrüßte er sie und nickte ihr ungewöhnlich freundlich zu. »Ist Helgas Tee nicht fantastisch?« Er schnupperte genießerisch.

»Du trinkst doch auch einen mit, oder?«, fragte die Masseurin. »Stell den Korb einfach da in die Ecke!« Während sie sich erhob, um eine frische Tasse aus dem Schrank zu holen, zog sie ihre geblümte Bluse mit der unbewussten Sorgfalt einer Frau glatt, die weiß, dass sie von einem Mann beobachtet wird.

»Lieb von dir«, sagte Siggi und ließ sich ein wenig umständlich auf dem Stuhl zwischen Helga und Sophie nieder.

Plötzlich empfand sich Sophie geradezu als Störfaktor.

»Vielen Dank für den Tee«, sagte sie hastig und schob ihren Stuhl zurück. »Ich muss dann wieder los. Bis morgen.«

»Danke, dass Sie mir zugehört haben!«, rief ihr die Masseurin noch hinterher. »Soll ich Ihnen morgen wieder helfen, sobald ich Zeit habe?«

»Nicht nötig, dir deine Hände zu ruinieren, Helga. Das ist doch Männerarbeit. Morgen sind wir beide wieder da«, versicherte Siggi brummig.

Tatsächlich standen Siggi und auch Lars schon parat, als Sophie am nächsten Morgen noch etwas verschlafen in den zukünftigen Kräutergarten schlenderte. Tom war nahezu unersättlich gewesen, und sie fühlte sich erschöpft und ausgelaugt. So berauschend die Nacht mit ihm gewesen war – seine fordernde Leidenschaft ließ wenig Platz für Momente ruhiger Zärtlichkeit.

Unauffällig musterte Sophie den Jungen. Abgesehen davon, dass er nicht mehr so blass, sondern ausgesprochen munter und unternehmungslustig wirkte, konnte sie keinen Unterschied feststellen. Die beiden benahmen sich, als sei alles wie immer.

»Ganz nett«, kommentierte Siggi die gestern von den beiden Frauen geleistete Arbeit. »Hoffentlich habt ihr auch anständig angegossen!«

»Es sieht schon klasse aus!«, fand Lars und deutete auf eine besonders spektakuläre Kombination von pinkfarbener Päonie und dunkelvioletter Iris. »Wann kommt denn der Rest?«

»Eigentlich müsste er schon da sein ... Was machen wir mit dem Eingang zur Venusgrotte, Siggi? Müssen wir ihn nicht irgendwie abdecken?« Ursprünglich war sie davon ausgegangen, dass die Archäologen sich darum kümmern würden, den Fundort gegen Wetter und unliebsame Besucher zu sichern, aber diesbezüglich war nichts geschehen.

»Ist schon alles bestellt«, beschied Siggi sie kurz angebunden.

»Was ist bestellt?«

»Na, die Metallplatte, die Dr. Roth empfohlen hat. Bis sie kommt, sollen wir erst mal ein paar Bohlen drüberlegen, meinte Herr Pohlmann.«

»Wieso weiß ich nichts davon?« Sophie bemühte sich vergeblich, nichts von der Irritation, die sie empfand, in ihrer Stimme durchklingen zu lassen.

»Weil der Chef davon ausging, dass das nicht Ihr Problem ist. Geht ja nicht um Pflanzen«, murrte Siggi, ungeduldig über ihre Begriffsstutzigkeit.

Enttäuscht verabschiedete sich Sophie in Gedanken von dem Bild des kleinen Pavillons in Form eines römischen Tempels, den sie in Gedanken bereits über den Eingang gesetzt hatte. Vielleicht war es wirklich besser so. Ein Gebäude, und wäre es noch so klein, würde die Symmetrie der Achsen empfindlich stören. Eine schlichte Bodenplatte hingegen ließ sich unauffällig zwischen den Pflanzen verstecken.

»Ich glaube, ich höre einen Lieferwagen«, mischte sich Lars' helle Stimme ein. »Soll ich ihnen den Schleichweg zeigen? Dann müssen wir nicht alles mit der Schubkarre herschaffen.«

»Tu das, aber passt wegen der Wiese auf, sonst gibt es Ärger!«

Kaum war der Junge um die Hausecke verschwunden, fragte Sophie besorgt: »Ist alles geregelt mit ihm?«

Siggi nickte mit finsterem Gesicht. »Das will ich doch hoffen«, knurrte der alte Mann und schob kampflustig das Kinn vor. »Lohenberger und ich waren bei seiner Mutter und haben uns einen Wisch unterschreiben lassen, dass sie einverstanden ist, Lars bei mir wohnen zu lassen.«

»Hat sie von den Misshandlungen gewusst?«

Er schnaubte verächtlich. »Natürlich. Fing gleich an zu flennen und greinte, es wäre doch alles zu seinem Besten gewesen! Die steht völlig unter der Fuchtel von diesem miesen Typen.«

»Was für ein Glück für Lars, dass Dr. Roth es bemerkt hat!«

Siggi nickte zustimmend. »Ein prima Kerl – hat sogar gestern Abend noch beim Bürgermeister angerufen und sich erkundigt, ob wir den Jungen auch tatsächlich da rausgeholt haben.« Ein anerkennendes Grinsen breitete sich über sein Gesicht aus. »Das ist selten, dass sich jemand so reinhängt!«

Das sich nähernde Motorengeräusch erinnerte sie an die vor ihnen liegende Aufgabe. Natürlich hatte die Gärtnerei doch nicht alle bestellten Pflanzen liefern können, der Fahrer versprach aber, spätestens morgen nachzuliefern. Unter den kritischen Blicken von Siggi und Sophie wurden die Paletten abgeladen.

»So, wie er aussieht, hat der Liebstöckel mächtig Frost abgekriegt«, mäkelte Siggi, »und der Muskatellersalbei ist ganz schön mickrig!«

»Die Spätfröste waren dieses Jahr überall ein Problem, aber Sie können gerne versuchen, woanders schönere Jungpflanzen zu bekommen«, sagte der Mann beleidigt und knallte dem Alten die Spankiste mit unnötigem Kraftaufwand vor die Füße.

»Ich bin sicher, dass Sie uns notfalls gerne Ersatz liefern«, beschwichtigte Sophie ihn, während sie voller Vorfreude die kleinen Pflänzchen musterte und hier und da über ein Blatt strich, um den Duft zu genießen, die so unterschiedliche Textur. Die kräftig riechenden Minzeblätter glitten kühl durch ihre Finger, während die von feinen Härchen überzogenen Blätter der Salbeiarten sich rau bis wollig anfühlten.

»Na, dann kann man nur für Sie hoffen, dass sich Ihre tollen Melonen noch berappeln!« Siggi schien fest entschlossen, an der Lieferung kein gutes Haar zu finden, und Sophie war ebenso froh wie der Fahrer, als alles abgeladen und grob verteilt worden war.

»Wird das nicht ziemlich schäbig aussehen?«, fragte Lars. Im Stillen teilte Sophie den offen ausgesprochenen Zweifel, aber sie bemühte sich um einen optimistischen Gesichtsausdruck und prophezeite: »Sobald es angewachsen ist, wird es sich schneller ausbreiten, als es euch lieb ist – wartet nur ab!«

Sie begann, die einzelnen Sorten nach ihrem Plan zu verteilen, und murrend, aber zügig machten sich Siggi und Lars ans Einpflanzen.

Die Erde des Mauerbeets würde schnell von den großen, fleischigen Blättern der Melonen und Flaschenkürbisse bedeckt sein, und auch die Minzen waren für ihre Fähigkeit bekannt, große Flächen zu überwuchern. Der Weg in den Badebereich würde schon bald durch ein dunkelgrünes, würzig duftendes Pflanzenmeer führen.

Das große Beet, das sich an die Gästezimmer anschloss, wirkte dagegen tatsächlich schäbig. Der Muskatellersalbei, der im Sommer so imposante, mannshohe Blütenkerzen in die Luft reckte, war jetzt noch nicht einmal handhoch. Auch die struppigen Wermutpflänzchen, die mickrigen Rosetten der Frauenminze und die später bis zu einem halben Meter hoch wachsenden Andornstauden verschwammen beinahe mit dem Untergrund.

»Dieses Jahr ist es natürlich zu spät, aber ich dachte, dass sich Akelei dort gut machen würden. Und als Bodendecker Veilchen – die verbreiten sich wie Unkraut.«

»Wissen Sie was, Frau Doktor? Ich schlage vor, dass Sie sich das heute Nachmittag durch den Kopf gehen lassen. Lars und ich haben bei Lohenberger einen Termin mit einer Sozialarbeiterin«, sagte Siggi nicht gerade begeistert von ihren Plänen und klopfte sich die Erde von den Händen. »Morgen Vormittag sind wir dann wieder da und können hoffentlich die Rosen setzen. Da zählt jetzt jeder Tag!«

Während Lars und er noch damit beschäftigt waren, die Pflanzungen anzugießen, kam Helga Wagner neugierig dazu.

»Es erinnert mich an den botanischen Garten, sobald man dort die ganzen Tulpen herausgenommen hat«, stellte sie fest und musterte die unfertige Anlage wohlwollend. »Ich war immer wieder erstaunt, wie rasch sich die kahlen Beete wieder füllten!«

»Mit vorgezogenen Einjährigen ist das keine Kunst«, knurrte Siggi und stellte seine Gießkanne ab. »Wenn ich das auch dürfte, hätten wir hier in ein paar Wochen ein Blütenmeer!«

»Ja, aber keinen Klostergarten«, wandte die Masseurin begütigend ein. »Das Besondere ist immer ein wenig schwieriger. Ich wollte euch beide fragen, ob ihr mit mir essen wollt. Lars hat doch mal gesagt, er liebt Bratkartoffeln …«

»O Helga, du bist klasse, ich bin schon halb verhungert!« Lars beeilte sich, die letzte volle Kanne zu verteilen, und strahlte die ältere Frau an. Auch Siggi wirkte deutlich erfreut über die Einladung. »Wir müssten uns nur noch schnell waschen und umziehen«, sagte er und verschwand mit dem Jungen fast im Laufschritt um die Hausecke.

»Sie werden Siggi mit in Kauf nehmen müssen«, sagte Sophie und sah dem Paar nach. »Die beiden sind jetzt nicht mehr zu trennen.«

»Es wird auch ihm gut tun, wenn sich jemand ein bisschen um ihn kümmert! Siggi braucht eine feste Hand – genau wie Lars.«

Überrascht sah Sophie Helga Wagner an. Unter dem strengen Tonfall hatte unüberhörbar so etwas wie mütterliche Fürsorge gelegen. Schau an! Ob Siggi ahnte, was auf ihn zukam?

Schmunzelnd ging Sophie ins Haus.

Pohlmanns hatten den Chefredakteur des *Weitershofener Anzeigers* zum Essen eingeladen, berichtete Sandra, und ließen sich entschuldigen. »Onkel Hans meinte, es wäre besser, dem Reporter gleich von seinem Chef einen Maulkorb verpassen zu lassen«, erklärte sie und beobachtete wie eine ängstliche Mutter Wuschels Versuche, die Gardinen hinaufzuklettern.

»Ich habe gelesen, man soll seine Katze nicht am Klettern hindern. Hier steht es!«, wischte sie Sophies Bedenken beiseite und präsentierte ein Buch mit dem Titel *Deine Katze und du.* »Wusstest du, dass Katzen bei den alten Ägyptern heilig waren?«

Sophie nickte und fragte sich, ob sich Sandra jetzt mit der gleichen Hingabe in Katzenliteratur stürzen würde, wie sie sie vorher für ihre Horrorgeschichten aufgebracht hatte.

»Und wusstest du, dass auch die germanische Göttin Freya Katzen liebte?«

»Nein, das wusste ich nicht«, gab Sophie zu und fand es an

der Zeit, sich praktischen Fragen zuzuwenden. »Stand in den Büchern eigentlich auch etwas über Impfen, Entwurmen und solche Dinge?«

»Das machen wir gleich am Montag. Vorher ist der Tierarzt nicht aus dem Urlaub zurück.« Pohlmanns hatten offenbar daran gedacht. Beruhigt beendete Sophie die kurze Mahlzeit und beschloss, den einsamen Nachmittag zu nutzen, um in aller Ruhe das Problem anzugehen, wie sie den abgedeckten Eingang zum Venuskeller am geschicktesten integrieren konnte.

Durch die inzwischen fertigen Außenbeete war der größte Teil vorgegeben. Sie musste nur noch die Wege abstecken, die das innere Geviert umgeben und ursprünglich vierteln sollten. Die Pfähle und Messbänder hatte Siggi nach dem Gebrauch, mit einem Stück Pflanzplane abgedeckt, liegen gelassen. Entschlossen machte sich Sophie daran, die Eckpfähle einzuschlagen, als eine muntere Stimme hinter ihr fragte: »Was bekomme ich dafür, wenn ich Ihnen dabei helfe? Zu zweit geht es sicher viel besser.«

Überrascht blickte sie auf. Bert Koppermann hatte sich offenbar entschieden, die Fährte weiter zu verfolgen.

»Danke«, sagte Sophie abweisend, »ich komme hier sehr gut allein klar!«

»Das heißt wohl: ›Machen Sie sich vom Acker‹«, sagte er lachend und überhaupt nicht beleidigt. »Ich verspreche, Sie nicht auszuhorchen. Zumindest nicht über die Statue. Keine Sorge, mein Chef hat mir gerade per Handy unmissverständlich zu verstehen gegeben, ich sollte mich gefälligst für den Klostergarten interessieren – und da bin ich!«

Sophie musste lachen. »Wenn das so ist, nehme ich das Hilfsangebot gerne an. Kommen Sie her und schlagen Sie diesen Stab möglichst senkrecht in den Boden.« Auffordernd hielt sie ihm den Gummihammer hin.

Kurze Zeit später hatten sie das Schnurgerüst für den Außenweg und etwa die Hälfte der Unterteilung fertig.

Den Kopf ein wenig zur Seite gelegt, betrachtete Koppermann das Fadenlabyrinth und nickte. »Ich glaube, ich kann es sehen. Mir vorstellen, wie es aussehen soll, meine ich. Ziemlich symmetrisch, nicht?«

»Die äußere Ordnung der Dinge sollte die innere widerspiegeln.«

»Diese Venusgrotte stört die äußere Ordnung aber gewaltig«, stellte er fest. »Irgendwie direkt symbolisch, finden Sie nicht? Eine Venus mitten im Klostergarten – welch ein Witz!«

»Ja, aber ein Witz, der mir ziemliche Probleme bereitet«, seufzte Sophie, die inzwischen wieder über ihrem Plan brütete und überlegte, wie sie weiter vorgehen sollte.

»Müssen die Wege denn unbedingt immer rechtwinklig verlaufen?«, fragte Koppermann und rutschte vorsichtig auf die alte Bank neben sie. »Ach ja, ich vergaß: die Ordnung der Welt! Ist es wirklich so schlimm, wenn es nicht ganz so geordnet zugeht? Lassen Sie den Teil doch einfach, wie er ist, und pflanzen Sie lauter Grünzeug, das zu einer römischen Göttin passt: Thymian, Oregano, Pesto …«

»Pesto ist kein Gewürzkraut«, berichtigte Sophie ihn automatisch. »Pesto besteht zum größten Teil aus zerstoßenem Basilikum.«

»Da sehen Sie, wie wenig Ahnung ich von solchen Dingen habe.«

Trotzdem war seine Idee nicht schlecht: In Gedanken ließ Sophie den Beetteil um den Einstieg von Thymian, Dost und Ysop überwuchern, setzte einen weißen und einen roten Rosenstrauch daneben und stellte rechts und links Kübel voller Myrte auf. Ja, das war eine gute Idee!

Erleichtert skizzierte sie die Änderungen und schrieb in ihrer ordentlichen Schrift die gewünschten Pflanzen dazu.

Neugierig beugte Koppermann den Kopf über die Zeichnung und bemühte sich, einzelne Namen zu entziffern.

»Wird aus Wermut nicht dieser giftige Schnaps gebraut, den sie früher in Künstlerkreisen so gerne getrunken haben? Wie hieß er doch noch – ach, ja: Absinth.«

»Richtig. Aber im Mittelalter schätzte man Wermutaufguss als probates Mittel bei Kopfschmerzen, Schwindel, Fieber und vor allem bei Problemen mit dem Magen. Die Unsitte, sein ätherisches Öl in Likör zu mischen, kam erst viel später auf .«

»Und dieser Muskatellersalbei: Hat der etwas mit dem Wein zu tun? Mein Großvater wollte zu Weihnachten immer Muskateller trinken.«

»Gut geraten! Man hat ihn tatsächlich im 19. Jahrhundert gerne dazu benutzt, dieser Weinsorte hier und da ein wenig nachzuhelfen. Strabo schätzte ihn als Mittel gegen Entzündungen und Krämpfe aller Art. Wie übrigens die Frauenminze, die er auch zusammen angebaut hat.«

»Wer war Strabo?«

»Ein berühmter Abt auf der Insel Reichenau im Bodensee, der im 9. Jahrhundert eine Art Pflanzenlexikon in Gedichtform geschrieben hat.«

»Aha, und das Ganze« – der Reporter beschrieb mit einem Arm einen Kreis – »das Ganze hier sind Pflanzen, die er beschrieben hat?«

»Zum Teil. Einiges gab es zu seiner Zeit noch nicht in dieser Art. Die Pfefferminze zum Beispiel: Er schreibt zwar, dass, wer alle Minzen aufzählen könne, auch wisse, wie viel

Fische im Roten Meer schwimmen, aber erstens hat man damals alles Wohlriechende gerne als Minze bezeichnet und zweitens gibt es die Minzen, die wir heute kennen, erst seit dem 17. Jahrhundert. Das Gleiche gilt für Iris und Päonien.« Sophie wies auf die üppigen Blütenstauden, die deutlich gegen die noch schwächlichen Kräuter abstachen. »Diese Zuchtformen hätten ihn vermutlich begeistert, aber sie sind nicht älter als bestenfalls zweihundert Jahre.«

»Wow, das ist doch ganz schön alt! Hätten Sie etwas dagegen, wenn ich mir die Pflanzennamen aufschreibe und Sie dann zu einem Kaffee einlade, bei dem ich Sie weiter ausfragen kann?«

»Von mir aus.« Besonders begeistert war Sophie nicht von dem Vorschlag, aber wenn sie Pohlmanns damit helfen konnte, ihn mit Informationen über Klostergärten zu füttern, würde sie es tun.

Der Innenhof war erstaunlicherweise gerade menschenleer. Sophie sah sich um und entschied sich für den Tisch, der ein wenig von den anderen entfernt direkt vor den alten Spitzbogenfenstern stand. »Ich hole uns schnell etwas. Möchten Sie Kaffee oder lieber Tee?«

»Lieber Tee – nur keinen Pfefferminztee, bitte.«

Sophie nickte und machte sich auf den inzwischen vertrauten Weg zur Küche. Kaum hatte sie die Tür aufgezogen, brüllte eine sich vor Wut überschlagende Stimme: »Raus hier – habe ich nicht ausdrücklich gesagt, ich will nicht gestört werden?«

»Vielleicht – aber nicht mir«, sagte Sophie eher erstaunt als erschreckt und ging auf Thomas zu. »Ich dachte, du wärst einkaufen? Was ist denn los?«

Behutsam legte sie ihm eine Hand auf die Schulter und erschrak darüber, wie angespannt und hart sie sich anfühlte. Er riss sich los und fuhr herum, als hätte die leichte Berührung ihn verbrannt.

»Entschuldige, ich dachte, es wäre diese blöde Küchenhilfe!«

Sophie schaute sich um, und ihr Blick fiel auf den offen stehenden Backofen. Zuerst verstand sie nicht, dann aber bemerkte sie die schwarz aufgeblähte Haut eines großen Fisches, roch den unangenehmen, typischen Geruch von Verkohltem.

Thomas lachte auf, hart und bitter. »Schon wieder ein Testessen zum Wegwerfen! Ich könnte sie umbringen!«

»Lieber nicht«, riet Sophie trocken und fand bei allem Mitgefühl, dass er ziemlich extrem auf einen angebrannten Fisch reagierte. »Stört es dich sehr, wenn ich für diesen Reporter und mich einen Tee koche? Außerdem wollte ich dich fragen, ob noch Kuchen übrig ist.«

Augenblicklich fand sie sich im Fokus seines misstrauischen Blicks. »Seit wann kümmerst du dich um einen Reporter?«

»Seit heute Nachmittag«, erwiderte sie gut gelaunt. »Er hat sich erboten, mir zu helfen, wenn ich ihm dafür etwas über mittelalterliche Klostergärten erzähle. Das kann er haben! Aber ich hätte gerne Tee und Kuchen dazu.«

Thomas schien nicht beruhigt, im Gegenteil. Mit gerunzelten Brauen musterte er sie beinahe finster, dann sagte er kurz angebunden: »Geh ruhig. Ich bringe es euch hinaus.«

Zehn Minuten später – Sophie war gerade mitten in ihrer Erläuterung der magischen Bedeutung der Zahl Vier in der Antike und im Mittelalter – kam Thomas mit einem Tablett auf ihren Tisch zu.

»Zahlenmagie war überaus wichtig: Das Kreuz Christi ließ sich in vier Teile teilen, die vier Kardinalstugenden waren

Klugheit, Maß, Tapferkeit und Gerechtigkeit, und so war es doch irgendwie verständlich, dass sich diese Vorstellung auch in den vier mal vier Beeten eines Klostergartens spiegelte. Strabo hat sein *Hortulus* sogar in 444 Versen abgefasst«, diktierte sie gerade dem eifrig mitschreibenden Koppermann. »Ziemlich extrem, wenn man –«

»Hallo, ich bin Thomas Greuter, der Freund von Sophie«, fiel Thomas ihr ins Wort, nickte Koppermann zu und setzte sich so nahe neben sie, dass sie sich zusammennehmen musste, um nicht automatisch ein Stück von ihm abzurücken. Es war offensichtlich, was er dem anderen Mann signalisieren wollte. Sophie bemühte sich, ihre Irritation zu überspielen. Was fiel Thomas ein, derart ungeniert seinen Besitzanspruch öffentlich zu machen?

Wie ein Hund, der einen Knochen bewacht! Fehlt nur noch, dass er ihn anknurrt, dachte sie ärgerlich.

Koppermann ignorierte jedoch die latente Feindseligkeit völlig. »Super, Schwarzwälder Kirsch!«

Begeistert griff er zu, ohne auch nur zu bemerken, dass Thomas demonstrativ den Arm um Sophies Schultern gelegt hatte.

Dafür war es Sophie umso bewusster, und sie begann sich zunehmend unbehaglicher zu fühlen. So unauffällig wie möglich versuchte sie den Arm abzuschütteln, aber er blieb wie ein Bleigewicht auf ihren Schultern liegen.

»Würde es Ihnen etwas ausmachen, wenn ich Sie auf Band aufnehme?«, fragte der junge Reporter kauend. »Es ist einfacher, als wenn ich alles mitschreiben muss.«

»Natürlich nicht«, gab sie lächelnd zurück, worauf er einen I-Pod einschaltete, ihn neben sich legte und hingerissen sein drittes Stück Torte in sich hineinschaufelte.

»Reden Sie einfach«, wies er Sophie mit vollem Mund an und fuchtelte mit seiner Kuchengabel in Richtung Aufnahmegerät. »Wenn ich Fragen habe, unterbreche ich Sie schon!«

Sophie bemühte sich, so zu tun, als sei es das Selbstverständlichste von der Welt, dass sie über die Grundzüge der Klostermedizin referierte, während Thomas ihre Hand gepackt hielt, als könne sie ohne Vorwarnung plötzlich davonfliegen, und ihr Gegenüber sich anscheinend völlig auf die größtmögliche Aufnahme von Kalorien konzentrierte.

Sie war so erleichtert, Sandra mit Wuschel im Arm zu sehen, dass sie am liebsten von ihrem Stuhl aufgesprungen wäre.

»Sandra, möchtest du dich zu uns setzen? Wir haben noch Torte übrig.«

Koppermanns Augen begannen zu glänzen, während er hastig den letzten Bissen herunterschluckte, sich höflich erhob und Sandra die Hand schüttelte. »Das ist also die kleine Katze«, stellte er überflüssigerweise fest und versuchte ungeschickt, Wuschel zu streicheln. Der quittierte das mit einem erbosten Fauchen und schlug mit seiner Vorderpfote nach der aufdringlichen Hand. »Aua!« Unangenehm überrascht zog der junge Mann die Hand zurück und musterte das Tier argwöhnisch. »Ist die immer so unfreundlich?«

»Nur wenn er findet, dass man aufdringlich ist«, sagte Sandra grinsend und legte sich das Tierchen über die Schulter, von wo aus es hochmütig in die andere Richtung starrte. Nur die zuckende Schwanzspitze und die nach hinten gerichteten Ohren verrieten, dass es sehr wohl darauf achtete, was sich hinter ihm abspielte.

»Sie sind also dieser Reporter …« Mit schräg gelegtem Kopf musterte sie ihn ein wenig abschätzig.

»Enttäuscht?« Er schien Humor zu haben.

»Ein bisschen«, gab Sandra ehrlich zu. »Sie sehen eher aus wie der neue Verkäufer bei Foto-Mayer. Sind Sie wirklich Reporter?«

»Ja, und zwar ein guter«, gab er selbstbewusst zurück. »Du wirst sehen: In ein paar Jahren bin ich ganz oben!«

»Fürs Erste sammelt er Material für einen Artikel über Klostergärten«, sagte Sophie ein wenig boshaft. »Aber das ist natürlich nur der Anfang.«

»Schon gut.« Koppermann grinste gutmütig. »Machen Sie sich nur über mich lustig. Aber denken Sie daran: Jeder hat klein angefangen!«

Sophie half Thomas, die Gedecke in die Küche zu tragen. Kaum hatte er das Geschirr abgestellt, als er auch schon nach ihr griff und sie in eine harte Umarmung zog. »Dieser Typ war den ganzen Nachmittag mit dir zusammen?«

»Er hat mir mit dem Schnurgerüst geholfen«, sagte Sophie, eine Spur gereizt. »Hast du etwas gegen ihn?«

»Er ist ziemlich aufdringlich.«

»Das sind Reporter immer«, verteidigte Sophie den Mann. »Er ist eigentlich ganz nett. Ohne ihn wäre ich jedenfalls immer noch draußen.« Leise stöhnend streckte sie den Rücken und lockerte ihre Schultern. »Bin ich kaputt!«

»Wenn ich heute Abend zu dir komme, werde ich dich massieren«, versprach er. »Es kann aber spät werden. Heute haben sich zwei Gesellschaften angemeldet.«

»Nein, besser nicht. Ich wäre heute lieber mal wieder allein!«

»Was ist los?«

»Ich fühle mich nicht gut, und dann bin ich lieber für mich. Nichts weiter.«

Er zog finster die Brauen zusammen. »Ich versteh nicht, wieso du mich nicht bei dir haben willst.«

»Ich habe meine Tage, ich habe Rückenschmerzen und ich fühle mich wie erschlagen. Reicht das als Erklärung?«, blaffte Sophie. Im gleichen Moment tat es ihr schon Leid, dass sie ihn so angefahren hatte, aber er überraschte sie, indem er verständnisvoll nickte und sagte: »Das erklärt alles. Deshalb warst du eben auch so komisch.«

Sie fand nicht, dass sie sich irgendwie auffällig benommen hatte, aber wenn er mit dieser Erklärung zufrieden war, sollte es ihr recht sein. Sie hatte im Augenblick absolut keine Lust auf Grundsatzdiskussionen. Erleichtert küsste sie ihn flüchtig auf die Wange und flüsterte: »Wir sehen uns dann morgen, okay?«

Erst unter der heißen Dusche merkte sie, wie verspannt und erschöpft sie war. Die ungewohnte körperliche Anstrengung forderte ihren Tribut. Vielleicht sollte sie vor dem Essen noch schnell ein paar Runden schwimmen? Bei ihrem Ausflug nach Weitershofen mit Tom hatte sie sich auch einen Badeanzug besorgt. Sie musste sich also nicht noch einmal in ihren alten, beschädigten zwängen …

Sophie zögerte nur kurz, dann warf sie sich den flauschigen Bademantel über, schlüpfte in ihre bequemen, ausgelatschten Birkenstocks und machte sich auf den Weg.

Aus der zurückhaltend beleuchteten Badehalle drang leise Entspannungsmusik, und ein undefinierbarer Blütenduft lag in der Luft. Er erinnerte Sophie vage an Jasmin, vermischt mit etwas Fruchtigem, vielleicht Ananas, und einem Hauch von dem pudrig-süßen Aroma der Sterngladiolen.

Auf den ersten Blick schien die Halle menschenleer, aber dann entdeckte Sophie auf der hintersten Liege eine Gestalt in einem nüchternen, dunkelblauen Bademantel: Frau Oberstudienrätin von Hertenstein nickte ihr leutselig zu.

Sophie grüßte stumm zurück, legte ihre Sachen am Schwimmbeckenrand ab und glitt rasch ins Wasser.

Anfangs noch ein wenig steif und unkoordiniert, dann immer zügiger begann sie ihre Bahnen zu ziehen. Sie spürte, wie ihre verkrampften Muskeln sich lockerten, ihr ganzer Körper harmonisch arbeitete, um sie immer schneller durch das türkisblaue Wasser zu befördern. Die ersten Ermüdungserscheinungen ignorierte sie. Zu sehr genoss sie die Schwerelosigkeit, mit der ihr Körper sich bewegte. Erst als sie schwer zu atmen begann, verlangsamte sie das Tempo.

»Sie sind gut in Form«, kommentierte die alte Lehrerin trocken. »Trainieren Sie häufiger?«

»Leider komme ich nicht dazu.« Sophie schwang sich auf den Beckenrand und strich sich das Wasser aus den Haaren.

»Kommen Sie, setzen Sie sich neben mich.« Eine knochige Hand klopfte auf die Lehne des benachbarten Liegestuhls. »Es trifft sich gut, dass wir hier allein sind, denn ich habe etwas mit Ihnen zu besprechen.«

Neugierig holte Sophie ihren Bademantel und nahm wie angewiesen Platz.

»Wie soll ich anfangen?« Frau von Hertenstein runzelte die Stirn und trommelte nervös mit den Fingern. »Es geht um diesen Jungen«, begann sie schließlich. »Den Schützling vom alten Gärtner.«

»Sie meinen Lars?«

»Ja, genau. Der gute Nägele hat mir die ganze Geschichte erzählt, sie ist ihm ziemlich nahe gegangen. Wirklich«, beharrte sie, sowie sie Sophies skeptischen Gesichtsausdruck bemerkte. »Sie müssen wissen: Nägele und ich kennen uns, auch wenn wir uns zwischenzeitlich aus den Augen verloren haben, seit fast fünfzig Jahren. Also glauben Sie mir ruhig, wenn ich sage, er ist nicht so schlimm, wie er aussieht!«

Sophie murmelte höflich: »Hmm«, und die wachen Augen zwinkerten verständnisvoll.

»Ich gebe zu, er neigt ein wenig zu stereotypem Denken, aber sobald man ihn aus seinem Kokon aus Vorurteilen geschält hat, ist er ein ausgesprochen gutartiger Mensch.«

Sophie wartete gespannt.

»Das Schicksal des Jungen macht ihm ordentlich zu schaffen. Er ist ehrlich bemüht, ihm zu helfen, und ich habe ihm versprochen, ihn dabei zu unterstützen.«

»Dann wäre es doch besser, Sie würden mit Siggi sprechen. Er ist jetzt sozusagen sein Vormund«, wandte Sophie unbehaglich ein.

»Ich wollte aber zuerst Ihre Meinung hören«, erwiderte die alte Dame ungerührt. »Kollege Nägele hält ihn für ausgesprochen intelligent und sagte, er sei ein glänzender Schüler gewesen, bis diese Geschichte mit seinem Vater passierte. Würden Sie dieser Einschätzung seiner intellektuellen Fähigkeiten zustimmen?«

»Ja, Lars scheint ausgesprochen aufgeweckt zu sein«, bestätigte Sophie langsam. »Aber Frau Wagner kann das sicher noch besser beurteilen.«

»Das glaube ich nicht – so vernarrt, wie sie in den Jungen ist. Die gute Helga war schon immer schrecklich sentimental«, befand ihre alte Lehrerin, schüttelte leicht den Kopf und fuhr fort, als habe es diesen Exkurs nicht gegeben: »Ich habe noch recht gute Verbindungen zu einem Internat hier in der Nähe und könnte es sicher einrichten, dass der Junge ein Sozialstipendium bekommt. Damit könnte er Abitur machen und eventuell studieren. Allerdings müsste er höchstwahrscheinlich einigen Stoff nachholen, und es hätte nur Sinn, wenn er wirklich motiviert ist. Würde der alte Mann als sein Vormund das wohl unterstützen?«

»Siggi würde alles, was für Lars gut ist, unterstützen«, sagte Sophie voller ehrlicher Überzeugung.

»Sehen Sie: Das wollte ich doch lieber vorher klarstellen! Es hätte ja sein können, dass er den Jungen unbedingt bei sich behalten will, und dann hätte es gar keinen Sinn gehabt, ihm den Vorschlag zu unterbreiten.«

»So ist Siggi nicht«, verteidigte Sophie ihn vehement. »Natürlich wird es ihm nicht leicht fallen, aber ich bin sicher, er wird Lars sogar drängen, die Chance wahrzunehmen!«

Die alte Lehrerin lächelte zufrieden und lehnte sich zurück.

»Dann werde ich morgen mit den beiden sprechen und alles in die Wege leiten.«

Ein Lufthauch streifte Sophies nackte Unterschenkel, und als sie sich umsah, weil sie wissen wollte, wer die Schwimmhalle betreten hatte, entdeckte sie zu ihrer Verblüffung eine würdevolle Gestalt, die entfernt an einen Mönch in seiner Kutte erinnerte.

»Guten Abend, die Damen«, grüßte Herr Nägele, trat näher und verbeugte sich altmodisch elegant. »Meine liebe Hedwig …« Er griff nach einer knochigen Hand und küsste sie so andächtig, dass Sophie sich taktvoll abwandte und schleunigst den Rückzug antrat. Kein Wunder, dass Nägele seine freundliche Seite entdeckt, dachte sie amüsiert. Der alte Knabe wandelt ja plötzlich auf ungewohnten Pfaden!

Kapitel 11

Als sie am Samstagmorgen die inzwischen klarer erkennbare Anlage betrat, fand sie dort Siggi vor, der in einen lebhaften Disput mit dem Fahrer des Rosenzüchters verwickelt war.

»Was ist das denn für eine Art von Auszeichnung?«, monierte der Alte. »R. conditorium – hat diese komische Pflanze keinen normalen Namen, den man auf das Etikett schreiben kann?«

»Woher soll ich das wissen?«, gab der Mann muffig zurück. »Ich fahre sie nur. Wo ist denn die Frau, die sie bestellt hat?«

»Keine Ahnung. Lars, schaust du mal nach, wo die Frau Doktor bleibt?«

»Hier ist sie schon.« Sophie nickte den dreien zu. »Guten Morgen allerseits. Haben Sie den Lieferschein da?«

Der Fahrer nickte erleichtert und reichte ihr das Blatt Papier.

»Prima, es sind tatsächlich alle dabei«, stellte Sophie fest und sah zufrieden auf die Reihe schwarzer Plastiktöpfe mit den Sträuchern, die bereits dicke Knospen trugen.

Sie machten einen kräftigen Eindruck. Bei richtiger Pflege würden sie sicher bis zum Herbst gut eingewurzelt sein und danach nicht mehr viel Aufmerksamkeit verlangen.

»Steht das große R für ›Rose‹«? Lars studierte die Namensschildchen so sorgfältig, als handelte es sich um chemische Formeln.

»Ganz recht. Der Zusatz ist bei diesen alten Sorten sozusagen ihr Name.« Ohne Siggi direkt anzusehen, fügte Sophie hinzu: »Conditorium bedeutet, dass die Blütenblätter von den Zuckerbäckern verwendet wurden. Deshalb wird sie manchmal auch Zuckerbäckerrose genannt.«

»Echt? Was haben die denn damit gemacht?«

»Die Blütenblätter wurden in einer speziellen Zuckerlösung kandiert. Das war eine ganz besondere Delikatesse: kandierte Rosenblätter.«

»Und was bedeutet suaveolens?«

»Süß duftend.«

»Und semiplena?«

»Halb gefüllt.«

»Das reicht, mein Junge. Du wirst bald mehr als genug Latein hören. Jetzt sollten wir sehen, dass wir die Rosen möglichst vor dem Mittag in der Erde haben«, bremste Siggi ihn in erstaunlich sanftem Tonfall.

»Du wirst Latein lernen, Lars?«, fragte Sophie.

»Ja!« Das freudige Strahlen, das sich auf seinem sommersprossigen Gesicht ausbreitete, zeigte deutliche Parallelen zu Siggis zufriedenem Grinsen.

»Toll, nicht?« Der Alte lächelte über das ganze Gesicht. »Gestern Abend tauchte plötzlich Helga mit ihrer alten Lehrerin im Schlepptau auf. Taten mächtig geheimnisvoll, und als sie endlich mit der Sache herausrückten, wollten wir es gar nicht glauben!«

»Stellen Sie sich vor: Ich bekomme ein Stipendium in einem Internat«, berichtete Lars so andächtig, als hätte er immer noch Schwierigkeiten, es als Realität zu akzeptieren.

»Ich gratuliere dir, das ist wirklich toll! Wirst du dort wohnen?«

»Die Woche über.« Ein leichter Schatten glitt über sein

Gesicht. »Aber an den Wochenenden kann ich immer herkommen, oder Siggi und Helga besuchen mich dort.« Träumerisch strich er sich eine Haarsträhne aus dem Gesicht. »Vielleicht kann ich doch einmal Arzt werden. Das habe ich mir immer so gewünscht!«

»Natürlich wirst du das!« Siggi schien nicht die geringsten Zweifel an Lars' Eignung zu haben. »Du bist verdammt zäh – und intelligent genug auf jeden Fall.«

Damit war das Thema für ihn erledigt.

Der Rest des Vormittags verging im Nu. Sie arbeiteten zügig, und recht schnell spielte sich eine gewisse Arbeitsteilung ein: Sophie verteilte die Töpfe, Lars hob die Pflanzlöcher aus und Siggi setzte die Rosensträucher hinein, trat sie fest und goss sie an.

»So, das sieht doch jetzt richtig gut aus!« Stolz betrachtete Sophie ihr Werk.

»Ein bisschen kahl«, befand Lars. »Wächst das noch zu?«

»Du wirst dich wundern wie schnell!«, prophezeite Siggi und griff nach seiner Rosenschere. »Pass auf … Der muss weg, und der, und der …« Mit schlafwandlerischer Sicherheit stutzte er die hoch aufgeschossenen Einzeltriebe.

Als sich Siggi dabei automatisch die Hände an seiner Hose abwischte, fiel Sophie auf, dass es nicht mehr die gewohnte schäbige Cordhose war, sondern eine nagelneue in Olivgrün.

Es geschahen noch Zeichen und Wunder! Sophie lächelte in sich hinein, während sie überlegte, ob wohl Helga Wagner für diese Veränderung verantwortlich war.

»Jetzt setzen wir noch schnell die Bretter bei den Innenbeeten und dann machen wir für heute Schluss. Klappt es mit der Lieferung am Montag?«, fragte Siggi.

»Sie wurde fest zugesagt«, beruhigte Sophie ihn. Gleich nachdem sie Siggis Vorschläge für die Kräuterbeete übernommen hatte, hatte sie auch die entsprechenden Kräuter bestellt.

»Na gut, dann könnten wir Dienstag die Wege einstreuen«, überlegte Siggi laut. »Was ist mit den Schildern, die Sie verteilen wollten, Frau Doktor? Mit den Pflanzennamen und den Wirkungen und so was …«

»Das hatte ich mir für heute Nachmittag oder morgen vorgenommen.«

»Schade, dass Dr. Roth nicht mehr da ist!«, bedauerte Lars. »Herr Bäumle hat mir erzählt, seiner Familie gehört so eine Art Pflanzenfabrik, in der sie besondere Medikamente herstellen. Das hier hätte ihn sicher interessiert.«

»Wenn das stimmt, ist solch eine mittelmäßige Ansammlung für ihn sicher nichts Besonderes«, sagte Sophie ruhig, wunderte sich jedoch insgeheim darüber, warum sich ihr Pulsschlag derart beschleunigt hatte, als sein Name fiel. Konnte es wirklich sein, dass sie die Wortwechsel und Kabbeleien mit ihm vermisste?

»Das würde er aber nie sagen, dafür ist er viel zu nett«, verteidigte Lars ihn voller Überzeugung.

»Na ja …«

»Sie mögen ihn nicht. Was haben Sie eigentlich gegen ihn?« Lars' neugierige Augen suchten in ihrem Gesicht nach einer Erklärung. Zu ihrem Unbehagen fühlte Sophie nicht nur ein braunes, sondern auch ein wasserblaues Augenpaar auf sich geheftet. Siggi wartete ebenfalls gespannt auf eine Antwort.

»Er ist ein arroganter Schnösel«, sagte sie schließlich. »Und außerdem kann man nicht immer begründen, was man gegen einen Menschen hat. So etwas nennt man persönliche Chemie.«

Siggi machte: »Phh«, schwieg aber ansonsten dazu. Lars dagegen blieb hartnäckig.

»Ist es, weil Sie da unten diesen … Ringkampf mit ihm gehabt haben?«

Sophie schnappte schockiert nach Luft. »Natürlich nicht«, protestierte sie spontan. »Nein, er –« Weiter kam sie nicht, weil Frau Pohlmann an der Hausecke erschienen war. Sie gestikulierte und rief: »Frau Dr. Lichtenberger, Telefon für Sie!«

»Wer ist es denn?«

»Dr. Roth. Er sagte, es wäre dringend. In der Rezeption …«

Wenn man vom Teufel spricht! Sophie schoss an ihr vorbei ins Haus. An der Rezeption griff sie atemlos nach dem Hörer. »Lichtenberger.«

»Hallo, Penthesilea, schön, Ihre Stimme zu hören! Sie klingen etwas erschöpft.«

»Kümmern Sie sich nicht darum!«, befahl Sophie ungeduldig. »Was ist bei den Untersuchungen herausgekommen?«

Der leichte Ton in seiner Stimme war wie weggeblasen, als er ihr antwortete. »Sie hatten Recht. Außerdem sind einige Ergebnisse … nun, sagen wie einmal ›interpretationsbedürftig‹.«

»Inwiefern?«

»Das kann ich am Telefon schlecht erklären. Hören Sie, könnten Sie nicht herkommen und sich die Sache selber ansehen?«

Hin und her gerissen zwischen ihren widerstreitenden Gefühlen schwieg Sophie. Lars' Schicksal, ihr Verhältnis mit Tom und die Konzentration auf ihre eigentliche Aufgabe, den Klostergarten, hatten den Tod der Katze in den Hintergrund treten lassen. Doch plötzlich war das Bild vor ihrem inneren Auge wieder da.

Wer war dazu fähig gewesen? Max Roth hatte Recht. Sie musste es einfach wissen, und wenn die Bedingung lautete, dafür nach Freiburg fahren und Max Roth wiedersehen zu müssen, dann würde sie das auch tun. Übermorgen war Montag, Toms freier Tag. Vielleicht konnte sie ihre Zurückweisung dann wieder gutmachen. Sie konnten zusammen zu Max fahren und den Rest des Tages wie normale Ausflügler durch die Stadt bummeln.

»In Ordnung, wir kommen.«

Eine winzige Pause entstand, bevor Max vorsichtig fragte: »*Wir?*«

»Tom hat Montag seinen freien Tag«, erklärte sie.

»Ich bin mir nicht sicher, ob das gut wäre …«

»Entweder kommen wir beide oder gar keiner«, fauchte sie, im Nachhinein selber überrascht von ihrer heftigen Reaktion.

»Na gut.« Max gab klein bei. »Kennen Sie sich in Freiburg aus?«

»Nein.«

»Ich schicke Ihnen einen Plan auf den Hotelserver. Wäre elf Uhr zu früh?« Bildete sie es sich nur ein, oder klang Max Roth tatsächlich ein wenig sarkastisch?

»Elf passt uns ausgezeichnet.«

»Gut, dann bis Montag.« Und schon hatte er aufgelegt.

Sophie runzelte die Stirn. Irgendwie hatte ein seltsamer Unterton bei ihm mitgeschwungen.

Den Nachmittag verbrachte sie mit dem Anfertigen der »Kräuterzettel«, wie Sandra sie nannte. Das Mädchen hatte sich bereit erklärt, Sophie in Pohlmanns Privatbüro beim Laminieren zu helfen, aber dann erforderte es doch ihre gesamte

Aufmerksamkeit, Wuschel davon abzuhalten, mithilfe seiner winzigen spitzen Krallen an allen einigermaßen geeigneten vertikalen Flächen hochzuklettern.

»›Stachys officinalis‹ – das klingt lustig!«, stellte sie nach einem Blick auf das ihr am nächsten liegende Blatt fest. »Heilziest«, las sie laut, »oder Betonie, wurde zur Wundbehandlung eingesetzt … Was bedeutet das?«

»Offene Wunden waren früher immer eine sehr gefährliche Verletzung. Pflanzen, von denen man glaubte, dass sie die Wundheilung unterstützen, waren daher überaus wichtig. Die meisten von ihnen besitzen tatsächlich leicht desinfizierende oder adstringierende Inhaltsstoffe.«

»Und warum hat sie so einen komischen Namen? Officinalis – das klingt ja fast wie ›offiziell‹!«

»Der Zusatz ›officinalis‹ bedeutet nur, dass die Pflanze medizinisch genutzt wurde«, erklärte Sophie. »Du wirst sehen, den haben wir hier häufig!«

Nach einiger Zeit ermüdete die kleine Katze, rollte sich zu einem Fellball zusammen und gab unerwartet geräuschvoll Laute zwischen Schnurren und Schnarchen von sich, die Sandra kichern ließen.

Aber sie übernahm das Laminieren, und so konnte Sophie zwei Stunden später stöhnen: »Endlich fertig! Meine Güte, bin ich steif!«

»Frag doch Frau Wagner, ob sie dir eine Massage gibt«, schlug Sandra vor. »Ich habe sie vorhin sagen hören, heute hätte sie nicht viele Termine.«

Tatsächlich war der Badebereich wie ausgestorben, als Sophie kurze Zeit später in Badeanzug und Bademantel leise die Tür aufstieß und »Frau Wagner?« rief.

»Komme sofort«, tönte es aus dem Gang und dann tauchte

ihre stämmige Gestalt in dem hellblauen Kittel auch schon auf.

»Ich glaube, ich weiß, was Sie brauchen!«, stellte sie nach einem kurzen Blick auf Sophies Körperhaltung fest. »Zuerst in die Dampfkabine und dann eine schöne Massage. Was halten Sie davon?«

»Klingt himmlisch«, erwiderte Sophie sehnsüchtig und ließ sich von der energischen Frau durch eine Milchglastür schieben. Doch in dem Moment, als sich die Tür wieder schloss, wäre sie am liebsten sofort umgekehrt: Dichte Dampfschwaden hüllten sie ein, schienen bei jedem Atemzug bis in ihr Innerstes vordringen, sie ersticken zu wollen.

Immer mit der Ruhe, ermahnte sie sich und legte das Handtuch, das Helga Wagner ihr in die Hand gedrückt hatte, auf eine der Holzbänke. Sobald sie sich gesetzt hatte, wurde es besser. Schon bald empfand sie die feuchte Wärme, die alle Schweißporen öffnete und ihren Körper durchdrang, als so angenehm entspannend, dass sie fast enttäuscht war, als die Masseurin eine Weile später die Tür aufstieß.

»Es ist nicht gut für den Kreislauf, wenn man es übertreibt«, sagte sie, und Sophie folgte ihr bedauernd in den nach der Hitze der Dampfkabine geradezu kühl erscheinenden Massageraum.

Dort wies Helga Wagner einladend auf die mit einem flauschigen, blütenweißen Frotteetuch bedeckte Liege. »Es ist besser, wenn sie den Badeanzug ausziehen. Wegen des Öls, wissen Sie.«

Tatsächlich sparte sie nicht damit. Überrascht registrierte Sophie das angenehme Gefühl des warmen Strahls auf ihrem Rücken. Helga Wagners erfahrene Hände verteilten es geschickt und begannen dann, die Nackenpartie zu kneten.

Sophie lockerte bewusst die Muskeln, die sich bei der festen Berührung unwillkürlich anspannten, und überließ sich dann dem Rhythmus.

»Sie sind ja völlig verspannt«, stellte Helga Wagner fest und fuhr mit den Handflächen über Sophies Schultern.

»Ich hab doch nur die Rosen gesetzt«, murmelte Sophie.

»Hat Siggi Sie etwa graben lassen?« Die Masseurin klang so aufgebracht, dass Sophie unterdrückt kicherte.

»Nein, nein, das hat er selber getan«, beeilte sie sich, die entrüstete Frau zu beruhigen. »Ich habe nur die Töpfe verteilt und beim Gießen geholfen. Überanstrengt habe ich mich dabei sicher nicht.«

Kurzes Schweigen, dann sagte die Ältere in betont neutralem Tonfall: »Solche Verspannungen kommen manchmal auch von innen.«

Ohne eine weitere Bemerkung massierte sie kräftig weiter. Sophie atmete einmal tief durch. Wie angenehm, hier zu liegen und sich ganz den wohltuenden Handgriffen von Frau Wagner überlassen zu können!

Sie schloss die Augen, und ihre Gedanken begannen zu wandern. Sie überlegte, ob Frau Wagner mit ihren Worten wohl auf Sophies Affäre mit Thomas Greuter hatte anspielen wollen. So wie Thomas sich benahm, war ihr Verhältnis inzwischen sicher bekannt. Wieso war ihr dieser Gedanke unangenehm? Warum reagierte sie gereizt, sobald er anderen demonstrierte, dass sie zusammengehörten?

Und wieso war fast Panik in ihr aufgestiegen, als er von einer gemeinsamen Wohnung gesprochen hatte?, dachte sie plötzlich. Je sicherer er über eine gemeinsame Zukunft fantasierte, desto mehr beschlich sie das Gefühl, einen Fehler gemacht zu haben.

War sie vielleicht überhaupt nicht mehr fähig, solche Nähe zu ertragen? Wie ein Einsiedler, der nach Jahren der Einsamkeit menschliche Gesellschaft nur noch als lästig empfindet?

Lag es an Thomas – oder lag es etwa an ihr, dass sie sich in seiner Nähe zunehmend unwohl fühlte?

»Zwischen meiner zweiten und dritten Therapie hatte ich einen Freund«, sagte Helga Wagner plötzlich halblaut, ohne die Massage zu unterbrechen. »Ich fühlte mich so entsetzlich einsam. Die Scheidung war rechtskräftig, meinen Sohn durfte ich nicht sehen. Da kam dieser Mann wie ein rettender Engel, ließ mich bei sich einziehen und kümmerte sich um mich. Um alles.«

Sie schwieg und ihre Hände glitten mit kräftigem Druck über Sophies Rücken, strichen die Verspannungen aus den Muskeln.

»Sie haben sich wieder getrennt?«

Sophie fühlte, wie die Hände für einen Moment fester zupackten. »Ich hielt es irgendwann nicht mehr aus.« Helga Wagners Altstimme klang emotionslos. »Ich durfte keinen Schritt mehr ohne ihn aus dem Haus gehen. Als er anfing, mich einzuschließen, sobald er das Haus verließ, bin ich gegangen.«

»Wie denn? Haben Sie die Polizei gerufen?«

»Natürlich nicht. Ich bin die Feuerleiter hinuntergeklettert. Dabei konnte ich leider nur ein paar von meinen Sachen mitnehmen. Es war mir eine Lehre.«

Beide schwiegen, während Sophie versuchte, das Gehörte einzuordnen.

Die sonst so zurückhaltende Frau Wagner hatte ihr das sicher nicht aus einem plötzlichen Mitteilungsbedürfnis heraus erzählt. Was aber hatte die Frau dann dazu bewogen, ihr diesen sicherlich schmerzenden Einblick in ihre traurige Vergangenheit zu geben?

Waren ihr etwa Thomas' immer deutlicher zutage tretenden Besitzansprüche Sophie gegenüber schon aufgefallen?

»Morgen gehe ich mit Siggi und Lars auf den Weitershofener Frühlingsmarkt.« Der unerwartete Themenwechsel überraschte Sophie so, dass sie erst einmal nur mit einem automatischen »Wie schön!« reagierte.

»Ja, Siggi meinte, Lars würde mich gerne dabeihaben!« Die Freude in ihrer Stimme war nicht zu überhören. »Der Junge ist schon ganz kribbelig wegen dieser neuen Schule. Es ist zwar ein Internat, aber eine einmalige Chance für ihn.«

»Ja, er hat auch mit mir darüber gesprochen«, sagte Sophie und fügte hinzu: »Ich hätte übrigens Nägele gar nicht zugetraut, dass er sich solche Gedanken um Lars' Zukunft macht!«

»Ich glaube, es hing stark damit zusammen, dass er einen guten Eindruck auf Frau von Hertenstein machen wollte«, sagte Helga Wagner mit einem sarkastischen Unterton. »Aber letzten Endes ist es ja das Ergebnis, das zählt.«

»Er wird Ihnen beiden fehlen, nicht wahr?«, fragte Sophie.

»Und wie!« Helga Wagner lachte auf. »Gestern hat er gesagt, wenn er sich Eltern aussuchen dürfte, würde er Siggi und mich wählen. Verrückt, nicht?«

»Ich finde, er hat vollkommen Recht.« Sophie drehte den Kopf und versuchte, die Masseurin anzusehen. »Wie haben Sie es übrigens geschafft, Siggi seine uralten Cordhosen auszureden?«

Helga Wagner schmunzelte. »Es ist Ihnen also aufgefallen! Ich habe ihm gesagt, Lars müsste sich für ihn genieren, wenn er in einem solchen Aufzug herumläuft.«

Beide Frauen wechselten einen verständnisvollen Blick. Dann reichte die Masseurin Sophie ihren Bademantel und sagte: »Am besten legen Sie sich jetzt noch für eine Weile hin. Nach Dampfbad und Massage braucht der Körper eine Erholungspause.«

Sophie dankte ihr und beschloss, sich auf dem Rückweg zu ihrem Zimmer ein wenig Obst mitzunehmen. Sie verspürte nicht die geringste Lust darauf, sich in den bereits gut gefüllten Speisesaal zu setzen.

Es musste mitten in der Nacht sein, als sie spürte, wie ein fester Körper sich an sie schmiegte, sie in die Kissen drückte, und ihr undeutlich bewusst wurde, dass es kein Traum, sondern Wirklichkeit war.

Noch halb im Schlaf versuchte sie instinktiv, ihn von sich zu schieben und sich auf die andere Seite zu rollen.

»Halt still«, wisperte eine Stimme an ihrem Ohr. Im nächsten Moment spürte sie, wie er sich zwischen ihre Schenkel schob und in sie eindrang. Fast unmittelbar darauf begann er zu stoßen, ohne auf ihre protestierenden Laute zu achten. Es war vorbei, ehe sie richtig wach geworden war.

»Schlaf einfach weiter«, flüsterte die Stimme, und keine Minute später verrieten die regelmäßigen Atemzüge, dass er tief und fest schlief.

Sophie hingegen war hellwach.

Reglos lag sie da und fühlte sich benutzt, während sie spürte, wie sein Samen aus ihr heraussickerte und eine langsam erkaltende Spur über ihren Oberschenkel zog.

Was störte sie mehr? Die Selbstverständlichkeit, mit der er einfach in ihrem Zimmer ein- und ausging, oder dass er über ihren Körper verfügte, als gehöre er ihm?

Sie fühlte sich vereinnahmt, in Besitz genommen, und dieses Gefühl behagte ihr ganz und gar nicht.

Erst in der Morgendämmerung fiel sie in einen unruhigen, wenig erholsamen Schlaf und schrak hoch, als Frau Pohlmann an ihre Tür klopfte und sich besorgt erkundigte: »Ist alles in Ordnung bei Ihnen?«

»Ja, ja«, rief sie hastig und sprang aus dem Bett. Flüchtig registrierte sie, das Thomas wohl schon gegangen war. »Ich habe nur verschlafen.«

Kein Wunder, dass Frau Pohlmann sich Sorgen gemacht hatte: Der Wecker auf ihrem Nachttisch zeigte auf kurz vor halb elf!

Ärgerlich über sich selbst, stellte sie beim Anziehen einen neuen Rekord auf und betrat bereits zehn Minuten später das Frühstückszimmer.

Frau Pohlmann schien auf sie gewartet zu haben. Adrett wie immer saß sie auf ihrem gewohnten Platz und goss Sophie zuvorkommend eine Tasse Kaffee ein. »Ein Brioche?« Auf dem halb abgeräumten Tisch standen nur noch eine Schale Gebäck und mehrere Schälchen mit Marmelade.

»Ich wollte die Brötchen nicht stehen lassen. Sie werden so schnell hart«, entschuldigte sich Lieselotte Pohlmann. »Aber wenn Sie möchten, hole ich schnell welche …«

»Nein, bloß nicht«, wehrte Sophie entsetzt ab. »Bitte, machen Sie sich wegen mir keine Umstände.«

»Aber es sind wirklich keine Umstände!« Dann strahlte sie Sophie an und wechselte das Thema. »Herr Greuter hat uns schon von der Verlobung erzählt. Ich freue mich ja so für Sie!«

Sophie verschluckte sich an ihrem Kaffee, und noch während sie hustete, spürte sie, wie Verärgerung in ihr hochstieg.

Was fiel Thomas ein, derart über ihren Kopf hinweg über sie zu bestimmen!

Ehe sie seine Voreiligkeit dementieren konnte, sprach Frau Pohlmann schon weiter.

»Wissen Sie, es ist überhaupt seltsam«, fuhr sie fort. »Es scheint tatsächlich so, als hätten auch Siggi und Helga plötzlich Gefallen aneinander gefunden. Herr Nägele bringt ständig Blumensträuße für diese alte Lehrerin an, Thomas und Sie sind ein Paar – und ... Nun ja, bei uns gibt es auch eine Veränderung. Hans-Dieter ist nämlich plötzlich wieder so aufmerksam wie früher.« Heftig errötend fügte sie hinzu: »Und wissen Sie was? Ich habe seitdem das Gefühl, als würde ich mich noch einmal neu in ihn verlieben. Verrückt, nicht?«

»Das ist sicher der Frühling.« Sophie lächelte. Aber Frau Pohlmann hatte Recht: Es war wirklich seltsam. Bei allen anderen schien eine Art Zauber wirksam geworden zu sein. Nur bei mir selbst funktionierte es nicht so ganz, dachte Sophie niedergeschlagen. Sonst müsste sie doch ebenfalls so vor Glück strahlen wie ihr Gegenüber. Stattdessen überflutete sie Ärger über Toms Anmaßung. Wie kam er dazu, selbstherrlich ihre Verlobung anzukündigen? Am liebsten hätte sie ihn sofort zur Rede gestellt, aber ihr war klar, dass die Mittagszeit dafür ein extrem ungünstiger Zeitpunkt war. Sie würde also noch warten müssen.

Den größten Teil des Sonntags verbrachte sie damit, durch die Umgebung zu streifen und nach weiteren Pflanzen Ausschau zu halten, die aus dem ehemaligen Klosterbereich stammen konnten. Nachdem sie so spät gefrühstückt hatte, wollte sie das Mittagessen einfach ausfallen lassen.

Es dauerte nicht lange und sie entdeckte auf einem Schuttplatz im nahen Wald ein ausgedehntes Vorkommen des Gefleckten Schierlings. Bereits von weitem leitete sie der typische unangenehme Geruch dorthin. Besorgt musterte Sophie das über zwei Meter hohe, stinkende Dickicht. Wenn sie sich richtig erinnerte, konnte das Gift auch über die Haut aufgenommen werden. Sie würde Siggi um eine ausreichende Menge Unkrautvernichter bitten, nahm sie sich vor. Es war zwar unwahrscheinlich, dass Kinder aus dem Dorf diesen Ort als Spielplatz entdeckten, aber es war einfach zu gefährlich, den Schierling weiter wuchern zu lassen. Unwillkürlich musste sie an Tiger-Lilly denken. Für einen Kräuterkundigen war es also kein Problem gewesen, sich mehr als genug der giftigen Pflanze zu beschaffen. Nur warum?

Gerade war Sophie von ihrem Ausflug zurückgekehrt, als das Telefon auf ihrem Nachttisch klingelte.

»Na, Kleines, wie geht es dir denn so mit deinem Kräuterzeug?«, fragte Bernhard aufgeräumt.

»Bernhard!«, rief Sophie überrascht. »Wieso rufst du mich hier an?«

»Das klingt ja so, als ob es dir nicht gelegen käme. Was ist denn los?«

»Nichts, alles ist bestens.«

»Kleines, ich habe schon früher immer gemerkt, wenn du geschwindelt hast, und daran hat sich nichts geändert. Hast du Ärger mit dem Kerl, auf den du ein Auge geworfen hattest?«

»Nein – eigentlich nicht. Nicht direkt, jedenfalls.«

»Verstehe – es läuft also nicht so, wie du es dir vorstellst.«

»Ja, das kann man so sagen«, gab Sophie zu.

»Gib ihm einen Tritt! Du hast es schließlich nicht nötig, dich mit irgendeinem Idioten herumzuärgern.« Bernhard war schon immer ausgesprochen parteiisch gewesen.

»Vielleicht kann er ja gar nichts dafür«, wandte Sophie ein. Und um ihren Bruder von dem Thema abzulenken, fuhr sie fort: »Du würdest nicht glauben, was hier alles passiert ist!« Damit stürzte sie sich in eine atemlose Schilderung der Ereignisse.

»Moment mal! Habe ich das richtig verstanden: Ihr habt bei eurer Vorarbeit einen römischen Tempel entdeckt? Und was wird jetzt mit deinem Klostergartenprojekt?«

Typisch Bernhard, dachte Sophie leicht gerührt. Das Einzige, das für ihn zählt, ist die Frage, welche Auswirkungen es auf mich hat.

»Eigentlich ist es kein Tempel. Wie soll ich es dir beschreiben? Eher ein Keller, und der ist bereits vermessen und ausgeräumt. Die Archäologen machen das heutzutage mit einem speziellen Computerprogramm, es geht unheimlich schnell. Morgen kommen die letzten Pflanzen und die Holzhäcksel für die Wege, und dann sind wir fertig.«

»Das freut mich zu hören.« Bernhard schien erleichtert zu hören, dass sich die Komplikation mit dem Keller als nebensächlich erwiesen hatte. »Und was wird jetzt mit diesem komischen Kellerraum? Wird er zugeschüttet?«

Sophie musste lachen. »Gut, dass Dr. Roth dich nicht hören kann! ›Komischer Kellerraum‹! Das ist ein unterirdisches Venusheiligtum gewesen, mein Lieber. Die Statue, die wir da gefunden haben, ist übrigens ziemlich wertvoll. Der Kellerraum weniger. Der scheint für die Fachwelt uninteressant zu sein.«

»Schlag den Hotelbesitzern doch vor, eine Kellerbar daraus zu machen! ›Zur Venus‹ oder so ähnlich – die Leute werden ihnen die Bude einrennen, wenn sie es einigermaßen geschickt aufziehen. Sagtest du übrigens eben, er hieße Roth?«

»Ja, Dr. Max Roth«, erwiderte Sophie, verblüfft über die plötzliche Schärfe in Bernhards Stimme.

»Woher kommt er denn?«

»Aus Freiburg. Wieso?«

»Ach, nur so. Wie sieht er aus – dick, dünn?«

»Eher dünn«, gab Sophie einsilbig zurück. Sie hatte nicht die geringste Lust, mit ihrem Bruder länger über Max Roth zu sprechen.

»Uninteressant?«

»Völlig!«

»Na, wenn das nicht fast ein bisschen zu entschieden klang«, neckte ihr Bruder sie. »Was machen übrigens die Kochexperimente?«

»In den letzten Tagen hatte der Koch wenig Zeit dafür«, sagte Sophie ausweichend.

»Ist vielleicht ganz gut so. Er soll nur ja vorsichtig sein: Erst vor zwei Jahren gab es hier den Fall einer Schulklasse, die drei Tage lang in ziemlich übler Verfassung auf der Nase lag, weil sie für eine Wildmöhrensuppe Hundspetersilie gesammelt hatte …«

»Er wird schon aufpassen«, versprach Sophie, in Gedanken bei der Frage, die ihr eben durch den Kopf geschossen war. »Sag mal, wie viel Schierling bräuchte man wohl, um eine Katze zu vergiften?«

Am anderen Ende gab es ein dumpfes Geräusch, und ein empörtes Maunzen unmittelbar darauf signalisierte, dass die Nachbarskatze, die sich immer ins Haus schlich, sobald Ina nicht da war, von Bernhards Schoß katapultiert worden sein musste.

»Wie bitte«, fragte ihr Bruder heiser.

»Wie viel Schierling braucht man, um eine Katze zu vergiften?«, wiederholte Sophie.

»Wozu willst du das wissen?«

»Weil ich vermute, dass hier eine Katze damit vergiftet wurde.«

Er atmete hörbar aus. Einige Sekunden Stille folgten. »Schwer zu sagen«, erwiderte ihr Bruder schließlich. »Bei Alkaloiden kommt es ja immer darauf an, wie viel Gift in den Pflanzenteilen enthalten ist, ob und wie es extrahiert wird. Und Coniin ist ziemlich stark … Nicht viel, fürchte ich. Und jetzt erzähl mir, was du bisher verschwiegen hast!«

So genau wie möglich schilderte sie ihm ihre Beobachtungen. »Das ist übel«, brummte er, und Sophie konnte seine Besorgnis über all die Entfernung spüren. »Dass jemand in deiner unmittelbaren Umgebung mit solchem Zeug herumexperimentiert, macht mir geradezu Angst.«

»Du hältst es für unmöglich, dass sie es versehentlich gefressen hat?«

Er blies verächtlich durch die Nase. »Das wäre der erste Fall, der mir zu Ohren kommt. Manchmal fressen Katzen, die nur im Zimmer gehalten werden, die Grünpflanzen an. Aber diese war doch halb wild, oder?«

»Ich denke auch nicht, dass es ein Versehen war«, stimmte Sophie ihm zu.

»Wer käme denn für diese widerliche Aktion in Frage?« Bernhards Spürsinn war erwacht.

»Eigentlich würde ich es hier aus dem Haus niemandem zutrauen«, sagte sie zögernd.

»Das sagen die Leute nachher immer«, gab ihr Bruder zynisch zurück. »Das heißt, es könnte jeder gewesen sein! Wie sicher bist du dir mit dem Schierling?«

»Ziemlich sicher. Dr. Roth hat ein paar Proben untersuchen lassen. Das genaue Ergebnis erfahre ich am Montag.«

»Vernünftiger Mann! Vielleicht stellt sich ja doch heraus, dass das Tier an etwas ganz anderem gestorben ist«, spekulierte Bernhard hoffnungsvoll.

Sophie schwieg.

»Sophie, pass auf dich auf, okay?«

»Ich freue mich riesig auf meinen freien Tag morgen!«, verkündete Thomas und ließ mit einem tiefen Seufzer der Erleichterung Sophies Zimmertür hinter sich zufallen. »Wenn du dir auch freinimmst, hätten wir einen ganzen Tag für uns. Was hältst du davon, wenn wir mit einem gemütlichen Frühstück beginnen und dann vielleicht ins Elsass fahren, hm?«

Er kam auf sie zu, schloss sie in seine Arme und vergrub sein Gesicht an ihrem Hals, während er zärtlich an ihrem Ohrläppchen zu knabbern begann.

Sophie straffte sich, um ihn energisch von sich wegzuschieben. Überrascht sah er auf. »Was ist los? Was hast du?«

»Ich muss mit dir reden.«

Er runzelte die Brauen. »Du klingst so komisch. Bist du sauer wegen letzter Nacht?«

Das auch! Sophie suchte nach Worten. Wie sollte sie ihm sagen, dass ihre Affäre ein Fehler war, dass sie sich geirrt hatte? Im Laufe des Tages hatte sie viel Zeit gehabt, darüber nachzudenken, und so war aus dem kleinen Pflänzchen des Zweifels die Überzeugung gewachsen, dass eine Beziehung mit Thomas nicht funktionieren würde. Nicht funktionieren konnte!

Sie hatten einfach zu verschiedene Vorstellungen von Gemeinsamkeit. Für Thomas schien es eine Art von gegenseitiger Vereinnahmung zu bedeuten, zu der Sophie schlicht und einfach nicht bereit war. Der Sex mit ihm war grundsätzlich gut, aber der Preis dafür war zu hoch. Jedenfalls für sie.

Ihre Verliebtheit – oder besser Vernarrtheit – hatte keine andere Grundlage gehabt als sein fantastisches Aussehen, und dessen Reiz war erschreckend schnell verblasst.

Inzwischen sah sie, dass um den perfekt geschnittenen Mund ein kindlich-verbohrter Zug lag. Dass in den strahlend blauen Augen keine Spur von Humor zu finden war und dass die statuenhafte Schönheit seines Gesichts vor allem auf fehlende Mimik zurückzuführen war.

»Ja, ein bisschen sauer bin ich schon. Aber das allein ist es nicht«, begann sie zögerlich, um dann herauszuplatzen: »Wieso hast du Frau Pohlmann erzählt, wir wären verlobt?«

»Ach, das ist es!« Die Brauen glätteten sich in Sekundenbruchteilen, und Tom grinste wie ein ertappter Schuljunge. »Tut mir Leid, wenn du lieber dabei gewesen wärst, aber es hatte sich gerade so ergeben.«

Es würde nicht einfach werden! Sophies Magen verkrampfte sich zu einem steinharten Klumpen, aber tapfer sah sie ihm in die Augen, während sie sagte: »Es tut mir schrecklich Leid, Thomas, es geht einfach nicht! Bitte, komm nicht mehr in mein Zimmer. Mit uns beiden – das kann nichts werden.«

Er erstarrte, richtete sich kerzengerade auf und blickte ungläubig auf sie herab. »Du machst Witze!«

»Nein.« Unglücklich sah sie in sein Gesicht. Er war leichenblass geworden.

»Ist es doch wegen letzter Nacht?« Unvermittelt sank er vor ihr auf die Knie, umklammerte ihre Hände und flehte: »Bitte, mein Liebling, das wird nie wieder vorkommen. Ich schwöre es dir! Verzeih mir!«

»Bitte, mach nicht so ein Drama daraus«, sagte Sophie verlegen und versuchte, ihre Hände wegzuziehen. »Es hat keinen konkreten Grund. Ich weiß nur einfach, dass es nicht funktionieren würde. Du würdest mich bald hassen.«

»Niemals!«

»Das glaubst du jetzt!« Er sah so zutiefst unglücklich aus, dass sie ihn am liebsten getröstet hätte.

»Ich bin nicht mehr lange hier«, sagte sie stattdessen so sachlich wie möglich. »Morgen bin ich in Freiburg und spätestens am Mittwoch werde ich abreisen. Es sollte möglich sein, dass wir uns nicht mehr sehen müssen, wenn dir das lieber ist.«

Sein Kopf schoss hoch. »Was machst du in Freiburg?«, fragte er misstrauisch.

»Ich habe einen Termin mit Dr. Roth.«

»Mit dem Archäologen?«

»Ja.«

»Warum?«

»Er will die Ergebnisse von Tiger-Lillys Proben mit mir besprechen.«

»Fahr nicht. Das ist nur ein Vorwand, um dich dahin zu locken!«

»Warum sollte er so etwas tun?«, fragte Sophie, gegen ihren Willen interessiert an seiner Meinung.

»Weil er scharf auf dich ist. Glaubst du, das habe ich nicht bemerkt?«

Sophie lachte auf. Es klang ein wenig schrill. »Das bildest

du dir nur ein! Außerdem geht es nicht um irgendetwas Nebensächliches, sondern um das Gift, mit dem Tiger-Lilly getötet wurde.«

Thomas Greuters Blässe wich einer hektischen Röte.

»Er will sich nur interessant machen! Wer sollte einen Grund gehabt haben, die arme Katze zu vergiften?«

»Das bringt doch nichts!« Allmählich verlor Sophie die Geduld mit ihm. »Es ist längst entschieden: Ich fahre morgen nach Freiburg«, beendete sie die fruchtlose Diskussion, ging zur Zimmertür und öffnete sie auffordernd.

Thomas schien wie vor den Kopf geschlagen. »Wir können uns doch nicht einfach so trennen«, stammelte er fassungslos. »Das kannst du nicht ernst meinen!«

»Doch, es ist mir sogar sehr ernst. Bitte geh jetzt!«, fauchte Sophie. Sie begann sich allein mit ihm zunehmend unwohler zu fühlen und versuchte, ihn aus dem Zimmer zu schieben.

Zuerst stand er reglos, als nähme er ihre Versuche überhaupt nicht wahr. Als er sich endlich in Bewegung setzte, machte er langsam einen Schritt nach dem anderen, wie ein Roboter.

Halb erleichtert, halb besorgt sah Sophie ihm nach. Gut, dass sie nicht mehr lange hier im *Benediktinerhof* bleiben würde!

Kapitel 12

Der Verkehr war ein einzige Katastrophe!« Mit diesem Stoßseufzer reichte Sophie Max Roth die Hand und bemerkte bewundernd: »Wow, wenn Sie mich beeindrucken wollten, ist es Ihnen gelungen!«

Sie sah sich in der weitläufigen Empfangshalle um. Bereits auf dem überfüllten Parkplatz hatte sie gedacht, dass es dieser Firma sicher nicht allzu schlecht ging. Nicht, wenn sich so viele der Angestellten teure Wagen leisten konnten!

Der Pförtner in der kleinen Loge am Eingangsportal aus rötlich schimmerndem Zedernholz hatte ihr ausgerichtet, dass sie bereits erwartet würde.

Und dann, noch während sie sich fragte, wie alt dieser riesige Kampferbaum vor der Glasfront wohl sein mochte, waren eilige Schritte näher gekommen. Und als sie sich umgedreht hatte, stand in einem weißen Labormantel Max Roth vor ihr.

Sie war nicht darauf vorbereitet gewesen, dass ihr Herz plötzlich ganz oben im Hals schlug anstatt in der Brust, wo es hingehörte. Glücklicherweise hörte man ihrer Stimme nichts von dem inneren Aufruhr an.

»Freut mich, dass es Ihnen hier gefällt. Willkommen bei Roth-Phytopharmazeutik!« Er lächelte sie an. »Wie geht es im *Benediktinerhof*? Alles in Ordnung?«

»Ja«, erwiderte sie einsilbig.

»In einem meiner seltenen Anfälle von Takt wollte ich mir eigentlich die Frage verkneifen, wieso Sie ohne die angekündigte Begleitung gekommen sind, aber es würde mich doch interessieren, wo …«

»Herr Greuter hatte andere Pläne«, unterbrach Sophie ihn abweisend.

»Macht nichts, wir werden auch ohne ihn zurechtkommen«, verkündete er fröhlich. »Und was macht der gute Siggi? Ich nehme an, er hat sein Kräuterbeet bekommen, das er unbedingt durchsetzen wollte. Ja, ja, Penthesilea, ich bin gut eingeweiht in die kleinen Intrigen«, sagte er lachend, als er einen misstrauischen Seitenblick von ihr einfing.

»Und wie geht es Lars?« Max' Gesicht verzog sich bekümmert. »Siggi hat versprochen, sich bei mir zu melden, wenn er Hilfe braucht. Da ich nichts von ihm gehört habe, ist hoffentlich alles klar?«

Seine offensichtliche Sorge um den Jungen löste Sophies Befangenheit ihm gegenüber und sie fand zu ihrer normalen Haltung zurück. »O ja, und stellen Sie sich vor: ausgerechnet der alte Nägele hat seine Beziehungen spielen lassen und Lars bekommt ein Stipendium in dem Internat im Nachbarort. Ich habe vergessen, wie er heißt.«

Max Roth nickte wohlwollend. »Sieh an! Manchmal wird sogar unsereiner von diesen wackeren Heimathirschen überrascht. Solche Verbindungen hätte ich nicht zu bieten gehabt!«

Wie aus den Hinweisschildern ersichtlich, führte der verglaste, mit poliertem Granit ausgelegte Flur, durch den sie gingen, zu den Laboren.

»Ich dachte, Sie wären Archäologe. Was haben Sie hier eigentlich für eine Position, dass Sie so einfach über ein Labor verfügen können?«

»Gute Frage.« Max Roth versenkte beide Hände in den

Taschen seines Kittels und grinste sie an. »Interessiert es Sie wirklich oder machen Sie nur Konversation?«

»Es interessiert mich sogar sehr!«

»Mein Onkel führt momentan noch das Unternehmen, aber es ist ausgemacht, dass ich übernehme, sobald er sich zurückziehen will. Und da er der gar nicht so dummen Ansicht ist, man sollte sich in einer Firma auskennen, die man einmal übernimmt, verbringe ich einen Teil meiner Zeit hier.«

»Mein Gott, wie ich Sie beneide«, entfuhr es ihr spontan. »Was stellen Sie genau her?«

»Pflanzenauszüge für die Weiterverarbeitung. Unser Evergreen, sozusagen unser Golden Oldie, ist der Thymian, aber wir haben auch Exotischeres zu bieten: Beispielsweise experimentieren wir gerade mit den Möglichkeiten von Ingwer und Kurkuma. Wenn Sie Lust haben, führe ich Sie nachher ein bisschen herum.«

Er hielt vor einer Edelstahltür inne und tippte einige Zahlen in eine Tastatur neben dem Türsturz. Mit einem leisen Zischen glitt sie zur Seite.

»Du lieber Himmel«, bemerkte Sophie spöttisch. »Solche Sicherheitsmaßnahmen machen mich immer nervös! Sind sie wirklich nötig?«

»Nein, aber Onkel Harry ist ein extrem vorsichtiger Mensch, der gerne für alles gerüstet ist. Deshalb sind alle Labore darauf ausgelegt, dass wir notfalls auch mit gefährlichem Material arbeiten könnten.«

Das Zimmer, in das sie getreten waren – eine Mischung aus Garderobe, Kantine und Lagerraum –, machte einen ebenso chaotischen wie gemütlichen Eindruck. An beiden Fensterfronten standen solche Mengen von Pflanzen, dass das Tageslicht wie in einem Dschungel gefiltert wurde. Auf einem geräumigen Holztisch lag ein wildes Durcheinander von zum Teil aufgeschlagenen Fachzeitschriften, Notizen und Thermoskannen. Außerdem stand dort, wie ein Fremdkörper inmitten der Unordnung, ein rundes Tablett voller Wasser- und Saftfläschchen nebst sauberen Gläsern.

»Darf ich Ihnen nach der anstrengenden Fahrt etwas anbieten?« Mit dem aufmerksamen Ausdruck eines höflichen Gastgebers wies Max Roth auf die Auswahl.

»Ein Wasser hätte ich jetzt gerne«, sagte Sophie erfreut und überlegte, ob er sich selber darum gekümmert oder eine Sekretärin beauftragt hatte.

Er reichte ihr das Gewünschte. »Vielleicht sollten Sie besser einen Kittel anziehen, bevor wir da hineingehen – nur für alle Fälle.« Und schon war er an einen Wandschrank getreten, zog einen frisch gebügelten Kittel aus dem Fach und schüttelte ihn aus. »Der müsste Ihnen passen.«

»Sind Sie jetzt nicht auch übervorsichtig?«, fragte Sophie ironisch. »Ich hatte eigentlich nicht vor, mich in den Proben zu wälzen!«

Aber sie stellte das Glas hin und schlüpfte hinein. Er passte tatsächlich wie angegossen, und für einen Moment erwachte der alte Schmerz wieder. Solche Kittel waren wie eine zweite Haut für sie gewesen, mit den geräumigen Taschen, in denen man mindestens so viel unterbringen konnte wie in einer Handtasche.

»Fertig?«

Sophie nickte und folgte Max zu einer zweiten Tür, die er auf die gleiche Art und Weise öffnete. Dahinter kamen sie in ein Labor, in dem eine einsame Gestalt am Waschbecken hantierte. »Das ist Ellie«, sagte Max Roth leise und rief lauter: »Hallo, Ellie, hier bringe ich dir Frau Dr. Lichtenberger. Hast du die Proben vorbereitet?«

Die untersetzte Frau mit den eisgrauen, kurz geschnittenen Haaren kam näher, wobei sie Sophie einer genauen Musterung unterzog. Die schien zumindest nicht negativ auszufallen, denn sie streckte ihre rechte Hand aus und sagte mit einer überraschend tiefen Stimme: »Guten Tag!«

Ohne ein weiteres Wort ging sie zu einer Reihe Mikroskope am Fenster und wies darauf. »Das sind sie, Chef.«

Max Roth nickte, wandte sich an Sophie und fragte: »Wie vertraut sind Sie mit den zellulären Unterscheidungsmerkmalen?«

»So einigermaßen. Wir haben in meinen Kursen mehr makroskopisch gearbeitet.«

»Links habe ich die Vergleichsprobe von unserem Conium maculatum eingelegt und rechts das, was der Chef mitgebracht hat«, erklärte Ellie. »Die Übereinstimmung ist so deutlich, dass sie auch ein Blinder sehen kann!«

Sophie konnte ihre Einschätzung nur bestätigen. Die Stomata, die sehr spezifischen Spaltöffnungen an der Unterseite der Blätter, waren absolut identisch.

»Der Schierling war nahezu unverdaut, allerdings in keinem guten Erhaltungszustand. Fast so, als wäre er erhitzt worden. Sehen Sie: Die Vergleichspräparate sehen insgesamt frischer aus. Das Chlorophyll noch richtig grün …«

Geradezu stolz präsentierte sie Sophie eine Reihe von Ausdrucken und wies auf einige rot markierte Stellen. »Beim Screening erhalte ich natürlich nur die chemischen Strukturen«, erläuterte sie, »aber es gibt mehr oder weniger deutliche Hinweise auf diverse andere Pflanzen, größtenteils Gewürze wie Thymian, Zimt, Nelke – also eigentlich Küchenzutaten.

Außerdem deutliche Spuren von Kohlenstoff. In dieser Art Kontext würde verkohltes, organisches Material ganz schlicht auf ein angebranntes Essen hinweisen …«

Nachdenklich betrachtete die Laborantin die entsprechende Linie. »Wenn das Coniin nicht wäre, hätte ich auf simple Essensreste getippt.«

Sophie wich vor den Papierbögen mit den bunten Streifen zurück, als seien sie giftig. »Das klingt ganz so, als hätte die Katze den Schierling zusammen mit etwas anderem gefressen«, sagte sie heiser.

»Das ist anzunehmen.« Ellie zuckte leicht mit der Schulter. »Schierling an sich riecht nicht besonders appetitlich, und das Brennen auf der Mundschleimhaut setzt sehr rasch ein. Vermutlich befand es sich in einer Art Trägersubstanz. Katzen schlingen ja große Brocken hinunter.«

»Ein Köder?«

»Vielleicht. Es könnte eine Fischhaut gewesen sein. Schauen Sie mal …« Sie zog Sophie vor das Mikroskop am Ende der Reihe und wartete, bis Sophie es auf ihre Sehstärke eingestellt hatte. »Sehen Sie, was ich meine?«

Ja, es war gut zu erkennen. Ein kleines Stück glitzernder Haut, einzelne Schuppen von charakteristischer Form.

»Und weil es dem Chef so wichtig war, habe ich mir sogar die Mühe gemacht, die Art zu bestimmen. War nicht so einfach, von Fischen verstehe ich nämlich nichts! Aber ich bin mir ziemlich sicher, dass es sich um einen Hecht gehandelt hat.«

Plötzlich schien der Raum zu schwanken. Sophie griff nach der Tischkante, aber Max Roth war schneller. »Unterstehen Sie sich, mir hier vor die Füße zu kippen!« Und schon hatte er sie mit festem Griff gepackt, zog mit dem Fuß einen Schreibtischstuhl heran und drückte Sophie darauf. Seinem scharfen

Blick entging keine Regung in ihrem erschrockenem Gesicht. »Sie haben sich an etwas erinnert, stimmt's?«

Sie nickte schwach. Der gefüllte Hecht! Es schien schon so lange her zu sein, aber natürlich war dessen Haut die perfekte Verpackung für eine Giftgabe gewesen.

»Am Tag, als ich mich dort vorstellte, hatte Tom einen gefüllten Hecht nach einem alten Rezept zubereitet«, sagte sie bedrückt.

»Ich gehe einmal davon aus, dass jeder im Hotel die Gelegenheit gehabt hätte, sich aus dem Abfall ein entsprechendes Stück Haut zu besorgen?«

Sophie nickte unglücklich.

Max sah sehr nachdenklich aus, als er erwiderte: »Ellie, wären Sie wohl so lieb, einen Orangensaft für Frau Dr. Lichtenberger zu holen?«

Die Frau gehorchte wortlos der nur wenig verschleierten Bitte, sie allein zu lassen. Auf dem glatten Boden quietschten ihre Kreppsohlen leise.

»Ein Verdacht ist immer eine hässliche Sache«, sagte Max mitfühlend. »Aber an wen denken Sie?«

»An niemanden«, murmelte Sophie. In ihrem Kopf drehte sich alles wie verrückt. Nichts schien mehr unmöglich. Und doch lag eine Möglichkeit näher als alle anderen: Konnte es Thomas gewesen sein?

Aber warum?

Das gab doch keinen Sinn!

»Selbstverständlich verdächtigen Sie jemanden. Es steht Ihnen in Riesenbuchstaben auf der Stirn geschrieben. Ich bin ja nicht blind ...«

»Ich muss erst darüber nachdenken«, flüsterte Sophie heiser, ohne ihn anzusehen.

»Ist es dieser Koch?« Max Roths Stimme klang schärfer als gewöhnlich. »Weigern Sie sich deswegen, den Tatsachen ins Gesicht zu sehen?«

Immer noch wie betäubt schüttelte sie langsam den Kopf.

»Sehen Sie mich an!« Seinem Befehl wurde durch eine feste Hand unter ihrem Kinn Nachdruck verliehen.

»Ach, Penthesilea«, murmelte er kopfschüttelnd. »Warum vertrauen Sie mir nicht?«

Gebannt starrte sie in die goldbraune Iris seiner Augen dicht vor sich, die zu fluoreszieren schien. Es waren faszinierende Augen. Hieß es nicht, dass Augen die Fenster zur Seele sind?, schoss ihr durch den Kopf. Dann verbarg sich hinter diesen ein außergewöhnlicher Charakter. Ein so starker Charakter, dass die Versuchung, ihm alles anzuvertrauen, plötzlich fast übermächtig wurde.

Doch Sophie konnte stur sein, sehr stur. Sie kniff die Lippen zusammen und hielt dem Blick stand.

Die Tür zischte wieder leise, aber keiner von beiden brach das stumme Duell ab.

»Was haltet ihr davon, wenn wir uns bei einem gemütlichen Essen näher bekannt machen?«

Der ältere Herr in strengem Dunkelgrau zwinkerte ihnen freundlich zu. »Max, mein Lieber, möchtest du mich der jungen Dame nicht vorstellen?«

»Mein Onkel, Harry Roth – Sophie Lichtenberger. Hat dich Ellie etwa alarmiert, Onkel Harry?« Max Roth wirkte nicht sehr erfreut.

Der alte Herr schmunzelte. »Natürlich, ich hatte sie darum gebeten. Ich wollte doch unbedingt die ganz besondere Dame kennen lernen, die meinen Neffen so beschäftigt!«

»Onkel Harry!«, protestierte Max Roth und seine gebräunten,

schmalen Wangen wurden zu Sophies Genugtuung tatsächlich eine Spur dunkler.

»Lichtenberger, hm … Ich kenne einen Bernhard Lichtenberger. Sind Sie vielleicht mit ihm verwandt?«

»Er ist mein Bruder.«

Onkel Harry brach in ein so heftiges Gelächter aus, dass sein kleiner, rundlicher Körper wie ein Wackelpudding zu zittern begann. »Na, das ist ja ein verrückter Zufall! Ich habe Sie nicht zusammengebracht, weil Max immer nur von einer ›Penthesilea‹ sprach – aber dann wären Sie ja die Schwester, die solch eine botanische Koryphäe ist, und diese Penthesilea in Personalunion!«

Nun war es an Sophie, heftig zu erröten. »Mein Bruder übertreibt gerne, was meine Fähigkeiten betrifft.«

»Stellen Sie Ihr Licht nicht unter den Scheffel! Ich habe einige Ihrer Veröffentlichungen gelesen und hatte mich sowieso schon entschieden, Sie zu kontaktieren. Keineswegs Ihrem Bruder zuliebe! Aber so ist es bedeutend besser. Zuerst das Essen, würde ich sagen, und danach alles andere, einverstanden?«

Zu ihrer Überraschung genoss Sophie das Mittagessen in einem stillen, äußerst unauffälligen Restaurant in der Nähe ganz ungemein. Wer hätte auch Onkel Harrys Charme widerstehen können?

Während der vorzüglichen Ochsenschwanzsuppe fragte er Sophie geschickt nach ihren ehemaligen Arbeitsschwerpunkten aus, beim badischen Rehrücken erkundigte er sich nach ihren Interessen und bei der Welfencreme war er bereits so weit, ihr eine leitende Stelle in der Versuchsabteilung anzubieten und laut über den Zuschnitt ihres zukünftigen Ressorts nachzudenken.

Das Einzige, das bisher unerwähnt geblieben war, war ihr Gehalt. Aber irgendwie schien das nicht wichtig. Vermutlich lag es an dem Wein. Sophie war es nicht gewohnt, bereits zum Mittagessen Wein zu trinken. Max Roth lehnte ihr gegenüber in seinem Sessel, grinste still vor sich hin und hob nur hier und da sein Glas, um ihr stumm zuzutrinken. Und plötzlich stellte Sophie fest, dass sie sich in der Gesellschaft der beiden Männer so wohl fühlte wie schon lange nicht mehr!

»Einen Espresso oder Cappuccino?«

Sie entschieden sich für Mokka. »Eine gute, altmodische Sitte«, wie Onkel Harry bemerkte, während er genießerisch an seiner Tasse schnupperte und die Fältchen um seine Augen sich vertieften. »Wissen Sie, eigentlich hatte ich Sie mir ganz anders vorgestellt«, verriet er ihr schließlich schmunzelnd. »Nach der Beschreibung Ihres Bruders hatte ich ein schutzbedürftiges Wesen, nach der Lektüre ihrer Aufsätze eine karrieresüchtige Fachidiotin erwartet, nach Max' Schilderung eher eine Art spitzzüngige Emanze –«

Max Roth prustete vor Schreck in seinen Kaffee und stellte mit einem heftigen Klirren die Tasse ab. »Onkel Harry!«

Der zeigte sich unbeeindruckt. »Doch, doch, mein Junge. Genau das waren deine Worte. Erinnerst du dich nicht mehr?« Er lächelte Sophie verschwörerisch zu. »Das war es auch, das mein Interesse für Sie geweckt hat! Ich habe bei Max schon viel erlebt, aber noch nie, dass ihm eine Abfuhr so zu schaffen gemacht hat.«

»Das reicht!«, sagte sein Neffe drohend und winkte dem Kellner. »Ehe du mir in deinen anrührenden Schilderungen meines Seelenzustands noch ein gebrochenes Herz andichtest, möchte ich dich darauf aufmerksam machen, dass dein Erinnerungsvermögen unter Umständen von den zwei Flaschen Rotwein, die wir an dem Abend konsumiert haben, ein wenig getrübt ist. Und außerdem war unser Gespräch vertraulich!«

»Ja, sicher. Aber, wenn ihr in Zukunft erfolgreich zusammenarbeiten sollt, ist es doch besser, die gegenseitigen Vorbehalte aus dem Weg zu räumen. Ich finde jedenfalls nicht, dass Sophie eine spitzzüngige Emanze ist.« Er lächelte ihr fröhlich zu. »Ich denke, mein Altersvorsprung gibt mir das Recht dazu: Ich würde mich freuen, wenn du Harry zu mir sagen würdest, Sophie!«

Überrumpelt von der unerwarteten Entwicklung zauderte Sophie kurz. Max Roths Onkel war ein so reizender alter Herr, dass sie ihn jetzt schon ins Herz geschlossen hatte. Aber es wäre doch für alle Außenstehenden befremdlich, wenn sie sich mit ihm duzte, mit seinem Neffen, der ihr altersmäßig näher stand, aber nicht. Wenn sie also zu Harry »du« sagte, musste sie sich auch mit Max duzen.

Kurz entschlossen stimmte sie zu. »Gerne – wenn Max ebenfalls die Frau Dr. Lichtenberger aufgibt. Es klingt bei ihm immer so grässlich sarkastisch.«

Max' Brauen hoben sich. »Nur deshalb?«, murmelte er herausfordernd. »Und ich bildete mir ein, wir seien uns endlich näher gekommen! Bitte drei Gläser Veuve Cliquot«, bestellte er bei dem Kellner, der sich dezent im Hintergrund bereit hielt.

Als sie in bestem Einvernehmen wieder das Firmengebäude betraten, kam ihnen das »Du« bereits problemlos über die Lippen. Deshalb und vielleicht auch, weil der Champagner die Welt weicher und angenehmer erscheinen ließ als sonst, sagte Sophie spontan zu, als Max fragte: »Auch wenn es ein bisschen viel ist für einen Tag – hättest du Lust, mit ins archäologische Institut zu kommen und eure Venus zu besuchen? Der Restaurator hat am Wochenende durchgearbeitet und eine Art Wunder vollbracht, sie sieht schon toll aus!«

»Moment!«, protestierte Harry Roth. »Du kannst sie gerne später in deine heidnische Höhle schleppen, aber zuerst kommt Roth-Phytopharmazeutik.«

»Ich bin mir nicht sicher, ob ich mich wirklich so mit Haut und Haaren der Firma verschreiben kann wie Onkel Harry«, gestand Max zwei Stunden später zweifelnd. »Du hast es ja selbst gesehen: Sie ist sein Kind.«

»Und zwar ein prächtiges!« Sophie war ausgesprochen beeindruckt gewesen von den riesigen temperierten Lagerhallen, in denen die sorgsam verpackten Pflanzenlieferungen auf ihre Weiterverarbeitung warteten. Die Verarbeitungshallen erinnerten geradezu an Kathedralen – mit ihren hohen Kuppeln und den monumentalen glänzenden Metallbehältern und Maschinen, in denen die verschiedensten Auszüge hergestellt wurden.

Geradezu bescheiden wirkten daneben die Laufbänder in der Verpackungsabteilung, in der weiß vermummte Gestalten geschäftig hin- und herwuselten.

Sogar ein Gewächshaus gab es, in dem ein Gärtner besondere Exemplare hätschelte.

»Man darf sich nicht auf seinen Erfolgen ausruhen«, hatte Onkel Harry doziert. »Die Firma Roth hat schon immer sehr viel Wert auf die Erforschung in Vergessenheit geratener oder in Europa noch unbekannter Heilpflanzen gelegt. Und genau deshalb, liebe Sophie, war ich so begeistert, dass das Schicksal dich in unsere Arme geführt hat!«

»In diesem speziellen Fall hat das Schicksal sogar einen Namen«, erinnerte Max seinen Onkel. »Ohne die Entdeckung des Venusheiligtums wären wir uns nie begegnet!«

»Du vergisst, dass ich deinen Onkel sowieso kennen gelernt hätte. Weißt du nicht mehr, dass er mich wegen meiner Veröffentlichungen einladen wollte?«, widersprach Sophie.

»Und weißt du, dass die alten Griechen eine solche Überheblichkeit ›Hybris‹ nannten und es für eine schwere Versündigung an der göttlichen Weisheit hielten? Sei vorsichtig – nicht, dass Venus sauer wird, wo sie sich so viel Mühe mit dir gegeben hat!« Max verzog das Gesicht zu einem schiefen Grinsen. »Ich werde ihr nachher eine Rose und einen Thymianzweig opfern, um sie wieder günstig zu stimmen.«

»Was ist eigentlich bei der Untersuchung vom Inhalt der Terrakottaschale herausgekommen?«, fragte Sophie, die durch den frommen Vorsatz an die schwärzlichen Reste erinnert wurde. »Habt ihr feststellen können, was es war?«

»Mit dem Zeug war leider nicht viel anzufangen. Ellie hat alles versucht, aber außer Holzkohle und unvollständig verkohlten Baumharzen war kaum etwas sicher anzusprechen. Vermutlich handelt es sich um eine Räucherschale.« Max zuckte fatalistisch mit der Schulter. »Das ist oft so: Man erwartet etwas ganz Besonderes, und dann kommt nichts heraus, was man nicht schon vorher kannte.«

»Und der vertrocknete Kranz?«

»Den hast du nicht vergessen, was?« Max lächelte amüsiert. »Der Draht war dünner Silberdraht, vermutlich aus hispanischen Bergwerken. Der organische Teil hauptsächlich Heckenrose und Thymian. Man kann also sicher sein, dass er im Frühsommer gebunden wurde, bevor die edleren Rosen zur Verfügung standen. Es muss zudem ein besonderer Anlass gewesen sein: Silberdraht war nicht so billig! Vielleicht eine Verlobung – leider kann man da nur spekulieren.«

»Sandra wird sicher eine tolle Geschichte dazu aus dem Ärmel schütteln«, prophezeite Sophie lachend.

Die kleine Gruppe schlenderte in Harry Roths Büro. Unvermittelt schien man eine andere Welt zu betreten, eine Art Wunderkammer. An den Wänden reihte sich Vitrine an Vitrine voller Kuriositäten. Neugierig trat Sophie näher und fuhr schockiert zurück, sobald sie das Bild, das ihre Augen aufnahmen, eingeordnet hatte: Aus einem kunstvoll geflochtenen Blätterkorb grinste sie ein winziger dunkelbrauner Kopf an. Die wachen Knopfaugen schienen sie zu verspotten, die strahlend weißen Zähne – Menschenzähne – schimmerten unheimlich.

»Eine Fälschung«, sagte Max hinter ihr beruhigend. »Ein Affenkopf, dem man ausgefallene Milchzähne eingesetzt hat. Aber gut gemacht, findest du nicht?«

»Zu gut!«

»Ich bin sicher, Urgroßvater Theobald hat ihn lange für echt gehalten. Bis zu seinem Tod hat er ihn in einer Sandelholzschatulle aufbewahrt. – Das ist er übrigens!«

Max wies auf ein Ölgemälde in einem auffallenden Goldrahmen, von dem ein würdiger grauhaariger Herr im Gehrock auf sie herablächelte. Der zynische Zug um den Mund, die spöttisch blitzenden Augen – ja, es gab ganz deutliche Familienähnlichkeiten!

»Urgroßvater Theobald war der Gründer von ›Roths Pflanzenextrakten‹ – so nannte er die Firma damals. Vorher ist er jahrelang als Kapitän auf allen Meeren herumgesegelt und hat außer diversen Kuriositäten auch jede Menge wirklich interessanter Dinge mitgebracht«, erläuterte Max.

»Kommt da weg«, bat Onkel Harry und verzog das Gesicht. »Immer wieder versuche ich, Max zu überreden, alles dem Museum zu schenken. Aber er will nicht. Behauptet, es sei Firmengeschichte und gehöre hierher. Ich selber nehme Großvaters Sammlung schon gar nicht mehr bewusst wahr, aber es kommt immer wieder vor, dass ein Besucher entsetzt reagiert.«

»Warum stellt ihr es nicht in einem separaten Raum auf?«

»Wir machen es anders. Onkel Harry empfängt nicht viele Leute hier im Allerheiligsten. Die meisten Geschäftsbesprechungen finden nebenan statt. Das hier ist das Fahnenheiligtum.«

Sein Onkel stöhnte leicht auf. »Mein lieber Junge, ich wäre dir sehr dankbar, wenn du einen anderen Vergleich finden könntest! Sophie, dieser Sessel hier ist sehr bequem.«

Er ließ sich in einen abgewetzten englischen Clubsessel aus flaschengrünem Leder fallen und zeigte auf dessen Gegenstück, von dem aus sie genau auf das Porträt des Firmengründers schauen konnte.

Sophie setzte sich und erwartete, dass Max auf dem nagelneuen Sessel der gleichen Machart neben ihr Platz nehmen würde, der offenbar ein noch schäbigeres Exemplar als den ihren ersetzt hatte.

Doch stattdessen begann er, unruhig vor dem Ölbild hin und herzugehen. »Theobald hatte nur eine Tochter, aber sie besaß den Anstand, einen Apotheker zu heiraten, der bereit war, den Namen Roth anzunehmen. Sein ältester Sohn, mein Großvater, sollte eigentlich das Geschäft übernehmen, aber er zog es vor, auf einer Expedition nach Neuguinea spurlos zu verschwinden.«

»Seine Tochter ist Max' Mutter«, warf Onkel Harry ein, der

offenbar fand, dass Max die Familienverhältnisse zu oberflächlich streifte.

»Also übernahm Onkel Harrys Vater als zweiter Sohn die Geschäftsführung«, fuhr Max ungerührt fort. »Für die Firma erwies sich der Wechsel als ein Segen, denn er war ungeheuer geschäftstüchtig. Auf ihn geht nicht nur die Umbenennung in Roth-Phytopharmazeutik zurück, er hatte auch einen unheimlichen Riecher für neue Trends und gute Vermarktung.«

»Vater war zu seiner Zeit der Erste, der Teebaumöl importierte«, bestätigte Onkel Harry stolz. »Und ›Roths medizinisches Nelkenöl‹ war so bekannt und beliebt wie ›Liebig's Fleischextrakt‹. Erstklassige Qualität! Willst du dich nicht setzen? Es macht mich nervös, wenn du so herumrennst!«

»Entschuldige!« Fügsam warf sich Max in den ihm zugewiesenen Sessel. »Das war, kurz zusammengefasst, die Firmengeschichte, die auch so etwas wie eine Familiengeschichte ist. Aber das gehört nicht hierher.«

»Nein, das kannst du Sophie auch später erzählen«, stimmte der alte Herr zu und lächelte ihnen väterlich zu. »Wäre es dir recht, meine Liebe, wenn ich den ganzen lästigen Papierkram vorbereiten lasse, und du kommst dann so bald, wie es dir möglich ist?«

Sophie nickte benommen. Sie empfand das dringende Bedürfnis, sich in eine stille Ecke zurückzuziehen und erst einmal alle Ereignisse, die wie riesige Brandungswellen über sie hinweggerollt waren, zu sortieren.

Ihr bisheriges Leben hatte sie wahrlich nicht auf solch rasche Wechsel vorbereitet. Im Nachhinein kam es ihr direkt langweilig vor!

Max Roth schwieg, während sie zum Parkplatz gingen – ein angenehmes Schweigen, das ihr Raum zum Atemholen gab.

»Ich denke, es ist besser, wenn wir mit meinem Auto fahren«, sagte er schließlich, als sie sich dem hinteren Bereich unter den ausladenden Sommerlinden näherten. Wenn sie demnächst blühten, musste es hier berauschend duften.

»Moment!« Er fegte einen Stapel Papiere, einen angebissenen Apfel, eine Packung Kaugummis und einen Strafzettel wegen Falschparkens vom Beifahrersitz und schob alles mit dem Fuß darunter. »Bitte.«

»Das ging alles ganz schön schnell, nicht?« In seiner Stimme klang außer Verständnis noch etwas anderes mit. Erheiterung?

»Es kommt mir vor, als hätte eine Fee mit dem Zauberstab gewinkt«, gestand Sophie, noch immer halb betäubt von dem Wirbel der letzten Stunden.

»Eine ziemlich entschlossene Fee!« Max lachte. »Du wirst es schon noch merken: Wenn Onkel Harry etwas will, dann bekommt er es auch. Du hattest nicht den Hauch einer Chance!«

»Wie du?«

Er wurde ernst. »Nein, das kann man nicht so sagen. Wenn ich wirklich nicht wollte, würde er mich nie drängen. Aber irgendwie war mir schon immer klar, dass ich eines Tages die Firma übernehmen würde. Es ist kein sehr großes Opfer, weißt du …« Er schwieg, während er sich darauf konzentrierte, den Wagen geschickt durch das Gedränge um sie herum auf die Außenspur zu lenken.

»Außerdem reizt es mich, in einem Alter, in dem Kollegen anfangen, ihre Zeit bis zur Pensionierung abzusitzen, noch einmal etwas ganz Neues anfangen zu können. Das hat was!«

»Das verstehe ich.« Sophie hatte sich zwar nicht freiwillig aus ihrer Routine gelöst, aber mit jedem Tag, der den Abstand vergrößerte, wurde ihr deutlicher bewusst, dass sie sich wie ein Hamster im Rad bewegt hatte. Zwar hektisch, aber im Kreis. Und anfangs wäre sie wie ein Hamster, der gezwungen worden war, das Laufrad plötzlich zu verlassen, am liebsten in ihr vertrautes Gefängnis zurückgekehrt. Inzwischen aber hatte sie die Freiheit schätzen gelernt, auch wenn sie sich manchmal immer noch etwas unsicher fühlte.

»Da sind wir«, verkündete Max und manövrierte das Auto geschickt in die einzige freie Parklücke vor einem unscheinbaren, dunkelgrauen Betonblock in einer ruhigen Wohnstraße. Einzig ein Schild, das zwischen den Zweigen einer wild wuchernden Glyzinie kaum noch sichtbar war, wies darauf hin, dass sich hier eine Dienststelle des Landesdenkmalamts befand.

»Viel Publikumsverkehr habt ihr hier wohl nicht«, stellte Sophie fest.

»Nein, meistens fahren wir ja zu den Fundstellen. Hilfst du mir mal?«

Erstaunt sah sie, wie er sich bemühte, mit einer Hand die Kofferraumklappe hochzuhalten, während er mit der zweiten erfolglos versuchte, einen Plüschbären mit einer großen, hellblauen Schleife um den Hals aus einer Karstadt-Einkaufstüte zu schälen. Vorsichtig hob sie ihn heraus. Sein weiches Fell fühlte sich flauschig, beinahe lebendig an.

»Danke. Die blöde Klappe muss dringend repariert werden, aber ich komme einfach nicht dazu«, sagte er, ließ sie mit lauten Knallen einrasten und nahm Sophie den Teddybären ab. »Der ist für einen Kollegen, der gerade Vater geworden ist«, erklärte er. »Später wollte er vorbeikommen, und wir haben eine kleine Feier vorbereitet.«

Neugierig folgte sie ihm eine schlecht beleuchtete, enge

Treppe hinauf, die im ersten Stock in einen ebenso düsteren Flur mündete.

»Das Amt muss sparen«, sagte er entschuldigend, »pass auf, dass du nicht stolperst!«

Die PVC-Fliesen, mit denen der Boden ausgelegt worden war, hatten sich teilweise an den Ecken abgehoben, teilweise waren sie ganz entfernt worden. Vorsichtig tappte Sophie hinter Max her bis ans Ende des langen Gangs und trat geradezu erleichtert in einen hellen Raum.

»Na, wen haben wir denn da?«, tönte eine bekannte Stimme, und Bäumle kam mit ausgestreckten Armen auf sie zu, um sie zu begrüßen. »Schön, Sie wiederzusehen, Frau Dr. Lichtenberger! Leute, das ist Max' Amazone …«

Erschreckt bemerkte Sophie die Gruppe, die sie neugierig anstarrte. »Sophie, darf ich dich bekannt machen …« Mit Max an ihrer Seite schüttelte sie eine Reihe von Händen und versuchte, sich wenigstens einige der Namen zu merken, die auf sie einprasselten.

»Hast du sie ihr schon gezeigt?« Rudi Bäumle nickte in Richtung einer weiteren Tür. »Du solltest es tun, ehe hier die Wogen hoch gehen, damit ich dann abschließen kann.«

»Ich bin noch nicht dazu gekommen.« Max warf einen Blick in Richtung der munter plaudernden Gruppe. »Hältst du sie uns vom Hals?«, bat er und zog Sophie unauffällig zu der schmalen Tür neben einer Art Wandschrank.

»So, jetzt wirst du gleich staunen«, versprach er, schob sie rasch vor sich her durch die nur spaltbreit geöffnete Tür und schloss sie sofort wieder.

»An der Wand, genau dir gegenüber …«

Stumm vor Staunen näherte sich Sophie der golden schimmernden Figur auf dem Arbeitstisch.

»Das ist doch nicht …«, hauchte sie ungläubig.

»Doch, das ist eure Venus.« Andächtig strich Max mit zwei Fingern über die glänzende Oberfläche. »So haben die Menschen sie gesehen, die dort unten zu ihr beteten. Im flackernden Licht der Öllampen muss sie geradezu atemberaubend gewirkt haben!«

Nur mühsam konnte Sophie in der goldenen Schönheit die kleine dunkle Venusfigur wiedererkennen, die sie in der zugemauerten Nische entdeckt hatten. Ein Aschenputtel, das seinen Kittel abgestreift hatte und zur Königin geworden war.

Sogar das Lächeln schien hochmütiger zu sein. Bei dieser Göttin käme ich nie und nimmer auf die Idee, sie könnte mir zugezwinkert haben, dachte Sophie enttäuscht und wollte sich schon abwenden, als Max ihre Aufmerksamkeit auf diverse Details lenkte.

»Sie muss etwas Besonderes gewesen sein«, sagte er bewundernd. »Fühl einmal, wie seidig die Oberfläche ist. Vermutlich ist sie aus einer sehr speziellen Legierung angefertigt worden, die Künstlersignatur habe ich jedenfalls noch nie gesehen.« Liebevoll streichelte er die runden Arme, die anatomisch sorgfältig ausgearbeiteten Finger, an denen die Fingernägel wie extra poliert schimmerten.

»Auch das Gesicht ist ungewöhnlich. Bei Figuren dieser Größe war es normalerweise nicht üblich, die Augen so hervorzuheben.«

Tatsächlich wirkten die Augen unheimlich lebendig. »Wie haben sie das gemacht?«, wollte Sophie wissen. »Sie sehen wirklich echt aus!«

»Mit verschiedenen Materialien: bei ihr hier aus Elfenbein, Blutjaspis, Gagat und Carneol. Die Iris ist abwechselnd aus Blutjaspis- und Carneolsplittern zusammengesetzt, die

Pupille ist ein Gagatstift. Ich möchte nicht wissen, wie lange der Künstler allein daran gearbeitet hat!«

Sophie beugte sich näher heran, um die Einzelheiten erkennen zu können.

Als sie sich wieder aufrichten wollte, zuckte sie erschreckt zusammen und trat unwillkürlich zwei Schritte zurück, wobei sie auf Max prallte. »Sie hat mich angesehen!«, keuchte sie und griff schutzsuchend nach seinem Arm. »Wirklich, ich bilde es mir nicht ein!«

»Hast du solche Halluzinationen öfter?«, erkundigte er sich besorgt und zog sie unauffällig fester an sich.

»Nein, natürlich nicht. Mach dich nicht über mich lustig. Aber ich habe schon einmal gedacht, sie zwinkerte mir zu. Unten im Keller. Ist das nicht verrückt?«

»Nicht gerade verrückt, aber zumindest ungewöhnlich«, murmelte er und drehte Sophie zu sich um. »Vielleicht solltest du ihren Hinweis ein wenig ernst nehmen …« Behutsam hielten seine Hände ihren Kopf, während er sich über sie beugte und sie zart küsste.

Im ersten Augenblick stand Sophie wie erstarrt da, dann brach ein seltsamer Gefühlssturm in ihr los. Es war überhaupt nicht wie bei Tom oder bei Luigi oder bei Günther – es war, als hätte sie ihr ganzes bisheriges Leben nur auf diesen einen Kuss gewartet.

Die federleichte Berührung, die auf ihre Erwiderung zu warten schien, erregte sie mehr, als sie es je für möglich gehalten hatte. Max streichelte mit überraschend weichen Lippen ihren fest geschlossenen Mund, bis sie plötzlich in stummem Einverständnis nachgab, sich seiner suchenden Zunge öffnete.

Auch jetzt ließ er sich Zeit, seine Zungenspitze fuhr erst behutsam über die Lippen, ehe er langsam weiter vordrang, sich zwischen ihre Zähne schob, sie weiter öffnete und schließlich ihre Zunge ertastete.

Die Berührung elektrisierte Sophie, verzauberte sie. Solch eine Empfindung hatte sie noch nie verspürt. Wie weggeblasen waren all ihre Vorbehalte und ihre Abneigung, die sie bisher diesem Mann gegenüber verspürt hatte. Wie seltsam!, dachte sie in einem hinteren Winkel ihres Bewusstseins.

Wie in Trance hoben sich ihre Arme und umschlangen seinen Nacken, während sie sich eng an ihn presste und seine Zunge gierig in ihre Mundhöhle sog.

Er stöhnte unterdrückt auf, dann begann er, sie so innig und intensiv zu küssen, als wollte er sie beide zu einem einzigen Wesen verschmelzen lassen. Er lockerte seinen Griff erst, als Sophie verzweifelt nach Luft rang.

»Entschuldige«, keuchte er, ebenfalls atemlos. »Ich wollte uns nicht ersticken, aber ich bin absolut verrückt danach, es wieder zu tun …« Und schon senkte sein Mund sich erneut auf ihren.

Sophie überließ sich dem Kuss, genoss seine überwältigende Sinnlichkeit.

Nach und nach entdeckten ihre Fingerspitzen die raue Struktur der Haarstoppeln in seinem Nacken, schoben sich in den Hemdkragen auf der Suche nach der warmen, glatten Haut seiner Schultern. Instinktiv drückte sie ihr Becken gegen die harte Beule, die sich an ihrem Bauch rieb.

Unvermittelt riss er sich los und hielt sie schwer atmend auf Armlänge von sich ab. »Stopp, wenn wir so weitermachen, kann ich für nichts garantieren! Und wenn du mich weiter mit solch einem Blick ansiehst, auch nicht!«

Sophie holte tief Luft und lachte übermütig auf. »Hast du Angst, jemand könnte uns überraschen?«

»Natürlich, ich schlottere vor Angst«, gab Max grinsend zu, um ernsthafter hinzuzufügen: »Außerdem möchte ich es wirklich genießen können. Für eine schnelle Nummer im Labor ist mir das hier viel zu schade!« Er schien zu zögern, dann sagte er rasch, als müsse er all seinen Mut zusammennehmen: »Hättest du Lust, nach der Feier noch mit zu mir zu kommen?«

»Ja«, hauchte Sophie, ohne einen Moment darüber nachzudenken, und starrte sehnsüchtig auf seinen schön geschnittenen Mund. »Noch einen Kuss«, forderte sie und versuchte, seinen Kopf zu sich herunterzuziehen. Lachend gab er nach.

»Ein ganz kurzer. Mit Rücksicht auf meine Selbstbeherrschung …«

Die Feier an sich verschwamm später in Sophies Erinnerung zu einem farbigen Kaleidoskop aus fremden Gesichtern, Gesprächsfetzen und vor allem Max. Max, wie er lachte, wie er den Kopf dabei zurückwarf, wie er jemandem aufmerksam zuhörte, wie er ihr quer durch den Raum zulächelte.

Es war verrückt, einfach verrückt!

Sie bemühte sich ehrlich, auf die freundlichen Gesprächsversuche Bäumles einzugehen, aber ihre Antworten fielen so unpassend aus, dass er es bald aufgab. Als der junge Vater endlich erschien, waren alle bereits in äußerst heiterer Stimmung. In dem mit bunten Schleifen übersäten Sportkinderwagen, dem Geschenk der Kollegen, thronte der Teddybär und wartete darauf, seinem neuen Besitzer übergeben zu werden. Fotoabzüge eines rotgesichtigen, ziemlich verknautschten Babys wurden herumgezeigt und unter allgemeinem Gejohle bewundert.

»Ich denke, wir können jetzt gehen«, flüsterte Max endlich

in Sophies Ohr und schob sie in Richtung Tür vor sich her. »Tut mir Leid, dass es so lange gedauert hat! Ich hoffe, du hast dich nicht zu sehr gelangweilt?«

Leise lächelnd schüttelte sie den Kopf. »Nein, ich habe dich beobachtet. Du scheinst bei deinen Leuten sehr beliebt zu sein.«

»Echt? Ich habe noch nie darauf geachtet.« Er wirkte ehrlich überrascht.

»Doch, tatsächlich.« Sie lachte auf, als sie daran denken musste, wie Lars ihn so vehement verteidigt hatte. »Sogar im *Benediktinerhof* hast du Fans!«

»Normalerweise komme ich mit allen gut zurecht. Du warst die Ausnahme.« Er verzog schmerzlich das Gesicht. »Ausgerechnet!«

Sie passierten einige lebhafte Straßenkreuzungen und gelangten schließlich in eine breite Straße, in der haushohe Bäume in gepflegten Gärten auf eine gehobene Wohngegend hindeuteten. Max Roth hielt vor einer Jugendstilvilla mit granatrot gestrichenen Fensterläden und wies auf das Obergeschoss. »Da wohne ich. Als ich anfing zu studieren, erklärte Onkel Harry, ein junger Mann wie ich bräuchte seine Privatsphäre – womit er andeuten wollte, dass er zu Hause lieber seine Ruhe hatte!«

»Du lebst allein?«

»Mit Maurus. Er wird dir gefallen.« Max grinste spitzbübisch und fuhr langsam die Einfahrt hinauf. Die Aussicht, einem Mitbewohner vorgestellt zu werden, begeisterte Sophie nicht allzu sehr. Nervös zupfte sie an ihren Haaren. Hoffentlich war sie nicht gezwungen, noch weitere Konversation zu betreiben!

Hand in Hand stiegen sie die breite Treppe ins Obergeschoss hinauf. Max schloss die Tür auf und sah sich suchend um. »Er scheint nicht da zu sein. Maurus, wo bist du?« Als er dabei einen lockenden Pfiff ausstieß, war Sophie auf einmal klar, dass es sich bei Maurus nicht um einen menschlichen Mitbewohner handelte. Und tatsächlich: Den Schwanz majestätisch hochgereckt, kam ein riesiger schwarzer Kater auf sie zu, gähnte mit weit aufgerissenem Maul, aus dem gefährlich große Fangzähne schimmerten, und streckte sich, ehe er lässig auf Max zustolzierte und sich an seinem Bein rieb.

»Darf ich vorstellen: Maurus, mein Hausfreund.« Max bückte sich, strich dem Tier liebevoll über den Rücken und sagte: »Maurus ist ein waschechter Italiener. Er hat sich mir angeschlossen, als ich auf einer Studienreise in Ravenna war, und man kann sagen, er hat sich hier gut eingewöhnt!«

»Was gibst du ihm, dass er so riesig geworden ist?«

»Ganz normales Katzenfutter. Es liegt nicht am Futter, er war schon immer ungewöhnlich groß. Ich glaube, er stammt aus einer Zuchtlinie, die man für die Jagd auf Ratten selektiert hat.«

Sophie ging in die Hocke und streckte vorsichtig eine Hand aus, damit der Kater sie beschnuppern konnte.

Und tatsächlich: Maurus zeigte Interesse an ihr. Seine feuchtkalte Nase berührte Sophies Fingerspitzen, die langen Schnurrbarthaare kitzelten ihre Haut, während er mit einer komisch anmutenden Sorgfalt ihren Handrücken und das Handgelenk abtastete.

Schließlich schien er zufrieden zu sein, hob den mächtigen Kopf, schloss die Augen halb und hielt ihr auffordernd seine Kehle hin.

»Siehst du, er mag dich«, stellte Max fest und ging in die

Küche. Das Klappen einer Schranktür und das gleich darauf einsetzende typische Geräusch eines elektrischen Dosenöffners elektrisierten Maurus. Mit einer einzigen flüssigen Bewegung entzog er sich Sophies streichelnder Hand und sprang in großen Sätzen Richtung Futterquelle.

Langsamer folgte Sophie ihm und sah sich neugierig in der Küche um.

Für eine Junggesellenküche sah sie nicht schlecht aus. Besser als ihre, musste sie zugeben. Es stand kein schmutziges Geschirr herum und auch sonst wirkte alles aufgeräumt.

»Es sieht aus, als wärst du ein richtiger Ordnungsfreak!«

Max lachte. »Maurus hat mich dazu erzogen. Wenn du nach Hause kommst und alles liegt in einem wilden Durcheinander auf dem Boden, dann gewöhnst du dir wohl oder übel an, nichts mehr herumstehen zu lassen! Möchtest du etwas trinken? Einen Tee oder Saft?« Er sah fragend von der Dose auf, aus der er gerade eine ordentliche Portion auf einen abgeschlagenen Porzellanteller häufte.

Sophie schüttelte den Kopf. »Nein, danke.« Sie fühlte sich eigenartig. Einerseits konnte sie es kaum erwarten, Max erneut zu berühren, ihren Körper eng an seinen zu pressen, ihn zu schmecken und zu fühlen – und andererseits hatte sie Angst davor, ja, empfand regelrechte Panik. Sie war sich selbst im Moment ganz fremd. Innerhalb so kurzer Zeit zwei Männer zu begehren, war absolut nicht ihre Art …

Sie verschränkte die Arme vor der Brust und erschrak darüber, wie feucht ihre Handflächen waren.

Es war so seltsam: als sähe sie Max plötzlich wie einen völlig anderen Menschen. Dieser Prozess hatte schleichend begonnen, erinnerte sie sich. War es im Labor gewesen oder erst später, während des Mittagessens? Oder hatte sie nicht schon, während sie gemeinsam Tiger-Lilly begruben, seine Gegenwart als überraschend angenehm empfunden?

Ihr Blick fiel auf ein unscharfes Schwarzweißbild an der Kühlschranktür.

»Wer ist das? Sie ist wunderschön!«, entfuhr es ihr, während sie das perfekt geschnittene Gesicht anstarrte. Die junge Frau auf dem Bild lächelte. Es war ein versonnenes Lächeln, das Sophie an jemanden erinnerte. Rasch durchforstete sie ihr Gedächtnis. Der Kleidung nach musste das Foto etwa in den sechziger, siebziger Jahren entstanden sein. Und der balkenartige Lidstrich war schon lange nicht mehr modern.

»Das ist meine Mutter.« Max' Stimme klang so kalt, dass sie sich hastig umdrehte. Er lächelte nicht und sein Gesicht glich einer Maske. »Als das Bild gemacht wurde, war ich fünf.«

Er kratzte den Rest aus der Katzenfutterdose und fuhr mit dieser erschreckend emotionslosen Stimme fort: »Meine Mutter war das, was man ein Schwabinger Partygirl nannte. Ich musste immer ›Tante Mary‹ zu ihr sagen, damit niemand merkte, dass sie ein Kind hatte. Das wäre spießig gewesen.«

»Und dein Vater?«

Max zuckte gleichgültig mit der Schulter und klopfte den Löffel am Dosenrand ab. »Keine Ahnung. Ich denke, meine Mutter wusste es selber nicht.«

»Dann hast du allein mit ihr gelebt?«

Max lachte auf, ein bitteres Lachen. »So könnte man es nennen! Abgesehen von den ständig wechselnden Mitbewohnern. Es war mein Glück, dass unser Vermieter, ein alter Kauz, im selben Stockwerk lebte. Ich muss vier oder fünf gewesen sein, als ich einmal nachts durchs Haus irrte, weil ich schlecht geträumt hatte. Meinrad hat mich gehört, wieder ins Bett gebracht, und von da an war er immer für mich da.«

»Wie ungewöhnlich!«

»Meinrad war durch und durch ungewöhnlich.« Max' Lächeln war warm, ein wenig wehmütig. »Ein unglaubliches Original. Er hatte nie studiert, aber er beherrschte Altgriechisch und Latein besser als die Professoren an der Universität. Ich bin mit Ovids *Metamorphosen* und der griechischen Götterwelt groß geworden.«

»Und als du in die Schule kamst?«

»Hat sich nichts an unserem Verhältnis geändert. Meinrad sorgte dafür, dass ich jeden Morgen brav zur Schule ging, beaufsichtigte meine Hausaufgaben – er bezahlte sogar eine Frau dafür, dass sie sich um meine Wäsche kümmerte ...«

»Ich verstehe nicht, dass sich deine Familie nicht eingemischt hat«, sagte Sophie kopfschüttelnd. »Sie müssen doch davon gewusst haben, und ich habe nicht den Eindruck, als ob du deinem Onkel gleichgültig wärst.«

»Onkel Harry war damals im Ausland, und sein Vater kam mit Mutter nicht zurecht. Er überwies ihr Geld, wann immer sie welches verlangte, aber ansonsten wollte er nichts mit uns zu tun haben.«

»Wie kam es dann, dass du doch bei deinem Onkel gelandet bist?«

»Bei beiden. Eines Tages nahm Mutter etwas zu viel oder das Falsche – man weiß es nicht. Meinrad rief den Notarzt und gleich als Nächstes machte er meinem Großonkel klar, dass er mir gegenüber eine Verantwortung hätte. Begeistert war er nicht davon. Ich kann mich noch gut an ihn erinnern. Er sah mich immer so finster an, dass ich mich bemühte, ihm aus dem Weg zu gehen. Ich war ziemlich wütend auf Meinrad, dass er mich weggeschickt hat!« Max verzog den Mund zu einem schiefen Grinsen.

»Hast du ihn wiedergesehen?«

»O ja, später durfte ich in den Ferien immer zu ihm. Als er starb, hat er mir alle seine Bücher vermacht. Im Wohnzimmer stehen einige davon. Wenn ich sie aufschlage, riechen sie immer noch nach seinen schrecklichen Zigarren, und ich sehe ihn wieder vor mir, wie er die *Ilias* rezitiert.«

»Kein Wunder, dass du Archäologe wurdest!«, stellte Sophie fest. »Ist deine Mutter damals gestorben?«

»Nein, sie lebt in einem Pflegeheim. Onkel Harry und ich besuchen sie regelmäßig, aber seit einigen Jahren erkennt sie uns nicht mehr.«

Eine Welle von Mitgefühl überschwemmte Sophie. Der Max, den er ihr eben gezeigt hatte, machte ihr keine Angst. Sie bewunderte seine Charakterstärke, mit der er eine so ungewöhnliche Kindheit gemeistert hatte. Trotz Meinrad konnte es nicht einfach für den kleinen Jungen gewesen sein, ohne mütterlichen Rückhalt auszukommen.

»Meine Eltern sind verunglückt, als ich fast sechzehn war. Aber mein Bruder hat mich dermaßen umsorgt, dass ich mich manchmal nach etwas Freiheit gesehnt habe«, sagte sie nachdenklich. Was Max zu wenig erhalten hatte, hatte sie fast erstickt.

»Ich verstehe, was du meinst: Ich hatte später auch manchmal das Gefühl, Onkel Harry übertriebe ein wenig«, stimmte Max zu und lächelte sie verständnisvoll an. »Trotzdem ist es ein gutes Gefühl, nicht?«

Die Wohnung war für eine Einzelperson ausgesprochen geräumig. Am anderen Ende des Flurs bestaunte Sophie ein riesengroßes Badezimmer mit einer Hightech-Duschkabine, die unpassend futuristisch wirkte neben dem ansonsten eher römisch anmutenden Stil in Dunkelgrün, Weinrot und Muschelweiß. »Das Ding aus einer anderen Welt hat Onkel Harry mir geschenkt«, erklärte Max schmunzelnd. »Er fand, die Antike bräuchte bei mir ein Gegengewicht!«

Sonst gab es nur ein großes Wohnzimmer, das eher einer Bibliothek glich und selten in seiner eigentlichen Funktion benutzt zu werden schien, ein kleineres Zimmer, das Max als Arbeitszimmer und Gästezimmer nutzte, und sein Schlafzimmer.

Es war das kleinste von allen und das Futonbett füllte das Zimmer beinahe vollständig aus. Max Roth gehörte offenbar nicht zu jenen Männern, die sich Gedanken über den Stil ihrer Bettwäsche machten: Blendendes Weiß und kunstvoll gestickte Monogramme zeugten davon, dass er sich einfach aus dem Roth'schen Aussteuerwäsche-Depot versorgt hatte.

Eine Schrankwand, eher praktisch als bemerkenswert, ein niedriger Nachttisch mit Lampe und ein Thonet-Stuhl vervollständigten die spartanisch anmutende Einrichtung.

»Das Schönste ist die Aussicht.« Mit diesen Worten trat Max an die Terrassentür, schob sie auf und winkte Sophie, ihm zu folgen. Tatsächlich konnte man sich einbilden, aus der Tür eines Baumhauses zu treten: Die ausladenden Zweige der großen Bäume schirmten die riesige Terrasse, die sich über die ganze Front entlang erstreckte, nach unten ab. Die Steinplatten auf dem Boden und das steinerne Geländer waren ein wenig vom Zahn der Zeit angenagt, aber die geradezu verzauberte Atmosphäre dieses Zimmers unter freiem Himmel wurde dadurch nicht wesentlich gestört. Ein Deckchair und eine Sitzgruppe in Teak zeigten, dass auch der Wohnungsinhaber sich hier gerne aufhielt.

»Wie schön!«, entfuhr es Sophie.

»Findest du?« Max nahm ihre Hände sanft in seine und hielt sie in einem lockeren Griff. »Wenn ich dich zurück zu deinem Auto fahren soll – sag es jetzt, Sophie! Sonst ist es zu spät, denn es gibt nichts, das ich lieber täte, als dich hier zu behalten, ganz nah bei mir!«

Ohne auch nur eine Sekunde zu überlegen, warf sich Sophie in seine Arme. Es schien so natürlich, so selbstverständlich, so wunderbar … Mit Max zusammenzusein war etwas, wogegen alles andere verblasste.

Eine weitere Ermutigung war nicht nötig. Zielstrebig schob er sie auf das Bett zu und zögerte dann noch einmal kurz. »Ich bin ein Idiot, aber es ist mir irgendwie wichtig: Bist du dir wirklich sicher?«, murmelte er fast ängstlich und sah ihr mit einem so sehnsüchtigen Ausdruck in die Augen, dass Sophie nicht anders konnte, als ihn zur Antwort leidenschaftlich zu küssen und zu flüstern: »So sicher war ich mir noch nie, du süßer Idiot!«

Sie wartete nicht, dass er ihr half, riss die Knöpfe ihrer Bluse so heftig auf, dass sie absprangen und konnte es kaum abwarten, dass er seinerseits die Kleider abwarf und sich nackt an ihren heißen Körper schmiegte.

Er schien unersättlich darin, sie von Kopf bis Fuß mit Küssen zu bedecken, ihren Körper zu erforschen wie unbekanntes Terrain: langsam, sorgfältig. Als er sie endlich zum Höhepunkt führte, war sie so außer sich, das sie ihn heftig in die Schulter biss. Er zuckte nicht einmal zusammen. Erst als sie erschöpft nebeneinander lagen, schien er die roten Male überhaupt zu bemerken. »Kleine Tigerin«, murmelte er, küsste sie leicht in den Nacken und zog sie auf sich, wo sie zufrieden seinem sich allmählich wieder normalisierenden Herzschlag lauschte.

Mitten in der Nacht erwachte sie von einer Berührung an

ihren Waden. Etwas kitzelte sie und legte sich dann schwer über ihre Beine. »Max …« Im Halbschlaf rüttelte sie ihn an der Schulter. »Da ist was …«

Lautes Schnurren ertönte. Max lachte leise und setzte sich auf, um die Nachttischlampe einzuschalten. »Es ist nur Maurus. Manchmal bekommt er nachts Hunger. Ich gebe ihm schnell etwas …«

Die goldenen Augen des Katers fixierten Sophie, während er sich langsam aufrichtete und sie mit der Nase anstupste. »Warte, ich glaube, ich habe auch Hunger«, kicherte Sophie, warf die Bettdecke zurück und trat an den Schrank. »Kann ich mir von dir etwas zum Anziehen leihen?«

»Wenn du möchtest … Such dir etwas aus«, antwortete er, während er nichts dabei zu finden schien, splitternackt in der Küche zu stehen und den Kühlschrank zu inspizieren.

»Ich habe leider nur Tunfisch und Oliven da«, stellte er bedauernd fest.

»Das reicht völlig«, versicherte Sophie ihm und bewunderte seinen knackigen Hintern, der sich provokativ ihrem Blick darbot.

Mitten in der Nacht saßen sie schließlich in Max' Küche, aßen Tunfisch, den sie sich ehrlich mit Maurus teilten, und Oliven aus der Dose und tranken den Rest einer Flasche Rotwein dazu, die er aus einer Schrankecke hervorgezaubert hatte. Sophie hockte in einem alten T-Shirt von Max auf der Stuhlkante und fühlte sich so unbeschwert wie seit langem nicht mehr. Von ihr aus hätte diese Nacht ewig andauern können.

Als sie am nächsten Morgen die Augen aufschlug, beobachteten Max' braungoldene Löwenaugen sie mit einer Intensität, als versuche er, sich ihr Bild für alle Zeiten einzuprägen.

»Gut geschlafen?«

»Himmlisch!« Sophie räkelte sich genüsslich.

»Dann komm frühstücken. Es ist alles fertig.«

Sophie strich Maurus über den Rücken, setzte sich an den Tisch und fragte: »Ist es wirklich so schwierig, hier in Freiburg eine Wohnung zu finden, wie ich gehört habe?«

»Nicht, wenn man als Abteilungsleiterin bei Roth-Phytopharmazeutik arbeitet.« Max grinste. »Du hast Glück: Vor kurzem ist eine Werkswohnung frei geworden. Gerade renoviert. Wenn sie dir gefällt, kannst du jederzeit einziehen. Sie liegt übrigens ganz in der Nähe …«

»Ich werde sie mir noch vor der Rückfahrt ansehen«, versprach Sophie. »Aber ich weiß jetzt schon, dass sie mir gefallen wird!«

Kapitel 13

Die Zeit, die Sophie für die Fahrt zurück zum *Benediktinerhof* brauchte, verging viel zu schnell. Sie hätte gerne etwas mehr Zeit gehabt, um ihre aus den Fugen geratene Innenwelt wieder zu ordnen.

Als Erstes musste sie mit Thomas über diesen Laborbefund sprechen. Bereits bei dem Gedanken daran ballte sich ein unangenehmer Klumpen in ihrem Magen zusammen. Es war so ungeheuerlich, dass sie sich das Gehirn nach alternativen Erklärungen zermarterte.

Vielleicht war ja eine Küchenhilfe für den Giftköder verantwortlich. Aber irgendwie glaubte sie nicht daran.

Um sich abzulenken, malte sie sich aus, wie sie Max am nächsten Abend überraschen würde. Flüchtete sich in die Vorstellung, wie er wohl auf ihre dunkelgrünen Dessous reagieren würde.

Er hatte ihr beim Abschied einen Schlüssel in die Brusttasche des Hemdes geschoben, das sie sich von ihm hatte ausleihen müssen, weil ihre Bluse nicht mehr zu schließen war.

Trotz der angenehmen Fantasien verschlechterte sich ihre Laune mit jeder Kurve, die zum *Benediktinerhof* hinaufführte, und als sie schließlich auf den Parkplatz einbog, wäre sie am liebsten im Wagen sitzen geblieben.

In der Rezeption begegnete sie Lieselotte Pohlmann, die aufatmend sagte: »Da sind Sie ja! Ich dachte mir schon, dass etwas Sie in Freiburg aufgehalten hat, aber wir haben uns doch ein wenig Sorgen gemacht.«

»Tut mir Leid«, entschuldigte Sophie sich. »Ich habe Dr.

Roth getroffen, und es wurde zu spät, um noch wieder herzufahren. Ich habe einfach nicht daran gedacht, Bescheid zu sagen.« Natürlich nicht, normalerweise kümmerte es niemanden, wo sie ihre Tage oder Nächte verbrachte. Es war ein ungewohntes, aber nicht einmal schlechtes Gefühl, dass andere sich Gedanken um sie machten.

»Schon gut, ich wollte nicht aufdringlich sein. Es ist nur …« Sie stockte, unsicher, wie sie weitersprechen sollte.

Natürlich, Sophies Verhalten musste sie befremdet haben. Sicherlich dachte sie immer noch, dass Sophie und Thomas Greuter verlobt waren, und Sophies Verhalten entsprach nicht im Mindesten dem einer frisch Verlobten. Sie würde Frau Pohlmann später reinen Wein einschenken, aber zuerst musste sie mit Thomas sprechen.

»Wo finde ich Thomas?«, fragte sie entschlossen.

»In der Küche, glaube ich.«

Dort war er nicht. Die Küchenhilfe zuckte mit den Schultern und meinte, er sei wohl kurz in sein Zimmer gegangen. Im Flur da hinten, die dritte Tür rechts …

Ungeduldig, es hinter sich zu bringen, klopfte Sophie an die geschlossene Tür. Nichts. »Ich bin's, Sophie. Darf ich reinkommen?« Immer noch keine Reaktion.

Vorsichtig drückte sie die Klinke hinunter und öffnete die Tür einen Spalt breit. Er war nicht da, aber es schien ihr vernünftig, hier auf ihn zu warten. In seinem Zimmer wären sie wenigstens allein.

Zögernd, weil sie ungefragt in seine Privatsphäre eindrang, schob sie die Tür weiter auf und trat langsam ein.

Sein Zimmer verriet wenig über ihn. Die unpersönliche Möblierung deutete ebenso wie die hoteleigene Bettwäsche darauf hin, dass Pohlmanns ihrem Koch die Unterkunft stellten. Keine Bilder oder Kalender an den Wänden, nichts als fleckenloses Weiß, wie in einer soeben renovierten Zelle …

Da sie sich nicht auf das Bett setzen wollte, blieb nur der unbequem aussehende Stuhl an dem kleinen Tisch neben der Tür. Sophie setzte sich und wartete.

Rasche Schritte auf dem Flur kündigten nach einer guten Viertelstunde an, dass sich der junge Koch näherte.

»Hallo, Thomas«, sagte Sophie. »Wir müssen leider ein letztes Mal miteinander reden.«

»Was machst du hier?«

Er stand in der Tür und starrte sie aus stumpfen Augen an, als sei sie ein Nachtmahr.

»Warum hast du die arme Tiger-Lilly vergiftet?«, fragte Sophie mit so ruhiger Stimme, dass sie selbst erstaunt war, wie unbeteiligt sie klang.

»Das habe ich doch gar nicht getan!«

»Du kannst dir die Ausflüchte sparen.« Sophie erhob sich. »In den Laborproben haben sie Essensreste gefunden. Ich verstehe nur nicht, wieso! Du hast sie doch auch gern gehabt. Warum also …?«

Thomas Greuter ließ sich auf die Bettkante sinken, vergrub das Gesicht in den Händen und sagte leise: »Es war keine Absicht. Ihr wart alle so scharf auf diese alten Rezepte! Pohlmanns, du … Als ich diese Pflanzen zufällig entdeckte, hielt ich sie für wilden Pastinak – und genau der wurde in dem Rezept verlangt, an dem ich gerade herumexperimentierte.«

»Ich erinnere mich an das Rezept«, flüsterte Sophie tonlos vor Entsetzen. Sie hatte es ihm an jenem Nachmittag als besonderes Kuriosum vorgelesen. »Mein Gott, du hättest uns beinahe alle vergiftet!«

Er nickte gleichgültig. »Meine Hilfe ließ das Gericht anbrennen. Also habe ich es hinter die alte Mauer geschüttet, damit wenigstens die Tiere noch etwas davon hätten!«

»Aber warum hast du nichts gesagt, nachdem Tiger-Lilly gestorben war?«

Thomas Greuter lachte bitter. »Ich hatte Angst, du würdest mich dafür hassen!«

Das hätte ich nicht!, wollte Sophie schon protestieren, aber sie schwieg.

»Wirst du es Pohlmanns sagen?« Die dumpfe Resignation in seiner Stimme beunruhigte sie.

Ihr war ebenso wie ihm klar, dass ein Koch, der um ein Haar die Hotelgäste vergiftet hätte, mit fristloser Entlassung zu rechnen hatte.

»Wäre es nicht besser, du würdest es ihnen selber sagen?«

»Mir mit eigenen Händen den Strick um den Hals legen, meinst du?« Verbittert lachte er auf.

»Du siehst es zu pessimistisch. Schließlich war es ein Versehen!«

Er warf ihr einen geradezu mitleidigen Blick zu. »Es ist doch sowieso alles egal«, murmelte er mehr zu sich und ließ sich rücklings aufs Bett sinken, wo er ohne sich zu rühren mit geschlossenen Augen liegen blieb.

»Leb wohl, ich wünsche dir alles Gute«, sagte Sophie leise und fand selbst, dass es ziemlich melodramatisch klang. Als Antwort drehte er ihr den Rücken zu.

Siggi blickte kaum von den Holzpflöcken für die Pflanzenbeschreibungen auf, während er sich beiläufig erkundigte, wie es in Freiburg gewesen sei.

»Ganz gut«, sagte Sophie ausweichend. »Wo ist Lars?«

»Lars hat heute seinen Vorstellungstermin in der Schule«,

informierte er sie mit deutlichem Stolz. »Wahrscheinlich muss er in den nächsten Ferien dort an einer Art Intensivkurs, oder wie man das nennt, teilnehmen. Damit er in der Klasse mitkommt.«

»Hat er viel versäumt?«

Der Alte nickte bedrückt. »Seit seinem sechzehnten Geburtstag ist er nicht mehr in die Schule gegangen.«

»Und wie lange ist das her?«

»Ein halbes Jahr.«

»So lange?« Sophie war entsetzt.

»Na ja, seine Mutter hat sich nicht drum gekümmert, und ich hatte doch keine Ahnung von so was.« Siggis in bekümmerte Falten gezogenes Gesicht erhellte sich ein wenig, als er hinzufügte: »Nägele meint aber, wenn er sich auf den Hintern setzt, kann er es ohne Weiteres schaffen. Er will ihm Nachhilfe geben.«

»Wird Lars das tun?«

»Sich auf den Hintern setzen? O ja! Der Junge hat Mumm!«

Sophie musste lachen. »Falls ich ihn nicht mehr sehe, richten Sie ihm bitte alles Gute von mir aus«, bat Sophie. »Max und ich werden ihm die Daumen drücken.«

Die buschigen, grauen Augenbrauen hoben sich. »So, so«, brummte Siggi, ohne Sophie direkt anzusehen. »›Max und ich‹. Da hat Helga ja Recht gehabt!«

»Ihr wart gestern ganz schön fleißig«, stellte Sophie fest und sah in die andere Richtung, weil sie fühlte, wie ihre Wangen plötzlich brannten.

»Ja«, bestätigte Siggi lakonisch. »Die Kräuterbeete sind fertig. Ich habe gedacht, da es dafür sowieso keine Vorschriften gibt, pflanze ich die Kräuter nach meinen Vorstellungen. War das in Ordnung?«

»Natürlich«, sagte Sophie und dachte bei sich, dass Siggis Kräuterbeete jeden Koch begeistern müssten. Sie quollen jetzt schon geradezu über von frischem Grün!

»Es sieht großartig aus«, lobte sie und zupfte sich gedankenverloren ein Zweiglein Thymian ab. »Ihre Idee war wirklich die bessere Lösung!«

»Danke. Wollen wir jetzt mit den Infotafeln anfangen?« Ganz ließ sich der Stolz über ihr Lob in seiner Stimme nicht unterdrücken.

Nur behindert durch Wuschel, der Siggi als Übungsobjekt zu betrachten schien und ihn ständig ansprang, machten sie sich daran, die vorbereiteten Pflanzenstecker einzuschlagen. Geprägte Metalltafeln hätten Sophie besser gefallen, aber diese kostspielige Variante war auf Herrn Pohlmanns entschiedenen Widerspruch gestoßen. »Wir sind doch kein botanischer Garten! So viel Geld nur für ein paar Infotafeln? Kommt nicht in Frage!«

So hatte man sich darauf geeinigt, es erst einmal mit dieser Lösung zu versuchen.

Schließlich schlug Siggi die letzte Latte ein, gutmütig die scharfen Krallen ignorierend, die sich durch den Hosenstoff in sein Bein krallten.

»So, das wär's.« Er zögerte einen Moment, als wüsste er nicht, wie er weitersprechen sollte. Ohne Sophie anzusehen, pflückte er den kleinen Kater von seinem Hosenbein und fragte dann fast unwirsch: »Leisten Sie einem alten Mann bei seiner Vesper Gesellschaft? Sozusagen als Abschiedsessen?«

Sie setzten sich auf die aus einem dicken Brett und Steinen errichtete Bank, die bis zum Eintreffen der bestellten Teakholzbänke als Provisorium diente, und Siggi hob eine altmodische Lederaktentasche auf seinen Schoß. Aus ihren Tiefen kamen zwei Flaschen Bier, zwei Paar Würstchen, zwei Butterbrezeln, zwei Äpfel und zwei Schokoriegel ans Tageslicht. »Die mag Lars so gern«, erklärte Siggi schmunzelnd, sobald er Sophies Erstaunen bemerkte. »Hat er heute Morgen extra eingepackt und mir eingeschärft, ich soll nicht vergessen, sie Ihnen zu geben und Sie von ihm grüßen.«

Feierlich reichte er ihr eine Flasche und eine Butterbrezel. »Auf sein Wohl!«

Obwohl Sophie Bier verabscheute, trank sie ein paar Schlucke auf Lars' Wohl.

»Werden Sie kommen, wenn Dr. Roth die falsche Venus aufstellt?«

»Natürlich! Das werde ich mir auf keinen Fall entgehen lassen«, versprach sie, gerührt über die unausgesprochene Frage, ob und wann man sich wiedersehen würde. »Ich bin natürlich auch ziemlich gespannt, wie sich bis dahin die Pflanzen entwickelt haben.«

»Und der Koch?« Siggis raue Finger streichelten Wuschel, der neugierig das Butterbrotpapier untersuchte, mit einer Zärtlichkeit, die seine Bärbeißigkeit Lügen strafte.

Sophie tat gar nicht erst so, als ob sie ihn nicht verstünde. Offenbar befürchtete Siggi, dass Thomas Greuter mit der Situation nicht zurechtkommen würde.«Ich gehe davon aus, dass der *Benediktinerhof* bis dahin einen neuen Koch haben wird«, sagte sie diplomatisch.

Siggis Augenbrauen schossen in die Höhe. »Sicher?«

»Ganz sicher!«

»Hat das etwas mit der toten Katze zu tun?«

Sophie schwieg, weil sie den Alten nicht anlügen wollte. Nachdenklich wiegte er den Kopf. »Helga fand, seit der Geschichte hätte Thomas so komisch gewirkt. Als würde ihn etwas bedrücken.« Siggi schaute plötzlich besorgt drein. »Auch mir ist er im Moment nicht geheuer. Als ich ihm gestern Abend die Kräuter zeigen wollte, war er gar nicht richtig da, hat wirres Zeug gemurmelt …«

»Vielleicht war er nur müde.«

»Er wirkte eher wie weggetreten. Hat er die Katze vergiftet?«, fragte der Alte direkt und schaute Sophie so fest in die Augen, dass sie den Blick senkte.

»Keine Antwort ist auch eine Antwort«, brummte er. »Ich hole dann schon mal die Säcke mit dem Häckselholz.«

Kaum dass sie sich nachmittags geduscht und umgezogen hatte, klopfte es an der Zimmertür, und Sandra steckte den Kopf herein. »Störe ich?«

»Komm ruhig herein. Was gibt es?«

Sandra hielt sich nicht lange mit Präliminarien auf. »Stimmt es, dass du jetzt mit Max zusammen bist?«

Sophie runzelte die Stirn. »Wer hat dir das erzählt?«, fragte sie zurück.

»Niemand. Ich habe nur gehört, wie Helga vorhin zu Siggi sagte, ihr beide würdet viel besser zueinander passen, und dass sie sich schon gewundert hätte, wie lange du gebraucht hast, es zu merken.«

Sie schaute angelegentlich auf ihre Fußspitzen. »Der arme Tom sieht ziemlich fertig aus. Warum hast du das gemacht?«

»Was meinst du?«

»Na, erst Tom verführt und dann doch Max genommen. Wolltest du ihn eifersüchtig machen?«

Erschreckt sah Sophie von dem Hemd auf, das sie gerade ordentlich zusammenzulegen versuchte.

»Um Gottes willen – nein!«

»Warst du überhaupt richtig in Tom verliebt?« Sandras naive Frage weckte erneut heftige Schuldgefühle in Sophie.

»Ich habe es geglaubt«, sagte sie, und selbst in ihren eigenen Ohren klang das wie eine ausgesprochen lahme Begründung. »Sandra, manchmal macht man in Bezug auf einen Partner eben Fehler.« Und merkt es zu spät, fügte sie in Gedanken hinzu.

»Woran merkst du denn, ob es jetzt mit Max das Richtige ist?« Die Skepsis in Sandras Stimme war unüberhörbar.

»Ich weiß es einfach!« Sophie lächelte versonnen, während sein Gesicht vor ihrem inneren Auge auftaucht. Goldbraune Augen, unter deren oberflächlichem Spott ein tiefer Ernst lag.

»Ich habe auch immer gedacht, es wäre eine kitschige Übertreibung«, gestand sie, »aber es gibt ihn tatsächlich, diesen Moment, in dem einem klar wird: Der ist es und kein anderer!«

»Hm …« Ganz überzeugt schien Sandra nicht zu sein. »Bist du Max tatsächlich nach Freiburg nachgefahren?«

»Nein, das bin ich nicht!«, stellte Sophie entschieden klar. »Er hatte mich angerufen und gebeten zu kommen.«

»Weswegen?«

Ohne zu zögern unterschlug Sophie das Labor und sagte kurz: »Ich habe mich dort mit seinem Onkel getroffen, der eine Firma besitzt und mich einstellen möchte.«

»Was für eine Firma denn?«

»Sie stellen Pflanzenauszüge für Medikamente her.« Sophie lächelte ihr zu. »Zum Beispiel Thymianextrakt für Hustensäfte …«

»Und was sollst du dort machen?«

»Hm …« Wie konnte sie Sandra am besten erklären, worin ihre Aufgabe im Forschungslabor bestehen würde? »Vielleicht gibt es auch andere Pflanzen, die sich als Medikamente nutzen lassen. Ich werde dort also lauter bisher nicht genutzte Pflanzen untersuchen.«

»Klingt interessant«, gab Sandra zu, um sich sogleich wieder dem Thema zuzuwenden, das ihr anscheinend nicht aus dem Kopf ging. »Werdet ihr heiraten?«

»Darüber haben wir noch nicht gesprochen. – Möchtest du einen Keks?«

»Nein, danke. Die Sorte mag ich nicht«, lehnte Sandra nach einem kurzen Blick auf die Schachtel ab und wippte ungeduldig mit dem Fuß. »Erzähl schon: Ist er gut im Bett?«

»Sandra!« Sophie rang schockiert nach Luft.

»Schon gut, schon gut«, winkte Sandra ab und grinste plötzlich über das ganze Gesicht. »Du klingst haargenau wie Tante Lilo, wenn sie findet, ich benehme mich schlecht.«

»Du bist impertinent!«

»Was ist das?«

»Aufdringlich, ungezogen, taktlos«, zählte Sophie grimmig auf. »Und viel zu neugierig!«

»Das ist ein Zeichen für Intelligenz«, behauptete das Mädchen ungerührt. »Was ist denn nun mit Max' Potenz?«

»Das geht dich absolut nichts an! Interessiert dich, was sie in Freiburg über unsere Venus herausgefunden haben?«

Es gelang Sophie, mit den Schilderungen der Edelsteinaugen das Mädchen wenigstens für den Moment so weit abzulenken, dass alles andere dagegen verblasste.

»Meinst du, ich kann sie auch einmal sehen?«, fragte Sandra mit leuchtenden Augen. »Ich hätte nie gedacht, dass sie so aufregend ist!«

»Freiburg ist doch nicht aus der Welt. Ich denke, sobald sie im Museum ausgestellt wird, werdet ihr sicher alle eine Einladung bekommen.«

Irgendwo schlug eine Uhr. Sandra fuhr zusammen. »Mist, das hätte ich fast vergessen! Ich muss los – Theaterprobe. Grüß Max von mir, falls wir uns nicht mehr sehen.«

Eine herzliche Umarmung, ein gehauchtes »Vergiss mich nicht«, und dann wirbelte das Mädchen davon.

Sophie sah ihr nach und lächelte. Nein, sie würde Sandra bestimmt nicht vergessen. Keinen von ihnen!

Gerne hätte sie jetzt Max angerufen – nur um seine warme Stimme zu hören, die ihr schmeichelhafte Schilderungen ihrer Wirkung auf seine Physis und seine Psyche ins Ohr flüsterte. Aber er hatte ihr gesagt, dass er den ganzen Tag Außentermine hätte, und sie wollte ihn nicht gerade bei einer Ackerbegehung stören.

Also machte sie sich stattdessen auf die Suche nach ihren Auftraggebern, um ihnen zu berichten, dass der Kräutergarten des *Benediktinerhofs* fertig war.

Pohlmanns hatten sich gerade mit einem Kaffeetablett in ihr privates Büro zurückgezogen, als Sophie klopfte und feststellte, dass sie wohl ungelegen kam.

»Nein, keineswegs«, protestierte Frau Pohlmann höflich und löste sich aus einer innigen Umarmung mit ihrem Mann. »Setzten Sie sich zu uns und leisten Sie uns Gesellschaft.« Sie holte ein drittes Gedeck aus dem Vertiko, und Sophie entschied sich für ein Stückchen Baumkuchen.

»Eigentlich wollte ich Ihnen nur Bescheid geben, dass der Kräutergarten jetzt fertig ist«, sagte sie kauend und fuhr zaghaft fort: »Morgen früh würde ich gerne gleich nach dem Frühstück abreisen …«

»Und Sie möchten das Geschäftliche hinter sich bringen«, ergänzte Herr Pohlmann verständnisvoll.

»Ach, wie schade!«, rief Lieselotte Pohlmann bedauernd. »Ich hatte angenommen, Sie würden bis übermorgen bleiben. Dass gerade heute Abend die Kegelgruppe kommen muss!«

»Meine Frau meint, sie hätte Sie gerne mit einem anständigen Abendessen verabschiedet«, erklärte ihr Mann schmunzelnd, als er Sophies Verwirrung bemerkte. »Aber heute Abend ist bei uns leider der Teufel los. Bei uns gibt es dienstags immer ab 19 Uhr ein All-you-can-eat-Büfett und das wird gerne auch von ganzen Reisegruppen genutzt – wie heute.« Er sah auf die Uhr und fügte hinzu: »In zwei Stunden, um genau zu sein.«

In Anbetracht des zeitlichen Rahmens hielt man sich nicht lange bei Kaffee und dem ausgezeichneten Gebäck auf. Mit dem Stolz dessen, der eine schwierige Aufgabe bravourös gemeistert hat, führte Sophie Pohlmanns die Wege entlang und erläuterte die zukünftigen Pflegemaßnahmen.

»Genau so hatte ich es mir vorgestellt«, konstatierte Frau Pohlmann und blickte sich zufrieden um. »Natürlich ohne das Venusheiligtum, aber das haben Sie wunderschön integriert, finde ich!«

»Es ist dadurch ein ganz besonderer Garten geworden«, bestätigte ihr Mann. »Kräutergärten gibt es einige – aber in welchem gibt es schon zusätzlich noch eine antike Kultstätte? Sobald die Statue hier aufgestellt ist und dort« – er wies auf die Plane, mit der Siggi den Abstieg provisorisch verschlossen hatte – »alles wieder zugänglich ist, wird er einiges Aufsehen erregen. Hoffe ich jedenfalls«, fügte er trocken hinzu.

»Ganz bestimmt«, versicherte Sophie ihm zuversichtlich.

»Ihr Wort in Gottes Ohr. Ihr Honorar werde ich dann

gleich morgen überweisen. Sie kommen doch zur offiziellen Eröffnung? Wir schicken Ihnen eine Einladung, sobald der Termin feststeht.«

»Natürlich«, versprach Sophie. Mit langen, entschlossenen Schritten strebte Herr Pohlmann zum Haus zurück. Seine Frau schaute ihm nach und fragte dann leise, ohne Sophie anzusehen: »Haben Sie auch das Gefühl, dass, seit dieser Keller geöffnet wurde, die Atmosphäre hier irgendwie anders ist? Nicht unheimlich oder so – einfach anders. Ich habe mich schon gefragt, ob von dort tatsächlich eine Wirkung ausgeht …«

»Vermutlich kommt es Ihnen nur so vor, weil sich seither die Ereignisse überschlagen«, sagte Sophie und biss sich auf die Unterlippe, bevor sie halb beruhigend, halb spaßhaft hinzufügte: »Es ist doch nur ein Ort, besser gesagt, ein Keller, in dem eine Venusstatue aufgestellt war. Die Jahrhunderte, in denen sie unter einem Klostergarten begraben war, müssten ihre Wirkung, falls je eine vorhanden war, zumindest neutralisiert haben!«

»Sie spüren nichts?« Der ruhige Ernst, mit dem Frau Pohlmann ihre Frage stellte, ernüchterte Sophie.

»Doch«, erwiderte sie, »wenn ich ehrlich bin, ist mir durchaus aufgefallen, dass sich seit jener Zeremonie vor der Venusstatue einige der Anwesenden verändert haben. Allerdings glaube ich nicht, dass wir verzaubert wurden. Vielleicht war es eher so, dass die Atmosphäre dort unten eine positive Entwicklung in Gang gesetzt hat. Zumindest bei einigen von uns …«

Diesmal war nicht besetzt. Nach dem dritten Klingelzeichen meldete sich Ina. Nein, sagte sie mit ihrer kühlen, unpersönlichen Stimme, er täte ihr Leid, aber Bernhard sei außer Haus, zu einer Dienstbesprechung. Sollte er Sophie zurückrufen?

Sophie zögerte für einen Moment. »Ach, das ist nicht nötig. Ich versuche es morgen noch einmal. Gute Nacht, Ina!«

Unentschlossen hockte sie auf der Bettkante und überlegte, ob ihr geringer Appetit es wert war, sich umzuziehen und sich in das sicherlich riesige Getümmel beim All-you-can-eat-Büfett zu stürzen.

Wenn sie sich mit dem Rest aus der Kekspackung, den Sandra verschmäht hatte, und dem Mineralwasser aus der Minibar begnügte, konnte sie sich das ersparen.

Noch unschlüssig kaute sie auf ihrer Unterlippe, als ein festes Pochen an der Zimmertür sie überraschte.

»Ja, bitte?«, rief sie in der Erwartung, dass vielleicht Frau Pohlmann noch etwas auf dem Herzen hatte.

Die Person, die sich, vorsichtig ein Tablett balancierend, durch die Tür schob, hätte sie als Letzte zu sehen erwartet.

»Tom …«

»Guten Abend«, sagte er, ihren Blick vermeidend, während er das Tablett auf dem kleinen Tisch abstellte.«Ich konnte dich einfach nicht so gehen lassen. Trink ein letztes Glas mit mir – sozusagen zum Abschied …«

Er hielt ihr ein gefülltes Cocktailglas hin, das er liebevoll mit einem Zuckerrand, einer Zitronenscheibe und einem Papierschirmchen dekoriert hatte. »Ich habe den Cocktail nach dir genannt: Sophia. Du hast doch nichts dagegen?«

Die Hand, die das Glas hielt, zitterte, und er war erschreckend blass. Das überwältigende Schuldbewusstsein, das Sophie überflutete, ließ sie ohne Zögern das Glas mit dem intensiv nach Pfefferminze riechenden Inhalt entgegennehmen und sagen: »Natürlich nicht. Ich wünsche dir, dass du mit dieser Kreation viel Erfolg haben wirst!«

Vorsichtig nippte sie an dem Getränk und musste sich beherrschen, nicht angeekelt das Gesicht zu verziehen: Es schmeckte einfach scheußlich!

Zu dem an und für sich schon nicht sehr angenehmen Minzewasser hatte er offenbar reichlich süßen Likör gegeben, der dem scharfen Getränk auch den letzten Charme austrieb.

»Und, wie findest du ihn?« Thomas beobachtete sie so lauernd und gespannt, dass sie sich zwang zu erwidern: »Sehr gut. Vielleicht ein bisschen süß – aber sonst sehr gut.«

Erfreut griff er nach dem zweiten Glas und trank es in einem Zug aus. Vielleicht war das die beste Methode, dieses entsetzlichen Getränks Herr zu werden? Sophie riss sich zusammen und schüttete den Rest ihres Cocktails ebenfalls hinunter. Erleichtert stellte sie das Glas anschließend zurück aufs Tablett.

Was für ein Glück, dass sie dieses Gebräu nie wieder würde hinunterwürgen müssen!

»Du siehst müde aus, am besten gehst du gleich ins Bett«, bemerkte Thomas fürsorglich.

»Leb wohl.« Er beugte sich vor und küsste sie kaum spürbar auf die Stirn. Gleich darauf glitt die Tür hinter ihm ins Schloss. Irritiert über seinen unvermittelten Aufbruch sah Sophie ihm nach.

Kapitel 14

Das beharrliche Läuten des Telefons weckte sie aus einem betäubungsähnlichen Schlaf. Benommen, wie sie war, bemerkte sie das Versagen ihrer Beine erst, als sie zum Telefon wanken wollte und die Knie einfach unter ihr wegsackten.

Verstört hockte sie auf dem Boden vor dem Bett und versuchte, ihren Kopf klar zu bekommen. Es wäre einfacher gewesen, wenn ihr nicht so schrecklich übel gewesen wäre!

Ein besonders heftiger Magenkrampf zwang sie zu ihrem Entsetzen, sich auf den Bettvorleger zu übergeben. Als sie die Augen wieder öffnete, sah sie durch den Tränenschleier einen grünen Fleck, wie er sich auch neben Tiger-Lillys Kopf befunden hatte.

Entsetzt schloss sie die Augen wieder, hoffte, dass sie halluzinierte. Aber der giftgrüne Fleck blieb, schimmerte bösartig, fast gespenstisch im warmen Licht der Leselampe, die sie angeschaltet hatte.

Thomas hatte ihr Schierling gegeben!

Die Erkenntnis ließ ihren Magen erneut revoltieren, und dann packte sie plötzlich eine so wilde Wut, dass sie am liebsten gebrüllt und alles Erreichbare zertrümmert hätte. Jetzt, gerade jetzt, wo das Leben ihr auf einmal so kostbar erschien, sollte sie sterben?

Mit der Kraft der Verzweiflung robbte sie auf das Telefon zu. Wenn sie sofort Hilfe bekam, gab es eine reelle Chance, die Vergiftung zu überleben.

Als sie sich noch einen halben Meter von dem Telefon entfernt befand, verstummte das Klingeln.

Egal, sie schob sich verbissen weiter darauf zu und schaffte es, die Kombination zum Rückruf zu drücken. Wer auch immer sie angerufen hatte, war zumindest wach.

»Lichtenberger …«

»Bernhard«, krächzte sie erleichtert, ehe sie ein neuer Krampf schüttelte.

»Sophie, was ist los? Bist du krank?«

»Schierling …«, gelang es ihr zu flüstern.

»*Was?* Du hast Schierling geschluckt?«

Sophie röchelte zustimmend.

»Wann?« Bernhards Stimme klang jetzt so scharf wie ein Peitschenknallen.

»Stunde …«

»Wie weit ist die Lähmung fortgeschritten?«

»Knie …«

»Hör mir gut zu und mach genau das, was ich dir sage!«, befahl ihr Bruder, und die Furcht ließ seine Stimme fremd klingen. »Bewege dich so wenig wie möglich, trink Wasser und steck dir den Finger in den Hals, so oft du es fertig bringst. Halte durch!«

Unter anderen Umständen hätte Sophie gelacht: Sie wusste besser als er, dass ihre einzige Chance darin bestand, das Gift, das noch nicht absorbiert war, so gründlich wie möglich loszuwerden und darauf zu hoffen, dass der Notarzt mit dem Beatmungsgerät noch rechtzeitig kam.

Langsam, um ihren Blutkreislauf möglichst wenig anzuregen, robbte sie ins Bad und befolgte verbissen Bernhards Anweisung. Ignorierte die Tränen, die ihr über das Gesicht liefen, die schweißnassen Haare, bis sie nur noch klares Wasser erbrach.

Mehr konnte sie nicht tun. Vor dem Waschbecken krümmte sie sich erschöpft zusammen und wartete auf Hilfe.

Wenn sie Glück hatte, war der Schierling noch zu jung gewesen, um tödliche Giftmengen zu enthalten. Eine Menge, die eine Katze tötete, konnte ein gesunder, kräftiger Mensch überstehen. Mit diesen Gedanken machte sie sich selber Mut.

Laute, aufgeregte Stimmen und Getrappel auf dem Gang vor ihrem Zimmer rissen sie schließlich aus der halben Bewusstlosigkeit, in die sie sich hatte fallen lassen. Offenbar hatte Bernhard das halbe Hotel wachgerüttelt.

»Wo ist sie denn?« Frau Pohlmann hörte man die Aufregung deutlich an.

»Hier, im Bad!« Sandras Stimme überschlug sich, als sie sich neben Sophie auf die Knie fallen ließ und ihr hilflos über die Schultern streichelte.

»Geh da weg, Sandra!« Herr Pohlmanns befehlsgewohnte Stimme verfehlte ihre Wirkung auch unter diesen Umständen nicht. Gehorsam wich das Mädchen zur Seite und machte ihm Platz.

»Ihr Bruder hat mir genau erklärt, was ich zu tun habe«, sagte er ruhig und schob ihr mit der Routine einer erfahrenen Krankenschwester ein zusammengefaltetes Frotteetuch unter den Kopf. »Ich habe ein paar Jahre beim Bund als Sanitäter gearbeitet. Drücken Sie meine Hand, sobald sie das Gefühl haben, dass Ihnen das Atmen schwerer fällt«, wies er sie an. »Dann fange ich sofort mit Mund-zu-Mund-Beatmung an.«

Sophie hoffte inständig, dass der Notarzt vorher eintreffen würde. Ihr war nur allzu bewusst, dass eine solche Beatmung in ihrem Fall nicht sehr effektiv wäre. Aber es tat gut, sich auf die Kompetenz und Nervenstärke verlassen zu können, die Herr Pohlmann ausstrahlte.

Hinter ihm klammerten sich Lieselotte Pohlmann und

Sandra wie zwei ängstliche Kinder aneinander. Ihre weißen Gesichter und die entsetzt aufgerissenen Augen verdeutlichten nur zu genau ihre Hilflosigkeit angesichts dieser Situation.

Dankbar registrierte Sophie den leichten Druck von Herrn Pohlmanns Fingern, die ihren Puls kontrollierten.

»Ihr Bruder hat den Verdacht geäußert, dass unser Koch Sie mit Absicht vergiftet haben soll«, sagte er leise. »In diesem Fall müssten wir natürlich die Polizei einschalten. Deshalb würde ich es gerne von Ihnen selber wissen: War es so?«

Sophie nickte schwach. »Cocktails«, flüsterte sie angestrengt. »Grüne Cocktails ...«

Herr Pohlmann runzelte die Stirn und wandte den Kopf zu seiner Frau. »Lilo, schaut doch bitte in der Küche nach Cocktailgläsern, in denen eine grüne Flüssigkeit war. Und wenn ihr sie gefunden habt, fasst sie nur mit Handschuhen an! Bringt sie ins Büro – und vergiss nicht abzuschließen!«

Die beiden Frauen nickten stumm und gingen. Langsam, wie unter Schock.

Herrn Pohlmanns Stirn legte sich in tiefe Falten, als er, mehr zu sich selber, weitersprach: »Ich wünschte, Sie hätten mich eingeweiht. Es ergibt alles überhaupt keinen Sinn. Warum sollte Thomas zuerst diese Katze und dann Sie vergiften?«

Tränen schossen Sophie in die Augen.

»Erst Versehen ...«, krächzte sie mühsam. Ihre Stimme schien ihr nicht mehr gehorchen zu wollen. Sie rang um Luft.

»Nicht sprechen«, befahl er und musterte sie besorgt. »Es war dumm von mir, jetzt davon anzufangen. Das können wir alles später klären, sobald es Ihnen wieder besser geht. Konzentrieren Sie sich nur auf das Atmen!«

Glücklicherweise kündigte schon sehr bald eine bellende Männerstimme die Ankunft des Notarztes an.

»Na also, sogar noch ansprechbar!«, stellte der bullige Mann fröhlich fest, kniete sich neben Sophie nieder und hob ihre Lider an, um die Pupillen zu kontrollieren. »Atmen Sie tief ein und aus ...«

Er griff nach einem Stethoskop und horchte aufmerksam auf die Geräusche in ihrem Brustkorb. »Nicht schlecht! Puls in Ordnung?«

Herr Pohlmann nickte. »Schwach, aber stabil.«

»Dann wollen wir mal!«

Auf seinen Wink hoben zwei Sanitäter Sophie auf eine Bahre und rollten sie im Laufschritt quer durch das Hotel zum Notarztwagen.

In dem Moment, in dem sie hochgehoben wurde, schien ihre Brust von etwas zusammengedrückt zu werden. Erschreckt keuchte Sophie auf und rang nach Luft. »Aha – das war ja gerade noch rechtzeitig!«, stellte der Arzt zufrieden fest und schob geschickt eine Kanüle in ihren Handrücken. »Jetzt nicht erschrecken, wenn es dunkel wird. Es ist angenehmer für Sie, wenn Sie nicht alles mitbekommen«, hörte sie ihn noch murmeln, und dann wurde es schlagartig schwarz in ihrem Kopf.

»Keine Angst, sie kommt gleich zu sich«, vernahm sie als Nächstes den beruhigenden Bass ihres Bruders Bernhard. Wo kam der denn her?

Überrascht schlug sie die Augen auf – und sah geradewegs in ein sorgenvoll verzogenes Gesicht. »Max?«, wisperte sie ungläubig. Er sah furchtbar aus: Die Haare standen stoppelig wie Unmengen winziger Stacheln um seinen Kopf, die dunkelgrauen Schatten unter den Augen verliehen ihm das Aussehen eines müden Vampirs, und die fahle Gesichtshaut passte blendend dazu.

»Ich habe ihm von Anfang an gesagt, du wärst nicht totzukriegen, aber er wollte mir partout nicht glauben«, verkündete Bernhard und fasste nach ihrem Handgelenk. Die andere Hand hielt Max so fest umklammert, als wollte er mit ihr verwachsen.

»Wo kommt ihr ...« denn her, hatte Sophie fragen wollen, aber ihre Stimmbänder versagten den Dienst. Sie versuchte sich zu räuspern. »Sprich nicht unnötig«, warnte ihr Bruder sie. »Die Nachwirkungen einer Intubation sind zwangsläufig unangenehm.«

Da hatte er Recht. Ihr Hals brannte, jede Schluckbewegung ließ sie zusammenzucken – aber sie lebte! Sie hatte es geschafft!

Das Triumphgefühl, das sie durchströmte, musste sich in ihren Augen widerspiegeln, denn Bernhard sagte halb erleichtert, halb vorwurfsvoll: »Du hast uns eine höllische Nacht beschert, weißt du das?«

»Ich hoffe nur, dass ich nicht so bald wieder eine Nachtwache auf der Intensivstation absolvieren muss«, stimmte Max ihm schwach grinsend zu. »Dieses ständige Gepiepse hat mich ganz verrückt gemacht.«

»Und sobald irgendwo ein Licht aufleuchtete, sprang er hoch und wollte die arme Nachtschwester aufscheuchen«, berichtete Bernhard augenzwinkernd. »Als Sitzwache wärst du völlig ungeeignet, mein Lieber!«

»Wie spät ...?«

»Fast Mittag. Gegen acht haben sie dich abgehängt und hierher verlegt. Seitdem hast du ganz normal geschlafen.«

»Wie lange …?«

»Wie lange wir schon hier sind? Ich habe mich gleich nach deinem Anruf ins Auto gesetzt und bin gerast wie ein Irrer. Ungefähr um vier war ich hier und habe mich vom Kollegen informieren lassen. Er war übrigens ganz froh, deinen Fall in meine Hände legen zu können. Vergiftungen sind nicht gerade sein Spezialgebiet, sagte er. Und da lief dies Häufchen Elend schon die Gänge auf und nieder und trieb die Schwestern zur Verzweiflung!«

Max verdrehte die Augen.

»Frau Pohlmann hat mich angerufen und mir gesagt, dass du mit einer schweren Vergiftung ins Kreiskrankenhaus eingeliefert worden bist. Aber hier wollte man mir nichts sagen, weil wir ja nicht verwandt sind. Ich war völlig außer mir …«

»Ich dachte mir schon, dass es sich bei diesem Herrn um den Archäologen handeln müsste, den du so uninteressant fandest«, stellte Bernhard selbstzufrieden fest. »Und so, wie er sich aufführte, schwante mir bald, dass du ihn gerne an deinem Bett hättest, wenn du in die Welt der Lebenden zurückkehrst. Also habe ich mich seiner angenommen. Aber dass er die Nacht überstanden hat, ohne dass ich ihm eine Valiumspritze verpassen musste, ist ein Wunder!«

»Ich habe gesehen, was das Zeug bei einer Katze anrichten kann«, sagte Max sehr leise und drückte Sophies Hand.

»Pff«, schnaufte ihr Bruder uncharmant, »Sophie wiegt mindestens so viel wie fünfzehn oder gar zwanzig Katzen!«

Gerade rechtzeitig, um die Patientin nach ihrem Arzt schlagen zu sehen, trat eine Krankenschwester in adretter Tracht ein und zwinkerte überrascht. »Oh, wieso haben Sie mir nicht Bescheid gesagt, dass die Patientin wach ist? Ich wollte nur fragen, ob wir den Herren im Schwesternzimmer eine Kleinigkeit anbieten können?«

»Danke, sehr liebenswürdig«, strahlte Bernhard sie an. »Wir kommen sofort.«

Während sie Sophie wusch und versuchte, die verklebten Haare einigermaßen zu entwirren, plauderte die Schwester ohne Unterbrechung. Ob sie Angst hat, ich würde sonst wieder einschlafen?, fragte sich Sophie leicht genervt. Aber immerhin bekam sie auf diese Art einen lückenlosen Bericht.

Bernhard hatte den Notarzt bereits bei der Alarmierung auf die Schierlingsvergiftung hingewiesen und so war der darauf eingestellt gewesen, die Patientin sofort künstlich zu beatmen. »So etwas Perverses habe ich in meiner ganzen Laufbahn noch nicht erlebt – und ich bin einiges gewohnt!«, stellte die Schwester fest.

Es sei ein bisschen knapp gewesen, aber alles in allem habe Sophie ein Riesenglück gehabt!

Und draußen säße seit drei Stunden ein Polizist, der ihr einige Fragen stellen wollte. Ob sie sich dem gewachsen fühle?

Eigentlich nicht, aber es war sicher besser, es so rasch wie möglich hinter sich zu bringen.

Kriminalkommissar Huber, wie er sich vorstellte, wirkte sehr nett. Die Schwester schob ihm einen Stuhl neben Sophies Bett und mahnte: »Aber nur ganz kurz! Und denken Sie daran, dass sie möglichst wenig reden soll.«

»Ich kann auch morgen noch einmal wiederkommen«, schlug er vor und sah dabei die Schwester hoffnungsvoll an.

»Morgen ist sie nicht mehr hier. Die beiden Herren nehmen sie nachher mit«, beschied sie ihn und schloss energisch die Tür.

Der junge Mann beäugte Sophie ein wenig ängstlich. Offensichtlich war er keine bettlägerigen Gesprächspartner gewohnt. Sophie lächelte ihm aufmunternd zu.

»Ja, also«, begann er, »ich wollte von Ihnen eigentlich nur wissen, ob Sie das Zeug absichtlich genommen haben. Das muss ich fragen«, erläuterte er kläglich, als er ihren befremdeten Blick bemerkte. »Nicken Sie für ›Ja‹ und schütteln Sie den Kopf für ›Nein‹.«

Erwartungsvoll sah er sie an. Sophie schüttelte entschieden den Kopf.

»Verstanden.« Er klappte ein Notizbuch auf und kritzelte etwas hinein.

»Wissen Sie oder glauben Sie zu wissen, wer Ihnen die Substanz verabreicht hat?«

Sophie nickte.

»Kann es sich um ein Versehen gehandelt haben?«

Sie schüttelte heftig den Kopf. Ein Versehen war ausgeschlossen. Vor ihrem inneren Auge standen wieder die beiden Gläser auf dem Tablett.

»War es Herr Thomas Greuter?«

Sie nickte erneut.

»Glauben Sie, dass er Sie töten wollte?«

Sophie schloss die Augen. Wie sehr musste er sie gehasst haben! Sie öffnete die Augen wieder und wisperte heiser: »Ich denke ja.« Eine Träne, die sich nicht unterdrücken ließ, rollte ihr über die Wange, und sie wischte sie achtlos mit dem Handrücken ab.

Huber schaute sie mitfühlend an. »Tut mir Leid …« Er stockte. »Fühlen Sie sich stark genug, dass sie eine schlechte Nachricht vertragen können?«

Sophie nickte entschieden.

»Tja, als Herr Pohlmann uns heute Morgen anrief, ist er davon ausgegangen, dass sich Greuter aus dem Staub gemacht hätte. Also hat man mich hingeschickt, Zimmer filzen und so weiter. Kam mir komisch vor, dass nichts fehlte.«

Er kratzte sich verlegen am Kopf. »Und noch während ich da beschäftigt war, kam auf einmal Herr Pohlmann und sagte, sie hätten ihn gefunden. Vielmehr der Gärtner …«

Plötzlich wusste Sophie so sicher, wo Siggi ihn gefunden hatte, als hätte Huber es bereits ausgesprochen. Sie schloss die Augen.

»Sind Sie müde? Soll ich gehen?«

»Nein«, flüsterte sie mühsam. »Ist er tot?«

Huber nickte. »Er ist auf Nummer sicher gegangen. Hat die ganze Flasche mit dem ekligen Zeug geleert. Und das haben wir neben ihm gefunden, muss ihm aus der Hand gefallen sein, als er …«

Er zog ein in Folie eingeschweißtes Polaroidfoto aus der Aktentasche und hielt es ihr hin. »Sie können es ruhig anfassen«, ermutigte er sie, als er ihr Zögern bemerkte.

Fassungslos sah Sophie in ihr eigenes, konzentriertes Gesicht. Thomas musste es heimlich aufgenommen haben, vermutlich, als sie damit beschäftigt gewesen war, die Kulturflüchtlinge einzusammeln. Im Hintergrund war unscharf Tiger-Lillys Umriss zu erkennen, die sich im Schatten räkelte.

Taktvoll ging der Polizist zum Fenster und schaute angestrengt hinaus, während er fortfuhr: »Damit ist für uns der Fall erledigt. Versuchter und glücklicherweise gescheiterter erweiterter Selbstmord. Manche Menschen verkraften es einfach nicht, wenn eine Beziehung beendet wird. Kommt häufiger vor, als man annehmen würde. Soll ich Ihnen die Telefonnummer des Polizeipsychologen geben?«

Sophie schüttelte den Kopf und versuchte, dankbar zu lächeln.

Ein kalter Schauer überlief sie, als sie sich an das entsetzliche Gefühl erinnerte, keine Luft mehr zu bekommen. Wie schrecklich musste diese Erfahrung erst in der feuchten Dunkelheit des Venuskellers gewesen sein, mutterseelenallein und mit der Unausweichlichkeit des nahen Todes konfrontiert?

»Tja, dann bin ich hier fertig. Ich schicke Ihnen Ihre getippte Aussage dann zur Unterschrift zu, nur für die Akten, okay?«

Erleichtert, dass er seinen Auftrag erfolgreich abgeschlossen hatte, lächelte er Sophie ein letztes Mal an und griff gerade nach seiner Aktentasche, als die Tür aufflog und ein erboster Bernhard fauchte: »Habe ich Ihnen nicht ausdrücklich verboten, mit ihr zu reden? Sie ist noch viel zu mitgenommen!«

»Die Schwester meinte, es ginge.« Der Hauptkommissar ließ sich nicht einschüchtern. »Wir haben auch gar nicht geredet, nicht wahr?« Er blickte bestätigungheischend auf Sophie.

»Hier … meine Karte, falls Sie später noch Fragen haben.« Er legte eine amtlich wirkende Visitenkarte auf den Tisch neben die Wasserflasche. »Und gute Besserung!«

»Idiot!«, knurrte ihr Bruder, sobald er leise die Tür hinter sich zugezogen hatte, und sah ihm mit finster gerunzelter Stirn hinterher. »Ach, Kleines …« Sein Gesichtsausdruck wurde weich, als er sich wieder Sophie zuwandte. »Wie schaffst du es nur immer, in solche Situationen zu geraten?«

Besorgt musterte er ihr leichenblasses Gesicht. »Hat der dämliche Kerl dir etwa erzählt, dass es noch einen Unfall gegeben hat?«

»Kein Unfall«, brachte sie mühsam heraus, und die Tränen begannen jetzt doch zu fließen.

Bernhards Arme schlossen sich um sie, und wie früher schmiegte sie sich Trost suchend an ihn. »Dir fehlte schon immer das Gespür für das, was gut für dich ist, Kleines! Du hast ein Riesenglück gehabt, dass dieser Verrückte dich nicht mit in den Tod gerissen hat!«

Zärtlich strich er ihr über die notdürftig gebürsteten Locken. »Wein jetzt lieber nicht, du siehst dann immer aus wie eine Laborratte! Nicht, dass du diesen Max sofort wieder verschreckst. So verliebt kann kein Mann sein, dass er deine leuchtend rote Nase und die zugequollenen Augen übersieht!«

Sie lachte unsicher und schnäuzte sich kräftig in das Taschentuch, das er ihr aufmunternd hinhielt.

»So ist es besser! Er gefällt mir übrigens. In solchen Nächten lernt man sich recht gut kennen.«

Bernhard klopfte ihr noch einmal auf die Schultern und erhob sich eine Spur schwerfällig. Er war nicht mehr der Jüngste, und die Aufregungen der Nacht schienen jetzt ihren Tribut zu fordern.

»Dann werde ich mich mal ans Telefon hängen und alle beruhigen, ehe die Schwester in der Aufnahme das Telefonkabel aus der Wand reißt! Das Wort *Benediktinerhof* kann man in ihrer Gegenwart jedenfalls nicht mehr ungefährdet aussprechen.«

Verwundert zog Sophie in stummer Frage die Brauen hoch.

»Was glaubst du, was hier los war: Das halbe Hotel hat sich nach deinem Befinden erkundigt! Ich hoffe, du hast nichts dagegen, dass ich der Schwester gesagt habe, sie soll ruhig Auskunft geben – ich hatte schließlich schon alle Hände voll mit deinem nicht gerade nervenstarken jungen Mann zu tun!«

Gerührt flüsterte Sophie: »Grüß alle und sag ihnen danke, ja?«

»Mache ich. – Steh nicht so unentschlossen an der Tür, komm herein und kümmere dich um sie, bis ich alles erledigt habe. Ich bin jetzt weg!«

Eine letzte Umarmung, und dann schloss sich die Tür lautstark hinter ihm.

»Ein Mann wie ein Erdbeben! Ich mag deinen Bruder«, konstatierte Max Roth und setzte sich mit der Selbstverständlichkeit eines Menschen, der Krankenhausbetten gewohnt ist, auf dessen Kante.

»Er dich auch!« Sophie lächelte ihn an.

»Das freut mich. Ich fürchte, ich bin ihm heute nacht fürchterlich auf die Nerven gegangen«, gestand Max leicht beschämt. »Aber ich hatte so wahnsinnige Angst, dich zu verlieren, dass ich fast durchgedreht wäre!«

Er verschlang sie geradezu mit den Augen und nahm zärtlich ihre Hände in seine. »Ich liebe dich«, sagte er kaum hörbar. »Ich habe dich geliebt seit diesem ersten Moment im Venuskeller, als du mich mit deinen goldgesprenkelten Augen angefunkelt hast wie eine Wildkatze. Schon damals hätte ich dich am liebsten nicht mehr losgelassen. Wenn ich nicht Bäumle auf der Treppe gehört hätte …«

Wäre alles anders gekommen, wenn er sie damals geküsst hätte?

Man konnte die Zeit nicht zurückdrehen, nichts ungeschehen machen. Aber sie lebte und sie waren zusammen. Wortlos lächelnd zog Sophie seinen Kopf zu sich herunter und küsste ihn leidenschaftlich. »Ich liebe dich auch«, flüsterte sie.

Seine Arme umschlangen sie fester. »Wenn du wüsstest, wie ich mir gewünscht habe, diese Worte aus deinem Mund zu hören! Und stattdessen hast du immer diesen Schönling von Koch angehimmelt«, murmelte er dabei. »Ich hätte ihn erwürgen können vor lauter Eifersucht!«

»Er ist … tot«, brachte Sophie mühsam heraus und fühlte, wie ihr erneut Tränen in die Augen stiegen.

Liebevoll drückte Max ihre Hand. »Ich weiß, Liebling, dein Bruder hat es mir gesagt. Dieser Kerl wollte dich umbringen. Wenn er nicht schon tot wäre …« Er knirschte hörbar mit den Zähnen.

»Meine Schuld …« Sophie suchte verzweifelt nach Bernhards Taschentuch, das sich irgendwo unter die Bettdecke verflüchtigt hatte.

»Wie kommst du darauf, dass es deine Schuld gewesen ist?« So besorgt, als rechnete er jeden Augenblick mit einem Nervenzusammenbruch ihrerseits, forschte Max in ihren Gesichtszügen nach Hinweisen.

»Ach so«, sagte er plötzlich, und die Erkenntnis schien ihn zu erleichtern. »Du meinst, er hat die Sache mit euch ernster genommen, als sie gedacht war?«

Sophie nickte unglücklich und beschämt. Sie erinnerte sich nur zu deutlich an Thomas Greuters Gesichtsausdruck nach der Venuszeremonie, als er sie angestarrt hatte, als ob er sie zum ersten Mal sähe. Was mochte damals in ihm vorgegangen sein?

Der Stimmungsumschwung war zu unmittelbar gewesen, um normal zu sein. Aber anstatt sich zu wundern, es zum Anlass zu nehmen, die ersten Schritte vorsichtig anzugehen, hatte sie die Veränderung einfach gedankenlos hingenommen. Und genauso oberflächlich war sie davon ausgegangen, dass er über ihre Zurückweisung schon hinwegkommen würde.

»Sophie«, sagte Max fast streng. »Jeden Tag trennen sich unzählige ehemalige Liebespaare, ohne dass sie sich gegenseitig vergiften. Man hat es ihm zwar nicht angesehen, aber er muss ziemlich verkorkst gewesen sein – und dafür kannst du nicht das Geringste!«

Außer, dass ich der Auslöser für diese Kurzschlusshandlung gewesen bin, dachte sie traurig. Armer Thomas!

Unbewusst schaudernd schmiegte sie sich enger an Max und flüsterte heiser, wie eine Beschwörung: »Ich liebe dich …«

»Wenn du wieder bei Stimme bist, möchte ich das noch öfter hören!« Max grinste – sein altes, freches Grinsen. »Aber für jetzt reicht es, zumindest, wenn du es mir auf andere Weise mitteilst …«

Die Krankenschwester, die gerade nach der Patientin sehen wollte, schloss so leise wie möglich die Tür und hängte das Schild »Nicht stören – Visite« an die Klinke.